D0646105

BOLSILLO

ZETA

Título original: *The Murder Room*

Traducción: Ana Alcaina

1.ª edición: febrero 2006
1.ª reimpresión: febrero 2006
2.ª reimpresión: mayo 2006

© P. D. James, 2003
© Ediciones B, S.A., 2006
    para el sello Zeta Bolsillo
    Bailén, 84 - 08009 Barcelona (España)
    www.edicionesb.com

Printed in Spain
ISBN: 84-96581-33-0
Depósito legal: B. 24.894-2006

Impreso por LIBERDÚPLEX, S.L.U.
Ctra. BV 2249 Km 7,4 Polígono Torrentfondo
08791 - Sant Llorenç d'Hortons (Barcelona)

LA SALA DEL CRIMEN

P. D. JAMES

BOLSILLO
ZETA

Para mis dos yernos,
Lyn Flook y
Peter Duncan McLeod

Tiempo presente y tiempo pasado
se hallan, tal vez, presentes en el tiempo futuro,
y el futuro incluido en el tiempo pasado.

T. S. ELIOT, *Burnt Norton*

Nota de la autora

Ante todo, debo pedir disculpas a todos los amantes de Hampstead Heath y al Ayuntamiento de Londres por mi temeridad al ubicar el ficticio Museo Dupayne en el ámbito de estas hermosas y veneradas hectáreas. Otras de las ubicaciones mencionadas en la novela también son reales y los conocidos casos de asesinato exhibidos en la Sala del Crimen del museo fueron verídicos. Asimismo, cabe hacer hincapié en que el Museo Dupayne, los miembros de su consejo de administración, el personal, los voluntarios y visitantes sólo existen en mi imaginación, al igual que el Swathling's College y los demás personajes de la historia. También debería pedir disculpas por orquestar interrupciones temporales del servicio del metro de Londres y de la línea ferroviaria entre Cambridge y Londres, pero es posible que a los usuarios del transporte no les resulte demasiado difícil dar credibilidad a este recurso de la ficción.

Como de costumbre, estoy en deuda con la doctora Ann Priston, OBE del Servicio de Ciencias Forenses, y con mi secretaria, la señora Joyce McLennan. También quiero agradecer al señor Andrew Douglas, agente de investigación de incendios del Servicio de Ciencias Forenses, por su inestimable ayuda al instruirme sobre el procedimiento de investigación de incendios de origen sospechoso.

P. D. JAMES

LIBRO PRIMERO

LAS PERSONAS Y EL LUGAR

Viernes 25 de octubre – Viernes 1 de noviembre

1

El viernes 25 de octubre, exactamente una semana antes de que se descubriese el primer cadáver en el Museo Dupayne, Adam Dalgliesh visitó el lugar por primera vez. La visita fue fortuita, la decisión, impulsiva, y más adelante recordaría aquella tarde como una de esas raras coincidencias de la vida que, pese a darse con mucha mayor frecuencia de la que razonablemente cabría esperar, nunca dejan de sorprender.

Había abandonado el edificio del Ministerio del Interior en Queen Anne's Gate a las dos y media, tras una larga reunión que se había prolongado toda la mañana y que sólo se había visto interrumpida unos minutos para hacer la pausa habitual de los bocadillos envasados y el café insulso, y estaba recorriendo la escasa distancia que lo separaba de su despacho en New Scotland Yard. Iba solo, y eso también era fortuito: la representación policial en la reunión había sido muy numerosa y, por lo general, Dalgliesh se habría marchado con el subcomisario, pero uno de los subsecretarios del Departamento de Policía Criminal le había pedido a éste que se pasase por su despacho para discutir una cuestión que nada tenía que ver con el asunto de la reunión, por lo que Dalgliesh había salido solo. La reunión había arrojado como resultado la consabida imposición del papeleo y mientras acortaba camino por la estación de metro de Saint James's Park en dirección a Broadway, se debatía entre regresar a su despacho y arriesgarse a sufrir una tarde llena de interrupciones o llevarse los papeles a casa a su piso a orillas del Támesis y trabajar en paz.

Nadie había fumado en la reunión, pero la atmósfera estaba muy cargada debido a la concentración humana y la falta de ventilación, y en ese momento se deleitaba respirando aire puro y fresco, aunque fuese por tan breve espacio de tiempo. Aunque el día presagiaba borrasca, hacía una temperatura inusualmente suave para aquella época del año. Los cúmulos de nubes atravesaban el cielo, de un azul transparente, sin dejar de dar vueltas, y podría haberse imaginado que era primavera salvo por el penetrante olor a mar del río, tan propio de la estación otoñal —sin duda en parte imaginado— y las bofetadas cortantes del viento cuando salió de la estación.

Al cabo de unos segundos vio a Conrad Ackroyd de pie en el bordillo de la acera en la esquina de la calle Dacre, mirando de izquierda a derecha con esa mezcla de ansiedad y esperanza típica de alguien que espera parar un taxi. Casi de inmediato, Ackroyd lo vio y se acercó caminando hacia él, con los dos brazos extendidos y el rostro sonriente bajo el sombrero de ala ancha. Dalgliesh no tenía modo de evitar el encuentro, y en realidad, tampoco deseaba hacerlo. Pocas personas se mostraban reacias a ver a Conrad Ackroyd: su constante buen humor, su interés por los detalles insignificantes de la vida, su afición a los chismorreos y, por encima de todo, su juventud en apariencia eterna resultaban tranquilizadores. Estaba exactamente igual que cuando Dalgliesh y él se habían conocido décadas antes. Costaba pensar que Ackroyd pudiese sucumbir a una enfermedad grave o sufrir una tragedia personal, y a sus amigos la noticia de su muerte les habría parecido una inversión del orden natural de las cosas. Tal vez, pensó Dalgliesh, en ello residía precisamente el secreto de su popularidad: transmitía a sus amistades la reconfortante ilusión de que el destino era benevolente. Como siempre, iba vestido de forma simpáticamente excéntrica. Llevaba el sombrero de fieltro de ala flexible ladeado con gracia, y cubría su cuerpo menudo, pero fuerte, con una capa de *tweed* de cuadros escoceses morados y verdes. Dalgliesh no conocía a ningún otro hombre que se pusiese polainas, y en ese momento las llevaba.

—Adam, ¡cuánto me alegro de verte! Me preguntaba si estarías en tu despacho, pero no quería llamar. Me intimida demasiado, amigo mío. No estoy seguro de que me dejasen entrar ni de si saldría si lo hiciesen. He estado almorzando en un hotel de Petty France con mi hermano. Viene a Londres una vez al año y siempre se hospeda allí; es un católico apostólico romano recalcitrante y el hotel le queda muy cerca de la catedral de Westminster. Lo conocen y son muy tolerantes.

«¿Tolerantes respecto a qué?», se preguntó Dalgliesh. Y, ¿se estaba refiriendo Ackroyd al hotel, a la catedral o a ambos?

—No sabía que tuvieses un hermano, Conrad —dijo.

—Pues apenas soy consciente de ello; nos vemos tan de vez en cuando... Es una especie de recluso. Vive en Kidderminster —añadió, como si ese dato lo explicase todo.

Dalgliesh estaba a punto de murmurar una diplomática excusa para su marcha inminente cuando su interlocutor dijo:

—Supongo, jovencito, que no lograré torcer tu voluntad para que se ajuste a la mía, ¿cierto? Quiero pasar un par de horas en el Museo Dupayne de Hampstead. ¿Por qué no vienes conmigo? Conocerás el Dupayne, claro...

—He oído hablar de él, pero nunca lo he visitado.

—Pues deberías, deberías. Es un lugar fascinante. Dedicado al periodo de entreguerras, entre 1919 y 1938; pequeño, pero exhaustivo. Tienen algunos buenos cuadros: Nash, Wyndham Lewis, Ivon Hitchens, Ben Nicholson... A ti te interesaría sobre todo la biblioteca: primeras ediciones, hológrafos y, por supuesto, los poetas de entreguerras. Ven, anda.

—En otra ocasión, tal vez.

—Las ocasiones casi nunca vuelven a presentarse, ¿no

te parece? Pero ahora te he atrapado, considéralo una obra del destino. Estoy seguro de que tienes el Jaguar guardado en algún aparcamiento municipal subterráneo. Podemos ir hasta allí.

—Querrás decir que puedo llevarte.

—Y volverás conmigo al Swiss Cottage a tomar el té, ¿a que sí? Nellie nunca me lo perdonaría si no vinieses.

—¿Cómo está Nellie?

—Estupendamente, gracias. Nuestro médico se jubiló el mes pasado. Después de veinte años juntos, fue una separación triste. Sin embargo, su sucesor parece entender nuestras constituciones físicas y en el fondo tal vez sea mejor contar con alguien más joven.

El matrimonio de Conrad y Nellie Ackroyd estaba tan consolidado que muy pocas personas se molestaban en preguntarse por su incongruencia y se regodeaban cayendo en la especulación lasciva sobre su posible consumación. Físicamente, no podían haber sido más distintos, pues Conrad era regordete, bajito y moreno, con ojos brillantes e inquisitivos, y se movía con tanto brío como un bailarín sobre unos piececillos ágiles, mientras que Nellie era al menos ocho centímetros más alta que él, plana y de tez pálida, y llevaba el cabello rubio entrecano recogido en unas espirales trenzadas a los lados de la cabeza, que semejaban auriculares. Su afición consistía en coleccionar primeras ediciones de historietas de colegialas de las décadas de los veinte y los treinta; su colección de Angela Brazil estaba considerada única. Las debilidades de Conrad y Nellie eran su casa y su jardín, las comidas —Nellie era una cocinera magnífica—, sus dos gatos siameses y la leve condición de hipocondriaco de Conrad. Éste todavía dirigía y editaba *The Paternoster Review*, de la que también era dueño, famosa por la virulencia de sus críticas y artículos sin firma. En su vida privada era el más amable de los Jekyll, y en su papel editorial, un impenitente Hyde.

Cierta cantidad de amigos cuyas vidas voluntariamente sobrecargadas de trabajo y agobios les impedían disfrutar de todos los placeres a excepción de los necesarios, encontraban aun así tiempo para tomar el té con los Ackroyd en su casa eduardiana de Swiss Cottage, con su confortable sala de estar y su ambiente de complacencia ajena a la esclavitud del tiempo. Dalgliesh asistía a esas reuniones de vez en cuando. La merienda era un ritual nostálgico y sin prisas: las delicadas tazas alineadas con sus manos, los bocadillos de pan integral delgado con mantequilla y pedacitos de pepino y las tartas caseras de fruta y bizcocho hacían su esperada aparición, servidos por una sirvienta mayor que habría sido un auténtico regalo para cualquier director de reparto que reclutase actores para un culebrón de ambiente eduardiano. Para los visitantes de edad más provecta, el té evocaba recuerdos de una época más pausada y, para todos, la efímera ilusión de que el peligroso mundo que los rodeaba era igual de susceptible que aquella atmósfera hogareña al orden, la razón, el bienestar y la tranquilidad. Pasar las primeras horas de la tarde de cháchara con los Ackroyd era, en los tiempos que corrían, un exceso demasiado indulgente para con uno mismo. Pese a todo, Dalgliesh sabía que no iba a resultar fácil encontrar una excusa plausible para negarse a llevar a su amigo en coche hasta Hampstead.

—Será un placer llevarte al Dupayne —afirmó—, pero si planeas pasar mucho rato allí tal vez no pueda quedarme.

—No te preocupes, amigo mío. Tomaré un taxi de vuelta a casa.

Dalgliesh sólo tardó unos minutos en recoger los papeles que necesitaba de su despacho, escuchar de labios de su secretario lo ocurrido durante su ausencia y sacar su Jaguar del aparcamiento subterráneo. Ackroyd estaba de pie cerca de la señal giratoria con el aspecto de un niño que esperara obedientemente a que los adultos lo recogiesen. Se arrebujó con cuidado en su capa, subió al coche soltando unos gruñidos de satisfacción, forcejeó con impotencia con el cinturón de seguridad y, dándose por vencido, dejó que Dalgliesh se encargase de abrocharlo. Recorrían Birdcage Walk cuando habló.

—Te vi en South Bank el sábado pasado. Estabas de pie contemplando el río en compañía de una joven guapísima, si me permites el comentario.

—Si hubieras subido te la habría presentado —dijo Dalgliesh sin mirarlo ni alterar el tono de voz.

—Pues estuve a punto de hacerlo hasta que me di cuenta de que iba a estar *de trop*, de modo que me contenté observando vuestros perfiles, el suyo más que el tuyo, la verdad sea dicha, con más curiosidad de lo que impone la buena educación. ¿Me equivoqué al detectar cierta... compostura? ¿O debería decir contención?

Dalgliesh no respondió, y al observar su rostro y sus delicadas manos, que por un segundo se crisparon en torno al volante, Ackroyd juzgó prudente cambiar de tema.

—Al final he decidido prescindir de las habladurías en la *Review* —prosiguió—. No merece la pena publicarlas a menos que sean rumores recientes, rigurosos y difamatorios, y en ese caso corres el riesgo de que te denuncien. A la gente le gusta tanto poner pleitos... Estoy intentando diversificarme un poco, de ahí lo de esta visita al Dupayne. Estoy escribiendo una serie de artículos sobre el asesinato como símbolo de su época, o el asesinato como historia social, si lo prefieres. Nellie cree que con esto sí podría obtener el éxito de mi vida, Adam. Está muy entusiasmada. Mira los famosos crímenes victorianos, sin ir más lejos; no podrían haber ocurrido en ningún otro siglo: esos salones atestados de objetos claustrofóbicos, la respetabilidad de cara a la galería, la sumisión ciega de la mujer... Y el divorcio, si es que la esposa encontraba motivos para justificarlo, algo que ya de por sí resultaba bastante difícil, la convertía en una paria social. No es de extrañar que las pobrecillas empezaran a empapar de arsénico las tiras matamoscas. Sin embargo, ésos son los años más fáciles; los de entreguerras resultan más interesantes. En el Dupayne hay una sala dedicada a los casos de asesinato más famosos de las décadas de los veinte y los treinta, no para despertar el interés del público, te lo aseguro, pues no se trata de esa clase de museos, sino para demostrar lo que quiero poner de relieve: el asesinato, el crimen por excelencia, es un paradigma de su época. —Hizo una pausa y miró fijamente a Dalgliesh por primera vez—. Pareces un poco cansado, jovencito. ¿Va todo bien? No estarás enfermo...

—No, Conrad, no estoy enfermo.

—Precisamente ayer Nellie comentó que no te vemos nunca. Estás demasiado ocupado encabezando esa brigada de nombre inofensivo creada para resolver los asesinatos de naturaleza sensible. Suena extrañamente burocrático; ¿cómo define uno los asesinatos de naturaleza insensible? Aun así, todos sabemos lo que significa. Si el presidente de la Cámara de los Lores aparece muerto de una brutal paliza en salto de cama y con peluca en su *woolsack* del Parlamento, llamad a Adam Dalgliesh.

—Me parece que no. ¿Te imaginas que le den una brutal paliza mientras la cámara está reunida, sin duda mientras algunas de Sus Señorías contemplan la escena con satisfacción?

—Pues claro que no; sucedería después de que se hubiese levantado la sesión.

—Entonces, ¿por qué iba a estar sentado en el *woolsack*?

—Lo habrían asesinado en alguna otra parte y habrían trasladado el cadáver. Deberías leer novelas de detectives, Adam. En la actualidad, los asesinatos de la vida real, aparte de estar a la orden del día y de ser, y perdóname el comentario, un poco vulgares, coartan la imaginación. Pese a todo, trasladar el cadáver sería un problema; requeriría grandes dosis de planificación. No creo que funcionase.

Ackroyd hablaba con pesadumbre. Dalgliesh se preguntó si su siguiente entretenimiento sería escribir novelas policiacas. En ese caso, habría que disuadirlo. El asesinato, real o ficticio, y en cualquiera de sus manifestaciones, era aparentemente un entretenimiento poco probable para Ackroyd, pero la curiosidad de éste siempre había abarcado muchos temas, y, una vez seducido por una idea, la perseguía con el entregado entusiasmo de un experto obsesionado con ella durante toda su vida.

Además, parecía probable que la idea persistiese.

—¿Y no existe una convención —prosiguió— según la cual en el palacio de Westminster jamás muere nadie? ¿No meten el cadáver en la ambulancia con unas prisas indecentes y luego aseguran que el deceso se produjo camino del hospital? Vaya, eso sí arrojaría algunas pistas interesantes sobre la hora real de la muerte. Si fuese una cuestión de herencia, por ejemplo, el tiempo sería importante. Ya tengo el título, por supuesto: *Muerte en la Cámara de los Lores*.

—Eso llevaría muchísimo tiempo. Mejor será que te ciñas al asesinato como paradigma de su época. ¿Qué esperas encontrar en el Dupayne?

—Inspiración, quizá, pero sobre todo información. La Sala del Crimen es excepcional. Ése no es su nombre oficial, por cierto, pero así es como todos nos referimos a ella. Hay reportajes de la prensa de la época sobre el crimen y el juicio, fotografías fascinantes incluyendo algunas originales y reconstrucciones de la escena del crimen. No entiendo cómo el viejo Max Dupayne logró echarle el guante a todo eso, pero me consta que no siempre era escrupuloso cuando se trataba de adquirir lo que quería. Y por supuesto, el interés del museo en los asesinatos coincide con el mío. La única razón por la que el anciano creó la Sala del Crimen fue para relacionar el crimen con su época, de lo contrario habría visto cómo la sala le hacía el juego al depravado gusto popular. Ya he escogido mi primer caso; es el más obvio: la señora Edith Thompson. Lo conoces, por supuesto.

—Sí, lo conozco.

Cualquier persona interesada en los asesinatos de la vida real, los defectos del sistema de justicia criminal o el horror y las anomalías de la pena capital conocía el caso Thompson-Bywaters, que había generado novelas, obras de teatro, películas y su ración de artículos periodísticos que rezumaban indignación moral.

Ajeno, al parecer, al silencio de su compañero, Ackroyd siguió parloteando alegremente.

—Examinemos los hechos: tenemos a una hermosa joven de veintiocho años casada con un insulso consignatario cuatro años mayor que ella y viviendo en una anodina calle de un aburrido barrio residencial al este de Londres. ¿Dudas de que encontraba consuelo en una vida imaginaria?

—No tenemos ninguna prueba de que Thompson fuese insulso. No estarás sugiriendo el aburrimiento como una justificación para el asesinato, ¿verdad?

—Se me ocurren motivos menos verosímiles, jovencito. Edith Thompson es inteligente además de atractiva, y trabaja como encargada de una empresa de sombreros de señora en la City, lo que en aquellos tiempos significaba algo. Se va de vacaciones con su marido y su hermana, conoce a Frederick Bywaters, un sobrecargo de la línea de ferris P&O ocho años más joven que ella, y se enamora perdidamente. Mientras él está embarcado, ella le escribe apasionadas cartas de amor que, para cualquier persona falta de imaginación, sin duda podrían interpretarse como una incitación al asesinato. La mujer sostiene que le ha puesto bombillas machacadas a Percy en la sopa, cuya probabilidad fue descartada en el juicio por el patólogo forense Bernard Spilsbury. Y luego, el 3 de octubre de 1922, tras una velada en el teatro Criterion de Londres, mientras caminan de regreso a casa, Bywaters aparece de repente y mata a Percy Thompson a puñaladas. Se oye a Edith Thompson gritar: «¡No lo hagas, no lo hagas!» Pero las cartas la inculpaban, por supuesto. Si Bywaters las hubiese destruido, todavía estaría viva.

—Lo dudo —repuso Dalgliesh—. Tendría ciento ocho años. Pero ¿podrías justificar que se trata de un crimen específico de mediados del siglo XX? El marido celoso, el amante más joven, la dependencia sexual... Podría haber sucedido cincuenta o cien años antes. Podría suceder hoy.

—Pero no exactamente del mismo modo. Para empezar, cincuenta años antes ella no habría tenido la oportunidad de trabajar en la City. Es poco probable que hubiese llegado a conocer a Bywaters. Hoy, por supuesto, habría ido a la universidad, habría encontrado cómo canalizar su inteligencia, habría controlado su imaginación desbordante, y lo más probable es que hubiese acabado convertida en una mujer rica y famosa. La veo como una escritora de novelas románticas. Desde luego, nunca se habría casado con Percy Thompson, y de haber cometido algún asesinato los psiquiatras actuales habrían diagnosticado que era proclive a las fantasías delirantes; el jurado habría adoptado un punto de vista distinto respecto a las relaciones extramatrimoniales y el juez no habría echado mano de su inmenso prejuicio contra las mujeres casadas que tienen amantes ocho años menores que ellas, prejuicio a todas luces compartido por el jurado en 1922.

Dalgliesh permaneció en silencio. Desde que a los once años había leído por primera vez la historia de aquella mujer deshecha y drogada a quien habían tenido que llevar casi a rastras al patíbulo, el caso había permanecido agazapado en un rincón de su memoria, latente como una culebra enroscada. No es que el pobre Percy Thompson hubiese merecido la muerte, pero ¿acaso se merecía nadie lo que su viuda había sufrido aquellos últimos días en la celda de los condenados a muerte, cuando al fin cayó en la cuenta de que fuera había un mundo real aún más peligroso que sus fantasías y que en él había hombres que, en un día concreto y a una hora concreta, la sacarían y le partirían el cuello judicialmente? Aun cuando todavía era un crío, el caso había reafirmado su postura radical contra la pena de muerte. Se preguntó si había ejercido una influencia más sutil y persuasiva la convicción, jamás expresada pero cada vez más arraigada en su intelecto, de que las pasiones fuertes debían estar sujetas a la voluntad, de que un amor caracterizado por la entrega total podía ser peligroso y el precio a pagar demasiado alto. ¿No era eso lo que le había enseñado el viejo y experimentado sargento, ahora ya retirado, cuando era un joven aspirante al Departamento de Investigación Criminal?

Decidió apartar de su mente el caso Thompson-Bywaters y volvió a concentrarse en lo que le decía Ackroyd.

—He encontrado mi caso más interesante. Todavía sigue sin resolver, y es fascinante por los elementos que combina, absolutamente típico de los años treinta. No podría haber sucedido en ningún otro momento, al menos del modo en que sucedió. No me cabe duda de que lo conocerás: se trata del caso Wallace. Se han escrito muchas páginas sobre él. En el Dupayne está toda la documentación.

—Lo presentaron una vez en un curso de formación en Branshill, cuando acababan de nombrarme detective inspector. Constituía un ejemplo de cómo no llevar a cabo la investigación de un asesinato. No creo que lo incluyan en la actualidad; seguramente elegirán casos más recientes y relevantes. No andan escasos de ellos, por cierto.

—Así que conoces los hechos. —La decepción de Ackroyd era tan evidente que Dalgliesh se sintió incapaz de impedir que se explayase.

—Refréscame la memoria.

—Corría el año 1931. En el plano internacional, fue el año en que Japón invadió Manchuria, se proclamó la República en España, se produjeron fuertes disturbios en la India y Cawnpore sufrió uno de los peores brotes de violencia interna de la historia del país, Anna Pavlova y Thomas Edison murieron y el profesor Auguste Piccard fue el primer hombre en alcanzar la estratosfera en un globo. En nuestro país, el National Government fue reelegido en las elecciones de octubre, sir Oswald Mosley concluyó la formación de su New Party, y había dos millones setecientos cincuenta mil desempleados. No fue un buen año. Como ves, Adam, he hecho bien mis deberes. ¿A que te he impresionado?

—Mucho. Es una proeza formidable de la memoria, pero no entiendo qué relevancia tiene para un asesinato típicamente inglés en un barrio de las afueras de Liverpool.

—Así puede enmarcarse en un contexto más amplio. Aunque quizá no lo utilice cuando me ponga a escribir. ¿Sigo? ¿No te estaré aburriendo?

—Por favor, sigue. Y no, no me estás aburriendo.

—Las fechas: lunes 19 y martes 20 de enero. El presunto asesino: William Herbert Wallace, cincuenta y dos años, agente de seguros de la compañía Prudential, un hombre con gafas, ligeramente cargado de espaldas, de aspecto anodino que vive con su esposa, Julia, en el número 29 de la calle

Wolverton de Anfield. Pasaba los días yendo de casa en casa recaudando el dinero de los seguros. Un chelín por aquí, otro chelín por allí en mitad de un día lluvioso y el final inevitable. Típico de su época. Aunque el dinero apenas te alcance para comer, sigues poniendo un poquito cada semana para asegurarte de que te podrás pagar un entierro decente. Vives en la miseria, pero al menos al final podrás organizar una especie de espectáculo. Nada de ir a toda prisa al crematorio para salir de nuevo al cabo de un cuarto de hora porque si no el siguiente cortejo fúnebre empezará a aporrear la puerta.

»Estaba casado con Julia, de cincuenta y dos años, extracción social un poco superior, rostro delicado, buena pianista. Wallace tocaba el violín y a veces la acompañaba en el salón delantero. Al parecer, no era demasiado bueno: si se hubiese puesto a raspar las cuerdas con entusiasmo mientras ella tocaba, tendríamos un móvil para el asesinato, pero con otra víctima. Bueno, el caso es que se les conocía por ser una pareja muy unida, pero ¿quién sabe? No te estoy distrayendo de la conducción, ¿verdad que no?

Dalgliesh recordó que Ackroyd, que no sabía conducir, siempre había sido un pasajero aprensivo.

—En absoluto.

—Llegamos a la tarde del 19 de enero. Wallace jugaba al ajedrez y tenía que ir a jugar una partida al Club Central de Ajedrez, que se reunía en una cafetería del centro de la ciudad los lunes y los jueves por la tarde. Ese lunes recibieron la llamada de un hombre preguntando por él. Una camarera respondió y llamó al director del club, Samuel Beattie, para que se pusiese al teléfono. Beattie sugirió que, puesto que Wallace debía jugar esa tarde pero aún no había llegado, el hombre volviese a llamar más tarde, pero éste repuso que no podía porque estaba celebrando la fiesta de cumpleaños de su hija, que cumplía los veintiuno, pero que Wallace fuese a verlo al día siguiente a las siete y media para hablar de una proposición de negocios. Dijo llamarse R. M. Qualthrough y vivir en Menlove Gardens East, 25, Mossley Hill. Lo más interesante e importante es que la persona que llamó tenía ciertas dificultades para hacerse entender, ya fuesen genuinas o fingidas. Como resultado de todo ello sabemos que la operadora dejó constancia de la hora de la llamada: las siete y veinte.

»De modo que al día siguiente, Wallace se dirigió a la dirección de Menlove Gardens East que, como ya sabes, no existe. Tuvo que tomar tres tranvías para llegar a la zona de Menlove Gardens, estuvo buscando la dirección alrededor de media hora y preguntó al menos a cuatro personas, incluyendo un policía. Al final se dio por vencido y regresó a casa. Los vecinos de la casa contigua, los Johnston, se disponían a salir cuando oyeron que alguien llamaba a la puerta trasera del número 29. Acudieron a ver qué ocurría y vieron a Wallace, quien les dijo que no podía entrar en su casa. Mientras estaban allí con él, lo intentó de nuevo, y esta vez el pomo de la puerta cedió. Los tres entraron en la casa; el cuerpo de Julia Wallace yacía tendido boca abajo sobre la alfombra del salón delantero tapado con el impermeable ensangrentado de Wallace. La habían matado a golpes en un ataque furibundo y tenía el cráneo fracturado por once golpes propinados con una fuerza descomunal.

»El lunes 2 de febrero, trece días después del asesinato, Wallace fue detenido. Todas las pruebas eran circunstanciales, no se habían encontrado restos de sangre en sus ropas y el arma del crimen no había aparecido. No había ninguna prueba física que lo relacionase con el homicidio. Lo interesante es que las pruebas, las pocas que había, podían apoyar tanto la base de la acusación como la de la defensa, en función de cómo se optase por examinarlas. La llamada al café se había realizado desde una cabina cercana a la calle Wolverton a la hora en que Wallace habría estado pasando por allí. ¿Era porque la había efectuado él mismo o porque el asesino estaba esperando para asegurarse de que Wallace iba camino del club? En opinión de la policía, había estado increíblemente tranquilo durante la investigación, sentado en la cocina con el gato en el regazo, sin dejar de acariciarlo. ¿Era porque le traía sin cuidado o, por el contrario, porque se trataba de un hombre estoico que ocultaba sus emociones? Además, había que considerar las repetidas pesquisas para averiguar dónde estaba la dirección que le habían dado: ¿era una nueva coartada, u ocurría que Wallace, quien se tomaba muy en serio su trabajo de agente de seguros, no se rendía fácilmente?

Mientras esperaba en la cola de otro semáforo, Dalgliesh recordó el caso con mayor nitidez. Si la investigación había sido un caos, el juicio no le había ido a la zaga: el juez había recapitulado a favor de Wallace, pero el jurado lo había condenado, veredicto al que llegó en apenas una hora. Wallace apeló y el caso de nuevo hizo historia cuando el tribunal aceptó la apelación alegando que su culpabilidad no estaba probada más allá de toda duda razonable; en resumidas cuentas, que el jurado se había equivocado.

Ackroyd siguió charlando animadamente mientras Dalgliesh fijaba su atención en la carretera. Ya había supuesto que el tráfico sería intenso, pues el trayecto de regreso a casa los viernes empezaba cada año más temprano, con una congestión agudizada por las familias que salían de Londres en dirección a sus casitas de fin de semana. No habían llegado a Hampstead todavía cuando Dalgliesh ya se estaba arrepintiendo de haber cedido al impulso de ver el museo y estaba calculando mentalmente las horas perdidas. Se ordenó a sí mismo que dejase de preocuparse; llevaba una vida ya lo bastante agobiada, así que, ¿por qué estropear con arrepentimientos aquel agradable respiro? Antes de llegar a Jack Straw's Castle, la retención del tráfico hizo que tardaran varios minutos en incorporarse a la menor afluencia de coches que transitaban por Spaniards Road, que se desplegaba en línea recta atravesando el Heath. Allí, los arbustos y los árboles crecían cerca del asfalto y daban la sensación de hallarse en pleno campo.

—No vayas tan deprisa, Adam —sugirió Ackroyd—, o nos pasaremos la calle. No se ve fácilmente. Ahora estamos llegando, a unos treinta metros a la derecha.

Desde luego, no era una calle fácil de localizar y, puesto

que implicaba girar a la derecha cruzando el tráfico, tampoco resultaba sencillo entrar en ella. Dalgliesh vio una verja abierta y detrás de ésta un camino de entrada flanqueado por una enramada espesa y árboles frondosos. A la izquierda de la entrada había un tablón negro clavado en la pared con una indicación pintada en blanco: MUSEO DUPAYNE. POR FAVOR, CONDUZCAN DESPACIO.

—No me parece una invitación —comentó Dalgliesh—. ¿Es que no quieren visitantes?

—No estoy seguro de que los quieran, al menos no en grandes cantidades. Max Dupayne, que fundó este lugar en 1961, lo consideraba una especie de pasatiempo privado. Estaba fascinado, o mejor dicho, obsesionado, con el periodo de entreguerras. Coleccionaba cualquier cosa relacionada con los años veinte y treinta, lo cual explica algunos de los cuadros: pudo comprar antes de que creciese la cotización de los artistas. También adquirió las primeras ediciones de todos los novelistas importantes y de aquellos a quienes consideraba que valía la pena coleccionar. Ahora la biblioteca tiene un gran valor. En principio, el museo estaba dirigido a las personas que compartían su pasión, y esa visión del lugar ha influido en la generación actual. Es posible que las cosas cambien ahora que Marcus Dupayne se ha hecho con el control. Acaba de retirarse de la administración pública. Puede que vea el museo como un reto.

Dalgliesh recorrió una entrada asfaltada tan estrecha que dificultaba el paso para dos coches. A cada lado había una delgada franja de césped y, más allá, un seto espeso de rododendros. Tras éstos, unos árboles altos y delgados, con las hojas amarillentas, contribuían con su presencia a la penumbra del camino. Pasaron junto a un joven arrodillado en el césped en compañía de una mujer mayor de facciones angulosas que estaba de pie junto a él como si dirigiese su trabajo. Entre ambos había una canasta de madera, y parecía que estuviesen plantando bulbos. El chico levantó la vista y los siguió con la mirada mientras pasaban, pero la mujer apenas si se fijó en ellos.

El camino giró hacia la izquierda antes de enderezarse de nuevo, y entonces el museo apareció de pronto ante ellos. Dalgliesh detuvo el coche y se pusieron a contemplarlo en silencio. El camino se dividía para rodear una extensión circular de césped con un arriate central de arbustos, más allá de la cual se alzaba un edificio simétrico de ladrillo, elegante, arquitectónicamente impresionante y mayor de lo que Dalgliesh había esperado. Tenía cinco miradores —el del centro muy adelantado—, dos ventanales, uno encima del otro, cuatro ventanas idénticas en los dos niveles inferiores a cada lado del saledizo central y dos más en el tejado a cuatro aguas. Una puerta acristalada pintada de blanco estaba ubicada en medio de una intrincada composición de ladrillos. El comedimiento y la simetría absoluta del edificio conferían a éste un aire discretamente imponente, más institucional que hogareño. Sin embargo, había un rasgo poco común: donde habría cabido esperar pilastras había una serie de tablas empotradas con capiteles de ladrillo ornamentado que ponían la nota de excentricidad en una fachada que, por lo demás, era tremendamente uniforme.

—¿Reconoces la casa? —le preguntó Ackroyd.

—No. ¿Por qué? ¿Debería?

—No a menos que hayas visitado la casa Pendell, cerca de Bletchingley. Es una excentricidad de Inigo Jones del año 1636. El próspero industrial victoriano que mandó construir ésta en 1894 vio la casa Pendell, le gustó y pensó que por qué no mandar hacer una reproducción. A fin de cuentas, el arquitecto original no estaba allí para oponerse. Sin embargo, no llegó hasta el extremo de duplicar el interior, lo cual, por otra parte, fue una buena idea, porque el interior de la casa Pendell resulta un tanto sospechoso. ¿Te gusta?

Ackroyd estaba tan candorosamente ansioso como un niño pequeño, esperando que su ofrecimiento no decepcionase a su compañero.

—Es interesante —respondió Dalgliesh—, aunque nunca se me habría ocurrido pensar que era copia de un edificio de Inigo Jones. Me gusta, pero no estoy seguro de que quisiera vivir en ella; el exceso de simetría me pone nervioso. Jamás había visto paneles empotrados de ladrillo.

—Ni tú ni nadie, según Pesvner. Se supone que son únicos. Yo los apruebo. La fachada sería demasiado discreta sin ellos. Bueno, vamos a ver el interior, que para eso hemos venido. El aparcamiento está detrás de aquellas matas de laurel de la derecha. Max Dupayne detestaba ver coches delante de la casa. En realidad, detestaba la mayor parte de las manifestaciones de la vida moderna.

Dalgliesh volvió a poner en marcha el motor. Una flecha blanca en un cartel de madera lo dirigió al aparcamiento, un área cubierta de gravilla de unos cincuenta metros por treinta con la entrada en el lado sur. Ya había doce coches ordenadamente estacionados en dos filas. Dalgliesh encontró un hueco al fondo.

—No hay mucho espacio —señaló—. ¿Qué hacen un día de mucha afluencia de público?

—Supongo que los visitantes lo intentan al otro lado de la casa. Allí hay un garaje, pero Neville Dupayne lo usa para guardar su Jaguar E. Pero nunca he visto el aparcamiento abarrotado, ni tampoco el museo, por cierto. Esto es lo normal para un viernes por la tarde. Además, algunos de los coches pertenecen a los miembros del personal.

En efecto, no vieron señales de vida mientras se dirigían hacia la puerta principal. Se trataba, pensó Dalgliesh, de una puerta un tanto intimidatoria para el visitante ocasional, pero Ackroyd asió el tirador de latón con confianza, lo hizo girar y abrió la puerta empujándola.

—En verano suele permanecer abierta. La verdad es que con este sol no se corren riesgos. Bueno, pues aquí estamos. Bienvenido al Museo Dupayne.

2

Dalgliesh siguió a Ackroyd hasta una espaciosa sala con el suelo de mármol blanco y negro. Frente a él se extendía una elegante escalera que al cabo de unos veinte escalones se dividía en dos, hacia el este y hacia el oeste, hasta ir a parar a la galería ancha. A cada lado de la sala había tres puertas de caoba con sendas puertas similares pero más pequeñas que comunicaban con la galería superior. En la pared de la izquierda había una hilera de percheros y debajo de éstos dos largos paragüeros. A la derecha se situaba un mostrador curvado, también de caoba, detrás del cual había una antigua centralita telefónica y una puerta con el indicador de PRIVADO que Dalgliesh imaginó que conducía a las oficinas. La única señal de vida era una mujer sentada tras el mostrador de recepción, quien levantó la vista cuando Ackroyd y Dalgliesh se aproximaron.

—Buenas tardes, señorita Godby —la saludó Ackroyd antes de volverse hacia Dalgliesh para añadir—: Te presento a la señorita Muriel Godby, que se encarga de las entradas y nos mantiene a todos a raya. Éste es un amigo mío, el señor Dalgliesh. ¿Tiene que pagar entrada?

—Por supuesto que tengo que pagar entrada —replicó Dalgliesh.

La señorita Godby lo miró, y Dalgliesh vio un rostro cetrino de expresión grave con un par de ojos extraordinarios tras unas gafas estrechas de montura de concha. Los iris eran de color amarillo verdoso y muy brillantes hacia el centro. El cabello, de un color extraño entre rojizo luminoso y dorado, era espeso y liso, y lo llevaba cepillado con la raya al lado y recogido con un pasador para apartárselo de la cara. Tenía la boca pequeña pero firme y un mentón que contrastaba con su edad aparente: no podía tener mucho más de cuarenta años, pero su barbilla y la parte superior del cuello poseían parte de esa flacidez propia de la vejez. A pesar de que le había dedicado una sonrisa a Ackroyd, ésta había sido poco más que un rictus que le confería un aire cauteloso y ligeramente intimidatorio a la vez. Llevaba un conjunto de suéter y chaqueta de lana azul y un collar de perlas, que le hacía parecer tan anticuada como algunas de las fotografías de debutantes inglesas que aparecían en los viejos ejemplares de la revista *Country Life*. Tal vez, pensó Dalgliesh, la mujer se vistiera así expresamente para ajustarse a las décadas en que se especializaba el museo. Desde luego, la señorita Godby no tenía nada de aniñado ni de ingenuamente atractivo.

Encima del mostrador un cartel enmarcado informaba de que el precio de las entradas era de cinco libras para los adultos, tres libras y media para los pensionistas y los estudiantes, y gratis para los menores de diez años y los desempleados. Dalgliesh le dio su billete de diez libras y obtuvo, además de su cambio, una etiqueta adhesiva redonda y azul. Al recibir la suya, Ackroyd protestó:

—¿De verdad tenemos que ponernos esto? Pertenezco a la Asociación de Amigos del Museo, me he inscrito en la lista.

La señorita Godby se mostró inflexible.

—Es un sistema nuevo, señor Ackroyd: azul para los hombres, rosa para las mujeres y verde para los niños. Se trata de una forma sencilla de hacer cuadrar la recaudación de la caja con el número de visitantes y facilitar información sobre las personas a las que atendemos. Y además, claro está, significa que el personal puede ver de inmediato quién ha pagado y quién no.

Se alejaron del mostrador.

—Es una mujer eficiente —explicó Ackroyd— que ha trabajado mucho para poner este lugar en orden, pero ojalá supiese dónde está su límite. Desde aquí puedes ver la distribución general: esa primera sala de la izquierda es la sala de pintura, la siguiente está especializada en deporte y entretenimiento, mientras que la tercera es la dedicada a temas de historia. Y allí, a la derecha, tenemos la sala de trajes de época, teatro y cine. La biblioteca está en el piso de arriba, así como la Sala del Crimen. Obviamente, seguro que te interesa ver los cuadros y visitar la biblioteca, y quizás el resto de salas, y me gustaría mucho acompañarte; sin embargo, necesito trabajar, así que será mejor que empecemos por la Sala del Crimen.

Haciendo caso omiso del ascensor, Ackroyd comenzó a subir por la escalera central, con más brío que nunca. Dalgliesh lo siguió, consciente de que Muriel Godby los vigilaba desde su puesto detrás del mostrador, como si todavía dudase que fuese seguro dejarlos continuar sin un guía. Habían llegado a la Sala del Crimen, ubicada en el ala este, en la parte posterior del edificio, cuando se abrió una puerta en lo alto de las escaleras. Se oyó el vocerío de varias personas discutiendo que guardaron silencio cuando un hombre salió apresuradamente. Éste vaciló por un instante al ver a Dalgliesh y Ackroyd, los saludó con un movimiento de la cabeza y se dirigió hacia las escaleras. El abrigo que llevaba se agitaba detrás de él como atrapado en la vehemencia de su marcha. A Dalgliesh le pareció distinguir apenas una mata rebelde de pelo negro y una expresión de enfado y azoramiento en la mirada. Casi de inmediato, otra figura apareció en el vano de la puerta. No expresó sorpresa alguna al ver visitantes, sino que se dirigió directamente a Ackroyd.

—¿Para qué sirve el museo? Eso es lo que Neville Dupayne acaba de preguntarme. ¿Para qué sirve? Me extraña que sea hijo de su padre, salvo por el hecho de que la pobre Madeleine era soporíferamente virtuosa: no tenía vitalidad suficiente para las travesuras sexuales. Me alegro de verte aquí otra vez. —Miró a Dalgliesh—. ¿Quién es éste?

La pregunta podría haber sonado ofensiva de no haber sido formulada en un tono de perplejidad e interés genuinos, como si se hallara ante una adquisición nueva aunque no especialmente interesante.

—Buenas tardes, James —dijo Ackroyd—. Te presento a un amigo mío, Adam Dalgliesh. Adam, éste es James Calder-Hale, director y genio responsable del Museo Dupayne.

Calder-Hale era alto y delgado casi hasta el raquitismo, tenía un rostro largo y huesudo y una boca ancha de formas precisas. El cabello, que le atravesaba una frente alta, estaba encanecido en franjas irregulares, por lo que presentaba mechones de color dorado pálido veteados de blanco, característica que le daba un toque de teatralidad. Sus ojos, bajo unas cejas tan definidas que probablemente se depilase, reflejaban inteligencia, y conferían fortaleza a un rostro que, por lo demás, podría haber sido descrito como afable. Sin embargo, a Dalgliesh no lo engañaba aquella sensibilidad aparente, pues había conocido a hombres de carácter fuerte y físicamente activos con cara de eruditos idealistas. Calder-Hale llevaba pantalones estrechos y arrugados, camisa de rayas, corbata azul claro inusitadamente ancha con el nudo más bien suelto, pantuflas de felpa a cuadros y una chaqueta larga de punto gris que casi le llegaba a las rodillas. Había expresado su aparente enfado en un falsete agudo de irritación que en opinión de Dalgliesh tenía más de histriónico que de genuino.

—¿Adam Dalgliesh? He oído hablar de usted. —Sus palabras sonaron más bien como una acusación—. *Un caso al que responder y otros poemas.* No leo demasiada poesía moderna, pues tengo una predilección pasada de moda por versos que se atengan a la métrica y rimen de vez en cuando, pero al menos los suyos no son prosa reordenada en la página. ¿Sabe Muriel que estáis aquí?

—Me he inscrito en la lista —respondió Ackroyd—. Y mira, llevamos puestas esas etiquetitas adhesivas.

—Ya veo. Una pregunta estúpida. Ni siquiera tú, Ackroyd, habrías logrado cruzar el vestíbulo sin que ella lo supiese. Es una auténtica tirana, pero concienzuda, y necesaria, según me dicen. Os pido disculpas por mi vehemencia de hace un momento, no suelo perder los estribos; con cualquiera de los Dupayne es malgastar energía. Bueno, no dejéis que interrumpa lo que sea que hayáis venido a hacer.

Se volvió para regresar a lo que a todas luces era su despacho. Ackroyd se dirigió a él gritando:

—¿Qué le has contestado a Neville Dupayne? ¿Para qué le has dicho que sirve el museo?

Calder-Hale vaciló por un segundo y se volvió.

—Le he dicho lo que ya sabía: que el Dupayne, como cualquier otro museo que se precie, facilita la custodia segura, la conservación, el registro y la exposición de artículos de interés del pasado en beneficio de los estudiosos y de otras personas lo bastante interesadas como para visitarlo. Al parecer, Dupayne pensaba que debería tener alguna especie de función social o misional. ¡Increíble! —Miró a Ackroyd y añadió—: Me alegro de haberte visto. —A continuación, inclinó la cabeza para despedirse de Dalgliesh—. Y por supuesto, de haberle conocido a usted. Hay una adquisición en la sala de pintura que quizá le agrade, una acuarela pequeña pero interesante de Roger Fry, donada por uno de nuestros visitantes asiduos. Esperemos poder conservarla.

—¿Qué quieres decir con eso, James? —preguntó Ackroyd.

—Ah, claro, tú no sabes nada... El futuro de este lugar es incierto; el contrato de arrendamiento termina el mes que viene y se ha negociado otro nuevo. El viejo redactó un fideicomiso muy curioso; según tengo entendido, el museo sólo puede continuar si sus tres hijos, los tres, están de acuerdo en firmar el contrato de arrendamiento. Si cierra será una tragedia, pero a mí no se me ha dado ninguna autoridad para evitarla. Yo no soy fideicomisario.

Sin añadir nada más, dio media vuelta, entró en su despacho y cerró la puerta con vigor.

—Supongo que sí será una auténtica tragedia para él —señaló Ackroyd—. Lleva trabajando aquí desde que se retiró del cuerpo diplomático. Sin recibir ningún sueldo, por supuesto, pero puede utilizar la oficina y hace de guía para unos pocos elegidos. Su padre y el viejo Max Dupayne habían sido amigos desde la universidad. Para el viejo, el museo era un capricho privado, como, por supuesto, suelen serlo los museos para algunos de sus directores. No es que le molestasen del todo los visitantes, algunos de ellos eran incluso bienvenidos, pero pensaba que alguien verdaderamente curioso valía por cincuenta visitantes normales y obraba en consecuencia. Si no sabías qué era el Dupayne ni conocías el horario, entonces no necesitabas saberlo. Más información podía atraer a los transeúntes ocasionales, que querrían entrar a protegerse de la lluvia con la esperanza de encontrar algo capaz de mantener calladitos a los niños durante media hora.

—Pero un visitante ocasional no informado —repuso Dalgliesh— podría disfrutar de la experiencia, probarlo, descubrir la fascinación de lo que en nuestra deplorable jerga contemporánea nos animan a llamar «la experiencia museística». Hasta ese punto un museo es instructivo. ¿No se sentiría satisfecho con eso Dupayne?

—En teoría sí, supongo. Si los herederos lo mantienen abierto, es posible que sigan ese camino, pero no tienen mucho que ofrecer aquí, ¿no crees? El Dupayne no es el Victoria & Albert ni el Museo Británico. Si te interesa el periodo de entreguerras, como a mí, el Dupayne te ofrece prácticamente todo cuanto necesitas, pero los años veinte y treinta poseen un atractivo limitado para el público en general. Después de pasar un día aquí ya lo has visto todo. Creo que al viejo siempre le sentó mal que la sala más popular fuese la Sala del Crimen. Ahora, un museo dedicado por entero al crimen sería muy rentable. Me sorprende que nadie lo haya abierto todavía. Está el Black Museum de New Scotland Yard y esa pequeña colección tan interesante que la policía fluvial tiene en Wapping, pero no creo que ninguno de los dos esté abierto al público en general. Sólo se permite la entrada tras presentar una solicitud, estrictamente.

La Sala del Crimen era grande, de al menos nueve metros de largo, y estaba bien iluminada por tres lámparas colgantes, pero para Dalgliesh la impresión inmediata fue de oscuridad claustrofóbica, pese a las dos ventanas orientadas al este y la única ventana orientada al sur. A la derecha de la ornamentada chimenea había una segunda puerta; era sencilla y sin duda permanecía siempre cerrada, pues carecía de pomo o tirador.

Había vitrinas en todas las paredes, y debajo de ellas, estantes para libros relacionados —o al menos eso cabía suponer— con los casos que se exponían, así como cajones con documentos e informes relevantes. Encima de las vitrinas había hileras de fotografías en blanco y negro y sepia, muchas de ellas ampliadas, algunas obviamente originales y abiertamente explícitas. La impresión era la de un *collage* de sangre y rostros inertes, de asesinos y víctimas unidos en la muerte, con la mirada fija en el vacío.

Dalgliesh y Ackroyd recorrieron la estancia sin separarse. Allí, expuestos, ilustrados y examinados, estaban los casos de asesinato más famosos de los años de entreguerras. Los nombres, las caras y los hechos acudían en ráfagas a la memoria de Dalgliesh. William Herbert Wallace, más joven, sin duda, que en la fecha del juicio, una cabeza poco memorable pero no desagradable, que surgía de un cuello de camisa alto y almidonado, con la corbata anudada como una soga, la boca entreabierta bajo el bigote, los ojos de expresión afable tras unas gafas de montura metálica. Junto a ésa había otra fotografía de periódico en la que aparecía estrechándole la mano a su abogado tras la apelación. Junto a él estaba su hermano; ambos eran bastante más altos que cualquier otra persona del grupo, Wallace un tanto encorvado. Para la experiencia más terrible de su vida se había vestido con cuidado. Llevaba un traje oscuro y el mismo cuello de camisa alto y la corbata estrecha. El pelo ralo, con la raya escrupulosamente en medio, relucía de tanto cepillarlo. Era un rostro en cierto modo típico del burócrata meticuloso y concienzudo en exceso, tal vez no el de un hombre al que las amas de casa, haciendo uso de su asignación semanal, invitasen a entrar a charlar un rato y tomar una taza de té.

—Y aquí tenemos a la hermosa Marie-Marguerite Fahmy —anunció Ackroyd—, que mató de un tiro a su marido, un *playboy* egipcio, en el hotel Savoy, nada más y nada menos, en 1923. El caso es famoso por la defensa que hizo Edward Marshall Hall, quien puso punto final al juicio de una manera sorprendente apuntando al jurado con el arma del crimen para luego dejarla caer con un ruido sordo mientras exigía un veredicto de inocencia. Ella lo mató, por supuesto, pero gracias a Hall logró librarse de la condena. También pronunció un discurso censurablemente racista en el que sugería que las mujeres que se casan con los que denominó «orientales» podían esperar la clase de trato que ella había recibido de su marido. Hoy en día tendría problemas con el juez y la prensa. Una vez más, jovencito, estamos ante un crimen típico de su tiempo.

—Pensaba que tenías en cuenta para tu tesis la comisión del crimen, no el funcionamiento del sistema de justicia criminal de la época.

—Tengo en cuenta todas las circunstancias. Y he aquí otro ejemplo de una defensa victoriosa, el famoso crimen del baúl de Brighton, de 1934. Se supone que éste, mi querido Adam, es el baúl original en el que Tony Mancini, un camarero de veintiséis años que ya había cumplido condena por robo, metió el cadáver de su amante, una prostituta llamada Violette Kaye. Se trataba del segundo crimen del baúl de Brighton; el primer cadáver, el de una mujer a la que le faltaban la cabeza y las piernas, había sido encontrado en la estación de tren de Brighton once días antes. Nunca llegaron a detener a nadie por ese asesinato. Juzgaron a Mancini en el tribunal del condado de Lewes en diciembre y Norman Birkett realizó una defensa brillante. De hecho, le salvó la vida a Mancini. El jurado emitió un veredicto de inocencia, pero en 1976 Mancini confesó. Este baúl parece ejercer una atracción morbosa sobre los visitantes del museo.

No ejerció ninguna atracción morbosa sobre Dalgliesh, quien de pronto sintió la necesidad de mirar al mundo exterior y se acercó a una de las dos ventanas del ala este. Debajo, en mitad de una serie de árboles jóvenes, había un cobertizo de madera y, menos de diez metros más allá, un jardincillo regado mediante un aspersor. El chico que había visto en la entrada se estaba lavando las manos, que a continuación se secó restregándolas contra los costados de los pantalones. En ese momento, Ackroyd lo llamó, ansioso por enseñarle su último caso.

Tras conducir a Dalgliesh hasta la segunda de las vitrinas, dijo:

—El crimen del coche en llamas, en 1930. Sin duda, es un candidato idóneo para mi artículo. Tienes que haber oído hablar de él: Alfred Arthur Rouse, un viajante de comercio de treinta y siete años que vivía en Londres. Era un mujeriego compulsivo. Aparte de cometer bigamia, se supone que sedujo a unas ochenta mujeres en el transcurso de sus viajes. En un momento dado, necesitaba desaparecer de forma permanente, a ser posible que lo dieran por muerto, de modo que el 6 de noviembre recogió a un vagabundo y en una carretera solitaria de Northamptonshire lo mató, lo roció con gasolina, prendió fuego al coche y se largó. Por desgracia para él, dos jóvenes que caminaban de regreso a casa hacia su pueblo lo vieron y le preguntaron por el incendio. Él siguió su camino sin detenerse a hablar con ellos y les gritó: «Parece que alguien ha encendido una hoguera.» Ese encuentro ayudó a que lo detuvieran. Si se hubiera escondido en la cuneta y hubiese dejado que los jóvenes pasaran de largo, tal vez se habría salido con la suya.

—¿Y qué es lo que hace a este crimen propio de su época? —preguntó Dalgliesh.

—Rouse había participado en la guerra, donde había sufrido heridas en la cabeza. Su comportamiento en la escena del crimen y durante el juicio fue excepcionalmente estúpido. Considero a Rouse una víctima de la Primera Guerra Mundial.

«Es posible que lo fuera», pensó Dalgliesh. Sin duda su comportamiento tras el asesinato y su extraordinaria arrogancia en el estrado habían contribuido más que el fiscal a ponerle la soga al cuello. Habría sido interesante conocer el contenido de su hoja de servicios durante la contienda y las circunstancias en que había resultado herido. Pocos de los hombres que habían servido durante mucho tiempo en Flandes habían regresado a casa en condiciones de completa normalidad.

Dejó a Ackroyd con sus pesquisas y se fue en busca de la biblioteca, que estaba en el lado oeste de la misma planta. Se trataba de una sala rectangular con dos ventanas que daban al aparcamiento y una tercera con vistas al camino de entrada. Las paredes estaban cubiertas de librerías de caoba con tres salientes y en el centro de la estancia había una mesa alargada. Encima de una mesita más pequeña ubicada junto a la ventana había una fotocopiadora con un cartel que anunciaba que cada fotocopia costaba diez peniques. Al lado de la máquina estaba sentada una mujer de edad que escribía etiquetas para los objetos exhibidos. En la sala no hacía frío, pero la mujer llevaba bufanda y mitones. Cuando entró Dalgliesh, se dirigió a él con voz dulce y educada:

—Algunas de las vitrinas están cerradas, pero tengo la llave si desea consultar los libros. Los ejemplares del *Times* y otros periódicos se encuentran en el sótano.

A Dalgliesh le costó un poco dar con la respuesta adecuada: como aún le quedaba por ver la sala de pintura, no tenía tiempo de examinar los libros con tranquilidad, pero no quería que su presencia allí pareciese arbitraria o fruto de un capricho.

—Es mi primera visita, así que sólo estoy dando una vuelta, pero gracias de todos modos —explicó.

Se paseó despacio por delante de las estanterías. Allí estaban, la mayoría en primeras ediciones, los principales novelistas del periodo de entreguerras y algunos cuyos nombres le resultaban desconocidos. Aparecían representados los nombres más obvios, como D. H. Lawrence, Virginia Woolf,

James Joyce, George Orwell, Graham Greene, Wyndham Lewis, Rosamond Lehmann, seguidos de una extensa nómina de la variedad y riqueza de aquellos años turbulentos. La sección de poesía contaba con vitrina propia y contenía las primeras ediciones de Yeats, Eliot, Pound, Auden y Louis MacNeice. También estaban, según observó, los poetas de la guerra publicados en los años veinte: Wilfred Owen, Robert Graves, Siegfried Sassoon. Deseó entonces disponer de varias horas para hojear y leer aquellos libros a su antojo, pero aun cuando hubiese dispuesto de tiempo, la presencia de aquella afanosa mujer trabajando en silencio, moviendo laboriosamente las manos enfundadas en sus mitones, lo habría cohibido. Le gustaba estar a solas cuando leía.

Se desplazó hasta el extremo de la mesa central, donde se abrían en abanico media docena de ejemplares del *Strand Magazine*, con sus portadas de diferentes colores exhibiendo fotografías de la Strand londinense, variando ligeramente la escena en cada ejemplar. Dalgliesh seleccionó el número de mayo de 1922; la portada anunciaba relatos de P. G. Wodehouse, Gilbert Frankau y E. Phillips Oppenheim y un artículo especial de Arnold Bennett, pero era en las primeras páginas de anuncios donde los primeros años de la década de los veinte aparecían de forma más vívida: los cigarrillos a cinco chelines y seis peniques los cien, el dormitorio que podía amueblarse por treinta y seis libras y el marido que, preocupado por lo que a todas luces era la falta de libido de su esposa, le devolvía a ésta el ánimo y el buen humor echándole a escondidas una pizca de sal de frutas en el té matinal.

En ese momento Dalgliesh decidió dirigirse a la sala de pintura. Saltaba a la vista que había sido diseñada para los estudiantes aplicados. Junto a cada cuadro había una tarjeta enmarcada en la que aparecía la lista de los principales museos donde podían contemplarse otros ejemplos de la obra del artista, y las vitrinas que flanqueaban la chimenea contenían cartas, manuscritos y catálogos que llevaron a Dalgliesh a pensar de nuevo en la biblioteca. Era en aquellas librerías, sin duda, donde los años veinte y treinta estaban representados con mayor fidelidad, pues habían sido los escritores (Joyce, Waugh, Huxley), y no los artistas, quienes de manera más convincente habían interpretado e influido en aquel confuso periodo de entreguerras. Avanzando despacio por delante de los paisajes de Paul y John Nash, le pareció que el cataclismo de muerte y sangre que se había producido entre 1914 y 1918 era el origen de un anhelo nostálgico por una Inglaterra de sosiego rural. Tenía ante sí un paisaje idílico pintado en un estilo que, pese a su originalidad, era profundamente tradicional. Se trataba de un paisaje en el que aparecían figuras humanas: los leños apilados junto a las paredes de la granja, los campos de cultivo bajo un cielo límpido, la playa vacía..., todos ellos dolorosos recordatorios de la generación muerta. Era como si, una vez cumplida su jornada de trabajo, hubieran colgado las herramientas y se hubiesen tomado con delicadeza una excedencia de la vida. Y sin embargo no existía paisaje más preciso, más perfectamente ordenado. Aquellos campos no habían sido cultivados para la posteridad, sino para una yerma inmutabilidad. En Flandes, la naturaleza había sido desgajada, violada y corrompida, mientras que allí todo había sido restaurado hasta convertirlo en una placidez imaginaria y eterna. Dalgliesh no había esperado que la pintura paisajística tradicional le resultase tan perturbadora.

Pasó con cierta sensación de alivio a las anomalías religiosas de Stanley Spencer, los retratos idiosincrásicos de Percy Wyndham Lewis y los retratos más temblorosos y pintados de manera más informal de Duncan Grant. La mayoría de los pintores le resultaban familiares; casi todos le proporcionaban placer, aunque presentía que se trataba de artistas que habían recibido una poderosa influencia de los pintores continentales, mucho mejores y más importantes. Max Dupayne no había podido adquirir las obras más destacadas de cada uno de ellos, pero en cualquier caso había conseguido reunir una colección que, en su diversidad, era representativa del arte de los años de entreguerras, lo que en definitiva constituía su objetivo.

Cuando entró en la sala, ya había allí otro visitante, un joven delgado con tejanos, zapatillas de deporte gastadas y un grueso anorak. Bajo su voluminosa figura, sus piernas parecían delgadas como palillos. Al acercarse, Dalgliesh vio un rostro delicado y pálido. Un gorro de lana ocultaba su cabello y sus orejas. Desde que Dalgliesh había entrado en la estancia, el chico había permanecido de pie inmóvil frente a un cuadro que representaba una escena de la guerra cuyo autor era Paul Nash. Dalgliesh también quería examinar aquel cuadro, de modo que ambos lo estudiaron en silencio, el uno junto al otro, por espacio de un minuto.

El cuadro, que se titulaba *Passchendaele 2* y le resultaba desconocido, lo contenía todo, el horror, la inutilidad y el dolor, concretado en los cuerpos de aquellos muertos desmadejados y desconocidos. Allí al fin había un cuadro que se expresaba con una resonancia más poderosa que cualquier palabra. No era su guerra, ni tampoco la de su padre. Ya quedaba fuera del recuerdo de los vivos, y aun así, ¿había producido otro conflicto moderno un dolor tan universal?

Dalgliesh estaba a punto de alejarse cuando el joven dijo:

—¿Considera que es un buen cuadro?

Se trataba de una pregunta seria, pero provocó cierto recelo en Dalgliesh, una reticencia a parecer un entendido.

—No soy artista ni experto en historia del arte —respondió—. Me parece un cuadro muy bueno. Me gustaría tenerlo en mi casa.

Pese a su oscuridad encontraría un rincón en aquel piso medio vacío a orillas de Támesis, pensó. Emma se alegraría, pues seguramente compartiría lo que él estaba sintiendo en ese momento.

—Antes estaba colgado en la pared de la casa de mi abuelo en Suffolk —dijo el chico—. Lo compró para recordar a su propio padre, mi bisabuelo, que murió en Passchendaele.

—¿Y cómo ha llegado hasta aquí?

—Max Dupayne lo quería. Esperó hasta que al abuelo le entró la desesperación por conseguir dinero y entonces se lo compró. Lo consiguió muy barato.

A Dalgliesh no se le ocurrió ninguna réplica apropiada, y al cabo de un instante preguntó:

—¿Vienes a verlo a menudo?

—Sí. No pueden impedirme que lo haga. Cuando estoy cobrando el paro no tengo que pagar entrada. —Se apartó unos pasos y añadió—: Por favor, olvide lo que acaba de oír. Nunca se lo había dicho a nadie. Me alegro de que le guste.

Se alejó sin agregar palabra. ¿Habría sido acaso aquel momento de comunicación muda frente al cuadro la causa de esa confidencia tan inesperada? Por supuesto, existía la posibilidad de que mintiese, pero a Dalgliesh no se lo parecía. Le hizo pensar en lo escrupuloso que había sido Max Dupayne en su lucha por satisfacer su obsesión. Decidió no decirle nada a Ackroyd sobre el encuentro y después de un nuevo y lento recorrido por la habitación subió de nuevo a la Sala del Crimen.

Conrad, que estaba sentado en uno de los sillones que había junto a la chimenea con varios libros y publicaciones distribuidos encima de la mesa ante él, todavía no parecía dispuesto a marcharse.

—¿Sabías que ahora hay un nuevo sospechoso del crimen de Wallace? No ha salido a la luz hasta hace poco.

—Sí —respondió Dalgliesh—, ya lo había oído. Se llamaba Parry, ¿verdad? Pero él también está muerto. No vas a resolver el crimen ahora, Conrad. Y pensaba que lo que te interesaba no era la solución del crimen sino la relación de éste con su época.

—Uno acaba interesándose cada vez más por todo, jovencito. Aun así, tienes razón. No debo permitirme el lujo de desviarme de mi campo de investigación. No te preocupes si has de marcharte. Sólo voy a ir a la biblioteca a hacer unas fotocopias y me quedaré por aquí hasta las cinco, cuando cierran. La señorita Godby ha tenido la amabilidad de ofrecerse a llevarme en coche hasta la estación de metro de Hampstead. En el interior de ese formidable pecho late un corazón de oro.

Al cabo de unos minutos, Dalgliesh ya estaba conduciendo, absorto en cuanto había visto. Aquellos años de entreguerras en los que Inglaterra, cuya memoria estaba marcada por los horrores de Flandes y una generación perdida, había ido saliendo adelante a duras penas rayando el deshonor para enfrentarse y superar un peligro mayor. Habían sido dos décadas de extraordinarios cambios sociales. Pese a todo, se preguntó por qué a Max Dupayne le habían parecido tan fascinantes como para dedicar su vida a dejar constancia de ellos; a fin de cuentas, era su propia época la que estaba conmemorando. Había comprado primeras ediciones de la literatura de ficción y conservado los periódicos y las revistas según iban publicándose. «Con estos fragmentos he apuntalado mis ruinas.» ¿Era ésa la razón? ¿Acaso era a sí mismo a quien necesitaba inmortalizar? ¿Constituía aquel museo, fundado por él y en su nombre, su limosna personal para con el olvido? Quizás en ello residía la atracción de todos los museos. Las generaciones mueren, pero cuanto hicieron, pintaron o escribieron, aquello por lo que lucharon y consiguieron, seguía allí, al menos en parte. Al erigir monumentos conmemorativos, no sólo a los famosos sino a las legiones de muertos anónimos, ¿esperábamos acaso asegurarnos indirectamente nuestra propia inmortalidad?

En ese momento, sin embargo, Dalgliesh no estaba de humor para consentir que sus pensamientos derivaran hacia el pasado. El siguiente fin de semana debía dedicarlo por completo a la escritura, y la semana posterior trabajaría doce horas al día, pero tenía libres ese sábado y ese domingo, y nada iba a interferir con eso. Vería a Emma, y el pensar en ella iluminaría la semana entera del mismo modo en que en ese momento lo embargaba de esperanza. Se sentía tan vulnerable como un chiquillo enamorado por vez primera y sabía que se enfrentaba al terror que le producía pensar en la posibilidad de que ella lo rechazase. Pero no podían seguir como hasta el momento, de alguna manera tenía que encontrar el coraje para arriesgarse a ese desencanto, para aceptar la trascendental suposición de que Emma quizá lo amase. Ese fin de semana encontraría el momento, el lugar y, lo que era más importante, las palabras que o bien los separarían o bien los unirían por fin.

De pronto advirtió que todavía llevaba el adhesivo azul pegado a la chaqueta. Se lo arrancó, lo estrujó hasta hacer una bola con él y se lo metió en el bolsillo. Se alegró de haber visitado el museo; había disfrutado de una nueva experiencia y admirado buena parte de cuanto había visto, pero decidió que no volvería allí.

3

En su despacho con vistas a Saint James's Park, el mayor de los Dupayne estaba haciendo limpieza en su escritorio. Como era propio de él, lo hacía metódicamente, con meticulosidad y sin prisas. Había pocas cosas que desechar, y menos aún que llevarse consigo, pues casi todos los documentos relacionados con su vida oficial ya habían sido retirados. Una hora antes, el mensajero de uniforme había recogido el último archivo, que contenía sus actas finales, tan callada y bruscamente como si se tratase de una tarea más. Sus escasos libros personales habían sido retirados de manera paulatina de los estantes, que ahora sólo albergaban publicaciones oficiales, estadísticas criminales, libros blancos, el Archbold y volúmenes de legislación reciente. Otras manos, cuya identidad él creía conocer, colocarían libros personales en aquellas estanterías vacías. En su opinión, se trataba de un ascenso inmerecido, prematuro, no lo bastante elaborado, pero lo cierto es que, antes, su sucesor ya había sido destacado como uno de los afortunados que, en la jerga del servicio, era uno de los triunfadores designados.

De modo que antes ya había sido destacado. Para cuando hubo alcanzado el rango de secretario adjunto, su nombre empezaba a barajarse como posible jefe de departameto. Si todo hubiese ido bien, en ese momento estaría marchándose con su título bajo el brazo, sir Marcus Dupayne, y habría un montón de empresas de la City dispuestas a nombrarlo director. Eso era lo que él había esperado, lo que Alison había esperado. Su ambición profesional había sido fuerte pero disciplinada, pues en ningún momento había olvidado que el éxito es imprevisible. La de su esposa, en cambio, había sido desenfrenada, embarazosamente pública. Dupayne pensaba en ocasiones que ése era el motivo de que se hubiera casado con él: cada acto social había sido organizado sin perder de vista su éxito. Una cena no era una reunión de amigos, sino una estratagema en una campaña ideada con sumo cuidado. A Alison nunca se le había pasado por la cabeza que nada de lo que ella hiciese influiría en la carrera de su esposo, ni que la vida extraprofesional de éste carecía de importancia siempre y cuando no fuese públicamente vergonzante. A veces él le decía: «No pretendo acabar convirtiéndome en obispo, director, o ministro. No pienso dejar que me maldigan o me degraden porque el vino esté picado.»

Había llevado un trapo para el polvo dentro del maletín y en ese momento estaba comprobando si habían vaciado todos los cajones del escritorio. Al tantear con la mano el cajón del extremo inferior izquierdo encontró un lápiz gastado. Se preguntó cuántos años llevaría allí. Observó sus dedos, manchados de polvo gris, y se los limpió en el trapo, que dobló con cuidado ocultando la suciedad y luego metió en su bolsa de lona. Dejaría el maletín en el escritorio. La dorada insignia real de éste ya estaba borrosa, pero hizo que acudiera a su memoria el recuerdo del día en que le habían entregado su primer maletín negro oficial, con la brillante insignia como distintivo de su función.

Había celebrado la despedida de rigor, con copas incluidas, antes del almuerzo. El secretario permanente le había dedicado los esperados cumplidos con una fluidez harto sospechosa; estaba acostumbrado a esa clase de actos. Un viceministro había hecho acto de presencia y sólo había consultado su reloj una vez y con disimulo. Había reinado un ambiente de falsa cordialidad intercalada con momentos de frialdad. Alrededor de la una y media, la gente había empezado a marcharse discretamente; al fin y al cabo, era viernes, y sus deberes para con el fin de semana los reclamaban.

Al salir al pasillo vacío y cerrar la puerta de su despacho por última vez le sorprendió, y preocupó un poco, no sentirse emocionado. Tenía que sentir algo, de eso no cabía duda, pero ¿qué?; ¿pena, una leve satisfacción, una punzada de nostalgia, el reconocimiento del fin de una etapa? No sentía nada. En el mostrador de recepción del vestíbulo de entrada estaban los funcionarios habituales, ambos ocupados, lo cual lo eximió de la obligación de pronunciar unas embarazosas palabras de despedida. Decidió seguir su ruta favorita a Waterloo, atravesando Saint James's Park, bajando por la avenida Northumberland y cruzando el puente de Hungerford. Traspuso las puertas giratorias por última vez y se dirigió a Birdcage Walk para adentrarse en el suave alboroto otoñal del parque. Se detuvo en mitad del puente que atravesaba el lago para contemplar, como hacía siempre, una de las vistas más hermosas de Londres, por encima del agua y la isla hacia las torres y tejados de Whitehall. A su lado había una madre arropando a su bebé en un cochecito de tres ruedas. Junto a ella, un crío de unos dos años arrojaba migas de pan a los patos. El aire se enrareció cuando los patos empezaron a disputarse las migas formando un remolino de agua. Se trataba de una escena que, en sus paseos a la hora del almuerzo, había observado durante más de veinte años, pero en ese momento le devolvió un recuerdo reciente y desagradable.

Una semana antes había realizado el mismo camino. Había visto a una mujer dar de comer a los patos trozos de su bocadillo. Era baja y regordeta y vestía un grueso abrigo de *tweed* y un gorro de lana que le cubría las orejas. Una vez hubo arrojado las últimas migas, la mujer se volvió y, al advertir su presencia esbozó una tímida sonrisa. Ya desde su juventud, Dupayne encontraba repelentes, casi amenazadoras, las familiaridades inesperadas por parte de desconocidos, de modo que se limitó a inclinar la cabeza con gesto adusto y se alejó a toda prisa. Su reacción había sido tan brusca y desdeñosa como si la mujer se le hubiese insinuado sexualmente. Ya había llegado a los escalones de la columna del duque de York cuando, de pronto, cayó en la cuenta de que aquella mujer no era ninguna desconocida sino Tally Clutton, la encargada de la limpieza del museo. Sin duda al verla con una indumentaria distinta de la bata marrón abotonada hasta arriba que llevaba para trabajar no la había reconocido. En ese momento, el recuerdo hizo que se sintiera irritado, tanto con ella como consigo mismo. Se trataba de un error embarazoso que tendría que reparar cuando volviese a verla. Eso resultaría lo más difícil, pues entonces tendría que hablar del futuro de la mujer. El alquiler de la casa, en la que vivía sin pagar un chelín, debía de ascender a trescientas cincuenta libras semanales como mínimo. Hampstead no era una zona barata, sobre todo el sector con vistas al Heath. Si decidía sustituirla por otra persona, el que no tuviese que pagar alquiler supondría un aliciente. Era posible que lograsen interesar a un matrimonio; ella realizaría las labores de limpieza y el hombre cuidaría del jardín. Por otra parte, Tally Clutton era muy trabajadora y querida por todos. Tal vez constituyese una imprudencia alterar la organización doméstica cuando había que abordar tantos otros cambios. Caroline, por supuesto, se pelearía con quien fuese por conservar tanto a Clutton como a Godby, y él no quería por nada del mundo pelearse con Caroline. No había ningún problema con Muriel Godby, pues resultaba muy económica y era extraordinariamente competente, cualidades raras en los tiempos que corrían. Tal vez más adelante surgiesen problemas en la cadena de mando; estaba claro que Godby se veía a sí misma como responsable ante Caroline, y no era de extrañar, puesto que había conseguido el trabajo gracias a su hermana. Sin embargo, la asignación de tareas y responsabilidades podía esperar hasta que se hubiese firmado el nuevo contrato de arrendamiento. Conservaría a ambas mujeres. El chico, Ryan Archer, no se quedaría por mucho tiempo, los jóvenes nunca lo hacían.

«Ojalá consiguiera apasionarme por el motivo que fuese, sentir algo intensamente», pensó. Hacía mucho tiempo que su carrera había dejado de proporcionarle satisfacción emocional. Incluso la música estaba perdiendo su poder de seducción. Recordó la última vez, hacía sólo tres semanas, que había interpretado el *Concierto doble para violín* de Bach con un profesor del instrumento. Su interpretación había sido precisa, sensible incluso, pero no había surgido del corazón. Quizá tras media vida de concienzuda neutralidad política, de un cuidadoso ejercicio de documentación de ambas partes de cualquier confrontación, había alimentado una prudencia de espíritu enfermiza. Sin embargo, ahora había esperanza: tal vez encontrara el entusiasmo y la sensación de realización personal que tanto ansiaba dirigiendo el museo que llevaba su nombre. «Necesito esto —pensó—, puedo lograr que el proyecto tenga éxito. No voy a permitir que Neville me lo quite.» Mientras cruzaba el camino del Ateneo, su mente empezó a alejarse de los acontecimientos recientes. La revitalización del museo le proporcionaría un interés que reemplazaría y compensaría tantos años de mediocridad absoluta.

El regreso a su convencional casa en una calle arbolada a las afueras de Wimbledon fue igual que cualquier otro. Como de costumbre, el salón estaba inmaculado. De la cocina llegaba un débil olor a comida, no demasiado penetrante. Alison estaba sentada frente a la lumbre leyendo el *Evening Standard*. Al verlo entrar, dobló el periódico con cuidado y se levantó para ir a saludarlo.

—¿Ha ido el ministro del Interior?

—No, no sería lo habitual en estos casos. Ha venido el viceministro, eso sí.

—Bueno, la verdad es que siempre han dejado muy claro lo que opinan de ti: nunca te han dedicado el respeto que te mereces.

Sin embargo, Alison habló con menos rencor del que él esperaba. Al observarla creyó detectar en su voz un entusiasmo contenido, mezcla de culpabilidad y rebeldía.

—Sirve tú el jerez, ¿quieres, cielo? Hay una botella sin empezar en la nevera.

La expresión y el tono cariñoso también constituían un

hábito; la imagen que Alison había presentado al mundo durante los veintitrés años de su matrimonio era la de una pareja feliz y afortunada; quizás otros matrimonios fracasasen de manera estrepitosa y humillante, pero el suyo se mantendría seguro.

Cuando él volvió con las bebidas, ella anunció:

—He almorzado con Jim y Mavis. Tienen planeado ir a Australia por Navidad para ver a Moira. Ella y su marido están ahora en Sidney. He pensado que a lo mejor me voy con ellos.

—¿Jim y Mavis?

—Los Calvert. Acuérdate: ella está conmigo en el Comité de Ayuda a la Tercera Edad. Cenaron aquí hace un mes.

—¿La pelirroja con halitosis?

—Sí, pero eso no era normal, debió de comer algo que le sentó mal. Ya sabes lo mucho que Stephen y Susie han estado insistiendo para que los visitemos, a ellos y a sus nietos, claro. Creo que es una oportunidad demasiado buena para dejarla escapar: tendré compañía durante el vuelo. Debo confesar que me aterra esa parte del viaje. Jim es tan eficiente que lo más probable es que consiga que nos cambien a primera clase.

—Me es imposible ir a Australia este año o el siguiente. Por lo del museo, ¿sabes? Voy a ser el nuevo responsable. Creía que ya te lo había explicado. Será un trabajo a tiempo completo, al menos al principio.

—Ya lo sé, cariño, pero puedes escaparte y venir un par de semanitas mientras yo estoy allí. Huir del clima.

—¿Durante cuánto tiempo estás pensando quedarte?

—Seis meses, un año tal vez. No tiene sentido desplazarse tan lejos sólo para una estancia corta. Ni siquiera me alcanzaría a recuperarme del *jet lag*. No me quedaré con Stephen y Susie todo el tiempo, nadie quiere a una suegra en casa durante meses y meses. Jim y Mavis planean viajar por el país y Jack, el hermano de Mavis, vendrá con nosotros, así que seremos cuatro y yo no sentiré que estoy de más. Dos son compañía, pero tres son multitud.

«Estoy asistiendo al relato de la ruptura de mi matrimonio», pensó Dupayne, y se sorprendió de lo poco que le importaba.

—Podemos permitírnoslo, ¿no es verdad? —prosiguió Alison—. ¿Van a indemnizarte por la jubilación anticipada?

—Sí, podemos permitírnoslo.

La miró con la misma indiferencia con que habría estudiado a una desconocida. A sus cincuenta y dos años, seguía siendo guapa y poseía una elegancia cuidadosamente preservada, casi clínica. Todavía resultaba una mujer deseable, aunque no con frecuencia, y en esas ocasiones sin apasionamiento. Rara vez hacían el amor, y por lo general después de que la bebida y la costumbre indujeran a una sexualidad apremiante que pronto quedaba satisfecha. No tenían nada nuevo que descubrir el uno del otro, nada que quisiesen descubrir. Él sabía que a ella esas cópulas ocasionales no le procuraban ningún placer, pero reafirmaban que su matrimonio aún existía. Quizá fuese una esposa infiel, pero siempre era convencional. Sus aventuras amorosas tenían más de discretas que de furtivas: ella fingía que no ocurrían y él hacía como que no se enteraba. Su matrimonio estaba regulado por un concordato que jamás se había ratificado con palabras; él se ocupaba de traer a casa el sueldo y ella se encargaba de que la vida de él fuese cómoda, de que sus prioridades estuviesen cubiertas, sus comidas excelentemente cocinadas y de ahorrarle la mínima molestia en lo que a la organización doméstica se refería. Cada uno respetaba los límites de la tolerancia del otro en lo que, en esencia, componían un matrimonio de conveniencia. Ella había sido una buena madre para Stephen, el único hijo de ambos, y era una abuela que adoraba a los hijos de éste y de Susan, quienes la obsequiarían con un recibimiento mucho más caluroso en Australia del que le prodigarían a él.

—¿Qué vas a hacer con esta casa? —preguntó ella, ya relajada tras comunicar las noticias—. No necesitas un lugar tan grande. Seguramente valdrá unas setecientas cincuenta mil libras. A los Rawlinson les dieron seiscientas mil por la suya, y eso que necesitaba muchas reformas. Si quieres venderla antes de que yo regrese, a mí no me importa. Lamento no estar aquí para ayudarte, pero lo único que necesitas es una empresa de mudanzas de confianza. Déjalo en sus manos.

De modo que estaba pensando en volver, aunque fuese temporalmente. Tal vez aquella nueva aventura no fuera distinta de las demás salvo en el hecho de que sería más prolongada. Y luego habría asuntos que resolver, incluyendo su parte de las setecientas cincuenta mil libras.

—Sí, lo más probable es que la venda, pero no hay prisa —respondió él.

—¿Y no puedes trasladarte al piso del museo? Sería lo más lógico.

—Caroline no estaría de acuerdo. Considera el piso su casa desde que se trasladó allí después de que muriera nuestro padre.

—Pero de hecho no vive allí, o al menos no todo el tiempo; tiene su alojamiento en la escuela donde trabaja. Tú esta-rás allí permanentemente y podrás vigilar un poco la seguridad. Si no recuerdo mal, es un lugar bastante agradable, y muy espacioso. Creo que allí te sentirás muy cómodo.

—Caroline necesita salir de la escuela de vez en cuando. Conservar el piso será el precio que impondrá por avenirse a mantener abierto el museo. Necesito su voto. Ya sabes cómo funciona el fideicomiso.

—Nunca lo he entendido.

—Es muy sencillo; cualquier decisión importante que tenga que ver con el museo, incluida la negociación de un nuevo contrato de arrendamiento, requiere el consentimiento de los tres fideicomisarios. Si Neville no firma, será el fin del museo.

En ese momento, Alison se levantó llena de indignación; era probable que estuviese planeando abandonarlo por otro hombre, marcharse o regresar según su antojo, pero en cualquier disputa relacionada con la familia, siempre se pondría de parte de él. Era capaz de luchar de forma implacable por lo que creía que quería.

—¡Entonces, tú y Caroline tenéis que obligarlo! ¿Qué más le da a él, de todas formas? Tiene su trabajo, y el museo siempre le ha importado un comino. No puedes permitir que el resto de tu vida se vaya al garete sólo porque Neville no acepte firmar un trozo de papel. Has de poner freno a esa barbaridad.

Él cogió la botella de jerez, se acercó a Alison y rellenó ambas copas. Las levantaron al mismo tiempo, como si se dispusieran a hacer una promesa solemne.

—Sí —repuso con gravedad—. Si es necesario, tendré que ponerle freno a Neville.

4

El sábado por la mañana, a las diez en punto exactamente, lady Swathling y Caroline Dupayne se disponían a celebrar su reunión semanal en el despacho de la directora de Swathling's. El hecho de que se tratara de una ocasión casi formal, que sólo se cancelaba cuando surgía alguna emergencia de índole personal y se interrumpía únicamente a las once, cuando llegaba el café, era una circunstancia propia de la relación que unía a ambas, así como la disposición de la estancia. Se sentaban la una frente a la otra en sendos sillones idénticos ante un escritorio victoriano de caoba colocado ante la amplia ventana con vistas al jardín, donde los cuidados rosales exhibían sus tallos espinosos en un terreno desprovisto de maleza. Más allá del jardín, el Támesis era un atisbo de plata opaca bajo el cielo de la mañana.

La casa Richmond constituía el principal activo que lady Swathling había aportado a aquella empresa. Su suegra había fundado la escuela y se la había legado a su hijo y ahora a su nuera. Hasta la llegada de Caroline Dupayne, ni la escuela ni la casa habían experimentado mejoras, pero la segunda, tanto en los buenos como en los malos tiempos, había continuado siendo hermosa, al igual que su propietaria, según la opinión de ésta y de otros.

Lady Swathling nunca se había preguntado si le gustaba su socia, pues no se trataba de la clase de pregunta que hubiese formulado a nadie, incluida ella misma. La gente resultaba útil o prescindible, y o bien su compañía era agradable, o bien se trataba de unos pesados a los que convenía evitar. Le gustaba que sus conocidos fuesen bien parecidos o, si sus genes y su destino no los habían favorecido, que al menos supieran sacar el máximo partido a su aspecto. Nunca entraba en el despacho para la reunión semanal sin mirarse de reojo en el enorme espejo ovalado que colgaba junto a la puerta. El examen era, a aquellas alturas, automático, y la seguridad y confianza que le proporcionaba, innecesarias. Nunca necesitaba retocarse el cabello, cano con mechas plateadas, que peinaba en peluquerías caras sin que por ello sugiriese una preocupación obsesiva por la apariencia. La elegante falda le llegaba a la mitad de la pantorrilla, largo que siempre había respetado pese a los cambios en la moda. Lucía una rebeca de cachemira echada con aparente despreocupación por encima de una blusa de seda de color crema. Era consciente de que todo el mundo la consideraba una mujer distinguida y exitosa que llevaba las riendas de su vida, y así era precisamente como se veía a sí misma. Lo que importaba a los cincuenta y ocho años era lo que había importado a los dieciocho: la clase y una buena estructura ósea. Lady Swathling sabía reconocer que su aspecto físico era una baza para la escuela, como así también su título nobiliario. Si bien debía admitirse que, originariamente, había sido una baronía «Lloyd George» otorgada, como bien sabían los *cognoscenti*, por favores debidos al primer ministro y al partido más que al país, en la actualidad sólo los más ingenuos o los inocentes se preocupaban —o, de hecho, se sorprendían— por esa clase de patrocinio; un título era un título.

Amaba aquella casa con una pasión que no sentía por ningún ser humano. Nunca entraba en ella sin experimentar una íntima satisfacción por el hecho de que le perteneciese. La escuela que llevaba su nombre por fin gozaba de cierto prestigio y había suficiente dinero para mantener la casa y el jardín e incluso ahorrar un poco. Sabía que debía aquel éxito a Caroline Dupayne; recordaba prácticamente cada palabra de la conversación que había mantenido siete años antes con Caroline, su secretaria personal durante siete meses, en la que ésta había presentado su plan para las reformas, con atrevimiento y sin que nadie la hubiese invitado a hacerlo, y al parecer más motivada por su aversión al caos y el fracaso que por pura ambición personal.

—A menos que hagamos algo —había dicho—, las cifras seguirán menguando. Con franqueza, tenemos dos problemas: no estamos dando calidad a cambio de dinero y no sabemos para qué servimos. Ambas cosas son funestas. No podemos seguir viviendo en el pasado, y la actual coyuntura política está de nuestra parte. Ahora no supone ninguna ventaja para los padres enviar a sus hijas a estudiar al extranjero: esta generación de niñas ricas esquía en Klosters cada invierno y lleva viajando desde la infancia. El mundo es un sitio peligroso y lo más probable es que lo sea aún más. Los padres estarán cada vez más deseosos de que sus hijas se conviertan en señoritas en Inglaterra. ¿Y qué queremos decir con eso de convertirse en señoritas? El concepto está pasado de moda, a la juventud ya le resulta risible. No sirve de nada que ofrezcamos la dieta habitual de clases de cocina, arreglos florales, puericultura y normas de conducta sin añadir un poco de cultura. Casi todo eso pueden obtenerlo gratis, si quieren, en las clases nocturnas de las instituciones municipales. Además, tenemos que hacer que nos consideren capaces de realizar una criba: se acabó lo del ingreso automático sólo porque papaíto puede pagar las cuotas. Y nada de imbéciles: es imposible enseñarles algo, y además no quieren aprender. Impiden avanzar al resto de compañeras y las irritan. Se acabaron las inadaptadas sociales, esto no es ningún pabellón de psiquiatría de una residencia cara. Y nada de delincuentes juveniles: birlar cosas de Harrods o Harvey Nicks no se diferencia de robar de Woolworth's aunque mamá tenga cuenta allí y papaíto pueda comprar a la policía.

Lady Swathling había lanzado un suspiro.

—Hubo una época en la que se podía confiar en que personas de cierto origen social se comportasen de determinada manera.

—¿Ah, sí? Pues yo no me había dado cuenta —dijo Caroline, y continuó con su perorata implacable—. Por encima de todo, necesitamos dar calidad a cambio de dinero. Al final del año escolar o del curso de dieciocho meses, las alumnas deberían estar en condiciones de demostrar que se han esforzado. Tenemos que justificar lo que les cobramos cada final de mes, que no es poco. Ante todo, necesitan conocimientos de informática. Las dotes de secretaria y administrativa siempre serán un valor en alza. Además, tenemos que garantizar que sepan hablar con fluidez un idioma extranjero. Si ya lo saben, entonces les enseñamos una segunda lengua extranjera. La cocina debería estar incluida: es popular, útil y está de moda socialmente; deberíamos dar clases a nivel de *cordon bleu*. Las demás asignaturas (sociedad, puericultura, protocolo) deberían ser optativas. El arte no constituirá un problema: tenemos acceso a colecciones privadas y estamos a un paso de Londres. He pensado que podríamos organizar intercambios con otras escuelas similares de París, Madrid y Roma.

—¿Podemos permitírnoslo? —había preguntado lady Swathling.

—Será complicado los dos primeros años, pero después de eso las reformas empezarán a dar sus frutos. Cuando una chica diga: «He pasado un año en Swathling's», significará algo, y algo comercializable. Una vez que consigamos el prestigio, las ganancias empezarán a crecer.

Y vaya si habían crecido... Swathling's se había convertido en lo que Caroline Dupayne había planeado que fuese. Lady Swathling, que nunca olvidaba una ofensa, tampoco olvidaba los triunfos. Caroline Dupayne pasó a ser vicedirectora y más tarde socia. Lady Swathling sabía que la escuela prosperaría sin ella, pero no sin Caroline. Quedaba pendiente el reconocimiento final de su deuda de gratitud. Podía legarle tanto la escuela como la casa. Ella no tenía hijos ni parientes cercanos, por lo que no habría disputas por la herencia, y ahora que Caroline se había quedado viuda (en 1998 Raymond Pratt se había estrellado contra un árbol en su Mercedes) tampoco tenía ningún marido con quien compartir su parte. Lady Swathling aún no la había puesto al corriente de su decisión. Al fin y al cabo, no había ninguna prisa. Les iba muy bien tal como estaban, y disfrutaba sabiendo que, al menos sobre aquello, era ella quien tenía el control.

Repasaron metódicamente los asuntos de la mañana.

—¿Estás contenta con la nueva chica, Marcia Collinson? —preguntó lady Swathling.

—Encantada —respondió Caroline—. Su madre es idiota, pero ella no. Intentó entrar en Oxford, sin éxito. No tiene sentido que vaya a una academia oficial para preparar sus exámenes, ya tiene cuatro notas máximas. Lo intentará de nuevo el año próximo con la esperanza de que su persistencia se vea recompensada. Al parecer, es Oxford o nada, lo cual no resulta demasiado racional teniendo en cuenta la competencia. Tendría más posibilidades, claro está, si viniese del sistema estatal, y no creo que un año aquí le sirva de mucho. Naturalmente, eso no se lo he dicho. Su prioridad es dominar la informática. Y ha escogido el chino como lengua extranjera.

—¿Y eso no va a suponer un problema?

—No lo creo. Conozco a una licenciada en Londres que se alegraría de dar clases individuales. A la chica no le interesa pasar un año entero fuera. Parece completamente carente de conciencia social, dice que de eso ya tuvo bastante en la escuela, y en cualquier caso la estancia en el extranjero sólo era una forma de imperialismo benéfico. Suelta la típica cháchara de moda, pero tiene cerebro.

—Bueno, si sus padres pueden pagar las cuotas...

Pasaron al siguiente tema. Durante la pausa para el café, lady Swathling dijo:

—La semana pasada me encontré con Celia Mellock en Harvey Nichols. Sacó a relucir el tema del Museo Dupayne. No sé por qué, a fin de cuentas, sólo estuvo con nosotras dos trimestres. Dijo que era raro que las alumnas nunca lo visitasen.

—El arte del periodo de entreguerras no está en el programa —explicó Caroline—. A las chicas modernas no les interesan demasiado los años veinte y treinta. Como sabes, este trimestre estamos especializándonos en arte moderno. Se podría organizar una visita al Dupayne, pero sería más útil pasar ese tiempo en la Tate Modern.

—Dijo algo curioso al marcharse —prosiguió lady Swathling—: que el Dupayne sin duda merecía una visita y que estaba en deuda contigo por lo de 1996. No especificó a qué se refería. Me preguntaba qué quiso decir.

La memoria de lady Swathling podía ser algo errática, pero nunca con respecto a cifras o fechas. Caroline alargó el brazo para rellenar la taza de café.

—Nada, supongo. Ni siquiera había oído hablar de ella en 1996. Siempre ha tratado de ser el centro de atención. La historia típica, hija única de padres ricos que se lo daban todo excepto su tiempo.

—¿Tenéis intención de continuar con el museo? ¿No había un problema con el contrato de arrendamiento o algo así?

La pregunta sonó inocua, pero Caroline Dupayne sabía que era algo más que eso. Lady Swathling siempre había valorado la relación indirecta de la escuela con un museo prestigioso aunque pequeño, era una de las razones por las que había aprobado sin reservas la decisión de su socia de recuperar su apellido familiar.

—No hay ningún problema con el contrato —aclaró Caroline—. Mi hermano mayor y yo estamos decididos. El Museo Dupayne continuará.

—¿Y tu hermano menor? —insistió lady Swathling.

—Neville estará de acuerdo, por supuesto. Firmaremos el nuevo contrato.

5

La hora era las cinco en punto del domingo 27 de octubre; el lugar, Cambridge. Bajo el puente de Garrett Hostel, los sauces horadaban con sus frágiles varas el ocre oscuro del arroyo. Desde lo alto del puente, Emma Lavenham, profesora de Literatura Inglesa, y su amiga Clara Beckwith contemplaban el paisaje mientras las hojas amarillas se alejaban a la deriva, corriente abajo, como los últimos vestigios del otoño. Emma era incapaz de cruzar un puente sin detenerse a mirar al agua, pero en ese momento Clara se acababa de erguir.

—Será mejor que sigamos andando. En el último tramo hasta Station Road siempre se tarda más de lo que una espera.

Había viajado desde Londres para pasar el día con Emma en Cambridge. Tras unas horas de charla, comida y paseo por el jardín del personal docente, a media tarde habían sentido la necesidad de realizar un ejercicio más vigoroso y habían decidido acercarse andando a la estación por la ruta más larga, rodeando por detrás los colegios universitarios y luego atravesando la ciudad. A Emma le encantaba Cambridge al principio del año académico. Su representación mental del verano era la imagen de unas piedras relucientes envueltas en la calima, de pastos en sombra, de flores despidiendo su perfume contra los muros bruñidos por el sol, de bateas capitaneadas con energía experta a través del agua centelleante o meciéndose suavemente bajo las ramas frondosas, de música de baile y vocerío distante. Sin embargo, no era su trimestre favorito; había algo delirante, conscientemente juvenil y extremadamente angustioso en aquellas semanas veraniegas. Había que hacer frente al trauma de los exámenes finales y el frenético repaso de última hora, la inexorable búsqueda de placeres a la que pronto habría que renunciar y la conciencia melancólica de las separaciones y despedidas inminentes. Prefería el primer trimestre del año académico, con el interés que producía conocer a los nuevos alumnos, las cortinas echadas para no dejar entrar los atardeceres cada vez más oscuros y las primeras estrellas, el tañido distante de campanas discordantes y, como en ese momento, el olor a río, neblina y tierra arcillosa de Cambridge. El invierno había tardado en hacer acto de presencia aquel año, tras uno de los otoños más hermosos que recordaba. Pero había empezado al fin. Las farolas brillaban sobre una alfombra de hojas de color marrón dorado, cuyo crujido sentía bajo sus suelas, y percibía en el aire el primer olor agridulce del invierno.

Emma llevaba un abrigo largo de *tweed*, botas altas de cuero e iba sin sombrero; el cuello vuelto del abrigo le flanqueaba el rostro. Clara, unos ocho centímetros más baja, caminaba con paso decidido junto a su amiga. Vestía una chaqueta corta de forro polar y gorro de lana a rayas por encima del flequillo liso y castaño. Colgada al hombro, llevaba la bolsa que usaba los fines de semana, que, aunque contenía las botas que había comprado en Cambridge, transportaba con tanta facilidad como si estuviese vacía.

Clara se había enamorado de Emma durante el primer trimestre. No era la primera vez que experimentaba una fuerte atracción hacia una mujer evidentemente heterosexual, pero, tras aceptar la frustración con su irónico estoicismo habitual, se había propuesto ganarse su amistad. Había estudiado Matemáticas y se había sacado la carrera con matrícula de honor, afirmando que una segunda mejor nota era demasiado aburrida como para considerarla siquiera y que sólo una matrícula o una tercera mejor nota merecían el sacrificio de soportar tres años de duro trabajo en la húmeda ciudad de las llanuras. Puesto que en la moderna Cambridge era imposible no trabajar demasiado, hasta el extremo del agotamiento incluso, ¿por qué no, de paso, esforzarse un poco más de la cuenta y sacar una matrícula? No sentía ningún deseo de hacer carrera académica, convencida de que la Academia, con el debido empeño, convertía a los hombres en amargados o en pedantes, mientras que las mujeres, a menos que acabasen por imponerse otros intereses, se volvían más excéntricas. Después de la universidad se había trasladado de inmediato a Londres, donde, para sorpresa de Emma y en parte también para la suya propia, desarrollaba una brillante y altamente lucrativa carrera profesional en la City como directora financiera. El buque insignia de la prosperidad económica se había ido a pique, dejando tras de sí una estela de fracaso y desilusión, pero Clara se había mantenido a flote. Ya le había explicado a Emma su inesperada elección profesional.

—Gano un sueldo desproporcionado e irracional; la tercera parte me alcanza para vivir con holgura, e invierto el resto. Los tipos se estresan porque les dan unas primas de medio millón de libras y empiezan a llevar la existencia de alguien que gana cerca de un millón al año: la casa cara, el coche caro, la ropa cara, la mujer cara, la bebida... Y luego, por supuesto, les aterroriza que los pongan de patitas en la calle. La empresa podría echarme mañana y a mí no me importaría demasiado. Mi objetivo consiste en ganar tres millones y luego irme a hacer algo que de verdad me interese.

—¿Como qué?

—Annie y yo hemos pensado en abrir un restaurante cerca del campus de una de las facultades modernas. Es una clientela cautiva desesperada porque les sirvan comida decente a precios asequibles: sopa casera, ensaladas que sean algo más que lechuga troceada y medio tomate... En general menú vegetariano, claro, pero imaginativo. He pensado en Sussex, tal vez, en las afueras de Falmer. Es una idea. A Annie le parece bien, sólo que opina que deberíamos hacer algo socialmente útil.

—Hay pocas cosas más socialmente útiles que dar comida decente a la juventud por un precio razonable.

—Cuando se trata de gastar un millón, Annie piensa a nivel internacional. Tiene complejo de Madre Teresa o algo así.

Siguieron andando en amigable silencio.

—¿Cómo se ha tomado Giles tu deserción? —preguntó Clara entonces.

—Como cabía esperar: mal. Su cara era un rosario de emociones que iban de la sorpresa a la ira pasando por la incredulidad y la autocompasión. Parecía un actor ensayando expresiones faciales delante del espejo. Me pregunté cómo diablos pudo gustarme alguna vez.

—Pero te gustaba.

—Oh, sí. Ése no era el problema.

—Él creía que tú le querías.

—No, eso no es verdad. Él creía que lo encontraba tan fascinante como él se encontraba a sí mismo y que sería incapaz de resistirme a casarme con él si se dignaba proponérmelo.

Clara se echó a reír.

—Cuidado, Emma, eso suena a amargura.

—No, sólo a honestidad. Ninguno de los dos tiene nada de lo que enorgullecerse. Nos hemos utilizado mutuamente. Él era mi defensa y yo la niña bonita de Giles, lo cual me convertía en intocable. En la selva académica aún se acepta la supremacía del macho dominante. Me dejaban en paz, lo que me permitía concentrarme en lo que de verdad importaba: mi trabajo. No era admirable, pero tampoco era deshonesto. Nunca le dije que lo quería. Nunca le he dicho esas palabras a nadie.

—Y ahora quieres decirlas y oírlas, y de parte de un detective de policía y poeta, nada menos. Supongo que lo de poeta es lo más comprensible. Pero ¿qué clase de vida tendrías? ¿Cuánto tiempo habéis pasado juntos desde ese primer encuentro? Habéis intentado quedar siete veces y sólo lograsteis hacerlo cuatro. Puede que Adam Dalgliesh se alegre de estar a disposición del ministro del Interior, el jefe de policía y los altos mandos del Ministerio del Interior, pero no veo por qué tú deberías alegrarte. Su vida está en Londres, y la tuya aquí.

—No es sólo Adam —respondió Emma—. Yo tuve que cancelar nuestra cita una vez.

—Cuatro citas, aparte de ese asunto tan confuso de cuando os conocisteis. Un asesinato no es una presentación muy ortodoxa, que digamos. Es imposible que lo conozcas.

—Lo conozco lo suficiente. En cualquier caso, nadie puede conocerlo completamente. Amarlo no me da derecho a entrar y salir de su mente como si fuese mi despacho en la universidad. Jamás me he relacionado con una persona más reservada, pero conozco las facetas de él que importan.

Emma se preguntó si esto último era cierto. Él estaba familiarizado con los recovecos de la mente humana donde se agazapaban horrores que ella ni siquiera era capaz de concebir. Ni aun la atroz escena en la iglesia de Saint Anselm le había mostrado lo peor que los seres humanos pueden hacerse los unos a los otros. Ella conocía esa clase de horrores por la literatura, pero él los exploraba a diario en su trabajo. A veces, cuando despertaba con las primeras luces del alba, la visión que ella tenía de Adam era la de un rostro oscuro enmascarado, unas manos suaves e impersonales en unos pulcros guantes de látex. ¿Qué no habrían tocado aquellas manos? Emma ensayaba las preguntas que dudaba poder hacerle algún día. ¿Por qué lo haces? ¿Es necesario para tu poesía? ¿Por qué escogiste este trabajo? ¿O acaso te escogió él a ti?

—Trabaja con una mujer detective —le explicó—, Kate Miskin. Está en su equipo. Los he visto juntos. Sí, de acuerdo, él era su superior y ella lo llamaba «señor», pero había un compañerismo, una complicidad que parecía excluir a cualquiera que no perteneciese al cuerpo de policía. Ése es su mundo, yo no soy parte de él. Nunca lo seré.

—No sé por qué querrías serlo. Es un mundo muy turbio; además, él tampoco forma parte del tuyo.

—Pero podría llegar a formar parte. Es poeta, entiende mi mundo, podemos hablar de él y, de hecho, hablamos de él durante horas. Sin embargo, no hablamos del suyo. Ni siquiera he estado en su piso. Sé que vive en Queenhithe, sobre el Támesis, pero no lo he visto, sólo puedo imaginármelo. Eso también forma parte de su mundo. Si alguna vez me pide que vaya allí, sabré que todo marcha bien, que quiere que forme parte de su vida.

—Quizá te lo pida el próximo viernes por la noche. Por cierto, ¿cuándo piensas venir?

—Pensaba coger uno de los trenes de la tarde y llegar a Putney hacia las seis, si es que estás en casa hacia esa hora. Adam pasará a recogerme a las ocho y cuarto, si a ti te va bien.

—Para ahorrarte las molestias de atravesar Londres sola para ir al restaurante. Por lo menos, es un tipo bien educado. ¿Vendrá con un ramo propiciatorio de rosas rojas?

Emma se echó a reír.

—No, no creo que venga con flores, y si lo hiciese, no creo que fuesen rosas rojas.

Habían llegado al monumento a los caídos que se alzaba al final de Station Road. En su pedestal, la estatua del joven soldado avanzaba con majestuosa indiferencia hacia su muerte. Cuando el padre de Emma era director de su colegio universitario, su niñera las llevaba, a ella y a su hermana, a dar un paseo por el jardín botánico de los alrededores. De regreso a casa tomaban un pequeño desvío para que las niñas pudiesen obedecer la orden de la niñera de saludar al soldado. La niñera, una viuda de la Segunda Guerra Mundial, había muerto hacía ya muchos años, al igual que la madre y la hermana de Emma. Sólo su padre, que llevaba una vida solitaria entre libros en el apartamento de una mansión de Marylebone, quedaba vivo en la familia, pero Emma nunca pasaba por delante del monumento sin experimentar una punzada de remordimiento por haber dejado de saludar al soldado. Irracionalmente, le parecía una falta de respeto deliberada hacia algo más que las generaciones muertas en la guerra.

En el andén de la estación, las parejas estaban prodigándose sus prolongadas despedidas, en algunos casos paseando cogidas de la mano. Una de ellas (la chica permanecía apoyada contra la pared del vestíbulo de la estación) parecía tan inmóvil como si los hubiesen pegado con cola.

—¿No te aburre la vorágine del carrusel sexual? —soltó Emma de repente.

—¿Qué quieres decir?

—Me refiero al moderno ritual del apareamiento. En Londres seguramente se ve más que aquí. Chico encuentra chica, se gustan y se van a la cama, a veces después de la primera cita. O funciona, y se convierten en pareja reconocida, o no. A veces acaba a la mañana siguiente, cuando ella ve el estado en que se encuentra el cuarto de baño, la dificultad de sacarlo a él de la cama para que vaya a trabajar y su aceptación evidente de que será ella la encargada de exprimir las naranjas y preparar el café. Si funciona, es el chico quien al final se va a vivir con la chica. Normalmente suele ser así, ¿no? ¿Has conocido algún caso en que sea ella quien se va a vivir a casa de él?

—Maggie Foster se fue a vivir con su chico —respondió Clara—. Me parece que no la conoces. Estudió Matemáticas en King's y sacó sobresaliente. Todo el mundo pensaba que el piso de Greg era más práctico para su trabajo y no podía ponerse a colgar otra vez todas sus acuarelas del siglo XVIII.

—Está bien, admito tu ejemplo de Maggie Foster. Así que se van a vivir juntos. Eso, una vez más, puede funcionar o no, sólo que la separación, por supuesto, es más complicada, más cara e, invariablemente, amarga. Por regla general, es porque uno de ellos quiere un compromiso que el otro no puede ofrecerle. O si funciona, se deciden por una modalidad de pareja reconocida o por el matrimonio, normalmente porque a la mujer se le despierta el instinto maternal. La madre empieza a planear la boda, el padre calcula los costes, la tía se compra un sombrero nuevo... Alivio general alrededor de la pareja. Una escaramuza victoriosa más sobre el caos moral y social.

Clara se echó a reír.

—Bueno, es mejor que el ritual de apareamiento de la generación de nuestras abuelas. La mía escribía un diario, y está todo ahí. Era la hija de un prominente abogado que vivía en Leamington Spa, donde están las famosas aguas termales. Nunca se planteó la cuestión de que trabajase, por supuesto. Tras el colegio, vivió en casa para hacer la clase de cosas que hacían las hijas mientras sus hermanos iban a la universidad: preparar arreglos florales, repartir las tazas en las reuniones para tomar el té, participar en unas cuantas obras benéficas respetables, pero ninguna que pudiese hacerla entrar en contacto con la realidad más sórdida de la pobreza, contestar las aburridas cartas familiares con las que no se podía importunar a su madre, ayudar con las recepciones al aire libre... Mientras, todas las madres organizaban una vida social para asegurarse de que sus hijas conocían a los hombres adecuados: partidos de tenis, pequeños bailes privados, fiestas en el jardín... A los veintiocho años, la chica ya empezaba a ponerse nerviosa, y a los treinta, se quedaba para vestir santos. ¡Pobres de aquellas que eran normalitas, o de carácter difícil, o tímidas!

—Pobres de ellas también hoy, dicho sea de paso —señaló Emma—. El sistema es igual de brutal a su manera, ¿no te parece? Sólo que al menos podemos organizarlo nosotras mismas, y hay una alternativa.

Clara se rió de nuevo.

—No sé de qué te quejas; tú no eres de las que no paran de subirse y bajarse del carrusel, como lo llamas. Te quedarás ahí subida a lomos de tu reluciente corcel echando a patadas a todos los pretendientes. ¿Y por qué hacer que suene como si el tiovivo fuese siempre heterosexual? Todos somos espectadores. A algunos nos sonríe la suerte, y también a los que, por lo general, no se conforman con menos. Y a veces, conformarse con menos resulta ser, a la postre, la mejor opción.

—Pues yo no quiero conformarme con menos. Sé a quién quiero y lo que quiero, y no es una aventura pasajera.

Sé que si me voy a la cama con él, me costará demasiado si luego decide romper. La cama no va a hacer que me sienta más comprometida de lo que ya estoy.

El tren de Londres avanzó retumbando hasta el andén número uno. Clara dejó en el suelo su bolsa de lona y se dieron un breve abrazo.

—Hasta el viernes entonces —dijo Emma.

Obedeciendo a un impulso, Clara volvió a unir las manos por detrás del cuerpo de su amiga.

—Si te da plantón el viernes —dijo—, creo que deberías plantearte si tenéis algún futuro juntos.

—Si me da plantón el viernes, a lo mejor lo hago.

Emma se quedó de pie observando, pero sin despedirse con la mano, hasta perder el tren de vista.

6

Desde su infancia, la palabra «Londres» había evocado en Tallulah Clutton la imagen de una ciudad legendaria, un mundo de misterio y agitación. Se decía a sí misma que el ansia casi física de su infancia y su juventud no era irracional ni obsesiva, sino que hundía sus raíces en la realidad, pues, al fin y al cabo, era londinense de nacimiento: había llegado al mundo en una casa adosada de dos plantas en una estrecha callejuela de Stepney. Sus padres, sus abuelos y su abuela materna, cuyo nombre había heredado, habían nacido en el East End. La ciudad le correspondía por derecho de cuna. Su propia supervivencia había sido fortuita, y en sus estados de ánimo más fantasiosos la veía como mágica. Cuando en 1942 un bombardeo destruyó la calle, sólo ella, con apenas cuatro años, había sido sacada con vida de entre los escombros. Le parecía conservar un recuerdo de aquel momento, avivado tal vez por el relato que hacía su tía del rescate. Con el paso de los años, cada vez estaba menos segura de si lo que recordaba eran las palabras de su tía o el acontecimiento en sí, el instante en que la sacaban a la luz, cubierta de polvo gris pero riendo y extendiendo los brazos como si quisiera tomar entre ellos la calle entera.

Desterrada en la infancia a una tienda de barrio en los arrabales de Leeds para que la criasen la hermana de su madre y el marido de ésta, una parte de su espíritu se había quedado en aquella calle destrozada. Había sido educada concienzudamente y quizás, incluso, querida, pero puesto que ni su tía ni su tío eran personas efusivas o expresivas, el amor era algo que no esperaba ni entendía. Había dejado la escuela a los quince años, después de que algunos de los profesores subrayasen su inteligencia, y nadie había conseguido disuadirla. Todos sabían que la aguardaba la tienda familiar.

Cuando el joven contable de rostro agraciado que acudía con regularidad a auditar los libros con su tío empezó a aparecer con más asiduidad de la necesaria y a mostrar su interés por ella, pareció natural que aceptase su posterior y un tanto vacilante propuesta de matrimonio. Al fin y al cabo, había suficiente espacio en el piso de encima de la tienda, así como en su cama. Tenía diecinueve años. Sus tíos no disimularon su alivio. Terence dejó de cobrar por sus servicios, comenzó a ayudar a media jornada en la tienda y la vida se hizo más sencilla. Tally disfrutaba con su forma de hacer el amor, metódica aunque poco imaginativa, y suponía que era feliz. Sin embargo, él murió de un ataque al corazón nueve meses después de que naciese la hija de ambos, y la antigua vida se restauró de nuevo: las horas interminables, la ansiedad económica constante, el sonido bien recibido aunque tiránico de la campanilla en la puerta de la tienda, la lucha infructuosa por competir con los nuevos supermercados... Se le desgarraba el corazón de pena al ver los fútiles esfuerzos de su tía por volver a atraer a los antiguos clientes; las hojas externas de las coles y las lechugas que arrancaba para que éstas pareciesen menos mustias; las ofertas anunciadas que no engañaban a nadie; la buena disposición a ofrecer créditos con la esperanza de que al final pagasen la factura. No podía evitar sentir que toda su juventud había estado dominada por el olor a fruta podrida y el sonido de la campanilla en la puerta.

Sus tíos le habían dejado en herencia la tienda, y cuando murieron, con un mes de diferencia el uno del otro, Tally la puso a la venta. No tuvo más remedio que malbaratarla, pues sólo los masoquistas o los idealistas poco prácticos se mostraban interesados en salvar un viejo negocio familiar en quiebra. Sin embargo, el hecho es que finalmente consiguió venderla, se quedó con diez mil libras del total obtenido, le dio el resto a su hija, que se había marchado de casa hacía tiempo, y marchó a Londres en busca de trabajo. En cuestión de una semana lo encontró en el Museo Dupayne, y nada más ver la casa de la mano de Caroline Dupayne y contemplar el Heath desde la ventana de su dormitorio, supo que había dado con su hogar.

Durante los sombríos y abrumadores años de su niñez, su breve matrimonio y su fracaso como madre, el sueño de Londres había persistido. En la adolescencia, y posteriormente, se había fortalecido hasta adquirir la solidez de la piedra y el ladrillo, y el brillo del sol sobre el río, las amplias avenidas ceremoniales y los estrechos caminos que conducían a los patios semiescondidos. La historia y el mito adoptaban una morada local y un nombre y la gente imaginada se volvía de carne y hueso. Londres la había acogido de nuevo como a una hija pródiga y ella no se había sentido decepcionada. No tenía la ingenua expectativa de moverse siempre en terreno seguro, pues la representación en el museo de la vida entre las dos guerras mundiales le decía lo que ya sabía, que aquel Londres no era la capital que sus padres habían conocido. La de ellos había sido una ciudad más pacífica en una Inglaterra más amable. Tally pensaba en Londres como un marinero podía pensar en el mar: era su elemento natural, pero poseía un poder formidable al que se acercaba con cautela y respeto. En sus excursiones los días entre semana y los domingos había ideado sus estrategias de protección: llevaba el dinero, suficiente para un día, en un monedero que escondía bajo su abrigo, en invierno, o su rebeca ligera, en verano; transportaba la comida que necesitaba, su plano de autobuses y una botella de agua en una mochila pequeña a la espalda. Calzaba unos zapatos resistentes y, si sus planes incluían una larga visita a una galería o un museo, llevaba consigo un ligero taburete plegable de lona para sentarse. Así pertrechada, se desplazaba de cuadro en cuadro, dentro de un pequeño grupo que seguía las charlas explicativas en la

National Gallery o la Tate, absorbiendo información como si de sorbos de vino se tratara, ebria de la riqueza de toda aquella munificencia a su alcance.

La mayor parte de los domingos iba a una iglesia distinta para disfrutar en silencio de la música, la arquitectura y la liturgia, y si bien de cada una de ellas adquiría una experiencia estética en lugar de religiosa, encontraba en el orden y el ritual la satisfacción de una necesidad no identificada. Educada como miembro de la Iglesia anglicana, había asistido a la parroquia local todos los domingos por la mañana y por la tarde. Iba sola. Sus tíos trabajaban quince horas al día en su intento desesperado de mantener a flote la tienda, y para cuando llegaba el domingo estaban agotados. El código moral por el que se regían incluía la limpieza, la respetabilidad y la prudencia; la religión era para quienes tenían tiempo para ella, un capricho de la clase media. Ahora, Tally entraba en las iglesias de Londres con la misma curiosidad y sed de nuevas experiencias que cuando visitaba los museos. Siempre había creído, para su propia sorpresa incluso, en la existencia de Dios, pero dudaba que a Éste lo conmoviese la adoración del hombre o las tribulaciones y excéntricas rarezas y payasadas de Su creación.

Todas las tardes regresaba a la casa que se alzaba a la orilla del Heath. Constituía su santuario, el lugar desde el que se aventuraba a salir y al que volvía, cansada pero satisfecha. Nunca cerraba la puerta sin una sensación de alegría. La religión que practicaba, las plegarias nocturnas que rezaba, siempre expresaban gratitud. Hasta entonces se había sentido sola pero no solitaria, mientras que ahora era una persona solitaria que nunca se sentía sola.

Aun si llegaba a suceder lo peor y se quedaba sin hogar, estaba decidida a no irse a vivir con su hija. Roger y Jennifer Crawford vivían justo a las afueras de Basingstoke en una moderna casa de cuatro dormitorios que formaba parte de lo que los promotores inmobiliarios habían descrito como «dos cuadrantes de casas para ejecutivos». Los cuadrantes estaban separados de la contaminación de las viviendas para no ejecutivos por verjas de acero cuya instalación, que había encontrado una fuerte oposición entre los moradores de las últimas, tanto su hija como su yerno consideraban una victoria de la ley y el orden, la protección y el afianzamiento de los valores de la propiedad y una validación de la distinción social. Había un complejo de viviendas de protección oficial a un kilómetro escaso de distancia bajando por la misma calle, cuyos habitantes eran considerados bárbaros inadecuadamente controlados.

A veces Tally pensaba que el éxito del matrimonio de su hija residía no sólo en la ambición compartida, sino en la voluntad de ella y su esposo de tolerar e incluso simpatizar con los motivos de queja del otro. Había llegado a la conclusión de que tras dichas quejas reiteradas yacía un sentimiento de autocomplacencia mutua. Creían que habían sabido apañárselas muy bien por sí mismos y se habrían llevado un disgusto tremendo si cualquiera de sus amigos hubiese pensado lo contrario. Si algo les preocupaba era la incertidumbre del futuro de Tally y la posibilidad de que un día tuvieran que proporcionarle un lugar donde vivir. Tally comprendía y compartía esa inquietud.

Llevaba cinco años sin visitar a su familia salvo por los tres días en Navidad, ese ritual anual de consanguinidad que tanto pavor le provocaba. La recibían con una educación escrupulosa y una estricta adhesión a las normas sociales aceptadas, que no ocultaban la ausencia de cariño real ni de afecto genuino. A Tally esto no le molestaba, pues si algo aportaba a la familia, desde luego no era amor. Sin embargo, deseaba que hubiese algún modo aceptable de librarse de la visita. Sospechaba que su hija y su yerno sentían lo mismo, pero que los cohibía la necesidad de obedecer las convenciones. Hospedar a la madre viuda y solitaria por Navidad se admitía como un deber que, una vez establecida la costumbre, no podía evitarse sin el riesgo de convertirse en protagonista de chismes malintencionados o de un ligero escándalo. Así, cada Nochebuena sin excepción, en un tren que su hija y su yerno le sugerían como conveniente, Tally llegaba a la estación de Basingstoke. Allí Roger o Jennifer le arrebataban la sobrecargada maleta y daba comienzo el suplicio anual.

La Navidad en Basingstoke distaba de ser tranquila: llegaban amigos elegantes, vivaces y efusivos. Se devolvían las visitas. Tenía la impresión de una sucesión de habitaciones calurosas llenas de rostros sonrojados, voces chillonas y escandalosa cordialidad subrayada con sexualidad. La gente la saludaba, en algunos casos con amabilidad genuina, y ella sonreía y respondía antes de que Jennifer la alejase con delicadeza. No quería que aburriese a sus invitados. Tally se sentía aliviada en lugar de ofendida. No podía contribuir a las conversaciones sobre coches, vacaciones en el extranjero, la dificultad de encontrar una buena *au pair*, la ineficacia del ayuntamiento, las maquinaciones del comité del club de golf y la falta de cuidado de los vecinos a la hora de cerrar las puertas. Apenas veía a sus nietos, salvo en la comida de Navidad. Clive permanecía casi todo el día en su cuarto, que contenía las necesidades básicas de un adolescente de diecisiete años: televisión, vídeo y DVD, ordenador e impresora, equipo estéreo y altavoces. Samantha, dos años menor y, al parecer, en un estado de malhumor permanente, rara vez aparecía por casa, y cuando lo hacía se pasaba las horas hablando en voz baja por su teléfono móvil.

Sin embargo, todo aquello había terminado. Diez días antes, tras meditarlo mucho y después de tres o cuatro borradores, Tally redactó la carta. ¿Les importaba mucho si no iba ese año? La señorita Caroline no estaría en su piso durante las vacaciones y si ella también se marchaba no habría nadie para echarle un vistazo. No pasaría el día sola, había varios amigos que le habían enviado invitaciones. Por supuesto, no sería lo mismo que pasarlo con la familia, pero estaba segura de que lo entenderían. Les enviaría sus regalos a principios de diciembre.

Se sintió un poco culpable por la falta de sinceridad de la carta, pero al cabo de unos días llegó la respuesta. Había cierto tono de queja en ella, y la insinuación de que Tally se deja-

ba explotar demasiado, pero el alivio de ambos era evidente. Su excusa había sido lo bastante válida y conseguirían explicar su ausencia de forma convincente a sus amistades.
Aquella Navidad la pasaría sola en la casa, y ya había estado
planeando a qué iba a dedicar el día: el paseo matutino hasta
una iglesia local y la satisfacción de formar parte de una multitud y estar aparte a un tiempo; pollo picantón para almorzar seguido, tal vez, de uno de esos pudines en miniatura de
Navidad y media botella de vino, vídeos de alquiler, libros
de la biblioteca e hiciera el tiempo que hiciese, un paseo por
el Heath.

Sin embargo, esos planes eran de pronto menos seguros.
Al día siguiente de que llegase la carta de su hija, Ryan Archer,
que había entrado a verla después de terminar su jornada en
el jardín, le había dado a entender que pasaría la Navidad
solo. El Comandante estaba pensando en irse al extranjero.
Tally le había dicho en un arranque impulsivo:

—Pero no puedes pasar las fiestas en una casa ocupada,
Ryan. Ven a cenar aquí si quieres, pero avísame con unos días
de antelación para así comprar la comida.

Él había aceptado, pero no sin cierta vacilación, y ella
aún dudaba que escogiese cambiar la camaradería de la casa
ocupada por el plácido tedio de una vivienda junto al Heath.
El caso era que ya lo había invitado. Si acudía, Tally al menos se aseguraría de que comiese bien. Por primera vez en
años estaba ansiosa porque llegase la Navidad.

Sin embargo, ahora sobre todos sus planes se cernía una
aguda sensación de ansiedad: ¿sería ésa la última Navidad
que iba a pasar en la casa?

7

El cáncer había regresado, y esta vez se trataba de una sentencia de muerte. Ése era el diagnóstico, y James Calder-Hale lo aceptaba sin miedo y con un solo motivo de desconsuelo: necesitaba tiempo para dar por concluido su libro sobre el periodo de entreguerras. De hecho, no necesitaba demasiado, lo terminaría en cuatro, quizá seis meses, aunque el ritmo de trabajo fuese menor. Era posible que aún se le concediera tiempo, pero justo en el instante en que la palabra tomaba forma en su mente, la desechó; «conceder» implicaba el otorgamiento de un premio. Pero ¿quién lo otorgaba? El hecho de que muriese más tarde o más temprano era una cuestión de patología. El tumor se tomaría su tiempo. O, si se prefería describirlo de modo todavía más sencillo, tendría mala o buena suerte, pero al final el cáncer ganaría.

Se descubrió incapaz de creer que hiciera lo que hiciese, le hicieran lo que le hiciesen, su actitud mental, su coraje o su fe en los médicos sería capaz de alterar esa victoria inevitable. Era posible que otros se preparasen para vivir esperanzados, para ganarse ese tributo póstumo «tras una lucha valiente». Él no tenía estómago para luchas, sobre todo cuando se enfrentaba con un enemigo tan bien atrincherado.

Una hora antes su oncólogo, con tacto profesional, le había comunicado la noticia de que no remitiría; a fin de cuentas, tenía mucha experiencia. Con una lucidez digna de admiración le había planteado los posibles tratamientos posteriores y los resultados que razonablemente cabía esperar. Tras unos minutos, no demasiados, en que fingió sopesar las opciones, Calder-Hale había aceptado el tratamiento recomendado. La visita no se desarrollaba en el hospital sino en la consulta del especialista, en la calle Harley, y a pesar de que lo habían citado a primera hora, para cuando lo llamaron la sala de espera empezaba a llenarse. Expresar en voz alta su propio diagnóstico, la convicción de que había fracasado, habría supuesto una ingratitud equivalente a un atentado contra los buenos modales cuando el médico se había tomado tantas molestias. Sentía como si fuera él quien estuviese otorgando la ilusión de la esperanza.

Al salir a la calle Harley, decidió ir en taxi a la estación de Hampstead Heath y cruzar el Heath para pasar junto a Hampstead Ponds, el viaducto a Spaniards Road y el museo. Se sorprendió haciendo un resumen de su vida y constatando, con una mezcla de asombro e indiferencia, que cincuenta y cinco años que habían parecido tan trascendentales dejaban, en realidad, un legado muy exiguo. Los hechos acudían a su mente en ráfagas de frases breves y entrecortadas. Hijo único de un próspero abogado de Cheltenham. Padre afable, aunque distante. Madre extravagante, melindrosa y convencional, que no constituía problema para nadie a excepción de su marido. Educación en el antiguo colegio de su padre y luego en Oxford. El Ministerio de Asuntos Exteriores y una carrera, principalmente en Oriente Próximo, cuyos progresos nunca habían pasado de lo normal. Podría haber escalado hasta puestos importantes, pero habían salido a relucir sus dos defectos capitales: la falta de ambición y la impresión de que no se tomaba el trabajo con la suficiente seriedad. Capacidad de hablar árabe con fluidez y facilidad para atraer la amistad pero no el amor. Breve matrimonio con la hija de un diplomático egipcio a la que le había parecido que quería un marido inglés pero que pronto había decidido que él no era el marido inglés que buscaba. Sin hijos. Jubilación anticipada tras el diagnóstico de una enfermedad que, de forma inesperada y desconcertante, había entrado en fase de remisión.

Paulatinamente, desde el diagnóstico de su enfermedad se había ido disociando de las expectativas de la vida. Pero ¿no había ocurrido aquello años antes? Cuando había requerido el alivio del sexo, había pagado por él, de forma discreta, cara y con la mínima inversión de tiempo y emoción. En ese momento no recordaba cuándo había decidido al fin que las molestias y los gastos ya no merecían la pena, no tanto por el desgaste espiritual que suponía experimentar tanta vergüenza como por el derroche de dinero en algo que sólo le producía aburrimiento. Los placeres, dolores, emociones, ilusiones, triunfos y fracasos que habían rellenado los intersticios de aquel esbozo de vida no tenían la capacidad de inquietarlo. Le resultaba difícil creer que lo hubiesen logrado alguna vez.

¿No era la pereza, esa letargia del espíritu, uno de los pecados capitales? A quienes poseían sentimientos religiosos debía de parecerles una blasfemia intencionada el rechazo de toda felicidad. El hastío de Calder-Hale era menos dramático. Se trataba más bien de una indiferencia plácida en la que sus únicas emociones, incluso los súbitos ataques ocasionales de ira, eran mero teatro. Y el verdadero teatro, ese juego de chicos al que se había sentido atraído más por una docilidad bondadosa que por compromiso auténtico, resultaba tan poco apasionante como el resto de su vida ajena a la tarea de escribir. Reconocía su importancia, pero se sentía menos un participante que el espectador imparcial de los esfuerzos y locuras de otros hombres.

Y ahora le quedaba un único asunto sin terminar, la única tarea capaz de provocarle entusiasmo... Quería completar su historia del periodo de entreguerras. Ya llevaba ocho años trabajando en ella, desde que el viejo Max Dupayne, amigo de su padre, le enseñase el museo por primera vez. Lo había cautivado de inmediato, y una idea que había permanecido latente en un rincón escondido de su cerebro cobró vida de repente. Cuando Dupayne le ofreció el trabajo de director del museo, sin sueldo pero con derecho a despacho propio, sintió que era el acicate que necesitaba para empezar a escribir. Invirtió más dedicación y entusiasmo que en cualquier otra tarea que hubiese emprendido antes. La perspectiva de morir sin haberlo terminado le era intolerable. Nadie se molestaría en publicar una historia incompleta. Cuando muriese, la única labor a la que se había entregado en cuerpo y alma quedaría reducida a archivos de notas medio legibles y resmas de hojas mecanografiadas que acabarían en la basura. A veces, su necesidad de completar el libro era tan intensa que lo perturbaba. Él distaba de ser un historiador profesional, y los que lo eran no tendrían piedad en el momento de emitir un juicio, pero el libro no pasaría inadvertido. Había entrevistado a una interesante variedad de octogenarios e intercalado con habilidad los testimonios personales con los acontecimientos históricos. Iba a presentar opiniones originales, a veces inconformistas, que inspirarían respeto. Pero estaba atendiendo a sus propias necesidades, no a las de los demás. Por razones que no podía explicar de manera satisfactoria, veía la historia como una justificación de su vida.

Si el museo cerraba antes de que acabase el libro, sería el fin. Creía saber cómo funcionaba el cerebro de los tres fideicomisarios, y le amargaba. Marcus Dupayne buscaba un empleo que le procurara prestigio y aliviase el aburrimiento de la jubilación. Si el hombre hubiese tenido más éxito, si lo hubiesen nombrado sir, los cargos de director de la City, las comisiones y los comités oficiales estarían esperándolo. Calder-Hale se preguntó qué podría haberle ido mal. Seguramente nada que Dupayne hubiese podido prever: un cambio de gobierno, las preferencias de un nuevo ministro, una renovación en la jerarquía... El conseguir hacerse con el puesto más alto solía ser una cuestión de suerte.

No estaba seguro del motivo por el cual Caroline Dupayne quería que el museo continuase abierto. La posibilidad de conservar el apellido familiar seguramente tenía algo que ver con ello. También había que considerar la cuestión del uso de su piso, que le permitía alejarse de la escuela. Además, siempre se opondría a Neville. Que él recordase, los hermanos nunca se habían llevado bien. Como no sabía nada de su infancia, sólo podía hacer suposiciones respecto a los orígenes de aquella aversión mutua, que se veía exacerbada por la actitud de cada uno respecto al trabajo del otro. Neville no se molestaba en ocultar el desprecio que sentía por cuanto Swathling's simbolizaba, mientras que su hermana expresaba abiertamente su menosprecio por la psiquiatría. «Ni siquiera es una disciplina científica —solía decir—, sino el último recurso de los desesperados o el consentimiento de las neurosis de moda. No sabéis describir la diferencia entre mente y cerebro de manera que tenga sentido. Seguramente habéis hecho más daño en los últimos cincuenta años que cualquier otra rama de la medicina, y hoy en día sólo podéis ayudar a los pacientes porque los neurocientíficos y las empresas farmacéuticas os han proporcionado las herramientas. Sin sus pastillitas estaríais otra vez en el mismo punto que hace veinte años.»

No habría consenso entre Neville y Caroline Dupayne sobre el futuro del museo, y Calder-Hale creía saber cuál de las dos voluntades acabaría por imponerse. Aunque no es que fuesen a implicarse demasiado en el cierre del lugar; si el nuevo inquilino deseaba tomar posesión rápidamente, sería una tarea hercúlea realizada contra reloj, llena de obstáculos y de complicaciones económicas. Él era el director del museo y se daba por supuesto que le correspondía llevarse la peor parte. Sería el final de toda esperanza de concluir su libro.

Inglaterra se había alegrado con un hermoso mes de octubre, más típico de los tiernos avatares de la primavera que del lento declinar del año hacia su decrepitud multicolor. En ese momento, de repente, el cielo, que había sido una extensión de azul claro y despejado, se vio ensombrecido por una nube de tamaño creciente y mugrienta como el humo de una fábrica. Cayeron las primeras gotas de lluvia y a Calder-Hale apenas le dio tiempo a abrir el paraguas antes de que le sorprendiese el aguacero. Era como si la nube hubiese vaciado la precaria carga que llevaba justo encima de su cabeza. Calder-Hale vio una arboleda a unos metros y corrió a cobijarse bajo un castaño de Indias, dispuesto a esperar pacientemente a que escampase. Por encima de él, los nervios oscuros del árbol se hacían visibles entre las hojas amarillentas y, al levantar la vista, sintió que las gotas le caían despacio sobre el rostro. Se preguntó por qué era placentero sentir aquellas pequeñas e irregulares salpicaduras de la primera acometida de la lluvia sobre la piel, secándose casi al instante. Tal vez no fuese más que el consuelo de saber que aún estaba en condiciones de complacerse con las bendiciones inesperadas de la existencia. Hacía ya tiempo que los aspectos físicos más intensos, ordinarios y urgentes habían perdido su atractivo. Ahora que el apetito se había vuelto exigente y el sexo rara vez era una necesidad apremiante, al menos todavía podía deleitarse con el roce de una gota resbalándole por la mejilla.

En ese momento, vio la casa donde vivía Tally Clutton. Había enfilado aquel estrecho camino desde el Heath infinidad de veces durante los cuatro años anteriores, pero al topar con aquella casa siempre experimentaba una sorpresa inesperada. Parecía cómodamente instalada en su sitio entre la hilera de árboles, y sin embargo constituía un anacronismo. Quizás el arquitecto del museo, obligado por el capricho de su patrón a construir una réplica exacta del siglo XVIII para el edificio principal, había diseñado la casa pequeña de acuerdo con sus propios deseos. En el lugar donde se alzaba, detrás del museo y apartada de la vista, a su cliente seguramente no le molestaría demasiado el que fuese discordante. Parecía una ilustración sacada de un cuento infantil, con sus dos miradores en la planta baja, a cada lado del porche, el par de ventanas sencillas encima, bajo el tejado, y el cuidado jardín delantero con el sendero enlosado que llevaba a la puerta principal flanqueado por sendas parcelas de césped y un seto bajo de ligustro. En mitad de cada una de esas parcelas había un arriate oblongo y ligeramente elevado, y allí Tally Clutton había plantado sus habituales ciclámenes blancos y púrpura y sus pensamientos blancos.

Al acercarse a la puerta del jardín, Tally apareció entre los árboles. Llevaba el viejo chubasquero que solía ponerse para los trabajos de jardinería y sostenía en las manos un cajón de madera y un desplantador. Aunque le había dicho —él no conseguía recordar cuándo— que tenía sesenta y cuatro años, aparentaba ser más joven. Su rostro, de tez un tanto curtida, empezaba a mostrar los surcos y las arrugas de la edad, pero era un rostro agradable, de mirada penetrante tras las gafas, tranquilo. Se trataba de una mujer satisfecha, pero no, gracias a Dios, demasiado dada a esa jovialidad resuelta y desesperada con que algunas personas mayores intentan desafiar el desgaste de los años.

Cada vez que volvía a entrar en las propiedades del museo después de un paseo por el Heath, se pasaba por la casita para ver si estaba Tally. Si era por la mañana, ella le servía café, y si era por la tarde, té con tarta de frutas. Aquella rutina había empezado unos tres años antes, cuando Calder-Hale se había visto sorprendido sin paraguas por una tormenta terrible y había llegado calado hasta los huesos hasta la casa de Tally. Ésta lo había visto por la ventana y había salido a la puerta para ofrecerle algo caliente y la oportunidad de aguardar a que se secara su ropa. La preocupación de la mujer por su aspecto debió de vencer cualquier atisbo de timidez, y él recordaba con gratitud la calidez de la chimenea de carbón y el café caliente con un chorrito de whisky que Tally le había preparado. Sin embargo, ella no había vuelto a invitarlo a entrar, y él tenía la impresión de que la inquietaba el que pudiese pensar que necesitaba compañía o pretendiese imponerle de algún modo una obligación. Siempre era él quien golpeaba la puerta o la llamaba por su nombre, pero estaba seguro de que sus visitas eran bienvenidas.

En ese momento, preguntó:

—¿Llego tarde para el café?

—Por supuesto que no, señor Calder-Hale. Estaba plantando bulbos de narciso entre un chaparrón y otro. Creo que quedarán mejor debajo de los árboles. Ya he intentado plantarlos en los macizos del centro, pero tienen un aspecto muy deprimente una vez que se marchitan las flores. La señora Faraday dice que para arrancar las hojas debemos esperar a que estén completamente amarillas o el año que viene no tendremos flores. Pero tardan tanto...

La siguió hasta el porche, la ayudó a quitarse el chubasquero y aguardó mientras la mujer se sentaba en el banco estrecho, se quitaba las botas de agua y se ponía las zapatillas. A continuación la siguió por el diminuto recibidor hasta la sala de estar.

Al encender el fuego, Tally dijo:

—Tiene los pantalones muy mojados. Será mejor que se siente aquí a secárselos. No tardaré mucho con el café.

Él apoyó la cabeza contra el respaldo del sillón y estiró las piernas en dirección a la fuente de calor. Había sobrestimado sus fuerzas y el paseo había resultado demasiado largo. En ese momento, el cansancio casi resultaba placentero. Aquella habitación era uno de los pocos lugares, aparte de su propio despacho, donde podía sentarse sin experimentar ninguna tensión. Y en qué sitio tan agradable lo había convertido Tally... Era un cuarto confortable sin ostentación y no estaba abarrotado de objetos o muebles, ni era recargado ni conscientemente femenino. La chimenea era la victoriana original, con el hogar rodeado de cerámica de Delft azul y una campana de hierro ornamental. El sillón de cuero donde estaba sentado, con su respaldo abotonado y sus cómodos brazos, era justo para su estatura. Enfrente había una butaca en la que solía sentarse Tally.

A los lados de la chimenea había estantes que contenían los libros de historia y sobre Londres de Tally. Calder-Hale sabía que era una apasionada de esa ciudad, como tampoco ignoraba, por conversaciones anteriores, que también le gustaban las biografías y memorias. En cuanto a novelas, había unos pocos ejemplares, todos de autores clásicos, encuadernados en piel. En el centro de la habitación había una mesita circular y dos sillas Windsor, donde Tally solía comer. Calder-Hale había vislumbrado por la rendija de la puerta, a la derecha del pasillo, una mesa de madera cuadrada con cuatro sillas en lo que era, a todas luces, el comedor. Se preguntó con qué frecuencia se utilizaría aquella habitación. Nunca había visto a ningún desconocido en la casa, y tenía la sensación de que la vida de su moradora transcurría entre las cuatro paredes de esa sala de estar. La ventana del lado sur disponía de un amplio alféizar sobre el que descansaba su colección de violetas africanas, de color púrpura claro y oscuro y blancas.

Llegaron el café y las galletas y él se levantó con cierta dificultad y se acercó a Tally para ayudarla con la bandeja. Al percibir aquel aroma tan reconfortante, descubrió que tenía mucha sed.

Cuando estaban juntos, Calder-Hale solía hablar de lo primero que le venía a la cabeza. Sospechaba que sólo la crueldad y la estulticia la escandalizaban, igual que a él. Con ella, sentía que no había nada que le estuviese prohibido decir. A veces, su conversación parecía un soliloquio, pero uno en el que las respuestas de ella siempre eran bienvenidas y a menudo sorprendentes.

—¿No le deprime —le estaba preguntando en ese momento— limpiar y quitar el polvo a la Sala del Crimen, rodeada de tantos ojos muertos?

—Supongo que me he acostumbrado a ellos —contestó Tally—. No quiero decir con esto que los vea como amigos, eso sería una estupidez, pero forman parte del museo. Cuando vine aquí por primera vez, solía imaginarme lo que habían sufrido sus víctimas, o lo que habían sufrido ellos mismos, pero no, no me deprimen. Para ellos, ya ha acabado todo, ¿no es así? Hicieron lo que hicieron, pagaron por ello y se han ido. Ahora ya no sufren. Hay tantas cosas que lamentar en nuestro mundo que no tendría sentido afligirse por los errores cometidos hace tanto tiempo. Sin embargo, a veces sí me pregunto adónde han ido todos, no sólo los asesinos y sus víctimas, sino toda esa gente cuyas fotos están en el museo. ¿Usted no se lo pregunta?

—Pues no, no me lo pregunto. Y es porque ya lo sé. Morimos como animales, casi siempre por las mismas causas y, menos unos pocos afortunados, sufriendo los mismos dolores.

—¿Y ése es el fin?

—Sí. Constituye un alivio, ¿no cree?

—¿De modo que lo que hagamos y el modo en que obremos no importa, salvo en esta vida?

—¿Y dónde, si no, iba a importar, Tally? Ya me parece bastante difícil tener que comportarse con razonable honradez aquí y ahora para martirizarse por hacer méritos en previsión de un más allá de cuento de hadas.

Ella cogió la taza de él para rellenársela.

—Supongo que es de tanto ir a las sesiones de catequesis y a la iglesia dos veces todos los domingos —dijo—. Mi generación todavía cree a medias que tal vez nos llamen a rendir cuentas.

—Es posible, pero el tribunal estará aquí, en el juzgado, y el juez llevará una peluca blanca. Y con un mínimo de inteligencia la mayoría de nosotros casi siempre consigue evitarlo. Pero ¿qué se imaginaba usted? ¿Un libro de contabilidad gigante con columnas para el debe y el haber y el Ángel del Registro anotándolo todo?

Calder-Hale hablaba en tono afable, como por otra parte siempre hacía cuando se dirigía a Tally Clutton. Ésta sonrió y dijo:

—Algo así. Cuando tenía unos ocho años creía que ese libro era como el libro rojo de contabilidad que mi tío usaba para su negocio. Tenía la palabra «Contabilidad» escrita en negro en la tapa y los márgenes de las páginas eran rojos.

—Bueno, la fe poseía una utilidad social —señaló él—. Todavía no hemos encontrado un sustituto eficaz del todo. Ahora construimos nuestra propia moralidad. «Lo que quiero está bien y tengo derecho a tenerlo.» Puede que las generaciones mayores todavía carguen con algún recuerdo popular del complejo de culpa judeocristiano, pero eso debería haberse acabado con la generación siguiente.

—Me alegra el que no vaya a estar aquí para presenciarlo.

Él sabía muy bien que Tally no era una persona ingenua,

pero en ese momento sonreía con expresión serena. Su moralidad privada, fuera la que fuera, no iba más allá de la bondad y el sentido común... Pero ¿por qué diablos iba a ir más allá de eso? ¿Qué más necesitaba ella o cualquier otro ser humano?

—Supongo que un museo es una celebración de la muerte —comentó ella—. Las vidas de personas muertas, los objetos que hacían, las cosas que consideraban importantes, sus ropas, sus casas, sus comodidades diarias, su arte...

—No. Un museo nos habla de la vida —discrepó él—. Habla de la existencia individual, de cómo se vivía. Habla de la vida colectiva de la época, de hombres y mujeres organizando sus sociedades. Habla de la continuación de la vida de la especie *Homo sapiens*. A nadie que sienta una pizca de curiosidad humana pueden desagradarle los museos.

—A mí me encantan —insistió ella—, pero porque me permiten creer que vivo en el pasado. No me refiero a mi propio pasado, eso es muy aburrido y ordinario, sino al pasado de todas aquellas personas que han sido londinenses antes que yo. Nunca entro allí sola, nadie puede hacerlo.

«Incluso pasear por el Heath es distinto para cada uno de nosotros», pensó él, que en tales ocasiones advertía la transformación de los árboles y el cielo, y disfrutaba de la suavidad de la hierba bajo sus pies. Ella imaginaba a las lavanderas de los Tudor aprovechando las primaveras despejadas, colgando la ropa sobre los arbustos de aulaga para que se secase, los carruajes y los coches de caballos alejándose traqueteando de los hedores de la ciudad en la época de la peste y el gran incendio para encontrar refugio en la parte alta de Londres, y a Dick Turpin esperando a lomos de su caballo bajo el cobijo de los árboles.

En ese momento Tally se levantó para llevar la bandeja a la cocina. Él hizo lo propio y le quitó la bandeja de las manos. Cuando levantó la vista para mirarlo, el rostro de ella parecía, por primera vez, preocupado.

—¿Va a ir a la reunión el miércoles, cuando se decida el futuro del museo? —le preguntó.

—No, Tally, no me corresponde estar allí. Yo no soy fideicomisario. Sólo hay tres, los Dupayne. A ninguno de nosotros nos han dicho nada. Todo son rumores.

—Pero ¿de veras es posible que lo cierren?

—Lo harán si Neville Dupayne se sale con la suya.

—Me pregunto por qué. Él no trabaja aquí. Rara vez aparece por el museo, salvo los viernes para recoger su coche. No le interesa nada, así que, ¿por qué le importa?

—Porque detesta lo que considera nuestra obsesión nacional con el pasado. Está demasiado involucrado en los problemas del presente. El museo es un objeto muy conveniente para enfocar ese odio: su padre lo fundó, se gastó una fortuna en él y lleva el apellido de la familia. Es de algo más que el museo de lo que quiere deshacerse.

—¿Y puede?

—Oh, sí. Si no firma el nuevo contrato de arrendamiento, el museo cerrará. Pero no debería preocuparme; Caroline Dupayne es una mujer muy terca, dudo que Neville sea capaz de enfrentarse a ella. Lo único que tiene que hacer es firmar un trozo de papel.

Lo absurdo de aquellas palabras le chocó en cuanto las hubo pronunciado. ¿Desde cuándo firmar un documento no era importante? La gente había sido condenada o indultada en función de una firma. Una firma podía desheredar a alguien u otorgarle una fortuna, o representar la diferencia entre la vida y la muerte. Sin embargo, era poco probable que tal cosa se cumpliese en el caso de la firma de Neville Dupayne en el nuevo contrato de arrendamiento. Al llevar la bandeja a la cocina, se alegró de perder de vista la cara de preocupación de Tally. Nunca la había visto así; de pronto se dio cuenta de la enormidad de lo que le esperaba a esa mujer: aquella casa, aquella sala de estar, eran tan importantes para ella como para él lo era el libro que estaba escribiendo. Y además tenía más de sesenta años. Aunque en los tiempos que corrían no se consideraba que una persona a esa edad fuese vieja, no resultaba nada fácil buscar un nuevo trabajo y un nuevo hogar. Existían numerosas ofertas, pues siempre había sido difícil encontrar amas de llaves de confianza, pero aquel trabajo y aquel lugar eran perfectos para ella.

Lo embargó una incómoda sensación de lástima y a continuación, por un instante, una debilidad tan súbita que tuvo que dejar rápidamente la bandeja encima de la mesa y descansar unos minutos. Experimentó al mismo tiempo el deseo de que hubiera algo que él pudiese hacer, algún regalo magnífico que poner a sus pies capaz de lograr que todo volviese a ir bien. Jugueteó un momento con la ridícula idea de hacer a Tally beneficiaria de su testamento, pero sabía que era incapaz de semejante acto de liberalidad excéntrica; no podía llamarlo generosidad porque para entonces ya no tendría ninguna necesidad de dinero. Siempre había ido gastando de acuerdo con sus ingresos, y el capital restante lo legaba —en un testamento cuidadosamente redactado por el abogado de la familia unos quince años antes— a sus tres sobrinos. Era curioso que, con lo poco que le importaba lo que éstos, a quienes veía en raras ocasiones, pensasen de él, sí le importase en cambio la buena opinión que tuvieran de él una vez muerto. Había vivido cómodamente y casi siempre rodeado de seguridad. ¿Y si encontraba las fuerzas para llevar a cabo un último acto excéntrico y magnífico que fuese extraordinario para otra persona?

Entonces oyó la voz de Tally.

—¿Está usted bien, señor Calder-Hale?

—Sí —contestó—. Estoy perfectamente, Gracias por el café. Y no se preocupe por el miércoles. Tengo el presentimiento de que todo saldrá bien.

8

Eran en ese momento las once y media. Como de costumbre, Tally había limpiado el museo antes de que abriese sus puertas y, a menos que la requiriesen para algo determinado, hasta la hora de cierre, a las cinco, no tenía más quehaceres concretos aparte de la rutinaria inspección final con Muriel Godby. Sin embargo, le quedaba trabajo por hacer en la casita y había pasado más tiempo del habitual con el señor Calder-Hale. Ryan, el chico que ayudaba con las tareas de limpieza pesadas y con el jardín, llegaría con sus bocadillos a la una en punto.

Desde la primera dentellada de los días más fríos de otoño, Tally le había sugerido a Ryan que almorzase dentro de la casa. Durante el verano lo veía apoyar la espalda contra uno de los árboles, con la bolsa abierta a su lado, pero a medida que los días se hacían más fríos había tomado la costumbre de comer en el cobertizo donde guardaba la cortadora de césped, sentado en un cajón vuelto del revés. A ella le parecía mal que el chico tuviese que soportar tanta incomodidad, pero aun así vaciló al hacer su ofrecimiento, pues no pretendía imponerle una obligación o dificultarle la posibilidad de que rehusara. Sin embargo, el muchacho había aceptado de inmediato, y desde esa mañana llegaba puntualmente a la una con su bolsa de papel de estraza y su lata de Coca-Cola.

Ella no tenía ningún deseo de acompañarlo a la hora del

almuerzo —pues habría parecido una invasión de su propia intimidad—, de modo que había adquirido la costumbre de tomar un ligero almuerzo a las doce a fin de que todo estuviese despejado y guardado para cuando él llegase. Si había preparado sopa, le dejaba un poco, sobre todo si ese día hacía frío, y el chico parecía agradecérselo. Después, instruido por ella, era él quien hacía café para ambos —café de verdad, nada de gránulos sacados de un bote— y lo servía. Nunca se quedaba más de una hora, y Tally ya se había acostumbrado a oír el ruido de sus pisadas en el sendero de entrada todos los lunes, miércoles y viernes, sus días laborables. Nunca se había arrepentido de haberle hecho aquella primera invitación, pero los martes y jueves no podía evitar sentir cierto alivio, no exento de culpabilidad, por disponer de toda la mañana para ella sola.

Tal como le había pedido con delicadeza desde el primer día, el chico se quitaba las botas de trabajo en el porche, colgaba su chaqueta y se iba al cuarto de baño para lavarse antes de reunirse con ella. Traía consigo un perfume a tierra y hierba y un débil olor masculino que a ella le gustaba. Tally se maravillaba de su aspecto, invariablemente limpio y cuidado, de sus manos, de huesos delicados como los de una chica, que contrastaban, en extraña discordancia, con sus brazos morenos y musculosos.

Su cara era redonda, de pómulos firmes y tez ligeramente sonrosada y tan suave como el terciopelo. Tenía los ojos pardos y grandes, bastante separados entre sí, los párpados superiores muy prominentes, una nariz respingona, y un hoyuelo en la barbilla. Llevaba el pelo cortado a cepillo, lo que resaltaba la redondez de su cabeza. Para Tally era como la cara de un bebé que los años hubieran ampliado de tamaño pero sin ninguna impronta de experiencia adulta. Sólo sus ojos desdecían esa aparente inocencia intacta: podía alzar los párpados y contemplar el mundo con una indiferencia pasmada y encantadora, o lanzar una mirada desconcertantemente brusca, maliciosa y enterada a un tiempo. Esta dicotomía reflejaba lo que sabía, retazos dispersos de sofisticación que recogía como quien recoge desperdicios del camino de entrada, todo ello combinado con una asombrosa ignorancia de extensas áreas de conocimiento que la generación de Tally había adquirido antes de dejar la escuela.

Había encontrado a Ryan tras colocar un anuncio en el tablón de demandas de empleo de una papelería local. La señora Faraday, la voluntaria responsable del jardín, había comentado que la tarea de limpiar las hojas y podar los arbustos y los árboles jóvenes se le empezaba a hacer demasiado pesada. Había sido ella quien había sugerido poner un anuncio en lugar de recurrir a la oficina de empleo. Tally había dado el número de teléfono de la casa sin mencionar en absoluto el museo. Cuando Ryan había llamado, lo había entrevistado en compañía de la señora Faraday y ambas habían optado por someterlo a un mes de prueba. Antes de dejar que se marchase, le había pedido referencias.

—Ryan, ¿hay alguien, alguien para el que hayas trabajado, que pueda escribir una carta de recomendación?

—Trabajo para el Comandante. Le limpio la plata y hago algunas chapuzas en la casa. Se lo pediré a él.

No había proporcionado más información, pero al cabo de dos días había llegado una carta procedente de Maida Vale:

Apreciada señora:

Ryan Archer me ha dicho que está pensando en ofrecerle el trabajo de ayudante de jardinería y de mantenimiento en general. No es que sea especialmente habilidoso con los trabajos y arreglos de la casa, pero sí ha realizado algunas tareas para mí de modo satisfactorio y muestra cierta voluntad de aprender cuando está interesado. Aunque no dispongo de ninguna referencia personal con respecto a sus dotes como jardinero, si es que las posee, dudo que sepa distinguir un pensamiento de una petunia. No destaca especialmente por su puntualidad, pero cuando al fin llega es capaz de trabajar de firme bajo la supervisión adecuada. Según mi experiencia, las personas son honradas o no lo son, y no hay nada que hacer al respecto. El chico lo es.

Tras esta poco entusiasta carta de recomendación, y con la aprobación de la señora Faraday, Tally lo había contratado.

La señorita Caroline había mostrado poco interés, y Muriel había rechazado cualquier responsabilidad.

—La organización doméstica es tarea suya, Tally. No deseo interferir. La señorita Caroline ha aceptado que cobre el salario mínimo establecido y yo misma le pagaré de mi dinero para gastos todos los días antes de que se marche. Por supuesto, le exigiré un recibo. Si necesita ropa de trabajo, eso también puede salir del dinero para gastos, pero será mejor que la compre usted y no se lo encargue a él. Puede hacer la limpieza del suelo de aquí, incluyendo las escaleras, pero no quiero verlo en ninguna otra parte del museo si no es bajo supervisión.

—El comandante Arkwright, que nos envió una carta de recomendación, dice que el chico es honrado —le había explicado Tally.

—Tal vez lo sea, pero quizá también sea propenso a hablar demasiado, y no tenemos forma de saber si sus amigos son gente honrada. Creo que convendría que usted y la señora Faraday elaborasen un informe formal sobre su progreso después del primer mes de prueba.

Tally había hecho la reflexión de que, para tratarse de alguien que no tenía ningún deseo de interferir en los asuntos domésticos, Muriel estaba comportándose como cabía esperar. Sin embargo, el experimento había funcionado; desde luego, Ryan era impredecible —nunca podía estar segura de que apareciese cuando se lo esperaba—, pero se había vuelto más responsable a medida que transcurrían los meses, sin duda porque necesitaba dinero en mano al término de la jornada. Si bien no se trataba de un trabajador entusiasta, no era ningún holgazán, y la señora Faraday, a quien no se complacía fácilmente, parecía encontrarlo de su agrado.

Aquella mañana, Tally había preparado sopa de pollo con los restos de la cena de la víspera, y en ese momento Ryan estaba dando cuenta de ella con satisfacción evidente, calentándose los finos dedos en el cuenco.

—¿Se necesita mucho valor para matar a alguien? —preguntó de pronto.

—Nunca me ha parecido que los asesinos fuesen particularmente valientes, Ryan. Lo más probable es que sean cobardes. A veces se necesita más coraje para no matar a alguien.

—No entiendo qué quiere decir, señora Tally.

—Ni yo. Sólo era un simple comentario, y bastante estúpido ahora que lo pienso. El asesinato no es un tema agradable.

—No, pero resulta interesante. ¿Le he dicho que el señor Calder-Hale me llevó a dar una vuelta por el museo el viernes por la mañana?

—No, no me lo habías dicho, Ryan.

—Me vio arrancando las malas hierbas del arriate delantero cuando llegó. Me dio los buenos días y le pregunté: «¿Puedo ver el museo?» Y él contestó: «Como poder, puedes, pero más bien es una cuestión de si tienes permiso o no. No veo por qué no deberías tenerlo.» Así que me dijo que me asease y que me reuniese con él en el vestíbulo principal. No creo que a la señorita Godby le pareciese buena idea, por la mirada que me lanzó.

—Fue un detalle por parte del señor Calder-Hale acompañarte a ver el museo. Trabajando aquí y todo... Bueno, estuvo bien que tuvieras oportunidad de visitarlo.

—¿Y por qué no podía verlo antes y solo? ¿Es que no confían en mí?

—No es que no te lo permitamos porque no confiemos en ti, sino que a la señorita Godby no le gusta que quien no ha pagado la entrada se pasee a su antojo. Es igual para todo el mundo.

—No para usted.

—Bueno, eso es porque no puede serlo, Ryan. Yo tengo que quitar el polvo y limpiar.

—Ni para la señorita Godby.

—Pero es que ella es la recepcionista. Tiene que ser libre de ir a donde le plazca. El museo no podría funcionar de otro modo. A veces debe acompañar a los visitantes cuando el señor Calder-Hale no está aquí.

«O cuando no cree que son lo bastante importantes», pensó. En vez de eso, preguntó:

—¿Disfrutaste de la visita al museo?

—Me gustó la Sala del Crimen —respondió Ryan.

«Oh, Dios», exclamó Tally para sus adentros. Bueno, tal vez no fuese tan sorprendente; el chico no era el único que prolongaba su visita en aquella sala.

—Ese baúl de hojalata... —prosiguió Ryan—. ¿De veras cree que es el que contenía el cuerpo de Violette?

—Creo que sí, el viejo señor Dupayne era muy maniático con respecto a su origen..., con el lugar de donde procedían los objetos. No sé cómo se hizo con algunos de ellos, pero supongo que tenía sus contactos.

Ryan ya se había terminado la sopa y sacó los bocadillos de su bolsa; al parecer eran de salami y estaban hechos de gruesas rebanadas de pan blanco.

—¿Así que si levantara la tapa del baúl vería sus restos de sangre? —preguntó.

—No puedes levantar la tapa, Ryan. Está prohibido tocar los objetos en exposición.

—Pero ¿y si lo hiciera?

—Seguramente verías una mancha, pero nadie puede estar seguro de que sea la sangre de Violette.

—Pero podrían hacer una prueba.

—Creo que ya la hicieron, pero aunque sea sangre humana, eso no significa que sea la sangre de ella. No se conocía el ADN en aquellos tiempos. Ryan, ¿no te parece una conversación un poco morbosa?

—Me pregunto dónde está ahora.

—Seguramente en un cementerio de Brighton. No creo que nadie lo sepa con certeza. Era una prostituta, pobre mujer, y quizá no hubiese dinero suficiente para hacerle un funeral decente. Lo más probable es que la enterrasen en lo que se llama una fosa común.

Tally se preguntó si en efecto habría sido así. Tal vez la fama la había elevado al rango de quienes adquieren categoría acaecida la muerte. Quizás hubiese habido un funeral fastuoso, caballos con penachos negros, multitudes de curiosos siguiendo el cortejo fúnebre, fotografías en los periódicos locales, acaso incluso en la prensa nacional. Qué ridículo le habría parecido a Violette cuando era joven, años antes de que la asesinaran, que alguien le hubiese profetizado que sería más famosa muerta que en vida, que casi setenta años después de su asesinato, una mujer y un chico en un mundo inconcebiblemente distinto, estarían hablando de sus exequias...

Levantó la mirada y oyó hablar a Ryan.

—Creo que el señor Calder-Hale sólo me acompañó porque quería saber qué es lo que hago.

—Pero Ryan, ya sabe qué es lo que haces: eres el ayudante de jardinería.

—Quería saber qué es lo que hago los demás días —puntualizó el chico.

—¿Y qué le dijiste?

—Le dije que trabajo en un bar muy cerca de King's Cross.

—Pero Ryan, ¿es eso cierto? Creía que trabajabas para el Comandante.

—Y lo hago, pero no se lo digo a todo el mundo.

Cinco minutos más tarde, mientras lo miraba ponerse sus botas de trabajo, Tally advirtió lo poco que sabía de él. Le había contado que había estado bajo la custodia de las autoridades locales, pero no le había explicado ni mucho menos por qué ni dónde. A veces le decía que vivía en una casa ocupada, y otras que estaba en casa del Comandante. Pero si él era reservado, también lo era ella, y el resto del personal del Dupayne. «Trabajamos juntos —pensó—, nos vemos con mucha frecuencia, a veces incluso todos los días, hablamos, nos consultamos cosas, tenemos un objetivo común... Y en lo más profundo de nosotros está nuestro yo insondable.»

9

Era la última visita domiciliaria del día del doctor Neville Dupayne, y también la que éste más temía. Aun antes de aparcar el coche había empezado a armarse de valor para enfrentarse al tormento de los ojos de Ada Gearing, unos ojos que en cuanto le abriese la puerta escrutarían los suyos con una súplica muda. Los pocos escalones que conducían al pasillo del primer piso parecían tan agotadores como si estuviese subiendo al ático. Tendría que esperar en la puerta, como siempre. Albert, aun en su fase catatónica, respondía al sonido del timbre de la entrada, a veces con un terror que lo retenía tembloroso en su sillón, otras levantándose a una velocidad sorprendente y empujando a su esposa a un lado para llegar el primero a la puerta. Después serían los ojos de Albert los que sondearían los suyos, unos ojos viejos que pese a todo eran capaces de reflejar emociones tan distintas como el miedo, el odio, el recelo y la desesperanza.

Esa noche casi deseaba que fuese Albert. Atravesó el pasillo en dirección a la puerta del centro, que tenía una mirilla, dos cerraduras de seguridad y una ventana cubierta por fuera con tela metálica. Suponía que se trataba de la forma más barata de garantizar protección, pero era algo que siempre le había preocupado; si Albert prendía fuego a la casa, la puerta sería la única salida. Hizo una pausa antes de llamar al timbre. Estaba oscureciendo. Con cuánta rapidez, una vez que se retrasaban los relojes, las horas del día se difuminaban y la oscuridad ganaba terreno a hurtadillas. Las luces estaban encendidas en los puentes, y al levantar la vista vio el enorme edificio que semejaba un transatlántico gigantesco anclado en la oscuridad.

Sabía que no había forma de llamar al timbre sin hacer demasiado ruido, pero a pesar de ello lo apretó con suavidad. La espera de esa tarde no era más larga de lo habitual; ella tendría que asegurarse de que Albert estaba sentado en su sillón, más sereno tras el sobresalto del timbre. Al cabo de un minuto oyó el ruido de los cerrojos y vio que era ella quien le abría la puerta. Al instante, él inclinó la cabeza de manera casi imperceptible a modo de saludo y entró en la casa. Ella cerró la puerta y echó los cerrojos de nuevo.

Mientras la seguía por el corto pasillo, Neville dijo:

—Lo siento. He llamado al hospital antes de salir y me han dicho que todavía no hay plazas libres en la unidad especial, pero Albert encabeza la lista de espera.

—Ya lleva ocho meses en esa lista, doctor. Supongo que estamos esperando a que alguien muera —apuntó ella.

—Sí —convino él—. A que alguien muera.

Desde hacía seis meses mantenían la misma conversación. Antes de entrar en la sala de estar, él preguntó:

—¿Cómo se encuentra?

Ella siempre se había mostrado reticente a hablar de su marido mientras éste permanecía allí sentado, en apariencia sin escuchar o sin que le importara.

—Hoy, tranquilo —contestó—. Lleva tranquilo toda la semana. Pero el miércoles pasado, cuando vino la agente de los servicios sociales, se escabulló por la puerta antes de que lograra impedírselo. Es muy rápido cuando está de humor. Bajó por la escalera y salió a la calle. Luego hubo un forcejeo. En situaciones así la gente te mira, no sabe por qué empujas de esa manera a un viejo. La trabajadora social intentó persuadirlo, hablándole con dulzura, pero él no estaba dispuesto a atender a razones. Eso es lo que me aterra, que un día salga a la calle y lo atropellen.

Y eso, pensó él, era exactamente lo que ella temía. La irracionalidad que suponía provocaba en él una mezcla de tristeza e irritación. Su marido estaba siendo arrastrado al abismo del Alzheimer; el hombre con quien se había casado se había convertido en un extraño confuso y a veces violento, incapaz de proporcionarle compañerismo y apoyo. Estaba físicamente exhausta por intentar cuidar de él, pero se trataba de su marido. La aterrorizaba el que un día saliese a la calle y un coche se lo llevara por delante.

La pequeña sala de estar con las cortinas floreadas y los visillos recogidos a los lados, los muebles gastados, la sólida y anticuada estufa de gas, probablemente tenían el mismo aspecto que cuando los Gearing se habían mudado allí. Sin embargo, ahora había un televisor de pantalla ancha en un rincón y un vídeo debajo, y él sabía que el bulto en el bolsillo del delantal de la señora Gearing era su teléfono móvil.

Colocó la silla de siempre entre ambos. Había asignado la media hora de costumbre para pasarla con ellos. No tenía buenas noticias que darles ni había nada que pudiese hacer para ayudarlos más de que lo que ya lo hacía, pero al menos podía ofrecerles su tiempo. Haría lo que acostumbraba: sentarse tranquilamente como si tuviera todo el tiempo del mundo y escuchar. En la habitación hacía un calor incómodo. La estufa de gas emitía una llama sibilante que le quemaba las piernas y le secaba la garganta. El aire desprendía un hedor agridulce compuesto por una mezcla de sudor rancio, comida frita, ropa sucia y orina. Al respirarlo, le parecía detectar cada olor por separado.

Albert estaba sentado en su sillón, inmóvil. Se agarraba con fuerza a los brazos del mismo con las manos nudosas y lo miraba fijamente con los ojos entornados y una extraordinaria malevolencia. Llevaba zapatillas de felpa, pantalones anchos de chándal de color azul marino con sendas rayas blancas en las perneras y una chaqueta de pijama cubierta con un cárdigan largo gris. Neville se preguntó cuánto habrían tardado Ada y la enfermera en vestirlo.

—¿Cómo se las arregla? ¿Todavía viene la señora Nugent? —inquirió, consciente de la inutilidad de la pregunta.

En ese momento ella habló con total libertad, sin preocuparse por si su marido la entendía o no. Tal vez empezaba a darse cuenta de lo absurdo de aquellas conversaciones susurradas al otro lado de la puerta.

—Oh, sí, sigue viniendo. Ahora todos los días. No sabría arreglármelas sin ella. Me preocupa, doctor. Cuando Albert se pone difícil le dice cosas horribles, cosas para zaherirla por el hecho de ser negra. Son terribles, de verdad. Sé que no lo dice a propósito, sé que es porque está enfermo, pero ella no tendría que oírlas. Antes nunca era así. Y ella es tan buena... No se ofende, pero lo cierto es que me pone de mal humor. Y ahora esa mujer, la vecina, la señora Morris, lo ha oído decir esas barbaridades y asegura que si llega a oídos de la asistencia social nos llevarán a juicio por racistas y nos pondrán una multa. Dice que se llevarán a la señora Nugent y que ya se encargarán ellos de que no podamos contratar a ninguna enfermera más, ni blanca ni negra. Y a lo mejor la señora Nugent se harta de todos modos y se va a otra parte donde no tenga que oír semejantes cosas. Y no podría culparla, la verdad. Además, Ivy Morris tiene razón; te pueden denunciar por ser racista, sale en los periódicos. ¿Cómo voy a pagar la multa? El dinero apenas nos alcanza.

Las personas de su edad y su clase social eran demasiado orgullosas para quejarse de su pobreza. El hecho de que, por primera vez, hubiese mencionado el dinero demostraba lo agudo de su estado de ansiedad.

—Nadie va a llevarlos a juicio —repuso él con firmeza—. La señora Nugent es una mujer sensata y con experiencia. Sabe que Albert está enfermo. ¿Quiere que hable yo con los servicios sociales?

—¿Lo haría, doctor? Tal vez sería mejor viniendo de usted. Ahora me pongo tan nerviosa... Cada vez que oigo el timbre de la puerta creo que es la policía.

—No será la policía.

Neville se quedó otros veinte minutos. Escuchó, tal como había hecho tantas veces, lo mucho que angustiaba a la esposa de Albert la posibilidad de que le retirasen el cuidado de éste. Sabía que no se las arreglaría, pero algo, acaso el recuerdo de sus votos matrimoniales, era aún más fuerte que la necesidad de ayuda. Él intentó de nuevo garantizarle que en la unidad especial del hospital Albert llevaría una vida mejor, que recibiría la atención que no podía recibir en casa, que ella podría visitarlo siempre que quisiese, que si fuese capaz de entender, él lo entendería.

—Es posible —dijo ella—; pero ¿me perdonaría?

¿Qué sentido tenía, se preguntó él, tratar de convencerla de que no debía sentir ningún remordimiento? Siempre era presa de esas dos emociones dominantes, el amor y el sentimiento de culpa. ¿Qué poder tenía él, con su sabiduría laica e imperfecta, de purgarla de algo tan profundamente arraigado, tan primario?

Ella le sirvió una taza de té antes de que se fuera. Siempre lo hacía. Él no lo quería, y tuvo que vencer la impaciencia mientras ella intentaba persuadir a Albert de que bebiese, engatusándolo como a un niño. Al fin, Neville se sintió capaz de marcharse.

—Mañana llamaré al hospital y le haré saber si hay alguna noticia —comentó.

En la puerta, ella lo miró y dijo:

—Doctor, no creo que pueda continuar así.

Fueron las últimas palabras que pronunció mientras la puerta se cerraba entre ambos. Él echó a andar, adentrándose en el frío nocturno, y oyó por última vez el áspero ruido de los cerrojos.

10

Acababan de dar las siete en punto y Muriel Godby estaba horneando galletas en su pequeña pero inmaculada cocina. Había adquirido la costumbre desde que aceptara su trabajo en el Dupayne de encargarse de las galletas para el té de la señorita Caroline cuando ésta se encontraba en el museo y para las reuniones trimestrales de los fideicomisarios. Sabía muy bien que la reunión del día siguiente sería crucial, pero eso no era óbice para que alterase su rutina. A Caroline Dupayne le gustaban las galletas especiadas hechas con mantequilla, levemente crujientes y horneadas hasta adquirir un tono dorado pálido. Ya las había sacado del horno y en ese momento estaban enfriándose en el estante. Empezó los preparativos para hacer las galletas de frutos secos cubiertas de chocolate. Éstas le parecían menos apropiadas para acompañar el té de los fideicomisarios, pues el doctor Neville solía acercar las suyas a la taza para que se derritiese el chocolate. Sin embargo, al señor Marcus le gustaban y se llevaría una decepción si no se las ofrecía.

Dispuso los ingredientes tan cuidadosamente como si de una demostración televisiva se tratase: avellanas, almendras escaldadas, guindas, cáscara de limón y de naranja, pasas sultanas, un pedazo de mantequilla, azúcar blanco, nata líquida y una tableta del mejor chocolate negro. Mientras troceaba los ingredientes, la invadió una sensación misteriosa y fugitiva, una agradable fusión de cuerpo y mente que nunca había experimentado antes de llegar al Dupayne. Le ocurría rara vez y de forma inesperada, y constituía una especie de cosquilleo en la sangre. Suponía que aquello era la felicidad. Hizo una pausa, con el cuchillo suspendido sobre las avellanas, y por un instante se dejó llevar por esa sensación. ¿Era aquello, se preguntó, lo que la mayoría de la gente sentía casi toda su vida, incluso durante parte de su infancia? A ella nunca le había ocurrido. La sensación desapareció y, sonriendo, Muriel se puso de nuevo manos a la obra.

Hasta cumplir dieciséis años había vivido confinada en una especie de prisión de régimen abierto, en cumplimiento de una sentencia contra la que no cabía apelación y por alguna ofensa que nadie le había explicado nunca de manera precisa. Aceptó los parámetros, mentales y físicos, de su encarcelamiento: la casa adosada de la década de los treinta en un barrio poco recomendable de las afueras de Birmingham, con su entramado de vigas negras imitación estilo Tudor, su pequeño jardín trasero y sus verjas altas que protegían éste de la curiosidad de los vecinos. Los límites se extendían hasta la escuela de educación secundaria a la que podía ir a pie en diez minutos a través del parque municipal, con sus parterres matemáticamente exactos y sus previsibles cambios de plantas: narcisos en primavera, geranios en verano y dalias en otoño. Hacía tiempo que había aprendido la ley de supervivencia de la cárcel consistente en pasar inadvertida y evitar meterse en líos.

Su padre era el carcelero. Se trataba de un hombrecillo meticuloso y más pequeño de lo normal, de andar presumido y un leve sadismo semivergonzante que, por prudencia, mantenía dentro de unos límites soportables para sus víctimas. Muriel había considerado a su madre una compañera de reclusión, pero el infortunio compartido no había supuesto empatía ni compasión. Había cosas que era mejor no decir en voz alta, silencios —las dos lo sabían— cuyo quebrantamiento sólo podía acarrear consecuencias catastróficas. Cada una contenía su sufrimiento en unas manos cuidadosas, manteniendo la distancia como si temiesen contaminarse con la culpa indeterminada de la otra. Muriel sobrevivía a fuerza de coraje y silencio, y gracias a su oculta vida interior. Las victorias de sus fantasías nocturnas eran dramáticas y exóticas, pero nunca se engañaba a sí misma diciéndose que constituían otra cosa que ilusiones, recursos útiles para hacer la vida más tolerable, pero no complacencias que una fuera a confundir con la realidad. Fuera de su prisión había un mundo real, y algún día saldría en libertad y lo heredaría.

Creció sabiendo que su padre sólo amaba a su hija mayor. Para cuando Simone cumplió los catorce años, la mutua obsesión de ambos se afianzó de tal modo que ni Muriel ni su madre dudaban de su primacía. Para Simone eran los regalos, las carantoñas, la ropa nueva, las salidas los fines de semana con su padre. Cuando Muriel se iba a la cama en su cuarto pequeño de la parte de atrás de la casa, seguía oyendo el murmullo de sus voces, la risa aguda y medio histérica de Simone. Su madre era la sirvienta de los dos, pero sin salario de criada. Acaso también ella había atendido a sus necesidades por su voyeurismo involuntario.

Muriel no sentía envidia ni rencor, pues Simone no tenía nada que ella quisiese. Al cumplir los catorce conoció la fecha de su liberación: su decimosexto cumpleaños. Entonces sólo tendría que asegurarse de que era capaz de mantenerse económicamente y ninguna ley podría obligarla a volver a casa. Su madre, quizá dándose cuenta al fin de que no tenía vida alguna, se despojó de ésta con la discreta incompetencia que había caracterizado su papel como ama de casa y madre. Una pulmonía leve no tiene por qué ser mortal, salvo para quienes no sienten ningún deseo de combatirla. Al mirar a su madre en el ataúd de la capilla de reposo de la funeraria —un eufemismo que llenaba a Muriel de rabiosa impotencia— había contemplado el rostro de una desconocida. Dibujada en él aparecía, a sus ojos, una sonrisa de secreta satisfacción. Era posible que aquélla fuese una manera de conseguir la libertad, pero no sería la suya.

Al cabo de nueve meses, cuando cumplió los dieciséis años, se marchó de casa y dejó a Simone y a su padre en su mundo autocompasivo de miradas cómplices, roces leves y caprichos infantiles consentidos. Muriel sospechaba —aunque no lo sabía con certeza ni le importaba— lo que hacían juntos. No les avisó de sus intenciones; la nota que dejó para su padre, colocada con cuidado en el centro de la repisa de la chimenea, se limitaba a informar de que se iba de casa para buscar trabajo y cuidar de sí misma. Sabía cuáles eran sus bazas, pero era menos consciente de sus carencias. Tenía para ofrecer al mercado sus seis respetables certificados de educación secundaria, su habilidad como taquígrafa y mecanógrafa, una mente abierta a las nuevas tecnologías en desarrollo, inteligencia y un cerebro metódico. Marchó a Londres con el dinero que llevaba ahorrando desde que había cumplido catorce años, encontró una habitación amueblada cuyo alquiler le resultaba asequible y se puso a buscar trabajo. Estaba preparada para ofrecer lealtad, dedicación y energía, y se sintió herida al comprobar que dichos atributos se valoraban menos que otros dones más apetecibles, como el atractivo físico, un carácter sociable y risueño y la voluntad de complacer. Encontraba trabajo con facilidad, pero ninguno le duraba demasiado tiempo; siempre los dejaba por mutuo acuerdo, demasiado orgullosa para protestar o pedir una compensación cuando tenía lugar la ya esperada entrevista y su jefe le sugería que sería más feliz en un empleo donde valorasen mejor sus cualidades. Sus jefes le daban buenas referencias, haciendo especial hincapié en sus virtudes. Los motivos de su marcha no quedaban expuestos con demasiada claridad, puesto que no se sabía del todo cuáles eran.

Nunca volvió a ver a su padre y a su hermana ni a tener noticias de ellos. Doce años después de haberse marchado de casa, ambos estaban muertos: Simone se había suicidado y dos semanas después su padre había sufrido un ataque al corazón. La carta en que el notario de éste daba cuenta de la noticia había tardado seis semanas en llegar. Muriel sólo sintió la pena vaga e indolora que en ocasiones provoca la tragedia de otras personas. Aun así, le sorprendió el que su hermana hubiera encontrado el valor necesario para escoger morir de forma tan dramática. Aquellas muertes, no obstante, cambiaron su vida: no había ningún otro pariente vivo, de modo que heredó la casa familiar. No regresó a ella, pero dio instrucciones a un agente inmobiliario de que vendiese la propiedad y todo cuanto contenía.

A partir de entonces se liberó de su vida en habitaciones amuebladas; compró una casita de ladrillo en South Finchley, junto a uno de esos caminos semirrurales que todavía pueden encontrarse incluso en los barrios céntricos. Con sus ventanas pequeñas y feas y su tejado alto, era una casa de aspecto desagradable pero de construcción sólida y permitía una privacidad razonable. Delante había espacio para aparcar el coche, ahora que podía permitirse uno. Al principio se limitaba a acampar en la propiedad mientras, semana tras semana, iba adquiriendo muebles de las tiendas de segunda mano, pintaba las habitaciones y confeccionaba las cortinas.

Su vida laboral era menos satisfactoria, pero afrontaba los malos tiempos con valentía, una virtud que nunca le había faltado. Su penúltimo empleo, el de mecanógrafa-recepcionista en Swathling's, había significado una degradación de categoría profesional. Sin embargo, el trabajo ofrecía posibilidades y la había entrevistado la señorita Dupayne, quien le había insinuado que, con el tiempo, tal vez necesitara una secretaria personal. El trabajo había sido un desastre; despreciaba profundamente a las alumnas, pues las consideraba estúpidas, arrogantes y maleducadas, las niñas mimadas de los nuevos ricos. Una vez que las alumnas se tomaron la molestia de fijarse en ella, la antipatía había sido mutua. Les parecía una metomentodo, demasiado vulgar y carente de la deferencia que esperaban de una inferior. Resultaba muy útil tener un blanco para sus críticas y sus bromas; pocas eran maliciosas por naturaleza, y algunas incluso la trataban con cortesía, pero ninguna se oponía abiertamente a aquel menosprecio universal. Hasta las más dulces se acostumbraron a llamarla GH: las siglas de Godby la Horrible.

Dos años antes, las cosas habían llegado a un punto crítico: Muriel había encontrado el diario de una de las estudiantes y lo había guardado en un cajón de la mesa de secretaría esperando a entregárselo la próxima vez que la chica pidiese su correo. No había visto ninguna razón para buscar a la dueña, y ésta la había acusado de retener el diario deliberadamente. Se había puesto a chillar y Muriel se había limitado a mirarla con frío desprecio: el pelo en punta teñido de rojo, el arete dorado en una de las aletas de la nariz y los labios pintados gritando obscenidades. Al arrebatarle el diario de las manos, le había soltado sus últimas palabras:

—Lady Swathling me ha pedido que te diga que quiere verte en su despacho y ¿sabes qué te digo? Que ya sé para qué quiere hablar contigo: te va a poner de patitas en la calle. No eres la clase de persona que esta escuela quiere tener en la recepción. Eres fea y estúpida y todas nos alegraremos mucho de perderte de vista.

Muriel se había sentado en silencio y luego había cogido su bolso. Iban a rechazarla una vez más. En ese momento vio a Caroline Dupayne acercarse a ella. Acto seguido, la oyó decir:

—Acabo de hablar con lady Swathling. Creo que le vendría bien tomar la iniciativa. Está usted desperdiciando sus cualidades en este trabajo: necesito una secretaria-recepcionista en el Museo Dupayne; me temo que el dinero no será el mismo, pero hay verdaderas perspectivas profesionales. Si le interesa, le sugiero que acuda al despacho y presente su renuncia antes de que hable lady Swathling.

Y eso fue lo que Muriel hizo. Al fin había encontrado un trabajo en el que se sentía valorada. Había hecho bien. Había encontrado su libertad y, sin darse cuenta, también había encontrado el amor.

11

Eran las nueve pasadas cuando Neville Dupayne acababa de terminar su última visita y se dirigía en coche a su piso con vistas a la calle Kensington High. En Londres usaba un Rover siempre que el trayecto en transporte público era complicado y hacía necesario el coche. El vehículo que amaba con toda su alma, el Jaguar E rojo del 63, estaba guardado en el garaje del museo hasta que lo recogiese, como era habitual, a las seis en punto de la tarde del viernes. Tenía por costumbre trabajar hasta tarde de lunes a jueves si era necesario a fin de disponer del fin de semana para salir de Londres, algo que se le había hecho imprescindible. Para estacionar el Rover contaba con un permiso de aparcamiento para residentes, pero siempre tenía que dar la frustrante vuelta a la manzana antes de encontrar un hueco donde ubicarlo. El tiempo había vuelto a cambiar durante el transcurso de la tarde y en ese momento Neville caminaba los cien metros que lo separaban de su casa bajo una llovizna.

Vivía en el ático de un enorme edificio de la posguerra, arquitectónicamente mediocre pero cómodo y bien conservado; su tamaño y anodina conformidad, incluso las apretadas hileras de ventanas idénticas como rostros anónimos, parecían garantizar la intimidad que tanto anhelaba. Nunca pensaba en el piso como en su hogar, una palabra que no evocaba en él ninguna asociación en particular y cuya definición le habría resultado difícil de formular. Sin embargo, lo aceptaba como refugio, con su paz esencial realzada por el apagado y constante murmullo de la concurrida calle cinco pisos más abajo, el cual llegaba hasta sus oídos de manera incluso agradable, como el gemido rítmico de un mar distante. Después de cerrar la puerta tras de sí y volver a programar la alarma, recogió las cartas desperdigadas por la moqueta, colgó su húmedo abrigo, arrojó el maletín a un lado y, después de entrar en la sala de estar, bajó las persianas para mitigar las luces de Kensington.

El piso era cómodo. Al comprarlo, unos quince años antes, después de trasladarse a Londres desde el centro de Inglaterra y tras el fracaso de su matrimonio, se había tomado la molestia en seleccionar las piezas mínimas necesarias de muebles de diseño y, por consiguiente, no había tenido necesidad de cambiar su elección inicial. Le gustaba escuchar música de vez en cuando y poseía un equipo de estéreo moderno y caro. No sentía ningún interés especial por la tecnología, y sólo exigía que funcionase con eficacia. Si una máquina se averiaba, la reemplazaba con un modelo distinto puesto que el dinero era menos importante que ahorrar tiempo y evitar la frustración que suponía discutir con alguien. Odiaba el teléfono, que estaba en el pasillo, y rara vez contestaba, prefiriendo escuchar los mensajes grabados todas las noches. Quienes lo necesitaran con urgencia, incluida su secretaria en el hospital, disponían de su número de móvil. Nadie más lo tenía, ni siquiera su hija ni sus hermanos. La importancia de dichas exclusiones, cuando pensaba en ello, lo dejaba indiferente. Sabían dónde encontrarlo.

La cocina estaba tan nueva como cuando había mandado reformarla después de adquirir el apartamento. Neville se alimentaba a conciencia, pero obtenía escaso placer del arte culinario y dependía en gran medida de los platos precocinados que compraba en los supermercados del centro. En ese momento acababa de abrir el frigorífico y estaba decidiendo si prefería tarta de pescado con guisantes congelados o *moussaka*, cuando llamaron al timbre. Aquel sonido, enérgico y consistente, se oía tan rara vez en el apartamento que experimentó el mismo sobresalto que habría sentido si alguien se hubiese puesto a aporrear la puerta. Pocas personas sabían dónde vivía y nadie se presentaría sin avisar. Se acercó a la puerta y pulsó el botón del interfono con la esperanza de que se hubiesen equivocado de piso. El corazón le dio un vuelco al oír la voz fuerte y autoritaria de su hija.

—Papá, soy Sarah. Te he estado llamando. ¿Es que no has recibido mis mensajes?

—No, lo siento. Acabo de llegar y todavía no he escuchado el contestador. Sube.

Abrió la puerta principal del edificio y esperó a oír el quejido del ascensor. Había sido una dura jornada y al día siguiente tendría que vérselas con un problema diferente pero igual de complicado: el futuro del Museo Dupayne. Necesitaba tiempo para ensayar su estrategia, la justificación para su reticencia a firmar el nuevo contrato de arrendamiento, los argumentos que tendría que presentar de manera convincente para combatir la determinación de sus hermanos. Había albergado la esperanza de contar con una noche relajada en la que tal vez encontrara el ánimo necesario para tomar una decisión definitiva, pero ahora era poco probable que lograse disfrutar de esa tranquilidad. Si Sarah había ido a verlo, significaba que estaba metida en un lío.

En cuanto abrió la puerta y le cogió el paraguas y el chubasquero, comprendió que el problema era grave. Sarah nunca había sido capaz de controlar, y mucho menos disimular, la intensidad de sus emociones. Ya desde niña sus berrinches habían sido apasionados y agotadores, sus momentos de felicidad y entusiasmo, frenéticos, y su desesperación contagiaba a sus padres el mal humor que se apoderaba de ella. Siempre, en cualquier ocasión, su apariencia, el modo en que iba vestida, traicionaban el tumulto de su vida interior. Neville recordó una noche —¿hacía cinco años?— en que a Sarah le pareció oportuno que su último amante pasase a recogerla por el piso de Kensington. Se había quedado de pie justo donde estaba en ese momento, con la melena morena recogida en lo alto de la cabeza y las mejillas sonrojadas de alegría. Al mirarla, se había sorprendido de encontrarla hermosa. Ahora, su cuerpo parecía haber adoptado prematuramente la forma del de una mujer de mediana edad. Llevaba el pelo atado en una cola de caballo para apartarlo de un rostro crispado por la desesperación. Al mirarle la cara, tan parecida a la suya y sin embargo tan misteriosamente distinta, Neville vio la angustia reflejada en unos ojos oscuros y ensombrecidos que parecían concentrados en su propia desdicha. Sarah se dejó caer sobre un sillón.

—¿Qué te apetece tomar? ¿Vino, café, té? —le ofreció él.

—Me da lo mismo. Vino está bien. Cualquier cosa que tengas abierta.

—¿Blanco o tinto?

—Oh, Dios, papá..., ¿qué más da? De acuerdo, tinto.

Él sacó la botella que tenía más a mano del armario donde guardaba el vino y cogió dos copas.

—¿Y algo de comer? —preguntó—. ¿Has cenado ya? Estaba a punto de calentarme algo.

—No tengo hambre. He venido porque hay unas cosas que debemos resolver. Para empezar, más vale que te lo diga ya: Simon se ha ido.

De modo que era eso. La noticia no le sorprendía. Sólo había visto al novio de Sarah, con quien ésta convivía, una vez, y le había bastado para darse cuenta, con una mezcla de pena e irritación confusas, que se trataba de un nuevo error. Se trataba del patrón recurrente de la vida de su hija: sus pasiones eran devoradoras, impulsivas e intensas, y a punto como estaba de cumplir los treinta y cuatro, su necesidad de adquirir un compromiso amoroso se veía alimentada por una desesperación creciente. Él sabía que nada de lo que le dijese le procuraría alivio sino que, por el contrario, le molestaría. El trabajo de Neville la había privado en la adolescencia del interés y las preocupaciones propias de un padre, y el divorcio le había dado un nuevo motivo de queja. Ahora, lo único que exigía era un poco de ayuda práctica.

—¿Cuándo ha sido? —preguntó él.

—Hace tres días.

—¿Y es definitivo?

—Pues claro que es definitivo. Llevaba un mes siendo definitivo, pero yo no me había dado cuenta. Y ahora tengo que irme muy, muy lejos. Al extranjero.

—¿Y qué pasa con el trabajo, con la escuela?

—Lo he dejado.

—¿Quieres decir que les has avisado con un trimestre de antelación?

—No, no les he avisado. Lo he dejado sin más. No tenía ninguna intención de volver a esa casa de locos para que unos niñatos se rían de mi vida sexual.

—Pero ¿se reirían? ¿Cómo iban a saberlo?

—Por favor, papá, ¡despierta! Pues claro que lo saben. Se ocupan personalmente de saber esa clase de cosas. Ya es bastante malo que te digan que no serías profesora si valieses para otra cosa, para que además te echen en cara tus fracasos sexuales.

—Pero das clases a chicos de entre nueve y trece años. Son niños.

—Esos niños saben más de sexo a los once años de lo que sabía yo a los veinte. Y a mí me prepararon para enseñar, no para pasarme la mitad del tiempo rellenando formularios y el resto tratando de imponer un poco de orden entre veinticinco críos agresivos, malhablados y problemáticos sin el menor interés por aprender. He estado malgastando mi tiempo, se acabó.

—No pueden ser todos así.

—Pues claro que no todos son así, pero hay los suficientes para hacer que dar una clase sea imposible. Tengo a dos a quienes les han prescrito tratamiento psiquiátrico. Los han examinado pero no hay plazas para ellos en ningún hospital, así que ¿qué ocurre? Que nos los mandan de vuelta a nosotros. Tú eres psiquiatra; son tu responsabilidad, no la mía.

—Pero ¡dejarlo así, sin más! Eso no es propio de ti. Es injusto para el resto del personal docente.

—El director podrá soportarlo. He recibido muy poco

apoyo de su parte en estos últimos meses. Bueno, el caso es que lo he dejado.

—¿Y el piso? —preguntó él. Lo habían comprado a medias. Él le había prestado el dinero para la entrada y suponía que era el sueldo de ella el que pagaba la hipoteca.

—Lo venderemos, por supuesto —repuso—. Pero ahora no hay ninguna esperanza de dividir los beneficios. No va a haber ningún beneficio. Ese centro que piensan abrir enfrente para delincuentes juveniles sin hogar ha acabado con cualquier posibilidad de ello. Nuestro abogado debería haber estado al corriente, pero no sirve de nada demandarlo por negligencia. Necesitamos vender el piso por lo que nos den. Eso lo dejo en manos de Simon. Lo llevará con eficiencia porque sabe que es legalmente responsable conmigo por la hipoteca. Yo me marcho. El caso, papá, es que necesito dinero.

—¿Cuánto?

—Lo bastante para vivir con holgura en el extranjero durante un año. No te lo pido a ti, al menos no directamente: quiero mi parte de los beneficios del museo. Por mí, que lo cierren. Puedo pedirte un préstamo decente, unas veinte mil, y devolvértelas cuando el sitio haya cerrado. Todos tenemos derecho a algo, ¿no? Me refiero a los fideicomisarios y a los nietos.

—No sé a cuánto —respondió—. Según la escritura del fideicomiso, todos los objetos de valor, incluyendo los cuadros, serán ofrecidos a otros museos. Nos corresponde una parte de lo que quede una vez vendido. Podrían ser unas veinte mil para cada uno, supongo. No lo he calculado.

—Será suficiente. Hay una reunión de los fideicomisarios mañana, ¿verdad? He telefoneado a la tía Caroline para preguntárselo. Tú no deseas que continúe abierto, ¿verdad? Quiero decir que siempre has sabido que al abuelo le importaba más el museo que tú o cualquier miembro de su familia. Siempre fue su capricho. Además, no va nada bien. Tal vez el tío Marcus crea que puede hacer que funcione, pero no puede. Sólo conseguirá gastar dinero hasta que al final tenga que dejarlo. Quiero que me prometas que no vas a firmar el nuevo contrato de arrendamiento. Eso me permitirá pedirte el préstamo con la conciencia tranquila. De lo contrario no podré aceptar tu dinero, pues no tendré modo de devolvértelo. Estoy harta de verme metida en deudas, de tener que estar agradecida.

—Sarah, no tienes que estar agradecida.

—¿Ah, no? No soy idiota, papá. Ya sé que darme dinero te resulta más fácil que quererme, siempre lo he aceptado. Ya de niña supe que el amor era lo que les dabas a tus pacientes, no a mamá ni a mí.

Se trataba de una antigua recriminación y Neville la había oído muchas veces, tanto en boca de su esposa como de Sarah. Sabía que había parte de verdad en ella, pero no tanta como ambas habían llegado a creer. Constituía una queja demasiado obvia, demasiado simplista y demasiado cómoda. La relación entre ellos había sido mucho más sutil y compleja de lo que aquella teoría psicológica podía explicar. No discutió con su hija, sino que se limitó a esperar.

—Quieres que el museo cierre, ¿no es así? —prosiguió ella—. Siempre has sabido lo que os hizo a ti y a la abuela. Es el pasado, papá. Habla de gente muerta y años muertos. Siempre has dicho que estamos excesivamente obsesionados con nuestro pasado, con guardar y coleccionar sólo porque sí. Por amor de Dios, ¿es que no puedes enfrentarte, aunque sólo sea por una vez, a tus hermanos?

La botella de vino había permanecido intacta. Neville dio la espalda a su hija, descorchó la botella de Margaux y sirvió dos copas.

—Creo que el museo debería cerrar —declaró—, y he pensado en la posibilidad de decirlo en la reunión de mañana. No espero que los demás estén de acuerdo. Va a ser una confrontación de voluntades.

—¿Qué quieres decir con eso de que has pensado «en la posibilidad» de decirlo mañana? Pareces el tío Marcus. A estas alturas ya tendrías que saber qué es lo que deseas que pase. Y no tienes que hacer nada, ¿no? Ni siquiera has de convencerlos. Ya sé que serías capaz de cualquier cosa antes de enfrentarte a una riña familiar. Lo único que tienes que hacer es negarte a firmar el nuevo contrato de arrendamiento en la fecha prevista e irte. No pueden obligarte.

Él le ofreció una copa de vino y preguntó:

—¿Para cuándo necesitas el dinero?

—Para dentro de unos días. Estoy pensando en irme a Nueva Zelanda; Betty Carter está allí. No creo que te acuerdes de ella, pero estudiamos juntas. Se casó con un neozelandés y siempre me está invitando a pasar unas vacaciones con ellos. Se me ha ocurrido que podría empezar en South Island y luego tal vez continuar hasta Australia y después California. Quiero vivir durante un año sin necesidad de trabajar, y después decidir qué hacer a continuación. Desde luego, no será dedicarme a la enseñanza.

—No te apresures. Habrá requisitos para los visados, billetes de avión que reservar... No es un buen momento para marcharse de Inglaterra. Vivimos en un mundo muy inestable y peligroso...

—Pues razón de más para largarse lo más lejos posible. No me preocupa el terrorismo, ni aquí ni en ningún otro sitio. Debo marcharme. He fracasado en todo. Si me quedo un solo mes más en este país de mierda, me volveré loca.

Él estuvo a punto de decirle que no podría evitar llevarse a sí misma allá donde fuera, pero no lo hizo. Sabía cuánto desdén —y sería un desdén justificado— provocaría en ella semejante tópico. Cualquier consultora sentimental de cualquier revista femenina le habría servido de la misma ayuda que él. Sin embargo, estaba la cuestión del dinero.

—Si quieres te daré un cheque esta misma noche —le ofreció—. Y me mantendré firme en mi decisión de cerrar el museo. Es lo que hay que hacer.

Se sentó frente a ella. No se miraron el uno al otro, pero al menos estaban bebiendo vino juntos. De repente lo invadió una súbita ansia con respecto a su hija, tan intensa que, de haber estado de pie, la habría tomado impulsivamente en sus brazos. ¿Era eso amor? Sin embargo, sabía que se trataba de algo menos iconoclasta y perturbador, algo a lo que podía hacer frente, esa mezcla de lástima y sentimiento de culpa que había sentido por los Gearing. No obstante, había hecho una promesa y sabía que tenía que mantenerla. También sabía, y el ser consciente de ello hizo que sintiera asco de sí mismo, que se alegraba de que su hija se marchara de Inglaterra. Su vida ya de por sí sobrecargada de trabajo y obligaciones sería más sencilla si Sarah estaba en el otro extremo del mundo.

12

La hora de la reunión de los fideicomisarios el miércoles 30 de octubre, las tres en punto, había sido determinada —y así lo entendía Neville— a conveniencia de Caroline, quien tenía compromisos tanto por la mañana como por la tarde. Desde luego, no se adaptaba a los de él. Después del almuerzo nunca estaba en su mejor momento, y aquello lo había obligado a reorganizar sus visitas a domicilio vespertinas. Se reunirían en la biblioteca del primer piso, como solían hacer en las raras ocasiones en que, como fideicomisarios, tenían asuntos que tratar. Se trataba del lugar más obvio, pero no era el que Neville habría escogido. Le traía demasiados recuerdos de la infancia, de cuando entraba allí obedeciendo a la llamada de su padre, con las manos sudorosas y el corazón latiéndole con fuerza. Su padre nunca le había pegado; su crueldad verbal y el desprecio manifiesto hacia su hijo mediano habían constituido un maltrato mucho más sofisticado y habían dejado en Neville cicatrices invisibles pero indelebles. Jamás había hablado de su padre con Marcus o Caroline salvo en términos generales. Al parecer, habían sufrido menos que él o nada en absoluto. Marcus siempre había sido un niño reservado, solitario y poco comunicativo, más tarde brillante en la escuela y la universidad y armado contra las tensiones de la vida familiar con una autosuficiencia poco imaginativa. Caroline, la más joven y la única hija, siempre había sido la favorita de su padre en la medida en que éste era capaz de demostrar afecto. El museo lo había sido todo para el gran hombre, y la esposa de éste, incapaz de competir y encontrar un pequeño consuelo en sus hijos, había abandonado la competición muriendo antes de cumplir los cuarenta años.

Neville llegó puntual a la cita, pero Marcus y Caroline ya estaban allí. Se preguntó si no habrían quedado antes y discutido su estrategia con antelación. Era lo más probable... Cada maniobra en aquella batalla debía planearse con cuidado. Cuando entró, se hallaban de pie al fondo de la habitación, juntos, y en ese momento se dirigían hacia él, Marcus con un maletín negro en la mano.

Caroline parecía vestida para guerrear: llevaba unos pantalones negros, camisola de lana gris a rayas blancas y un pañuelo de seda rojo atado al cuello cuyas puntas ondeaban igual que una bandera desafiante. Marcus, como si pretendiese dar relieve a la importancia oficial de la reunión, iba vestido formalmente, representando el estereotipo de un funcionario inmaculado. A su lado, Neville se sintió como si su raída gabardina y su viejo y arrugado traje gris le hiciesen parecer un pariente pobre y suplicante. Al fin y al cabo, era un médico especialista, y desde que no tenía la obligación de pasar la pensión alimenticia, distaba de ser pobre. Bien podría haberse permitido un traje nuevo si no hubiese carecido del tiempo y las energías para comprarlo. Por primera vez, al reunirse con sus hermanos, se sintió en desventaja por el modo en que iba vestido; el hecho de que la sensación fuese irracional y degradante a un tiempo la hacía aún más enojosa. Rara vez había visto a Marcus con ropa informal, como los *shorts* de color caqui, la camiseta a rayas o el jersey grueso de cuello redondo que llevaba en vacaciones. Lejos de transformarlo, el cuidadoso aire de despreocupación realzaba su conformidad esencial. Vestido informalmente siempre había parecido a los ojos de Neville un poco ridículo, como un *boy scout* ya crecidito. Sólo parecía sentirse a gusto en sus trajes hechos a medida. En ese momento estaba muy a gusto.

Neville se quitó la gabardina, la arrojó sobre una silla y se acercó a la mesa central. Habían colocado tres sillas entre las lámparas de pantalla de pergamino; en cada sitio había una carpeta de papel manila y un vaso de cristal. En una bandeja colocada entre dos de las lámparas había una jarra de agua. Como era la que estaba más cerca, Neville se aproximó a la silla que quedaba más alejada y acto seguido, mientras se sentaba, se percató de que iba a estar física y psicológicamente en desventaja desde el principio. Sin embargo, ya no podía cambiarse de sitio.

Marcus y Caroline ocuparon sus asientos, y el primero se delató con una simple mirada fugaz: la silla más alejada en teoría iba a ser para él. Dejó el maletín a su lado. Neville tuvo la impresión de que la mesa estaba preparada para un examen oral decisivo. No había duda de cuál de ellos era el examinador, como tampoco de quién se esperaba que suspendiera. Las abarrotadas librerías con sus puertas acristaladas parecían venírsele encima y le evocaban una fantasía infantil según la cual estaban mal hechas y se separarían de la pared, a cámara lenta primero, para caer a continuación con estruendo y enterrarlo bajo el peso asesino de los libros. Los huecos oscuros de los pilares salientes a su espalda suscitaron en él el mismo terror de peligro acechante. La Sala del Crimen, que sin duda podría haberle inducido un terror más poderoso aunque menos personal, sólo le había provocado lástima y curiosidad. De adolescente había permanecido de pie contemplando en silencio aquellos rostros indescifrables, como si la intensidad de su mirada pudiese arrancarles de algún modo parte de sus temibles secretos. Se quedaba mirando el rostro anodino y estúpido de Rouse: ante sí tenía a un hombre que le había ofrecido a un vagabundo llevarlo en coche con la intención de quemarlo vivo. Neville se imaginaba la gratitud con que el cansado viajero se habría subido al coche que lo conduciría a su muerte. Al menos Rouse había tenido la misericordia de dejarlo inconsciente con un golpe o estrangularlo antes de prenderle fuego, pero sin duda por conveniencia más que por compasión. El vagabundo había sido un hombre desconocido, al que nadie identificó ni reclamó jamás. Sólo a causa de su terrible muerte había adquirido una efímera notoriedad. La sociedad, que tan poco se había preocupado por él en vida, lo había vengado con todo el peso de la ley.

Neville esperó mientras su hermano, con parsimonia, abría el maletín, extraía unos papeles y se ajustaba las gafas.

—Gracias por venir —dijo Marcus—. He preparado tres carpetas con los documentos que necesitamos. No he incluido copias de la escritura del fideicomiso puesto que, a fin de cuentas, los tres conocemos de sobra sus términos, aunque la tengo en mi maletín por si alguno de vosotros quiere consultarla. El párrafo relevante para el asunto que nos ocupa es la cláusula número tres, que establece que todas las decisiones importantes relacionadas con el museo, incluyendo la negociación de un nuevo contrato de arrendamiento, el nombramiento de los cargos de responsabilidad y todas las adquisiciones por valor superior a quinientas libras, deben ser acordadas mediante la firma de todos los fideicomisarios. El presente contrato vence el 15 de noviembre de este año y su renovación, por lo tanto, requiere nuestras firmas. En el caso de que el museo se venda o se cierre, el fideicomiso establece que tanto los cuadros valorados en más de quinientas libras como las primeras ediciones se ofrezcan a museos de reconocido prestigio. La Tate tiene la primera opción con respecto a los cuadros y la British Library con respecto a los libros y manuscritos. El resto de artículos debe venderse y lo recaudado debe repartirse entre los fideicomisarios que ocupen dicho cargo y los descendientes directos de nuestro padre. Eso significa que los beneficios se dividirían entre nosotros tres, mi hijo y los dos hijos de éste, y la hija de Neville. La clara intención de nuestro padre en el momento de establecer el fideicomiso familiar es, por ende, que el museo siga existiendo.

—Pues claro que debe seguir existiendo —intervino Caroline—. Sólo por curiosidad: ¿cuánto recibiríamos cada uno si cerrase?

—¿Si no firmáramos el contrato los tres? No he encargado ninguna tasación, de modo que las cifras sólo corresponden a mis estimaciones. La mayor parte de las colecciones que queden después de las donaciones poseen un interés histórico o sociológico considerable, pero seguramente no son demasiado valiosas en el mercado. Según mis cálculos obtendríamos alrededor de veinticinco mil libras cada uno.

—Ah, bueno, es una cifra respetable, pero por ese dinero no vale la pena vender algo que nos corresponde por derecho de nacimiento.

Marcus pasó una página de su *dossier*.

—Os he facilitado una copia del nuevo contrato con el título de Apéndice B. Los términos, salvo por el alquiler anual, no varían en ningún aspecto significativo. El plazo de validez es de treinta años, y el alquiler se renegocia cada cinco. Veréis que el coste sigue siendo razonable, incluso muy ventajoso, y mucho más favorable de lo que conseguiríamos por una propiedad semejante dadas las condiciones actuales del mercado. Esto, como sabéis, se debe a que al propietario sólo se le permite arrendarlo a una organización relacionada con el mundo de las letras o de las artes.

—Todo eso lo sabemos —señaló Neville.

—Sí, ya sé que lo sabemos, pero me ha parecido útil reiterar los hechos antes de empezar con la toma de decisiones.

Neville fijó la mirada en las obras de H. G. Wells de la librería de enfrente. Se preguntó si alguien las leería en la actualidad.

—Lo que hemos de decidir es cómo enfocamos lo del cierre —anunció—. Debo informaros de que no tengo ninguna intención de firmar un nuevo contrato de arrendamiento. Es hora de que el Museo Dupayne cierre sus puertas. Me parece correcto dejar clara mi posición desde un principio.

Se produjo un silencio de varios segundos. Neville decidió entonces mirar a Marcus y a Caroline a la cara. Ninguno de los dos dejaba traslucir ninguna emoción o sorpresa. Aquel primer disparo era el comienzo de una batalla que habían esperado y para la que estaban preparados. Tenían pocas dudas acerca del resultado final, sólo se interrogaban acerca de la estrategia más eficaz.

La voz de Marcus, cuando éste al fin habló, era serena.

—Creo que se trata de una decisión prematura. Ninguno de nosotros puede decidir de manera razonable el futuro del museo hasta que hayamos considerado si, económicamente, estamos en situación de continuar. Cómo hacer, por ejemplo, para asumir el coste del nuevo alquiler y qué cambios son necesarios para traer este museo al siglo XXI.

—Siempre y cuando seáis muy conscientes de que seguir discutiéndolo es una pérdida de tiempo. No estoy obrando por impulso. He estado reflexionando al respecto desde que murió nuestro padre. Ha llegado la hora de que el museo cierre y las colecciones vayan a parar a otros lugares.

Ni Marcus ni Caroline respondieron. Neville no realizó ninguna manifestación de protesta más, la reiteración sólo conseguiría debilitar sus argumentos. Era mejor dejarlos hablar y luego limitarse a reafirmar rápidamente su decisión.

Marcus prosiguió como si Neville no hubiese dicho nada.

—El Apéndice C establece mis propuestas para reorganizar y financiar de la manera más eficaz el museo. He incluido las cuentas del año pasado, las cifras de visitantes y el presupuesto de los proyectos. Observaréis que he propuesto financiar el nuevo arrendamiento vendiendo un solo cuadro, un Nash tal vez, con lo que respetaríamos los términos del fideicomiso si la recaudación se destina por entero a la mejora del funcionamiento del museo. Podemos deshacernos de un solo cuadro sin demasiado perjuicio, pues, a la postre, el Dupayne no es primordialmente un museo de arte. Siempre y cuando dispongamos de una parte representativa de la obra de los principales artistas del periodo, podemos justificar la existencia de la galería. Luego tenemos que examinar la cuestión del personal contratado. James Calder-Hale está realizando una labor útil y eficiente, y creo que puede continuar tal como está por el momento; ahora bien, si el museo va a desarrollarse, sugiero que al final contratemos a un director cualificado. En la actualidad nuestro personal consta de James; Muriel Godby, la secretaria-recepcionista; Tallulah Clutton, que ocupa la casa y se encarga de todo salvo de las tareas pesadas de limpieza; y Ryan Archer, jardinero a tiempo parcial y chico para todo. Luego están las dos voluntarias, la señora Faraday, que nos asesora con respecto al jardín y el terreno en general, y la señora Strickland, la calígrafa. Los servicios de ambas nos resultan muy útiles.

—Me habrás incluido en la lista, espero —comentó Caroline—. Vengo aquí al menos dos veces a la semana y prácticamente dirijo el lugar desde que murió papá. Si alguien realiza algún control general, ésa soy yo.

—No hay ningún control general —repuso Marcus—, ése es el problema. No estoy subestimando lo que haces, Caroline, pero tanto la estructura como el funcionamiento es de aficionados. Tenemos que empezar a pensar profesionalmente si vamos a realizar los cambios fundamentales que necesitamos para sobrevivir.

Caroline frunció el entrecejo.

—No necesitamos cambios fundamentales —dijo—, lo que tenemos es algo único. Estoy de acuerdo en que es a pequeña escala y nunca va a atraer al público como un museo más exhaustivo, pero se fundó con un propósito, y lo cumple. Por las cifras que has presentado, parece como si esperaras obtener financiación oficial. Olvídalo. En esos sorteos no nos asignarán una sola libra, ¿por qué iban a hacerlo? Y si lo hiciesen tendríamos que complementar la subvención, lo que sería imposible. Las autoridades locales ya están bastante presionadas (todas lo están) y el gobierno central ni siquiera puede financiar de manera decente los grandes museos nacionales, el Victoria & Albert y el Británico. Estoy de acuerdo en que debemos incrementar nuestros ingresos, pero no a costa de vender nuestra independencia.

—No vamos a recurrir al dinero público ni al Gobierno ni a las autoridades locales ni a los sorteos para obtener subvenciones —explicó Marcus—. Además, tampoco nos lo darían. Y lo lamentaríamos si nos lo diesen. Pensad en el Museo Británico: un déficit de cinco millones. El Gobierno insiste en una política de entradas gratuitas, los financia de forma inadecuada, se meten en problemas y tienen que volver a recurrir al Gobierno mendigando más dinero. ¿Por qué no venden su inmenso excedente, cobran unos precios razonables por las entradas a todos salvo a los grupos más desfavorecidos y se hacen independientes de una vez por todas?

—No pueden deshacerse legalmente de donativos benéficos ni existir sin ayuda, y estoy de acuerdo en que nosotros sí podemos —convino Caroline—. Y no veo por qué los museos y las galerías han de ser gratuitos. Otras clases de oferta cultural no lo son, como los conciertos de música clásica, el teatro, la danza, la BBC..., eso suponiendo que seáis de la opinión de que la BBC sigue produciendo cultura... Y no tengo ninguna intención de dejar el piso, por cierto. Ha sido mío desde que papá murió y lo necesito. No puedo vivir en una habitación amueblada en Swathling's.

—No tenía pensado obligarte a deshacerte del piso, Caroline —repuso Marcus en tono pausado—. No es apto para las exposiciones y el acceso mediante un ascensor o a través de la Sala del Crimen sería poco práctico. No nos falta espacio.

—Ni se te ocurra tampoco deshacerte de Muriel ni de Tally. Se ganan de sobra sus ridículos salarios.

—No estaba pensando en deshacerme de ellas. Godby en especial es demasiado eficiente para dejarla escapar. Estoy pensando en ampliar el ámbito de sus responsabilidades, sin interferir, claro está, en lo que hace para ti. Sin embargo, necesitamos a alguien más cálido y simpático en la recepción. Estaba pensando en contratar a una estudiante como secretaria-recepcionista. Una con las aptitudes adecuadas, naturalmente.

—¡Venga ya, Marcus! ¿Qué clase de estudiante? ¿Una de la Facultad de Labores del Hogar? Más vale que te asegures de que sepa leer y escribir. Muriel sabe utilizar el ordenador, internet y llevar la contabilidad. Encuentra a una estudiante que sepa hacer todo eso con su sueldo y habrás tenido una suerte enorme.

Neville había permaneció callado durante todo aquel intercambio de palabras. Quizá los adversarios estuviesen atacándose mutuamente, pero su objetivo era, en esencia, el mismo: mantener abierto el museo. Esperaría su ocasión. Se sorprendió, aunque no por primera vez, de lo poco que conocía a sus hermanos. Nunca había creído que el hecho de ser psiquiatra le diese una llave maestra para acceder al cerebro humano, y sin embargo no había dos mentes cuyo acceso tuviese más bloqueado que las dos que compartían con él la espuria intimidad de la consanguinidad. Marcus era sin duda mucho más complicado de lo que dejaba traslucir su cuidadosamente controlado exterior burocrático. Tocaba el violín casi como un profesional, lo cual debía de significar algo, y eso por no mencionar sus bordados. Sí, en definitiva, aquellas manos pálidas y bien cuidadas poseían unas habilidades especiales. Al observar las manos de su hermano, Neville se imaginaba los dedos largos de manicura perfecta en una vorágine de actividad: redactando elegantes actas en informes oficiales, tensando las cuerdas del violín, enhebrando sus agujas con hilo de seda o desplazándose tal como lo hacían en ese momento por los papeles metódicamente dispuestos. Ése era Marcus, con su anodina casa de barrio residencial de las afueras, su esposa ultrarrespetable que probablemente jamás le había causado un solo momento de ansiedad, su brillante hijo, que se estaba labrando una lucrativa carrera como cirujano en Australia. Y Caroline. Neville se preguntó cuándo había empezado a saber lo que subyacía en el corazón de la vida de su hermana. Nunca había visitado la escuela, pues despreciaba todo lo que él creía que representaba: una preparación privilegiada para una vida disipada de ociosidad e indolencia. La vida de Caroline allí era un misterio para él. Sospechaba que su matrimonio la había decepcionado, pero había durado once años. ¿Cómo era ahora su vida sexual? Costaba creer que fuese célibe además de solitaria. De pronto se sintió fatigado y le resultaba difícil mantener los ojos abiertos. Se forzó a sí mismo a permanecer despierto y oyó la voz monótona y sosegada de Marcus.

—Las investigaciones que he llevado a cabo durante el pasado mes me han llevado a una conclusión inevitable: si quiere sobrevivir, el Museo Dupayne debe cambiar, y cambiar de un modo radical. Ya no podemos continuar como un pequeño almacén especializado en el pasado para unos cuantos especialistas, investigadores o historiadores. Tenemos que abrirnos al público y vernos como educadores y mediadores, no como meros guardianes de las décadas pasadas. Por encima de todo, debemos hacernos globales. La política fue establecida por el Gobierno, ya en mayo de 2000, en su publicación *Centros para el cambio social: Museos, galerías y archivos para todos*. Ve la mejora social dominante como una prioridad y establece que los museos deberían, y cito textualmente: «Identificar a las personas que están excluidas socialmente [...] comprometerlas y establecer sus necesidades [...] desarrollar proyectos cuyo objetivo sea mejorar las vidas de las personas con riesgo de exclusión social.» Tienen que percibirnos como agentes del cambio social.

Caroline rió sarcástica y con voz ronca.

—Dios mío, Marcus. ¡Me sorprende que no llegaras a ocupar la cartera de algún ministerio importante! Tienes todo lo que se necesita. Te has tragado toda esa jerga contemporánea de un solo y glorioso bocado. ¿Qué se supone que debemos hacer? ¿Ir a Highgate y Hampstead y averiguar qué colectivos no nos están honrando con su visita a este museo? ¿Concluir que tenemos demasiadas madres solteras con dos hijos, gays, lesbianas, pequeños comerciantes, minorías étnicas? Y luego ¿qué hacemos? ¿Atraerlos instalando un tiovivo en el jardín para los críos, ofreciéndoles té gratis y un globo de regalo? Si un museo realiza su trabajo como es debido, la gente que está interesada vendrá, y no será de una sola clase. La semana pasada estuve en el Museo Británico con un grupo de la escuela; a las cinco y media salían personas de toda condición: jóvenes, viejos, blancos, negros, de aspecto opulento, gente bien venida a menos... Lo visitan porque el museo es gratuito y magnífico. Nosotros no podemos ser ninguna de las dos cosas, pero sí podemos seguir haciendo lo que hemos venido haciendo desde que papá lo fundó. Por favor, sigamos como hasta ahora, ni más ni menos, que ya será bastante complicado.

—Si los cuadros van a parar a otros museos, no se perderá nada —intervino Neville—. Todavía seguirán exhibiéndose al público, y es probable que mucha más gente los vea.

Caroline se mostró desdeñosa.

—No necesariamente. Es más, yo diría que eso es muy poco probable. La Tate posee miles de cuadros que no expone por falta de espacio. Dudo que la National Gallery o la Tate estén demasiado interesadas en lo que podamos ofrecerles. Tal vez sea distinto en el caso de los museos provinciales más pequeños, pero no hay ninguna garantía de que vayan a quererlos. El sitio de los cuadros está aquí. Forman parte de una historia planeada y coherente de las décadas de entreguerras.

Marcus cerró su *dossier* y cruzó las manos encima de la portada.

—Antes de que hable Neville quisiera hacer hincapié en dos aspectos. El primero es el siguiente: los términos del fideicomiso están establecidos de esta forma para garantizar que el Museo Dupayne continúe existiendo. Podemos estar de acuerdo en eso. Una mayoría de nosotros desea que continúe. Esto significa, Neville, que no hemos de convencerte con nuestras razones, sino que te corresponde a ti convencernos a nosotros. El segundo aspecto es éste: ¿estás seguro de tus propios motivos? ¿No deberías considerar la posibilidad de que lo que hay detrás de tu oposición no tiene nada que ver con las dudas racionales de si el museo es viable económicamente o si cumple con un propósito útil? ¿No es posible que tu motivación sea la venganza, la venganza contra nuestro padre, el deseo de devolverle el golpe porque el museo significaba más para él que su familia, de que era más importante para él que tú? Si estoy en lo cierto, ¿no es eso un poco infantil, quizás incluso innoble?

Las palabras, que viajaron hasta el otro lado de la mesa

en el tono lánguido y monocorde de Marcus, aparentemente sin ningún rencor, pronunciadas por un hombre razonable que presentaba una teoría razonable, golpearon a quien iban dirigidas con la fuerza de una bofetada. Neville se sintió retroceder en su asiento. Sabía que su cara debía de estar transluciendo la intensidad y confusión de su reacción, el estupor, la ira y la sorpresa que le producía la acusación de Marcus. Había esperado una discusión, pero no que su hermano se aventurase a entrar en aquel terreno peligroso. Advirtió que Caroline tenía el cuerpo echado hacia delante y que lo miraba fijamente. Estaban aguardando su respuesta. Sintió la tentación de decir que con un psiquiatra en la familia ya era suficiente, pero se abstuvo, pues no era momento para ironías baratas. En vez de eso, tras un silencio que pareció durar medio minuto, recobró la compostura y fue capaz de expresarse con tranquilidad.

—Aunque eso fuese cierto, y no es más cierto en mi caso que en el de cualquier otro miembro de la familia, no afectaría en absoluto mi decisión. Carece por completo de sentido continuar con esta discusión, sobre todo si va a degenerar en un análisis psicológico. No pienso firmar el nuevo contrato de arrendamiento, y ahora, si me perdonáis, debo volver con mis pacientes.

Fue en ese preciso instante cuando sonó su móvil. Había tenido la intención de apagarlo durante el transcurso de la reunión, pero se le había olvidado. Alcanzó su gabardina y hurgó en el bolsillo. Oyó la voz de su secretaria; ésta no tuvo que decirle quién era.

—Ha llamado la policía. Querían llamarlo, pero les he dicho que yo le comunicaría la noticia. La señora Gearing ha intentado matar a su marido y quitarse la vida con una sobredosis de aspirina soluble y bolsas de plástico en la cabeza.

—¿Están bien?

—Los de la ambulancia han logrado salvar a Albert. Se pondrá bien. Ella ha muerto.

Neville sentía los labios hinchados y rígidos, pero aun así logró decir:

—Gracias por avisarme. Hablaremos luego.

Cortó la comunicación y regresó con paso vacilante a la silla, sorprendido de que sus piernas le respondieran. Advirtió la mirada indiferente de Caroline.

—Perdonad —dijo—. Han llamado para informarme de que la esposa de uno de mis pacientes se ha suicidado.

Marcus alzó la vista de sus papeles.

—¿No tu paciente sino su esposa?

—Así es.

—En tal caso, no veo qué necesidad había de molestarte.

Neville no contestó, permaneció con las manos cruzadas en el regazo, temeroso de que sus hermanos reparasen en que le temblaban. Lo invadió una ira aterradora que se acumuló en su garganta igual que un vómito. Necesitaba soltarla como si en un chorro nauseabundo lograra deshacerse de todo el dolor y la culpa. Recordó las últimas palabras que le había dicho Ada Gearing: «No creo que pueda continuar así.» Hablaba en serio. Con estoicismo y resignación, se había dado cuenta de cuál era su límite. Ella se lo había advertido y él no la había escuchado. Era extraordinario que ni Marcus ni Caroline pareciesen advertir la devastadora oleada de asco que sentía hacia sí mismo. Levantó la vista para mirar a Marcus. Su hermano fruncía el entrecejo con aire ensimismado, pero no parecía demasiado preocupado y se disponía a formular sus argumentos y diseñar una estrategia. El rostro de Caroline se leía más fácilmente: estaba pálida de ira.

Paralizados por unos segundos en su retablo de confrontación, ninguno de ellos había oído que la puerta se abría. En ese momento, un movimiento reclamó su atención; Muriel Godby estaba de pie en el hueco con una bandeja repleta de cosas.

—La señorita Caroline me pidió que trajese el té a las cuatro en punto. ¿Lo sirvo ya?

Caroline asintió con la cabeza y empezó a apartar los papeles para hacer sitio en la mesa. De pronto, Neville no pudo soportarlo más. Se levantó y, cogiendo su gabardina, se dirigió a ellos por última vez.

—He terminado. No tengo nada más que decir. Todos estamos malgastando nuestro tiempo. Más vale que empecéis a planificar el cierre. Nunca firmaré ese contrato de arrendamiento. ¡Nunca! ¡Y no podéis obligarme!

Vio en sus rostros un espasmo momentáneo de desdeñosa repulsión. Sabía que debían de estar viéndolo como a un niño rebelde que descarga su rabia impotente sobre los adultos. Pero no se sentía impotente. Tenía poder y ellos lo sabían.

Se encaminó a ciegas hacia la puerta. No estaba seguro de cómo ocurrió, si golpeó con el brazo la bandeja o si Muriel Godby se había movido como protesta instintiva para bloquearle el paso, el caso es que la bandeja salió disparada de las manos de la mujer. Neville pasó rozándola, consciente únicamente del grito de horror de ella, del arco que dibujó el chorro de té hirviendo y del estrépito de la porcelana al romperse. Sin volver la vista, se precipitó escaleras abajo, pasó ante los ojos atónitos de la señora Strickland cuando ésta los levantó del mostrador de recepción y salió como un torbellino del museo.

13

El miércoles 30 de octubre, fecha en que debían reunirse los fideicomisarios, empezó para Tally como cualquier otro día. Se fue al museo antes del alba y pasó una hora entregada a su rutina habitual. Muriel llegó temprano. Llevaba consigo una cesta y Tally supuso que, como de costumbre, había horneado unas galletas para el té de la reunión. Recordando su época de colegiala, se dijo para sí: «Le está haciendo la pelota a la profesora», y sintió una punzada de simpatía por Muriel que reconoció como una mezcla censurable de lástima y ligero desdén.

Al volver de la pequeña cocina en la parte de atrás del vestíbulo, Muriel le explicó la programación de la jornada. El museo abriría por la tarde, excepto la biblioteca. La señora Strickland había recibido instrucciones de trabajar en la galería de arte. La sustituiría en la recepción cuando Muriel fuese a servir el té, de ese modo no habría necesidad de llamar a Tally. La señora Faraday había llamado para decir que sufría un resfriado y que no iba a venir. Tal vez Tally pudiera echarle un vistazo a Ryan cuando éste se dignase llegar para asegurarse de que no se aprovechaba de la ausencia de la mujer.

Una vez de regreso en la casa, Tally se sintió muy inquieta. Su paseo de rigor por el Heath, que había dado pese a la llovizna, sólo le había servido para dejarla más cansada de lo habitual sin tranquilizar su mente ni su cuerpo. A mediodía descubrió que no tenía hambre y decidió posponer su almuerzo consistente en sopa y huevos revueltos hasta que Ryan hubiese dado cuenta del suyo. Aquel día el chico había llevado media barrita de pan integral cortada en rebanadas y una lata de sardinas. La anilla de la lata había saltado al intentar abrirla, y había tenido que ir a buscar un abrelatas a la cocina. Aquello fue demasiado para la lata y, cosa rara en él, el muchacho la pifió y puso el mantel perdido de manchas de aceite. Un intenso olor a pescado inundó la casa. Tally corrió a abrir la puerta y una ventana, pero el viento había arreciado y salpicó el cristal de motas de lluvia. Al volver a la mesa, observó a Ryan mientras éste untaba el pescado desmenuzado en el pan con el cuchillo de la mantequilla en lugar de hacerlo con el que ella había dispuesto para eso. Le pareció un motivo de queja insignificante, pero de pronto deseó que el chico se marchara cuanto antes. El huevo revuelto ya no le apetecía, y decidió meterse en la cocina y abrir una lata de sopa de alubias con tomate. Llevó el tazón y la cuchara sopera a la sala de estar y se sentó con Ryan a la mesa.

—¿Es verdad que el museo va a cerrar y que van a echarnos a todos? —preguntó él con la boca llena de pan.

Tally logró disimular el tono de preocupación de su voz.

—¿Quién te ha dicho eso, Ryan?

—Nadie. Lo he oído por casualidad, por ahí.

—¿Y te parece bonito escuchar conversaciones ajenas?

—No pretendía hacerlo. Estaba pasando la aspiradora por el vestíbulo el lunes y la señorita Caroline estaba en la recepción hablando con la señorita Godby. Oí que decía: «Si no podemos convencerlo el miércoles, el museo cerrará, es tan simple como eso. Pero creo que entrará en razón.» Luego, la señorita Godby dijo algo que no conseguí oír. Sólo oí algunas palabras más antes de que la señorita Caroline se marchara. Le dijo: «No lo comentes con nadie.»

—Entonces, ¿no te parece que tú tampoco deberías comentarlo con nadie?

Ryan miró a Tally con expresión inocente.

—Bueno, la señorita Caroline no me lo decía a mí, ¿no? Hoy es miércoles, por eso los tres van a venir esta tarde.

Tally cogió el tazón de sopa, pero no había empezado a tomársela, pues temía que le resultase difícil levantar la cuchara para llevársela a los labios sin que le temblase la mano.

—Me sorprende que llegases a oír tantas cosas, Ryan, porque debían de hablar en voz muy baja, ¿no?

—Sí, hablaban en voz baja, como si fuese un secreto. Sólo oí las últimas palabras, pero nunca se fijan en mí cuando estoy limpiando. Es como si no estuviese allí. Y si se dieron cuenta, supongo que pensaron que no iba a oírlas por el ruido de la aspiradora. A lo mejor les daba igual si las oía o no, porque no soy importante.

No había resentimiento en su voz, pero miraba fijamente a Tally, quien sabía que aguardaba una respuesta. Sólo le quedaba un mendrugo en el plato y, sin apartar la vista de ella empezó a desmenuzarlo para a continuación hacer bolitas con la miga y colocarlas en el borde.

—Pues claro que eres importante, Ryan, y también lo es el trabajo que haces aquí. Que no se te pase por la cabeza que no se te valora. Eso sería absurdo.

—No me importa si me valoran o no. Al menos, los demás. Me pagan, ¿no es así? Si no me gustase el trabajo, me iría, y parece que es lo que tendré que hacer.

Por un instante, la preocupación de Tally por el chico superó la que sentía por ella misma.

—¿Adónde irás, Ryan? ¿Qué clase de trabajo buscarás? ¿Has pensado en algo?

—Espero que el Comandante tenga planes para mí. Los planes se le dan estupendamente. ¿Y qué hará usted, señora Tally?

—No te preocupes por mí, Ryan. Hay muchísimo trabajo hoy en día como asistenta doméstica. Las páginas de anuncios de *The Lady* están llenas de ofertas. O puede que me retire.

—Pero ¿dónde vivirá?

Se trataba de una pregunta incómoda. Indicaba que, de

algún modo, el chico conocía la enorme ansiedad que la embargaba. ¿Acaso alguien le había dicho algo? ¿Lo habría oído también por casualidad? Le vinieron a la mente fragmentos de conversaciones imaginarias. «Tally va a ser un problema. No podemos echarla así, sin más. No tiene a donde ir, que yo sepa.»

—Eso dependerá del trabajo, ¿no? —repuso en tono sosegado—. Espero quedarme en Londres, pero no tiene sentido decidir nada hasta que sepamos qué va a ocurrir aquí.

Ryan la miró a los ojos y Tally casi creyó que estaba siendo sincero.

—Podría venirse a la casa ocupada si no le importa compartir. Los gemelos de Evie arman mucho ruido y huelen un poco, pero no está demasiado mal... Lo que quiero decir es que para mí está bien, pero no estoy seguro de que le gustase.

Pues claro que no le gustaría. ¿Cómo podía haber imaginado siquiera que quizá le gustase? ¿Estaba intentando, aunque fuese de manera poco apropiada, ser sinceramente útil, o estaba tomándole el pelo? La idea era desagradable. Tally intentó mantener un tono de voz afable, incluso divertido.

—No creo que llegue a ese extremo, gracias, Ryan. Las casas de *okupas* son para los jóvenes. ¿No crees que deberías volver al trabajo? Se hace de noche muy deprisa y ¿no tienes que podar alguna hiedra marchita en la pared oeste?

Era la primera vez que le sugería que se marchara, pero el muchacho se levantó al instante sin rencor evidente. Recogió unas cuantas migas del mantel, retiró su plato, el cuchillo y el vaso de agua a la cocina y regresó con un trapo húmedo con el que empezó a frotar las manchas de aceite.

—Deja eso, Ryan. Tendré que lavar el mantel —dijo ella, tratando de disimular su irritación.

Después de dejar el trapo en la mesa, el chico se marchó. Tally suspiró aliviada cuando la puerta se cerró tras él.

La tarde transcurrió lentamente. Tally se mantuvo ocupada con pequeñas faenas en la casa, pues estaba demasiado nerviosa para sentarse a leer. De pronto se le hizo insoportable no saber lo que estaba sucediendo o, si no tenía modo de saberlo, insoportable permanecer allí, apartada como si pudiesen hacer caso omiso de ella. No sería difícil encontrar una excusa para ir al museo a hablar con Muriel. La señora Faraday había mencionado que no le vendrían mal más bulbos para plantarlos a los lados de la entrada. ¿Podía comprarlos Muriel con el dinero destinado a gastos?

Cogió su impermeable y se cubrió la cabeza con una capucha de plástico. Fuera, seguía cayendo una lluvia fina y fría que hacía relucir las hojas de los laureles y le salpicaba la cara. Cuando llegó a la puerta, Marcus Dupayne salía del museo. Caminaba deprisa, con el semblante serio, y no pareció verla a pesar de que se cruzaron a escasos metros. Vio que ni siquiera había cerrado la puerta principal. Ésta se hallaba entreabierta, y después de empujarla entró en el vestíbulo, iluminado tan sólo por las dos lámparas del mostrador de recepción, donde Caroline Dupayne y Muriel estaban poniéndose el abrigo. Detrás de ellas, la sala era un lugar misterioso y desconocido plagado de sombras y rincones cavernosos, en el que la escalera central conducía a un vacío negro. Nada le resultaba familiar, simple ni reconfortante. Por un segundo tuvo una visión de los rostros de la Sala del Crimen, víctimas y asesinos por igual descendiendo en lenta y silenciosa procesión desde la oscuridad. Se percató de que las dos mujeres se habían vuelto y la miraban. A continuación, el cuadro vivo se desvaneció.

—Muy bien, Muriel, tú cierras y conectas la alarma —dijo Caroline Dupayne, siempre eficiente.

Dando unas buenas noches que no iban dirigidas ni a Muriel ni a Tally específicamente, se dirigió hacia la puerta y se marchó.

Muriel abrió el armario de las llaves y extrajo las de la puerta principal y de seguridad.

—La señorita Caroline y yo hemos inspeccionado las salas, así que no es necesario que se quede —le explicó—. Tuve un pequeño accidente con la bandeja del té, pero ya lo he limpiado todo. —Hizo una pausa y añadió—: Creo que será mejor que empiece a buscarse otro trabajo.

—¿Quiere decir que sólo yo he de hacerlo?

—Quiero decir todos nosotros. La señorita Caroline ha prometido ayudarme. Creo que está pensando en algo que tal vez me convenga considerar. Pero sí, todos nosotros.

—¿Qué ha ocurrido? ¿Los fideicomisarios ya han tomado una decisión?

—Todavía no, al menos oficialmente. Han tenido una reunión muy difícil. —Muriel hizo una nueva pausa antes de continuar con el ligero dejo de placer de quien da malas noticias—. El doctor Neville quiere cerrar el museo.

—¿Puede?

—Puede impedir que siga abierto, lo cual es lo mismo. No le diga a nadie que se lo he dicho. Como le he explicado, todavía no es oficial pero, a fin de cuentas, usted lleva trabajando aquí ocho años. Creo que tiene derecho a que alguien le avise.

Tally consiguió dominar su tono de voz.

—Gracias por decírmelo, Muriel. No, no diré nada. ¿Cuándo cree que será definitivo?

—Ahora mismo ya podría considerarse definitivo. El nuevo contrato de arrendamiento tiene que estar firmado el 15 de noviembre. Eso les da al señor Marcus y a la señorita Caroline poco más de dos semanas para persuadir a su hermano de que cambie de opinión. No va a cambiar.

Dos semanas. Tally murmuró unas palabras de agradecimiento y se encaminó hacia la salida. Mientras regresaba a la casa sintió que le temblaban las piernas y que los hombros se le doblaban bajo un peso enorme. Era imposible que la echasen en dos semanas, ¿no? La razón se impuso rápidamente. No, seguramente pasarían semanas, tal vez meses, un año incluso antes de que se mudasen los nuevos inquilinos. Previamente habría que trasladar las colecciones y los muebles, una vez se conociese su destino, y eso no podía hacerse con prisas. Se dijo que dispondría de mucho tiempo para decidir qué hacer después. No se engañó pensando que los nuevos inquilinos quizás aceptasen que se quedara en la casa. La necesitarían para su propio personal, claro. Como tampoco se engañó pensando que con sus ahorros le alcanzaría para un estudio en Londres. Los había invertido cuidadosamente, pero con la recesión ya no arrojaban beneficios. Bastaría para una entrada, pero ¿cómo iba ella, con más de sesenta años y sin una fuente de ingresos garantizada, a conseguir que le concediesen una hipoteca? Sin embargo, otros habían sobrevivido a peores catástrofes, y de algún modo ella también lo lograría.

14

El jueves no ocurrió nada significativo ni una declaración oficial acerca del futuro. Ninguno de los Dupayne hizo acto de presencia y sólo hubo un escaso reguero de visitantes que a los ojos de Tally parecían un grupo desanimado y aislado que se paseaba como preguntándose qué lo había llevado a semejante lugar. El viernes por la mañana, Tally abrió el museo a las ocho en punto, como de costumbre, desconectó el sistema de alarma, volvió a programarlo y, seguidamente, encendió todas las luces e inició su inspección. Puesto que había habido pocos visitantes el día anterior, no era necesario limpiar ninguna de las salas del primer piso. La planta baja, la más trabajosa a la hora de hacer la limpieza, era responsabilidad de Ryan. Ahora sólo había que quitar unas pocas huellas de algunas de las vitrinas, sobre todo de la Sala del Crimen, y sacar brillo a las superficies de las mesas y a las sillas.

Muriel llegó como siempre a las nueve en punto y comenzó la jornada en el museo; esperaban a un grupo de seis académicos de Harvard que habían llamado para reservar hora. El señor Calder-Hale había concertado la visita y se encargaría personalmente de enseñar las instalaciones, pero la Sala del Crimen le interesaba poco y por lo general era Muriel quien acompañaba a los grupos en esta parte del recorrido. Aun cuando aceptaba que el asesinato a menudo era tan simbólico como representativo de la época en que había sido cometido, sostenía que eso mismo podía demostrarse sin necesidad de dedicar una sala entera a los criminales y sus víctimas. Tally sabía que se negaba a explicar o entrar en detalles sobre lo expuesto a los visitantes y se mantenía inflexible en cuanto a la prohibición de abrir el baúl simplemente para que aquéllos, ávidos de un escalofrío más de horror, examinaran las supuestas manchas de sangre.

Muriel se había mostrado sumamente represiva. A las diez fue a buscar a Tally, que estaba detrás del garaje hablando con Ryan sobre qué arbustos debían podarse y si era necesario telefonear a la señora Faraday, que seguía sin presentarse, para pedirle consejo. Muriel había dicho:

—He de dejar el mostrador de recepción un momento, me reclaman en la Sala del Crimen. Si le diese la gana de hacerse con un teléfono móvil, podría localizarla cuando no esté en la casa.

La negativa de Tally a tener un móvil era un motivo de queja constante, pero ella se mantenía en sus trece. Aborrecía aquellos cacharros, y no sólo porque la gente tuviese la costumbre de dejarlos encendidos en las galerías de arte y museos, o porque hablasen a voz en grito mientras ella iba sentada tranquilamente en el autobús, en su asiento favorito de la primera fila del segundo piso, contemplando el espectáculo que se desarrollaba a sus pies. Tally sabía que su aversión por los teléfonos móviles iba más allá de aquellos contratiempos. De manera irracional pero ineludible, su timbre había sustituido al insistente sonido que había dominado su infancia y su vida adulta: el tintineo metálico de la campanilla de la tienda.

Sentada en la recepción, distribuyendo las entradas adhesivas, que constituían la forma que tenía Muriel de llevar la cuenta de visitantes, Tally sintió que se le alegraba el corazón al oír el murmullo contenido de voces procedente de la galería de arte. El día reflejaba su estado de ánimo. El jueves el cielo había caído en picado sobre la ciudad, impermeable como una alfombra gris, como absorbiendo su vida y su energía. Aun a la orilla del Heath el aire había tenido un sabor agrio como el hollín. Sin embargo, el viernes por la mañana el tiempo había cambiado. El aire seguía siendo frío, pero más vivificador. A mediodía, un viento refrescante sacudía las copas ralas de los árboles, moviéndose entre los arbustos y perfumando el aire con el olor a tierra de las postrimerías del otoño.

Mientras Tally estaba en la recepción, llegó la señora Strickland, una de las voluntarias. Era una calígrafa aficionada e iba al Dupayne los miércoles y los viernes para sentarse en la biblioteca y escribir los avisos y carteles que se requiriesen, con lo que cumplía un triple propósito, puesto que era competente para responder la mayor parte de las preguntas de los visitantes sobre los libros y manuscritos amén de echar un discreto vistazo a sus vaivenes por la sala. A la una y media volvieron a llamar a Tally a recepción para que sustituyese a Muriel mientras ésta almorzaba en el despacho. A pesar de que el número de visitantes había disminuido para entonces, el museo parecía más animado de lo que había estado en semanas. A las dos se había formado una pequeña cola. Mientras esbozaba una sonrisa de bienvenida y entregaba el cambio, el optimismo de Tally se incrementó. Tal vez, al final encontraran un modo de salvar el museo. Sin embargo, todavía no se había dicho una sola palabra al respecto.

Poco antes de las cinco todos los visitantes se habían marchado y Tally regresó por última vez para reunirse con Muriel en su recorrido de inspección. En los viejos tiempos con el señor Dupayne, aquélla había sido responsabilidad exclusiva de la primera, pero una semana después de la llegada de Muriel ésta había tomado la costumbre de acompañarla. Tally, quien sabía instintivamente que no le convenía enemistarse con la protegida de la señorita Caroline, no le había puesto ninguna objeción. Juntas, como era habitual, recorrieron una sala tras otra, cerraron con llave las puertas de la galería de arte y la biblioteca, y echaron un vistazo a la sala de archivos del sótano, que siempre estaba bien iluminada porque la escalera de hierro era peligrosa. Todo estaba en orden. Los visitantes no se habían dejado ningún objeto personal. Las tapas de piel que cubrían las vitrinas de cristal de las exposiciones habían sido devueltas a su sitio y sólo había que ordenar un poco las escasas publicaciones periódicas que había encima de la mesa de la biblioteca en sus cubiertas de plástico para que quedasen en perfecto estado para el día siguiente. Apagaron las luces a sus espaldas.

De vuelta en el vestíbulo principal, y levantando la vista hacia la oscuridad que había encima de las escaleras, Tally se preguntó, como hacía muchas veces, sobre la peculiar naturaleza de aquel vacío silencioso. Para ella, después de las cinco el museo se convertía en un lugar misterioso y desconocido, tal como suele ocurrir con los lugares públicos cuando se ha marchado todo el mundo y el silencio, cual espíritu extraño y de mal agüero, entra a hurtadillas para tomar posesión de las horas nocturnas. El señor Calder-Hale se había marchado a última hora de la mañana con su grupo de visitantes, la señorita Caroline se había ido hacia las cuatro y poco después Ryan había cobrado su paga del día y se había dirigido a pie hacia la estación de metro de Hampstead. En ese momento sólo quedaban Tally, Muriel y la señora Strickland. Muriel se había ofrecido a llevar en coche a la señora Strickland a la estación y ambas se habían marchado hacia las cinco y cuarto, un poco antes que de costumbre. Tally se quedó mirando el coche mientras éste desaparecía por el camino de entrada y después echó a andar a través de la oscuridad en dirección a la casa.

El viento se estaba levantando en rachas caprichosas que le arrancaban a tiras el optimismo de las horas diurnas. Luchando contra él en el costado este de la casa, se lamentó de no haber dejado las luces encendidas en el interior de su residencia. Desde la llegada de Muriel había aprendido a economizar, pero la calefacción y la electricidad de la casa dependían de un circuito separado del museo, y a pesar de que no había recibido ninguna queja Tally sabía que las facturas se examinaban minuciosamente. Además, Muriel, por supuesto, tenía razón en el sentido de que más que nunca era importante ahorrar dinero, pero al acercarse a la densa oscuridad, deseó con todas sus fuerzas que la luz de la sala hubiese estado encendida para que su brillo a través de las cortinas la tranquilizase diciéndole que aquél seguía siendo su hogar. Se detuvo en la puerta para observar, por encima de la extensión del Heath, el resplandor distante de Londres. Aun cuando oscureciese y el Heath se transformara en un vacío negro bajo el cielo nocturno, seguía siendo su lugar amado y familiar.

Se oyó un ruido entre los arbustos y apareció *Vagabundo*. Sin ninguna demostración de afecto ni reconocimiento de la presencia de ella, se paseó por el camino y se sentó a esperar a que le abriese la puerta. *Vagabundo* era un gato callejero. Hasta Tally tenía que admitir que existían muy pocas posibilidades de que alguien quisiera quedarse con él por voluntad propia. Era el gato más grande que había visto nunca, de color anaranjado, una cara cuadrada y plana en la que un ojo estaba ligeramente por debajo del otro, unas zarpas enormes y una cola de la que no parecía saberse dueño del todo, pues pocas veces la utilizaba para mostrar otra emoción que el fastidio. Había salido del Heath el invierno anterior y había permanecido apostado a la puerta de la casa durante dos días hasta que Tally, obrando quizá de manera imprudente, le había sacado un plato de comida para gatos. El animal la había engullido con voracidad y luego había entrado por la puerta abierta hasta la sala y había tomado posesión de un sillón. Ryan, que estaba trabajando ese día, lo había observado con recelo desde la puerta.

—Entra, Ryan. No va a atacarte, sólo es un gato —había dicho Tally—. No puede evitar tener ese aspecto.

—Pero es que es muy grande. ¿Qué nombre va a ponerle?

—No lo he pensado. *Tigre* o *Mermelada* son demasiado obvios. Además, lo más probable es que se vaya.

—No tiene pinta de querer irse a ningún sitio. ¿Los gatos callejeros no son todos vagabundos? Podría llamarlo *Vagabundo*.

Y se le quedó el nombre de *Vagabundo*.

La reacción de los Dupayne y del personal del museo, expresada a medida que se lo fueron encontrando a lo largo de las dos semanas siguientes, había sido poco entusiasta. La voz de Marcus Dupayne había formulado su desaprobación sin remilgos:

—No lleva collar, lo que indica que nadie lo valoraba especialmente. Supongo que podría poner un anuncio para encontrar al dueño, pero lo más seguro es que éste se alegre de haberlo perdido de vista. Si se queda con él, Tally, asegúrese de que no entra en el museo.

La señora Faraday lo había contemplado con la expresión reprobadora de un jardinero, limitándose a decir que suponía que sería imposible mantenerlo alejado del césped, tal como en efecto ocurrió.

—¡Qué gato tan horroroso! —había exclamado la señora Strickland—. ¡Pobrecillo! ¿Y no sería más piadoso sacrificarlo? No creo que deba quedarse con él, Tally. Podría tener pulgas. No dejará que se acerque a la biblioteca, ¿verdad? Soy alérgica al pelo de gato.

Tally no esperaba que Muriel se mostrase comprensiva, de modo que su reacción no supuso ninguna sorpresa.

—Será mejor que se asegure de que no pisa el museo. A la señorita Caroline no le haría ni pizca de gracia y yo ya tengo bastante trabajo sin tener que vigilarlo a él. Y espero que no esté pensando en montar una gatera en la casa. Al próximo ocupante no creo que le guste.

Sólo Neville Dupayne pareció no percatarse de su presencia.

Vagabundo inauguró rápidamente una nueva rutina: Tally le daba de comer cuando se levantaba por las mañanas y a continuación desaparecía y rara vez se lo volvía a ver hasta media tarde, cuando se sentaba a la puerta de la casa a esperar que lo dejara entrar para su segunda comida del día. Después de eso volvía a desaparecer hasta las nueve, cuando pedía que lo dejara entrar y a veces se dignaba sentarse un momento en el regazo de Tally para luego ocupar su sillón habitual hasta que la mujer decidía irse a la cama y lo sacaba para que pasase la noche fuera.

Al abrir la lata de sardinas, la comida favorita de *Vagabundo*, se sorprendió a sí misma alegrándose de verlo. Alimentarlo formaba parte de sus tareas diarias, y de pronto, con la perspectiva de un futuro incierto, la rutina constituía una seguridad reconfortante de normalidad y una pequeña defensa contra los cambios traumáticos. También así sería el resto de la tarde para ella. Al poco se prepararía para su clase semanal de arquitectura georgiana londinense, que tenía lugar a las seis todos los viernes en la escuela local. Cada semana, a las cinco y media en punto, iba en bicicleta hasta allí y llegaba lo bastante pronto para tomarse una taza de café y un bocadillo en el ruidoso anonimato de la cantina.

A las cinco y media, felizmente ajena a los horrores que acontecerían más tarde, encendió las luces, cerró la puerta de la casa y, después de sacar la bicicleta del cobertizo, encendió y ajustó su único faro y se puso a pedalear enérgicamente por el sendero de entrada.

LIBRO SEGUNDO

LA PRIMERA VÍCTIMA

Viernes 1 de noviembre – Martes 5 de noviembre

1

El cartel escrito a mano en letra clara que estaba colgado en la puerta del aula número cinco vino a confirmar lo que Tally ya sospechaba por la ausencia de gente en los pasillos: la clase había sido cancelada. La señora Maybrook había enfermado pero esperaba estar en condiciones de asistir el siguiente viernes; esa tarde el señor Pollard recibiría gustoso a los alumnos en su clase sobre Ruskin y Venecia a las seis en punto en el aula número siete. Tally no tenía ganas de atender una clase sobre un tema nuevo con un profesor distinto y rostros desconocidos, aunque sólo fuese una hora. Aquélla era la última decepción, la de menor importancia, de un día que había comenzado de forma tan prometedora con la aparición intermitente del sol, que reflejaba una esperanza creciente en que todo saldría bien, pero que había cambiado con la llegada de la oscuridad. Un viento errático cada vez más fuerte y un cielo casi desprovisto de estrellas habían provocado la opresiva sensación de que nada bueno resultaría de todo aquello. Y ahora, para colmo, aquel viaje en vano. Volvió al desierto cobertizo donde se estacionaban las bicicletas y abrió el candado de la rueda de la suya. Era el momento de regresar a la familiar comodidad del hogar, de enfrascarse en la lectura de un libro o de ver un vídeo, de volver a la compañía poco exigente aunque interesada de *Vagabundo*.

El viaje de regreso a casa nunca se le había hecho tan extenuante. No era sólo que el viento la hubiese pillado por sorpresa, sino que las piernas se le habían vuelto de plomo y la bicicleta se había convertido en un pesado estorbo que exigía que tirase de él con todas sus fuerzas. Sintió un gran alivio cuando, tras esperar a que una breve procesión de coches cruzase Spaniards Road, atravesó ésta y empezó a pedalear por el sendero de entrada. Aquella noche se le hizo interminable; la oscuridad tras la mancha borrosa de nubes era casi palpable y la asfixiaba. Inclinó el cuerpo por encima del manillar, observando el círculo de luz del faro de su bicicleta, que oscilaba sobre el asfalto igual que un fuego fatuo. Era la primera vez que la oscuridad la asustaba de esa manera. Se había convertido en una especie de rutina vespertina atravesar caminando su pequeño jardín hasta la orilla del Heath, recrearse con el olor intenso de la tierra y las plantas, acrecentado por la penumbra, y observar las luces titilantes de Londres en la distancia, de un brillo mucho más agresivo que la miríada de puntitos que cubrían la bóveda del cielo. Sin embargo, esa noche Tally no pensaba volver a salir.

Al doblar el último recodo, tras el cual la casa se hacía visible, frenó de golpe para detenerse con una mezcla de confusión y horror: la vista, el olfato y el oído se unieron para hacer que el corazón le diese un vuelco y le palpitase desbocado como si estuviera a punto de explotar y desgajarse. Algo a la izquierda del museo —quizás el garaje o el cobertizo del jardín— estaba ardiendo.

Acto seguido el mundo se desvaneció por unos segundos: un coche enorme avanzaba a toda velocidad hacia ella, cegándola con sus faros. Se le echó encima antes de que le diese tiempo a apartarse, a pensar siquiera. Instintivamente, se aferró con fuerza al manillar y sintió la sacudida del impacto. Notó que la bicicleta se le escapaba de las manos y salió despedida en una confusión de luz, sonido y una maraña de metal para ir a parar al borde del césped bajo las ruedas de la bicicleta, que seguían girando sin cesar. Permaneció tendida unos instantes, momentáneamente aturdida y demasiado confusa para moverse; hasta el pensamiento se le había paralizado. A continuación, su mente recobró el control de la situación y Tally trató de levantar la bicicleta. Para su sorpresa, descubrió que podía hacerlo, que le quedaba fuerza en los brazos y las piernas. Estaba magullada, pero las heridas no eran de consideración.

Se levantó no sin dificultad y sujetó la bicicleta. El coche se había detenido. Acertó a distinguir una figura masculina, y oyó una voz decir:

—Lo lamento muchísimo. Pero, ¿se encuentra usted bien?

Aun en aquel momento de tensión, la voz del hombre hizo mella en ella. Se trataba de una voz característica que en otras circunstancias habría sonado tranquilizadora. El rostro que se inclinó hacia el suyo también resultaba característico. Bajo las tenues luces del sendero de entrada lo vio con claridad por espacio de unos segundos. Era atractivo, tenía el cabello claro y una expresión de súplica desesperada en los ojos encendidos.

—Me encuentro perfectamente, gracias —repuso ella—. No estaba pedaleando en ese momento y he caído sobre la hierba. Estoy bien —reiteró.

El hombre parecía genuinamente preocupado, pero a Tally no le pasó inadvertida su necesidad apremiante de marcharse de allí. Apenas esperó a oír la respuesta de ella antes de regresar corriendo al coche. Al llegar a la portezuela, se volvió. Contemplando las llamas, que cada vez eran más altas, gritó en dirección a ella:

—¡Parece que alguien ha encendido una hoguera!

Acto seguido, el coche desapareció con un estrépito.

En la confusión del momento y en su ansia desesperada de llegar hasta el incendio, de llamar a los bomberos, Tally no se preguntó quién sería aquel hombre y por qué, si el museo estaba cerrado, se encontraba allí, para empezar. Sin embargo, sus últimas palabras evocaron en ella algo terrible; la voz y las imágenes se fundieron en un instante de horrorizado reconocimiento: habían sido las palabras del asesino Alfred Arthur Rouse mientras éste se alejaba tranquilamente del coche en llamas donde su víctima ardía hasta la muerte.

Al tratar de montarse en la bicicleta, Tally advirtió que ésta había quedado inservible. La rueda delantera estaba torcida. Arrojó el vehículo de nuevo contra el suelo y echó a correr hacia el incendio; su corazón palpitaba al compás del repiqueteo acelerado de sus pies. Observó antes incluso de llegar al garaje que éste era el foco del incendio; el techo ardía, y las llamas más altas procedían del pequeño grupo de abedules plateados que crecían a la derecha del garaje. Los oídos le zumbaban por el silbido del viento, el crepitar del fuego y las pequeñas explosiones, semejantes a balazos, de las ramas encendidas. Éstas salían despedidas de las copas de los árboles y, tras recortarse por un instante contra el oscuro cielo caían carbonizadas a sus pies.

Al llegar a la puerta abierta del garaje, quedó paralizada por el terror.

—¡Oh, no! ¡Dios mío, no! —exclamó. Una nueva ráfaga de aire se llevó de un plumazo aquel grito angustiado; Tally sólo pudo contemplar la escena unos segundos antes de cerrar los ojos, pero sabía que nunca lograría borrar de su mente aquel espectáculo dantesco. No sintió el impulso de entrar a intentar salvar a alguien, pues no había nadie a quien salvar. El brazo que asomaba por la puerta abierta del coche, tan rígido como si fuera el de un espantapájaros, había sido carne, músculos, venas y sangre palpitante, pero ya no lo era. La bola renegrida que se veía a través del parabrisas hecho añicos y la sarta de dientes blancos que relucía entre la carne calcinada habían sido una cabeza humana, pero habían dejado de serlo.

De pronto le vino a la mente una imagen vívida, una ilustración que había visto en sus libros sobre Londres, de las cabezas de los traidores ejecutados clavadas en la punta de unos palos en el puente de Londres. El recuerdo le provocó unos segundos de desconcierto, el convencimiento de que aquello no estaba ocurriendo ahí ni en ese momento, sino que se trataba de una alucinación procedente de otros siglos en una confusión de horror real y a la vez imaginario.

El momento pasó y Tally volvió a tomar conciencia de la realidad. Tenía que llamar a los bomberos, y rápido. Su cuerpo parecía un peso muerto clavado en la tierra, sentía los músculos rígidos como el hierro. Pero eso también pasó.

Más tarde no recordaría haber llegado a la puerta de la casa. Se quitó los guantes, los arrojó al suelo, palpó el frío metal de su manojo de llaves en el bolsillo interior del bolso y trató de hacer frente a las dos cerraduras. Mientras maniobraba con la llave de seguridad, se dijo en voz alta:

—Tranquila, tranquila. —De pronto se tranquilizó. Todavía le temblaban las manos, pero el terrible galopar de su corazón se había sosegado, y consiguió abrir la puerta.

Una vez dentro de la casa, fue ganando lucidez con cada segundo que pasaba. Aún no lograba controlar el temblor de sus manos, pero al fin tenía la mente despejada. Lo primero que debía hacer era telefonear a los bomberos.

Atendieron su llamada al 999 en cuestión de segundos, pero la espera posterior se le hizo interminable. Cuando una voz femenina le preguntó qué servicio necesitaba, ella respondió:

—Los bomberos, por favor, y es muy urgente. Hay un cuerpo en un coche en llamas. —Al oír una segunda voz, masculina esta vez, proporcionó con mucha calma los detalles necesarios y luego suspiró aliviada al colgar el auricular. No se podía hacer nada por aquel cuerpo carbonizado, por muy rápido que llegase el camión de bomberos; sin embargo, muy pronto acudirían en su auxilio agentes, expertos..., la gente cuya labor consistía en enfrentarse a esa clase de problemas, y le quitarían de encima un terrible peso de responsabilidad e impotencia.

A continuación debía telefonear a Marcus Dupayne. Bajo el teléfono que tenía en su pequeño escritorio de roble, guardaba una tarjeta dentro de una funda de plástico con todos los nombres y números de teléfono a los que podía llamar en caso de emergencia. Hasta una semana antes, el nombre de Caroline Dupayne había encabezado esa lista, pero había sido la propia señorita Caroline quien le había dado instrucciones de que, ahora que Marcus Dupayne se había retirado, era él quien debía ser informado primero ante cualquier emergencia. Había reescrito la tarjeta con su caligrafía clara y cuidadosa y en ese momento estaba marcando el número.

Una voz femenina respondió casi de inmediato.

—¿La señora Dupayne? —preguntó Tally—. Soy Tally Clutton, del museo. ¿Puedo hablar con el señor Dupayne, por favor? Llamo porque ha habido un terrible accidente.

—¿Qué clase de accidente? —inquirió la voz con aspereza.

—Se ha producido un incendio en el garaje. He llamado a los bomberos y ahora estoy esperándolos. ¿Podría venir urgentemente el señor Dupayne, por favor?

—No está aquí. Ha ido a ver a Neville a su piso de Kensington. —La voz volvió a sonar brusca—: ¿Está el Jaguar del señor Dupayne ahí?

—En el garaje. Lamento decirle que al parecer hay un cuerpo dentro.

Se produjo un silencio, como si se hubiese cortado la comunicación. Tally ni siquiera era capaz de percibir la respiración de la señora Dupayne. Quería que la mujer colgase para poder llamar a Caroline Dupayne. No había sido así como pensaba comunicar la noticia.

La señora Dupayne habló al fin. Su tono era apremiante, autoritario, y no admitía discusión.

—Compruebe si está ahí el coche de mi marido. Es un BMW azul. Vaya enseguida. Esperaré.

Era más rápido obedecer que discutir con ella. Tally rodeó la parte de atrás de la casa hacia el aparcamiento, detrás de su escudo de arbustos y laureles. Sólo había un coche allí, el Rover del doctor Neville. Una vez de regreso en la casa, cogió a toda prisa el receptor.

—No hay ningún BMW, señora Dupayne.

Nuevo silencio. Esta vez Tally creyó detectar una breve inhalación, un leve suspiro de alivio. Acto seguido, la voz habló con más calma.

—Se lo diré a mi marido en cuanto vuelva. Esta noche tenemos invitados a cenar, de modo que no creo que tarde. No puedo llamarlo al móvil porque lo desconecta cuando conduce. Mientras, llame a Caroline —añadió, y colgó.

Tally no necessitaba que le dijera que debía informar a la señorita Caroline. En esta ocasión tuvo más suerte. Al llamar al teléfono de la escuela le respondió el contestador, y Tally sólo esperó a las primeras palabras del mensaje grabado de Caroline antes de colgar el auricular y probar con el móvil de ésta. La respuesta a su llamada fue rápida. Tally se sorprendió de la forma tranquila y sucinta con que fue capaz de transmitir las noticias.

—Soy Tally, señorita Caroline. Lamento decirle que ha ocurrido algo terrible: el coche del doctor Neville y el garaje están en llamas y el fuego se está propagando a los árboles. He llamado a los bomberos y he intentado hablar con el señor Marcus, pero no está. —Hizo una pausa y de pronto soltó lo que era casi inexpresable—: ¡Me parece que hay un cuerpo dentro del coche!

Era extraordinario que la voz de la señorita Caroline pudiese sonar tan normal, tan controlada.

—¿Está diciendo que alguien ha muerto abrasado en el interior del coche de mi hermano?

—Eso me temo, señorita Caroline.

—¿Quién es? —preguntó Caroline en tono súbitamente perentorio—. ¿Es mi hermano?

—No lo sé, señorita Caroline. No lo sé. —Aun para los oídos de la propia Tally, su voz se estaba transformando en un aullido de desesperación. El auricular se le resbaló de las manos sudorosas; se lo pasó a la oreja izquierda.

La voz de Caroline revelaba impaciencia.

—¿Sigue ahí, Tally? ¿Qué me dice del museo?

—Está intacto. Sólo es el garaje y los árboles que lo rodean. He llamado a los bomberos.

De repente, Tally perdió la serenidad y sintió que unas lágrimas cálidas le escocían en los ojos y que se le apagaba la voz. Hasta el momento todo había sido horror y espanto, pero de pronto la invadió por primera vez una pena terrible. No era que el doctor Neville le cayese especialmente bien, y de hecho ni siquiera lo conocía demasiado; las lágrimas brotaban de un pozo más profundo que el dolor por la muerte de un hombre y por que hubiese sufrido una muerte horrible, y sólo en parte —lo advertía muy bien— constituían una reacción ante el estupor y el pánico. Parpadeando sin cesar y forzándose a mantener la calma, pensó: «Siempre ocurre lo mismo cuando muere alguien a quien conocemos, lloramos un poco por nosotros mismos.» Sin embargo, aquel momento de dolor profundo era algo más que la triste aceptación de su propia mortalidad: formaba parte de un lamento universal por la belleza, el terror y la crueldad del mundo.

La voz de Caroline se había vuelto firme, autoritaria y extrañamente reconfortante.

—Está bien, Tally. Ha hecho lo que debía. Salgo ahora mismo hacía allí. Tardaré unos treinta minutos en llegar.

Tally colgó el auricular y permaneció inmóvil por un momento. ¿Debía llamar a Muriel? Si la señorita Caroline hubiera querido que ésta acudiese al museo, ¿no se lo habría dicho? Sin embargo, Muriel se sentiría dolida y molesta si no la llamaban. Tally sintió que no podía enfrentarse a la perspectiva del descontento de Muriel, quien a fin de cuentas era quien de hecho se encargaba de que el museo funcionase. El incendio seguramente se convertiría en portada de las noticias locales ese fin de semana. Claro que sí. Las noticias como ésa siempre se propagaban con rapidez. Muriel tenía derecho a saberlo de inmediato.

Llamó, pero comunicaba. Lo intentó de nuevo. Si Muriel estaba hablando por teléfono, era poco probable que respondiese a las llamadas de su móvil, y aun así merecía la pena intentarlo. Al cabo de cuatro timbrazos, oyó la voz de Muriel. En cuanto Tally se hubo identificado, Muriel dijo:

—¿Por qué me llama al móvil? Estoy en casa.

—Pero la línea comunicaba. Debía de estar hablando con alguien.

—No, no estaba hablando con nadie. —Muriel hizo una pausa y añadió—: Espere un momento, ¿quiere? —Se produjo otra pausa, más corta—. El teléfono de la mesita de noche estaba mal colgado —explicó—. ¿Qué pasa? ¿Dónde está?

Parecía enfadada. «Detesta tener que admitir siquiera el fallo más insignificante», pensó Tally.

—En el museo —contestó—. Cancelaron mi clase de la tarde. Me temo que tengo que darle una noticia terrible; ha habido un incendio en el garaje y el coche del doctor Neville estaba dentro. Y hay un cuerpo en su interior. Alguien ha muerto abrasado. Me temo que se trata del doctor Neville. He llamado a los bomberos y se lo he dicho a la señorita Caroline.

Esta vez el silencio se prolongó por más tiempo.

—Muriel, ¿está ahí? —dijo Tally—. ¿Me ha oído?

—Sí, la he oído. Es espantoso. ¿Está segura de que ha muerto? ¿No lo ha podido sacar del coche?

La pregunta era ridícula.

—Nadie podría haberlo salvado —respondió Tally.

—Y se supone que es el doctor Neville...

—¿Quién más podría estar dentro de su coche? —insistió Tally—. Pero en realidad no estoy segura. No sé quién es, sólo sé que está muerto. ¿Va a venir? He pensado que querría saberlo.

—Pues claro que iré. Fui la última persona que se marchó del museo, debería estar allí. Iré lo más pronto posible. Y no le diga a la señorita Caroline que es el doctor Neville hasta que lo sepamos con certeza. Podría tratarse de cualquiera. ¿A quién más se lo ha dicho?

—He llamado al señor Marcus, pero no ha llegado a casa todavía. Su esposa se lo dirá. ¿Debería llamar al señor Calder-Hale?

—No —respondió Muriel con impaciencia—. Que se lo diga la señorita Caroline cuando llegue. Además, no veo cómo podría resultar útil él. Quédese donde está. Ah, Tally...

—¿Sí, Muriel?

—Lamento haber sido un poco brusca con usted. Cuando lleguen los bomberos, quédese en la casa. Estaré ahí lo antes posible.

Tally colgó el auricular y salió a la puerta de la casa. Pese al crepitar del fuego y el silbido del viento, distinguió el sonido de unas ruedas aproximándose y dio un grito de alivio. El enorme camión, con unos faros tan brillantes como focos reflectores, avanzó como si fuera un gigantesco monstruo legendario e iluminó la casa y el césped, haciendo añicos la frágil calma con su clamor. Tally echó a correr hacia él, al tiempo que gesticulaba de forma innecesaria en la dirección de las llamas. Se sentía mucho más tranquila; la ayuda había llegado al fin.

2

El subinspector Geoffrey Harkness prefería que los amplios ventanales de su despacho en la sexta planta estuviesen desprovistos de cortinas, gusto que compartía Adam Dalgliesh, una planta por debajo. El año anterior había tenido lugar una reorganización del espacio en New Scotland Yard y ahora las ventanas de Dalgliesh daban a la escena más agradable y bucólica de Saint James's Park, que a aquella distancia tenía más de promesa que de verdadera vista. Para él, las estaciones venían señaladas por las transformaciones del parque: la primavera floreciendo en los árboles, la exuberancia de éstos en verano, el amarillo y el dorado del otoño, los paseantes apresurados vestidos de cuello alto para protegerse de las dentelladas del frío... A comienzos de la estación estival, las hamacas municipales aparecían de repente como un estallido de lonas de colores y los londinenses, semidesnudos, se sentaban en el césped recién cortado como si fuera una escena de Seurat. En las tardes de verano, mientras caminaba de regreso a casa a través del parque, oía a veces la música de una banda municipal y veía a los invitados de las recepciones al aire libre de la reina pasearse con aire de afectación vestidos con sus mejores galas, algo a lo que no estaban acostumbrados.

Sin embargo, las vistas de Harkness no le hacían ni mucho menos partícipe de aquella diversidad estacional. Al anochecer, cualquiera que fuese la estación, la pared entera

era un panorama de Londres, cuyo contorno se recortaba contra la luz. Torres, puentes, casas y calles se ataviaban con joyas, brazaletes y collares de diamantes y rubíes, que hacían más misterioso el oscuro hilo del río. La vista era tan espectacular que eclipsaba el despacho de Harkness y hacía que el mobiliario oficial, acorde con el rango de éste, pareciese un arreglo burdo, y sus objetos personales, las condecoraciones y las distinciones de las fuerzas de policía de otros países, tan ingenuamente pretenciosas como los trofeos de la infancia.

La convocatoria, en forma de petición, había procedido del subcomisario, pero Dalgliesh supo en cuanto entró que no se trataba de un asunto rutinario. Maynard Scobie, del cuerpo especial de seguridad, estaba allí con un colega a quien Dalgliesh no conocía y al que nadie se tomó la molestia de presentar. Más significativo aún era el hecho de que Bruno Denholm, del MI5, se encontrara allí, mirando por la ventana. En ese momento se volvió y ocupó su asiento junto a Harkness. Los rostros de ambos hombres eran muy elocuentes: el subcomisario parecía irritado, y Denholm tenía el aspecto cauteloso pero decidido de quien está a punto de resultar derrotado pero que se sabe en posesión del arma más contundente.

Sin preámbulos de ninguna clase, Harkness fue el primero en hablar.

—Se trata del Museo Dupayne, es una institución privada especializada en los años de entreguerras. En Hampstead, justo al borde del Heath. ¿Lo conocen, por casualidad?

—He estado una sola vez, hace una semana.

—Eso resultará útil, supongo. Yo nunca había oído hablar del lugar.

—Es poco conocido. No hacen publicidad, aunque es posible que eso cambie. Han cambiado de dirección y ahora Marcus Dupayne va a hacerse cargo del museo.

Harkness se acercó a la mesa de reuniones.

—Será mejor que nos sentemos. Esto quizá nos lleve un

buen rato. Ha habido un asesinato o, para ser más exactos, una de esas muertes sospechosas. En opinión del jefe de la brigada de bomberos tal vez se trate de un asesinato. Neville Dupayne ha muerto en un incendio producido en su Jaguar, que se encontraba aparcado en el interior de un garaje del museo. Tenía por costumbre recoger el coche a las seis de la tarde los viernes para irse a pasar el fin de semana fuera. Todo apunta a que este viernes alguien estaba esperándolo y, tras echarle gasolina por la cabeza, le prendió fuego. Eso parece lo más probable. Queremos que usted se ocupe del caso.

Dalgliesh miró a Denholm.

—Por su presencia aquí, deduzco que tiene un interés particular en el caso —dijo.

—Sólo ligeramente, pero nos gustaría que el asunto se solucionase lo antes posible. Sólo conocemos los hechos, pero parece bastante claro.

—Entonces, ¿por qué yo?

—Debe resolverse con el mínimo revuelo posible, ¿me comprende? —explicó Denholm—. Un asesinato siempre trae publicidad, y no queremos que la prensa empiece a hacer demasiadas preguntas. Tenemos un contacto allí, James Calder-Hale, que hace las veces de director del museo o algo así. Se trata de un ex funcionario de Exteriores y experto en Oriente Próximo; habla árabe y uno o dos dialectos. Se retiró por motivos de salud hace cuatro años pero mantiene el contacto con amigos. Y, lo que es más importante, ellos siguen en contacto con él. De vez en cuando nos proporciona piezas útiles para solucionar rompecabezas, y nos gustaría que continuase siendo así.

—¿Está en nómina? —preguntó Dalgliesh.

—No exactamente. A veces se hace necesario realizar ciertos pagos. En general, es autónomo, pero muy útil.

—Al MI5 no le hace ninguna gracia divulgar esta información —explicó Harkness—, pero nosotros insistimos, por necesidad. Por supuesto, es estrictamente confidencial; no podrá difundirla a nadie.

—Si debo realizar la investigación de un asesinato —repuso Dalgliesh—, he de decírselo a mis dos ayudantes. Doy por supuesto que si Calder-Hale resulta ser el asesino de Neville Dupayne y lo detengo, no pondrán ninguna objeción, ¿me equivoco?

Denholm sonrió.

—Creo que descubrirá que está limpio. Tiene una coartada.

«Por supuesto que la tiene», pensó Dalgliesh. El MI5 había sido rápido. Su primera reacción al enterarse del asesinato había sido ponerse en contacto inmediatamente con Calder-Hale. Si la coartada se sostenía, sería eliminado de la lista de sospechosos y todos contentos. Sin embargo, su relación con el MI5 seguía siendo una complicación. Oficialmente, quizá considerasen conveniente mantenerse alejados, pero extraoficialmente vigilarían cada uno de sus movimientos.

—¿Y cómo proponen que le vendamos esto a la división local? —preguntó—. A primera vista, sólo es un caso más. Una muerte sospechosa no justifica la intervención del equipo de investigación especial. Es probable que deseen saber por qué.

Harkness restó importancia al problema.

—Eso tiene fácil solución. Seguramente insinuaremos que uno de los antiguos pacientes de Dupayne era un personaje público importante y debido a ello queremos encontrar a su asesino sin escándalos de ninguna clase. Nadie va a ser demasiado explícito. Lo más importante es resolver el caso. El jefe de la brigada de bomberos sigue en la escena del crimen, así como Marcus Dupayne y su hermana. Supongo que no hay nada que impida que se ponga a trabajar ahora mismo, ¿verdad?

A continuación tenía que llamar a Emma. De regreso en su propio despacho, lo invadió un sentimiento de desolación tan intenso como las decepciones semiolvidadas de la infancia, y trajo consigo la misma convicción supersticiosa de que un destino maligno se había vuelto contra él, juzgándolo indigno de ser feliz. Había reservado una mesa tranquila en The Ivy a las nueve en punto. Cenarían tarde y planearían el fin de semana juntos. Había calculado la hora meticulosamente. Su reunión en el Yard bien podía durar hasta las siete, de modo que reservar una mesa más temprano habría sido invitar al desastre. Había quedado con Emma en que pasaría a recogerla por el piso de su amiga Clara en Putney hacia las ocho y cuarto. En esos momentos ya debería haber salido hacia allí.

Su secretaria podía cancelar la reserva del restaurante, pero nunca había recurrido a ella para transmitir el mínimo mensaje a Emma y no iba a hacerlo ahora, pues se asemejaría demasiado a revelar aquella parte de su vida privada que se obstinaba en mantener inviolable. Al marcar el número en su móvil, se preguntó si aquella sería la última vez que oiría su voz. El mero hecho de pensarlo le horrorizó profundamente. Si Emma resolvía que aquella última cita frustrada era el fin, estaba decidido a que tuviese lugar cara a cara.

Fue Clara quien respondió a su llamada. En cuanto preguntó por Emma, le dijo:

—Llamas para darle plantón.

—Me gustaría hablar con Emma. ¿Está ahí?

—Ha ido a la peluquería. Volverá enseguida, pero no te molestes en llamarla de nuevo. Ya se lo diré yo.

—Preferiría decírselo personalmente. Dile que la llamaré más tarde.

—No tendría que molestarme en absoluto —repuso ella—. Supongo que debe de haber un cadáver maloliente en alguna parte esperándote. —Hizo una pequeña pausa antes de añadir, en tono de conversación—: Eres un cabrón, Adam Dalgliesh.

Él trató de que su voz no transmitiese la ira que lo embargaba, pero sabía que ella tenía que haberlo percibido por fuerza, brusco como un latigazo.

—Es posible, pero preferiría oírlo de labios de la propia Emma. Además, no necesita guardianas.

—Adiós, comandante, se lo diré a Emma. —Clara colgó el auricular.

Además de decepcionado, Adam también se sentía enfadado consigo mismo. No había sabido llevar la llamada telefónica, se había mostrado irrazonablemente ofensivo con una mujer y, para colmo, esa mujer era la amiga de Emma. Decidió esperar un poco antes de telefonear de nuevo. Eso daría a todos tiempo para considerar qué era mejor decir y qué no.

Sin embargo, cuando volvió a llamar, fue una vez más Clara quien se puso al aparato.

—Emma ha decidido volver a Cambridge —le explicó—. Se marchó hace siete minutos. Le he dado tu mensaje.

Aquello puso fin a la llamada. Al acercarse a su armario a fin de recoger la bolsa que contenía el equipo para homicidios, le pareció oír la voz de Clara: «Supongo que debe de haber un cadáver maloliente en alguna parte esperándote.»

Antes, sin embargo, debía escribir a Emma. Rara vez se telefoneaban, y Dalgliesh sabía que era él quien había establecido de forma tácita aquella reticencia a hablar cuando estaban lejos el uno del otro. Le parecía frustrante y angustioso a un tiempo oír la voz de Emma sin poder ver su rostro. Siempre le preocupaba que su llamada pudiese resultarle inoportuna, que empezase a hablarle de banalidades... Las palabras escritas tenían una permanencia mayor y, por lo tanto, había más probabilidades de desacierto imborrable, pero al menos se trataba de una forma de comunicación más controlable. En ese momento escribió brevemente, expresó su pesar y su decepción de forma sencilla y dejó en manos de ella que dijera si quería, y cuándo, volver a verlo. Podía ir a Cambridge, si eso le resultaba más conveniente. Firmó la nota con un simple «Adam». Hasta entonces siempre se habían encontrado en Londres; era ella quien había sufrido las molestias de tener que desplazarse y él había llegado a la conclusión de que se sentía menos comprometida en la ciudad, que había cierta seguridad emocional en el hecho de verlo en lo que para ella era terreno común. Escribió la dirección con cuidado, pegó un sello y se metió el sobre en el bolsillo. Lo echaría en el buzón de la oficina de correos que había frente a New Scotland Yard. Ya estaba calculando cuánto tiempo pasaría antes de comenzar a esperar una respuesta.

3

Eran las siete y cincuenta y cinco y los detectives Kate Miskin y Piers Tarrant estaban tomando una copa en un pub de la ribera entre el puente de Southwark y el de Londres. Aquella parte de la ribera cercana a la catedral de Southwark estaba, como siempre al final de la jornada laboral, muy concurrida. La reproducción a tamaño real de la *Golden Hinde* de Drake, amarrada entre la catedral y el bar, hacía ya rato que había cerrado sus puertas al público, pero aún había un pequeño grupo que rodeaba lentamente el barco y levantaba la vista hacia el castillo de proa como preguntándose, como hacía la propia Kate con frecuencia, cómo era posible que una nave tan pequeña hubiese soportado en el siglo XVI aquella travesía alrededor del mundo por el proceloso mar.

Tanto Kate como Piers habían tenido un día frustrante y agotador. Cuando la brigada de investigación especial estaba temporalmente inactiva, se los asignaba a otros departamentos. Ninguno de los dos se sentía cómodo ante el cambio, y ambos eran conscientes del tácito resquemor de los colegas, que veían la brigada especial de homicidios del comisario Dalgliesh como una división de privilegios exclusivos y encontraban maneras sutiles y ocasionalmente más agresivas de hacer que se sintieran excluidos. Hacia las siete y media el bullicio del pub se había vuelto insoportable, de modo que terminaron rápidamente su pescado con patatas y, con un simple gesto de asentimiento, cogieron sus vasos y se trasladaron a la casi desierta terraza. Ya se habían sentado allí juntos muchas otras noches, pero ésa en particular Kate sintió que el hecho de salir fuera del pub para alejarse del ruido y disfrutar de la tranquila noche otoñal tenía algo de despedida. El barullo de voces a sus espaldas se silenció. El intenso olor a río eliminó los vapores de la cerveza y ambos se quedaron de pie contemplando el Támesis, cuya piel, oscura y vibrante, se estremecía y era azotada por una miríada de luces. El nivel del agua era bajo y una marea crecida y turbia se extinguía sobre los guijarros arenosos en un delgado borde de espuma sucia. Hacia el noroeste, y por encima de las torres del puente ferroviario de la calle Cannon, la cúpula de Saint Paul planeaba sobre la ciudad como un espejismo. Tres de las gaviotas que se pavoneaban por los guijarros alzaron el vuelo con un tumulto de alas y pasaron chillando por encima de la cabeza de Kate antes de abatirse sobre la barandilla de madera de la terraza.

¿Sería aquélla la última vez que se tomaban una copa juntos?, se preguntó Kate. A Piers sólo le quedaban tres semanas para saber si habían aprobado su traslado al Departamento de Seguridad del Estado. Era lo que él quería y lo que llevaba preparando desde hacía tiempo, pero ella sabía que lo echaría de menos. Cuando se había incorporado a la brigada cinco años antes, a Kate le había parecido uno de los agentes más atractivos sexualmente con los que había trabajado. La idea le resultó sorprendente e incómoda al mismo tiempo. Desde luego, no se debía a que lo encontrase particularmente guapo, pues era dos centímetros más bajo que ella, tenía unos brazos simiescos y su espalda ancha y su rostro robusto le conferían un aspecto de rudeza astuta y agresiva. En cambio, la boca era delicada y siempre parecía a punto de curvarse para soltar un chiste cómplice, como también insinuaba la personalidad de un comediante la cara un tanto regordeta con las cejas inclinadas. Había llegado a respetarlo como colega y como hombre y la perspectiva de tener que adaptarse a alguien nuevo no le gustaba en absoluto. Su sexualidad ya no la inquietaba; valoraba demasiado su trabajo y su posición en la brigada para arriesgarlo todo por la satisfacción temporal de una aventura amorosa encubierta. En el cuerpo de policía nada permanecía en secreto durante mucho tiempo, y había sido testigo de la destrucción de muchas carreras y muchas vidas como para sentirse tentada de emprender ese camino engañosamente fácil. No había relaciones amorosas más condenadas de antemano que las basadas en el deseo, el aburrimiento o el ansia de aventura. No le había resultado difícil mantener la distancia en todo salvo en los asuntos profesionales.

Piers protegía su intimidad y sus emociones tan rigurosamente como ella. Después de llevar trabajando con él cinco años Kate conocía poco más sobre su vida fuera del cuerpo que al principio. Sabía que tenía un piso encima de un local comercial en una de las estrechas calles de la City y que le apasionaba explorar los callejones secretos de Square Mile, sus iglesias apiñadas y su misterioso río cargado de historia. Sin embargo, jamás la había invitado a su apartamento, como tampoco ella lo había invitado a ir al suyo, al norte del río, a unos ochocientos metros de donde se encontraban en ese momento. Si uno se veía obligado a enfrentarse a lo peor que hombres y mujeres pueden hacerse mutuamente, si el olor de la muerte a veces parecía impregnar la ropa, tenía que haber un lugar donde fuese posible, tanto física como psicológicamente, cerrarle la puerta a todo salvo al propio ser. Kate sospechaba que Adam Dalgliesh sentía lo mismo en su piso alto del río, en Queenhithe. No sabía si envidiar o compadecer a la mujer que se creía capaz de invadir esa intimidad.

Tres semanas más y Piers seguramente se habría marchado. El subinspector Robbins ya se había ido, después de que le hubiesen concedido al fin su esperado ascenso al rango de inspector. A Kate le parecía que su amigable grupo, unido por un equilibrio tan sumamente delicado de personalidades y lealtades compartidas, se estaba desintegrando.

—Echaré de menos a Robbins —dijo.

—Yo no —repuso Piers—. Esa rectitud opresiva me tenía preocupado. Nunca se me quitaba de la cabeza que es predicador seglar. Me sentía sometido a juicio a todas horas. Robbins es demasiado bueno para ser verdad.

—Pues el cuerpo de policía no está precisamente amenazado por un exceso de rectitud, que digamos.

—¡Venga ya, Kate! ¿A cuántos oficiales conoces que se comporten también como unos granujas? Tratamos con ellos. Es curioso que la gente siempre espere que la policía sea notablemente más virtuosa que la sociedad donde se los recluta.

Kate guardó silencio por un instante y luego preguntó:

—¿Por qué el Departamento de Seguridad del Estado? No va a resultarles fácil integrarte en el rango que te corresponde. No me habría extrañado tanto que hubieses intentado entrar en el MI5. ¿No es ésta tu ocasión de codearte con los encopetados de los colegios privados y apartarte de la chusma?

—Soy agente de policía. Si alguna vez lo dejo, no será por el MI5. El MI6, en cambio, sí podría tentarme. —Hizo una pausa y prosiguió—: De hecho, intenté entrar en el servicio secreto cuando salí de Oxford. A mi tutor le pareció que podía encajar y concertó las discretas entrevistas habituales. El comité de evaluación no pensó lo mismo.

Viniendo de Piers, se trataba de una revelación extraordinaria, y Kate supo por el tono exageradamente informal de su compañero que le había costado confesarla. Sin mirarlo, comentó:

—Ellos se lo perdieron, y eso que salió ganando el cuerpo de policía. Y ahora van a mandarnos a un tal Francis Benton-Smith. ¿Lo conoces?

—Vagamente —contestó él—. Te lo regalo. Demasiado guapo: el padre es inglés y la madre, india, de ahí su encanto. La madre es pediatra y el padre da clases en un instituto de secundaria. Es ambicioso y listo, pero le cuesta disimularlo. Te llamará «señorita» a la menor ocasión. Conozco a los de su calaña; vienen a trabajar aquí porque creen que tienen una preparación excepcional y que destacarán entre las medianías. Ya conoces esa teoría según la cual es preferible aceptar un trabajo donde seas más listo que los demás desde el principio, porque con un poco de suerte treparás hasta ponerte por encima de ellos.

—Eso es injusto —repuso Kate—. No hay modo de saber algo así. Además, te estás describiendo a ti mismo. ¿No es por eso por lo que empezaste a trabajar aquí? En cuanto a formación, estabas mucho mejor preparado que los demás. ¿Qué me dices de aquel título de Teología de Oxford?

—Ya te lo he explicado: era la manera más sencilla de entrar en Oxbridge. Claro que ahora sólo tendría que trasladarme a una escuela pública de un barrio marginal y con un poco de suerte el Gobierno obligaría a los de Oxbridge a aceptarme. En fin, el caso es que no creo que tengas que aguantar a Benton mucho tiempo; el ascenso de Robbins no era el único que iba con retraso: corre el rumor de que dentro de unos meses van a ascenderte a inspectora jefe.

El rumor ya había llegado a oídos de Kate, y ¿no era a aquello a lo que también ella había aspirado y por lo que llevaba tanto tiempo luchando? ¿Acaso no era la ambición lo que la había hecho ascender de aquel piso atrincherado en la séptima planta de un bloque de un barrio deprimido a un apartamento que, en su momento, le había parecido la cumbre de todas sus aspiraciones? El cuerpo de policía en el que servía en la actualidad no era el cuerpo de las fuerzas de seguridad en el que había ingresado al inicio de su carrera; había cambiado, pero también había cambiado Inglaterra, y el mundo entero, por no hablar de ella misma. Después del informe Macpherson se había vuelto menos idealista, más cínica acerca de las maquinaciones del mundo de la política, más cautelosa con lo que decía. La joven detective Miskin había sido candorosamente inocente, pero había perdido algo más valioso que la inocencia. Sin embargo, el cuerpo de policía de Londres todavía contaba con su lealtad, y Adam Dalgliesh con su devoción más absoluta. Se dijo que nada seguiría siendo lo mismo. Lo más probable era que pronto ellos dos fuesen los únicos miembros originales de la brigada de investigación especial, y ¿cuánto tiempo más se quedaría él?

—¿Le pasa algo a AD? —preguntó ella.

—¿Qué quieres decir con si le pasa algo?

—Es que en los últimos meses me ha parecido que estaba sometido a más estrés del habitual.

—¿Te extraña? Es una especie de mano derecha del comisario principal. Anda metido en todo: antiterrorismo, el comité de formación de detectives, crítica constante de las deficiencias del cuerpo, el caso Burell, la relación con el MI5, las reuniones maratonianas con las vacas sagradas..., lo que se te ocurra. Pues claro que está sometido a mucho estrés. Todos lo estamos. Él está acostumbrado. Seguramente lo necesita.

—Lo decía por si esa mujer no estará dándole muchos quebraderos de cabeza. Me refiero a la de Cambridge, la chica que conocimos con ocasión del caso de Saint Anselm.

Había mantenido un tono desenfadado, con la mirada fija en el río, pero se imaginaba la expresión divertida de Piers, quien sabía que era probable que Kate se mostrase reacia a pronunciar el nombre de aquella mujer —¿por qué?, por amor de Dios—, pero que no se le había olvidado.

—¿Nuestra querida Emma? ¿Qué significa eso de darle «quebraderos de cabeza»?

—Venga, no te hagas el tonto, Piers. Sabes perfectamente qué quiero decir.

—No, no lo sé. Podrías estar refiriéndote a cualquier cosa, desde que le critique su poesía hasta que se niegue a irse a la cama con él.

—¿Crees que... se están yendo a la cama?

—¡Por Dios, Kate! ¡Y yo qué sé! ¿No se te ha ocurrido pensar que quizá sea justamente lo contrario? ¿Y si es AD quien le está dando quebraderos de cabeza a ella? No sé la cama, pero no se niega a salir a cenar con él, por si te interesa saberlo. Los vi hace un par de semanas en The Ivy.

—¿Y cómo demonios conseguiste mesa en The Ivy?

—No fui yo, sino la chica que iba conmigo. Me dio por tener delirios de grandeza y, lo que es peor, por gastarme el dinero en una cena que estaba por encima de mis posibilidades. Bueno, el caso es que los vi sentados a una mesa apartada.

—Qué extraña coincidencia.

—No tanto. Así es Londres; tarde o temprano acabas por encontrarte con gente a la que conoces. Eso es lo que hace la vida sexual de uno tan complicada.

—¿Te vieron?

—AD sí, pero tengo demasiado tacto y buena educación para inmiscuirme en algo sin que me inviten, lo cual no hicieron. Ella sólo tenía ojos para AD. En mi opinión al menos uno de los dos estaba enamorado, si eso te sirve de algún consuelo.

A Kate no le servía de consuelo, pero antes de que le diese tiempo a responder, su móvil empezó a sonar. Escuchó con atención durante al menos medio minuto y luego dijo:

—Sí, señor. Piers está conmigo. Lo entiendo. Vamos para allá. —Se metió el teléfono en el bolsillo.

—Deduzco que era el jefe —dijo Piers.

—Presunto asesinato. Un hombre abrasado vivo en su coche en el Museo Dupayne, en Spaniards Road. Nos encargaremos del caso. AD está en el Yard y se reunirá con nosotros en el museo. Nos traerá el equipo.

—Menos mal que hemos comido. ¿Y por qué nosotros? ¿Qué tiene esta muerte de especial?

—AD no me lo ha dicho. ¿En tu coche o en el mío?

—El mío es más rápido, pero el tuyo está aquí. Además, con el tráfico de Londres totalmente paralizado y el alcalde tonteando con los semáforos, iríamos más rápido en bicicleta.

Kate esperó mientras él devolvía los vasos vacíos al interior del pub. «Qué extraño», pensó. Un solo hombre había muerto y la brigada se pasaría días, semanas, tal vez más tiempo, decidiendo cómo, por qué y quién lo había hecho. Aquello era el asesinato, el crimen por excelencia. Resultaba imposible contabilizar el coste de la investigación. Incluso si no llegaban a detener a nadie, el caso nunca se cerraría. Y sin embargo, en cualquier momento, unos terroristas podían acabar con la vida de millares de personas. No compartió sus pensamientos con Piers cuando éste regresó. Sabía cuál habría sido su respuesta: «Tratar con terroristas no es nuestro trabajo. Nuestro trabajo es éste.» Kate echó un último vistazo al otro lado del río y luego siguió a su compañero hacia el coche.

4

Fue una llegada muy distinta de su primera visita. Cuando Dalgliesh avanzó al volante del Jaguar por el camino de entrada, incluso la aproximación le resultó extrañamente desconocida. La iluminación difusa de la hilera de farolas intensificaba la oscuridad circundante y los setos recortados parecían más densos y altos, cercando una entrada más estrecha de lo que recordaba. Tras su oscuridad impenetrable los frágiles troncos de unos árboles proyectaban sus ramas semidesnudas hacia el cielo nocturno azul oscuro. Al doblar el último recodo, el edificio apareció ante sus ojos, misterioso como un espejismo. La puerta principal estaba cerrada y las ventanas eran unos rectángulos completamente negros salvo por una única luz encendida en la sala de la izquierda de la planta baja. El precinto policial impedía seguir avanzando, y había un agente uniformado de servicio. Era evidente que esperaban la llegada de Dalgliesh; el agente sólo tuvo que echar un rápido vistazo a la tarjeta de identificación que éste le mostró a través de la ventanilla abierta antes de hacerle el saludo oficial y apartar los postes.

No necesitó indicaciones para llegar al lugar del incendio. A pesar de que no había ninguna llama que iluminase la oscuridad, unas nubecillas de humo acre flotaban a la izquierda de la casa y se percibía el inconfundible hedor a metal quemado, más intenso todavía que el otoñal olor a madera chamuscada. Sin embargo, antes giró a la derecha y se dirigió al aparcamiento que había oculto tras el seto de laureles. El trayecto en coche a Hampstead había sido lento y tedioso, y a Dalgliesh no le sorprendió comprobar que Kate, Piers y Benton-Smith habían llegado antes que él. Vio también que había otros coches aparcados: un BMW, un Mercedes 190, un Rover y un Ford Fiesta. Al parecer los Dupayne y al menos un miembro del personal contratado también estaban allí.

Kate procedió a ponerlo al corriente mientras él sacaba del coche las bolsas y los cuatro equipos de ropa protectora.

—Llegamos hace sólo unos cinco minutos, señor. El agente de investigación de incendios del laboratorio se encuentra en la escena del crimen. Los fotógrafos ya se marchaban cuando hemos llegado.

—¿Y la familia?

—El señor Marcus Dupayne y su hermana, la señorita Caroline Dupayne, están en el museo. Fue la encargada del mantenimiento, la señora Tallulah Clutton, quien descubrió el fuego. Está en la casa donde vive, detrás del museo, con la señorita Muriel Godby, que trabaja como secretaria y recepcionista. Aún no hemos hablado con ellas, salvo para decirles que venía de camino.

Dalgliesh se dirigió a Piers.

—Diles que me reuniré con ellos lo antes posible, ¿quieres? Primero con la señora Clutton y después con los Dupayne. Mientras tanto, será mejor que tú y Benton-Smith hagáis un reconocimiento rápido del terreno. Probablemente sea una tarea inútil y no podamos realizar ninguna inspección en condiciones hasta mañana, pero conviene hacerlo de todos modos. Luego, reuníos conmigo en la escena del crimen.

Él y Kate se dirigieron juntos al lugar del incendio. Unas lámparas de arco brillaban en lo que quedaba del garaje y, al acercarse, Dalgliesh vio la escena tan exageradamente iluminada y preparada como si se dispusieran a filmarla. Sin embargo, ése era el aspecto que una escena del crimen, una vez iluminada, tenía para él; esencialmente artificial, como si el asesino, al destruir a su víctima, hubiese robado hasta los objetos comunes que la rodeaban de cualquier semejanza con la realidad. Los vehículos del cuerpo de bomberos se habían marchado, y los camiones habían horadado profundos surcos en los márgenes de césped ya aplanados por el peso de las mangueras enroscadas.

El agente de investigación de incendios lo había oído aproximarse. Medía más de metro ochenta, tenía un rostro curtido y pálido y una espesa cabellera pelirroja. Llevaba puesto un mono de color azul y botas de lluvia y, colgada al cuello, una máscara protectora. Con su mata de pelo color fuego, que ni siquiera las lámparas de arco lograban eclipsar, su cara huesuda, la postura hierática que adoptó por un instante, semejaba un guardián de las puertas del Averno, y sólo le faltaba una espada para completar la ilusión. Acto seguido, ésta se desvaneció cuando se acercó con paso vigoroso y estrechó con fuerza la mano de Dalgliesh.

—¿Comisario Dalgliesh? Soy Douglas Anderson, agente de investigación de incendios. Le presento a Sam Roberts, mi ayudante. —Sam resultó ser una chica delgada y con un aire de determinación casi infantil bajo una melena oscura.

Tres figuras, calzadas con botas y vestidas con batas blancas pero con las capuchas echadas hacia atrás, permanecían de pie un poco separadas las unas de las otras.

—Me parece que ya conoce a Brian Clark y a los demás —añadió Anderson.

Clark levantó un brazo en señal de que lo había reconocido, pero no se movió del sitio. Dalgliesh nunca lo había visto estrecharle la mano a nadie, aun cuando el gesto hubiese sido apropiado. Era como si temiese que el mínimo contacto humano pudiese transferir elementos capaces de alterar las pruebas. Dalgliesh se preguntó si los invitados a cenar a casa de Clark corrían el riesgo de ver que éste etiquetaba las tazas del café como pruebas o para detectar las huellas digitales. Clark sabía que la escena de un crimen no podía tocarse hasta que el oficial al mando de la investigación la hubiese visto y los fotógrafos hubieran hecho su trabajo, pero no intentó disimular su impaciencia por ponerse manos a la obra cuanto antes. Sus dos colegas, más relajados, estaban detrás de él, a escasos centímetros, como si fuesen un par de ayudantes de campo ataviados para la ocasión que aguardaran a interpretar su papel en algún rito esotérico.

Dalgliesh y Kate, ya con bata blanca y guantes, se dirigieron hacia el garaje. Lo que quedaba de él estaba a unos veinte metros de la pared del museo. El techo había desaparecido casi por completo, pero las tres paredes aún se mantenían en pie y en las puertas abiertas no había señales del fuego. La única señal que quedaba de los árboles jóvenes que lo rodeaban eran unas astillas renegridas. A aproximadamente ocho metros del garaje había otro cobertizo más pequeño con un grifo de agua a la derecha de la puerta. Sorprendentemente, el fuego sólo lo había chamuscado un poco.

Mientras Kate permanecía en silencio a su lado, Dalgliesh se paró un momento a la entrada del garaje y contempló el lugar. La intensa luz de las lámparas de arco hacía que los contornos de los objetos aparecieran bien definidos y los colores apagados, salvo en la parte delantera del largo capó del coche, que, intacta, relucía como si acabaran de pintarla. Las llamas habían trepado hasta el techo de plástico ondulado, y Dalgliesh vio a través de los bordes ennegrecidos por el humo el cielo nocturno tachonado de estrellas. A su izquierda y a un metro y medio del asiento del conductor del Jaguar había una ventana cuadrada, con el cristal roto y ahumado por el fuego. El garaje, pequeño, de techo bajo, era a todas luces un cobertizo de madera reformado. Había, poco más o menos, un metro y veinte centímetros de espacio a cada lado del coche, y unos treinta centímetros entre la parte delantera del capó y las puertas dobles. La puerta que había a la derecha de Dalgliesh estaba abierta de par en par, mientras que parecía como si alguien hubiese empezado a cerrar la que estaba a su izquierda, del lado del conductor del coche. Había cerrojos en lo alto y al pie de la puerta izquierda, mientras que la derecha estaba provista de una cerradura Yale. Dalgliesh advirtió que la llave se encontraba en su sitio. A su izquierda había un interruptor, y observó que la bombilla había sido extraída de su portalámparas. En el ángulo que se formaba entre la puerta semicerrada y la pared vio un bidón de gasolina de cinco litros tirado de costado. Le faltaba el tapón de rosca y el fuego no lo había tocado.

Douglas Anderson estaba de pie justo detrás de la portezuela entreabierta del coche, atento y silencioso como un chófer que los invitara a ocupar sus asientos. Dalgliesh se acercó al cadáver, seguido de Kate. Estaba echado hacia atrás en el asiento del conductor y vuelto ligeramente hacia la derecha, con los restos del brazo izquierdo a un costado y el derecho extendido y rígido en una parodia de protesta. Vio el cúbito y unos cuantos fragmentos quemados de ropa adheridos a una hebra de músculo. Todo cuanto podía arder en una cabeza había sido destruido, y el fuego se había extendido justo hasta por encima de las rodillas. El rostro, calcinado hasta el punto de haber perdido las facciones, estaba vuelto hacia él, y la cabeza, negra como una cerilla gastada, parecía anormalmente pequeña. Tenía la boca abierta en una mueca, como si se burlara de aquella cabeza grotesca. Sólo los dientes, de un blanco reluciente que contrastaba con la carne carbonizada, y una pequeña porción de cráneo fracturado revelaban que el cadáver correspondía a un ser humano. El coche olía a carne y tela quemadas y, de forma menos convincente pero inconfundible, a gasolina.

Dalgliesh miró a Kate, cuya cara aparecía verdosa bajo el resplandor de las luces y petrificada en una máscara de entereza. Recordó que ella le había confesado en cierta ocasión que temía el fuego; no recordaba cuándo ni por qué, pero aquello había quedado grabado en su mente como todas las insólitas confidencias que le hacía. El afecto que sentía por ella estaba profundamente arraigado en su compleja personalidad y en su experiencia en común. Sentía respeto por sus cualidades como agente de policía y por la valiente determinación que la había llevado a donde estaba en ese momento, un anhelo seudopaternal por su seguridad y su éxito, así como por la atracción que sentía por él como mujer. Esto último nunca se había manifestado abiertamente. Dalgliesh no se enamoraba con facilidad y la inhibición ante la posibilidad de mantener una relación sexual con una colega era para él —y suponía que también para Kate— absoluta. Al observar las rígidas facciones de ésta sintió una súbita oleada de afecto protector, y por un instante se le pasó por la cabeza inventarse una excusa para relevarla del trabajo y llamar a Piers, pero no dijo nada. Tanto éste como Kate eran demasiado inteligentes para no darse cuenta de su argucia, y Dalgliesh no tenía ningún deseo de humillarla, sobre todo ante un colega masculino. Instintivamente se acercó un poco más a ella, que se enderezó tras rozarle por unos segundos el brazo con un hombro. Kate estaría bien.

—¿Cuándo llegaron los bomberos? —preguntó Dalgliesh.

—Hacia las siete menos cuarto. Cuando vieron que había un cadáver en el coche llamaron al asesor de Homicidios, Charlie Unsworth. Es posible que lo conozca, señor. Cuando trabajaba en la policía de Londres, era agente especializado en escenas del crimen. Realizó la inspección preliminar y no tardó en llegar a la conclusión de que la muerte era sospechosa, de modo que llamó a la unidad de investigación de incendios. Como sabe, estamos de guardia las veinticuatro horas, y llegué aquí a las siete y veintiocho. Decidimos comenzar la investigación de inmediato. Los de la funeraria recogerán el cuerpo en cuanto terminen ustedes. Ya he avisado al depósito. Hemos realizado una inspección preliminar del coche, pero lo trasladaremos a Lambeth. Es probable que haya huellas.

Dalgliesh pensó en su último caso, en la Universidad de Saint Anselm. Si el padre Sebastian estuviese donde estaba él en ese momento, habría hecho la señal de la cruz. Su propio progenitor, un sacerdote anglicano moderado, habría inclinado la cabeza en actitud de oración y habría pronunciado las palabras, santificadas por siglos de uso. Ambos, pensó, eran afortunados por poder invocar respuestas instintivas capaces de otorgar a aquellos restos horriblemente carbonizados el reconocimiento de que alguna vez habían sido un ser humano. Se imponía la necesidad de dignificar la muerte, de afirmar que aquel cadáver, que pronto se convertiría en prueba policial que etiquetar, transportar, diseccionar y evaluar, aún tenía una importancia más allá del armazón calcinado del Jaguar o de los tocones de los árboles muertos.

Al principio, Dalgliesh dejó que fuese Anderson quien hablase. Era la primera vez que se veían, pero sabía que el agente era un hombre con más de veinte años de experiencia en muertes por incendio. Era él, y no Dalgliesh, el experto allí.

—¿Qué puede decirnos? —le preguntó.

—No hay duda en cuanto al foco del fuego, señor: la cabeza y la parte superior del cuerpo. Como puede ver, las llamas han estado básicamente confinadas en la parte central del coche. Alcanzaron la capota y luego treparon hasta prender el plástico ondulado del techo del garaje. Los cristales de la ventana probablemente se resquebrajaron y la temperatura provocó una afluencia de aire y un aumento del fuego. Por eso éste se extendió a los árboles. De no haberlo hecho, es posible que se hubiese extinguido antes de que alguien se diese cuenta; alguien en el Heath o en Spaniards Road, me refiero. Por supuesto, la señora Clutton lo habría advertido enseguida al regresar, con llamas o sin ellas.

—¿Y en cuanto a la causa del incendio?

—Gasolina, casi con seguridad. Por supuesto, eso podremos comprobarlo muy rápido. Estamos tomando muestras de la ropa y del asiento del conductor y el análisis del *sniffer* (el TVA 1000) nos dará una indicación inmediata de si hay carbohidratos presentes. Claro que, por supuesto, el *sniffer* no es específico. Necesitaremos una cromatografía de gas para la confirmación, y eso, como sabe, tarda una semana. Sin embargo, no creo que haga falta. Percibí el olor a gasolina de sus pantalones y de parte del asiento quemado en cuanto entré en el garaje.

—Y me imagino que eso de ahí es el bidón —señaló Dalgliesh—. Pero ¿dónde está el tapón?

—Aquí, señor. No lo hemos tocado. —Anderson los

guió hacia la parte de atrás del garaje. El tapón estaba en el rincón del fondo.

—¿Accidente, suicidio o asesinato? —inquirió Dalgliesh—. ¿Ha tenido tiempo de formarse una opinión provisional?

—No se trató de un accidente, eso se lo aseguro. Y no creo que fuese suicidio. Según mi experiencia, los suicidas que emplean gasolina no tiran el bidón. Por regla general lo encontramos a los pies del coche. Pero si se roció con gasolina y luego tiró el bidón, ¿por qué no está el tapón al lado o sobre la alfombrilla del coche? A mí me parece que alguien que estaba en el extremo izquierdo del garaje quitó el tapón, y éste no pudo ir rodando hacia el fondo. El cemento está bastante nivelado, pero el suelo hace pendiente desde la pared trasera hasta la puerta. Calculo que la inclinación debe de ser de unos diez centímetros como máximo, pero si el tapón hubiese salido rodando, lo habríamos encontrado cerca del bidón.

—Y el asesino —intervino Kate—, si es que lo hubo, estaba en la oscuridad; no había bombilla en el portalámparas.

—Si la bombilla se hubiese fundido —explicó Anderson—, lo lógico habría sido que la encontrásemos en su sitio. Alguien la quitó. Claro que pudieron hacerlo de manera del todo inocente, tal vez la señora Clutton o el propio Dupayne. Pero si una bombilla se funde, lo normal es dejarla donde está hasta cambiarla por otra. Y luego está el cinturón de seguridad. El fuego lo destruyó por completo, pero la hebilla metálica sigue en su sitio, lo que significa que se lo había abrochado. Nunca he visto eso en un caso de suicidio.

—Si temía cambiar de opinión en el último instante sí es posible que decidiese abrochárselo —apuntó Kate.

—Pero es poco probable. Con la cabeza rociada con gasolina y una cerilla encendida, ¿qué posibilidades hay de cambiar de opinión?

—Entonces, por el momento la reconstrucción de la escena sería así —dijo Dalgliesh—: el asesino quita la bombilla, permanece a oscuras al fondo del garaje, desenrosca el tapón del bidón de gasolina y espera, con las cerillas en la mano o en el bolsillo. Seguramente pensó que ya tenía bastante con sujetar el bidón y las cerillas y decidió tirar el tapón. Desde luego, no iba a arriesgarse metiéndoselo en el bolsillo, pues sabía que tendría que actuar con rapidez si quería salir del garaje sin quedar atrapado por el fuego. La víctima, suponiendo que sea Neville Dupayne, abre las puertas del garaje con la Yale. Sabe dónde encontrar el interruptor de la luz. Como ésta no se enciende, comprende o ve que falta la bombilla. Sólo tiene que recorrer unos pocos pasos para llegar al coche, de modo que no la necesita. Sube y se abrocha el cinturón. Eso es un poco extraño, porque sólo iba a salir del garaje antes de apearse para cerrar las puertas. Lo de abrocharse el cinturón quizá fuese instintivo. Luego, el agresor surge de entre las sombras. Tengo la impresión de que era alguien a quien la víctima conocía, alguien a quien no temía. Abre la portezuela del coche para hablar con él e inmediatamente éste lo rocía con gasolina. El agresor tiene las cerillas a mano, prende una, se la arroja a Dupayne y se aleja rápidamente. No quiere rodear el coche por la parte de atrás, pues perdería unos segundos preciosos. La verdad, tuvo suerte de salir ileso; así que cerró a medias la portezuela del coche para hacerse sitio para pasar. Puede que encontremos huellas, pero no lo creo. El asesino, si existe, debió de ponerse guantes. La puerta izquierda del garaje está entornada. Me imagino que pensó en cerrar ambas puertas del garaje para no dejar pasar el fuego y que luego decidió no perder más tiempo. Tenía que escapar.

—Las puertas parecen pesadas —comentó Kate—. A una mujer le resultaría difícil incluso cerrarlas a medias rápidamente.

—¿Estaba la señora Clutton sola cuando descubrió el incendio? —preguntó Dalgliesh.

—Sí, señor. Regresaba a casa de una clase. No estoy seguro de qué es lo que hace aquí exactamente, pero creo que se encarga de las exposiciones, las limpia y les quita el polvo y todo eso. Vive en la casa pequeña que está al sur del edificio principal, frente al Heath. Llamó enseguida a los bomberos desde su casa y luego se puso en contacto con Marcus Dupayne y la hermana de éste, Caroline Dupayne. También llamó a la secretaria y recepcionista de aquí, la señorita Muriel Godby. Vive cerca y fue la primera en llegar. La señorita Dupayne fue la siguiente, y su hermano lo hizo poco después. Los mantuvimos a todos bien alejados del garaje. Los Dupayne quieren verlo cuanto antes e insisten en que no piensan marcharse hasta que el cadáver de su hermano haya sido retirado. Eso suponiendo que sea su cadáver.

—¿Existe alguna prueba que sugiera que no lo es?

—Ninguna. Encontramos las llaves en el bolsillo de los pantalones. Hay una bolsa de viaje en el maletero, pero nada que confirme la identificación. Están sus pantalones, claro. Las rodillas no han resultado quemadas, pero yo no podría...

—Pues claro que no. Una identificación positiva puede esperar a la autopsia, sin que haya ninguna duda seria, claro.

Piers y Benton-Smith emergieron de la oscuridad por detrás del resplandor de las luces.

—No hay nadie en las inmediaciones —informó Piers—, ni vehículos sin identificar. En el cobertizo del jardín hay una cortadora de césped, una bicicleta y los utensilios de jardinería habituales. Ningún bidón de gasolina. Los Dupayne aparecieron hace unos cinco minutos. Se están impacientando.

«Es comprensible», pensó Dalgliesh; al fin y al cabo, Neville Dupayne era su hermano.

—Explicadles que antes tengo que ver a la señora Clutton —dijo—. Me reuniré con ellos lo antes posible. Luego, tú y Benton-Smith venid aquí. Kate y yo estaremos en la casa.

5

En cuanto llegó la brigada de bomberos, uno de los oficiales le sugirió a Tally que esperara en su casa, aunque se trataba de una orden más que de una invitación. Sabía que no querían que los estorbase y tampoco ella tenía ningún deseo de quedarse en los alrededores del garaje. Sin embargo, estaba demasiado nerviosa para permanecer encerrada entre aquellas cuatro paredes y decidió rodear la parte de atrás de la casa en dirección al aparcamiento hasta llegar al camino de entrada, donde se paseó esperando a oír el ruido del primer coche que se aproximara.

Muriel fue la primera en llegar. Había tardado más de lo que Tally esperaba. Cuando hubo aparcado su Ford Fiesta, Tally le explicó su historia. Muriel la escuchó en silencio y luego dijo con firmeza:

—No tiene ningún sentido que aguardemos fuera, Tally. Los bomberos no querrán que estemos en medio. El señor Marcus y la señorita Caroline llegarán en cuanto puedan. Será mejor que esperemos en la casa.

—Eso es lo que me ha dicho el oficial de los bomberos —repuso Tally—, pero es que necesitaba salir.

Muriel la miró fijamente bajo las luces del aparcamiento.

—Ahora, yo estoy aquí. Se encontrará mejor en la casa. El señor Marcus y la señorita Caroline sabrán dónde dar con nosotros.

De modo que regresaron juntas a la casa. Tally se sentó

en su sillón habitual y Muriel frente a ella, y permanecieron en un silencio que ambas parecían necesitar. Tally no tenía ni idea de cuánto había durado; lo interrumpió el sonido de unos pasos en el camino. Muriel fue la más rápida en levantarse y se dirigió a la puerta. Tally oyó un murmullo de voces y luego vio a Muriel regresar, seguida del señor Marcus. Por espacio de unos segundos, lo miró con expresión incrédula: «Dios, se ha convertido en un anciano», pensó. Tenía el rostro lívido y los pronunciados pómulos cubiertos por una red de venillas rotas. Tras la palidez de su cara, los músculos de la mandíbula y en torno a la boca estaban tensos, de manera que la cara parecía medio paralizada. Cuando habló, a Tally le sorprendió que su voz apenas hubiese cambiado. Declinó el ofrecimiento de una silla y se quedó de pie muy quieto mientras ella narraba de nuevo su historia. Escuchó en silencio hasta el final. Con el deseo de encontrar algún modo, por insuficiente que fuese, de demostrarle que lo acompañaba en el sentimiento, le ofreció una taza de café. Él la rechazó tan bruscamente que Tally se preguntó si la habría oído.

—Tengo entendido que un agente de New Scotland Yard viene de camino —dijo el señor Marcus entonces—. Lo esperaré en el museo. Mi hermana ya está allí. Vendrá a verla luego.

No fue hasta que llegó al umbral de la puerta cuando se volvió hacia ella y le preguntó:

—¿Está usted bien, Tally?

—Sí, gracias, señor Marcus. Estoy bien. —Se le quebró la voz y añadió—: Lo siento mucho, lo siento muchísimo.

Él asintió con la cabeza y pareció a punto de decir algo, pero salió en silencio. Al cabo de unos minutos, llamaron al timbre de la puerta. Muriel no tardó en abrir. Regresó sola junto a Tally para decirle que una agente de policía había ido para ver si se encontraban bien y comunicarles que el comisario Dalgliesh se reuniría con ellas lo antes posible.

A solas de nuevo con Muriel, Tally se arrellanó otra vez en su sillón. Con la puerta del porche y la principal cerradas, sólo había un dejo de olor acre a quemado en el vestíbulo, y sentada junto al fuego en la sala de estar casi se imaginaba que nada había cambiado ahí fuera. Las cortinas, con su estampado de hojas verdes, estaban cerradas para impedir el paso a la noche. Muriel había subido el gas del fuego casi hasta el máximo, e incluso *Vagabundo* había regresado misteriosamente y estaba estirado sobre la alfombra. Tally sabía que fuera habría voces masculinas, pies enfundados en botas pisando con fuerza la hierba mojada, el resplandor de las lámparas de arco, pero allí, en la parte trasera de la casa, todo era quietud. Se dio cuenta de que agradecía la presencia de Muriel, el control autoritario y tranquilo de ésta, y sus silencios, que no sólo no eran de censura sino que resultaban casi amigables.

En ese momento, Muriel se puso de pie y dijo:

—No ha cenado nada ni yo tampoco. Necesitamos comer. Quédese aquí sentada que yo me encargaré de todo. ¿Tiene huevos en la nevera?

—Sí, hay una huevera llena —contestó Tally—. Son de granja, pero me temo que no son orgánicos.

—Con que sean de granja ya está bien. No, no se mueva. Creo que seré capaz de encontrar lo que necesite.

Qué extraño resultaba, pensó Tally, sentir alivio en ese momento por tener la cocina inmaculada, por haber sacado un paño limpio del cajón esa misma mañana y porque los huevos fuesen frescos. De pronto la invadió un tremendo agotamiento de espíritu que nada tenía que ver con el cansancio. Recostándose de nuevo en el sillón, desplazó la mirada por la sala de estar, haciendo un inventario mental de todos los objetos como para asegurarse de que nada había cambiado y el mundo seguía siendo un lugar familiar. El consuelo de los pequeños ruidos que procedían de la cocina era casi sensualmente placentero, y cerró los ojos para escucharlos. Le pareció que Muriel había desaparecido largo rato, y entonces reapareció con la primera de dos bandejas y la sala de estar se inundó con el olor a huevos y tostadas con mantequilla. Se sentaron a la mesa la una frente a la otra. Los huevos revueltos estaban en su punto: cremosos, calientes y ligeramente picantes por la pimienta. Había una pizca de perejil en cada plato. Tally se preguntó de dónde habría salido antes de recordar que había puesto un manojo en una taza justo el día anterior.

Muriel había preparado té.

—Creo que el té va mejor que el café con los huevos revueltos, pero puedo preparar café si lo prefiere —le ofreció.

—No, gracias, Muriel —repuso Tally—. Así está perfecto. Es muy amable.

Lo era, en efecto. Tally no se había dado cuenta del hambre que tenía hasta que empezó a comer. Los huevos revueltos y el té caliente la reanimaron. Sintió la tranquilizadora seguridad de que formaba parte del museo, de que no era sólo la encargada que lo limpiaba y cuidaba de él y agradecía el refugio que le proporcionaba su casa, sino que formaba parte del pequeño grupo de personas para las que el Dupayne era su vida compartida. Sin embargo, qué poco sabía de ellas... ¿Quién habría pensado que encontraría en la compañía de Muriel semejante consuelo? Había esperado que ésta se mostrase eficiente y serena, pero su amabilidad la había tomado por sorpresa. Si bien había que reconocer que las primeras palabras que había pronunciado Muriel al llegar habían sido para quejarse de que el cobertizo de la gasolina debería haber estado cerrado, que se lo había dicho a Ryan más de una vez, lo cierto era que se había olvidado de esa queja casi de inmediato y se había dedicado a escuchar la historia de Tally y a asumir el control de la situación.

En ese instante estaba diciéndole:

—No querrá quedarse esta noche sola. ¿Tiene parientes o amigos a cuya casa ir?

A Tally no se le había ocurrido pensar que se quedaría sola cuando todos se fuesen, y aquellas palabras venían a sumar una preocupación más. Si llamaba a Basingstoke, Jennifer y Roger estarían encantados de ir a Londres a recogerla con el coche. A fin de cuentas, no se trataría de una visita ordinaria, sino que la presencia de Tally, al menos por esa vez, sería una buena fuente de entretenimiento y conjeturas para todo el vecindario. Por supuesto, tendría que telefonearles, y más le valía hacerlo de inmediato, antes de que leyeran la noticia de la muerte en los periódicos. Sin embargo, decidió que podía esperar al día siguiente. En ese momento estaba demasiado cansada para hacer frente a sus preguntas y su inquietud. Sólo sabía una cosa con certeza: no quería irse de la casa. Tenía un temor seudosupersticioso de que una vez que la abandonara no volviese a acogerla nunca más.

—Aquí estaré bien, Muriel. Me he acostumbrado a la soledad. Siempre me he sentido segura aquí.

—Sí, pero a mí me parece que esta noche es distinto, ¿no cree? Ha sufrido una conmoción terrible. La señorita Caroline no querrá ni oír hablar de que se quede aquí sin compañía. Probablemente le sugiera que regrese con ella a la escuela.

Y eso, pensó Tally, era casi tan malo como la perspectiva de Basingstoke. Al instante, barajó unas cuantas objeciones: su camisón y su bata estaban limpios y en un estado más que respetable, pero eran viejos; ¿qué aspecto tendrían en el apartamento de la señorita Caroline en Swathling's? ¿Y el desayuno? ¿Sería en el piso de la señorita Caroline o en el comedor de la escuela? Lo primero resultaría embarazoso. ¿Qué diablos iban a decirse la una a la otra? Sintió que no podría soportar la curiosidad ruidosa de una sala llena de adolescentes. Estas preocupaciones parecían pueriles y degradantes comparadas con el horror que se desarrollaba fuera, pero no lograba desterrarlas de su pensamiento.

Se produjo un silencio y a continuación fue Muriel quien habló.

—Podría quedarme aquí esta noche si quiere. No tardaré mucho en ir por mis cosas y volver. La invitaría a mi casa, pero tengo la impresión de que prefiere permanecer aquí.

A Tally parecían habérsele aguzado los sentidos. «Y tú preferirías quedarte aquí que tenerme en tu casa», pensó. El ofrecimiento tenía el doble propósito de impresionar a la señorita Caroline y al mismo tiempo ayudar a Tally. Pese a todo, ésta se sintió agradecida.

—Si no es demasiada molestia, Muriel —contestó—, me gustaría mucho tener un poco de compañía esta noche.

«Gracias a Dios —se dijo—, que la cama adicional siempre tiene sábanas limpias, aunque nunca espere a nadie. Meteré una botella de agua caliente mientras Muriel va a su casa, subiré una de las violetas africanas y pondré unos cuantos libros en la mesita de noche. Haré que se sienta cómoda. Mañana se llevarán el cadáver y estaré bien.»

Siguieron comiendo en silencio. De pronto, Muriel anunció:

—Tenemos que conservar el ánimo para cuando llegue la policía. Hemos de estar preparadas para sus preguntas. Creo que deberíamos ir con cuidado cuando hablemos con la policía; no queremos que se lleven una impresión equivocada, ¿verdad?

—¿Qué quiere decir con que deberíamos ir con cuidado, Muriel? Les diremos la verdad y ya está.

—Pues claro que les diremos la verdad. A lo que me refiero es que no deberíamos contarles cosas que no sean asunto nuestro en realidad, cosas sobre la familia, como esa conversación que mantuvimos tras la reunión de los fideicomisarios, por ejemplo. No deberíamos decirles que el doctor Neville quería cerrar el museo. Si necesitan esa información, ya se la dará el señor Marcus. En el fondo no es asunto nuestro.

—No pensaba decírselo —repuso Tally con gesto de preocupación.

—Ni yo tampoco. Es importante que no se hagan una idea equivocada.

—Pero Muriel, fue un accidente, tiene que serlo —dijo Tally, horrorizada—. ¿Insinúa que la policía pensará que la familia ha tenido algo que ver? No pueden creer eso, es ridículo... ¡Es perverso!

—Claro que lo es, pero se trata de la clase de argumento al que la policía podría aferrarse. Sólo estoy advirtiéndole que deberíamos ir con cuidado. Y le preguntarán por ese conductor, por supuesto. Enséñeles la bicicleta destrozada. Eso será una prueba.

—¿Prueba de qué, Muriel? ¿Acaso cree que pensarán que miento, que no ocurrió nada de eso?

—Quizá no lleguen tan lejos, pero necesitarán alguna clase de prueba. La policía no se cree nada. Los han entrenado para pensar así. Tally, ¿está absolutamente segura de que no lo reconoció?

Tally se sentía confusa. No quería hablar del incidente, ni en ese momento ni con Muriel.

—No lo reconocí —respondió—, pero ahora que lo pienso, tengo la sensación de haberlo visto antes. No recuerdo cuándo ni dónde, salvo que no fue en el museo. Me acordaría si viniese regularmente. A lo mejor he visto su foto en alguna parte, en los periódicos o en la televisión. O tal vez se parece a alguien famoso. Sólo es una impresión, pero no resulta de gran ayuda, imagino.

—Bueno, si no lo sabe, pues no lo sabe, pero tendrán que intentar encontrarlo. Es una pena que no se quedase con el número de la matrícula.

—Fue todo tan rápido, Muriel... Desapareció casi en cuanto me levanté. No caí en memorizar la matrícula, pero ¿por qué iba a hacerlo? Sólo fue un accidente, no estaba herida. Entonces ignoraba lo del doctor Neville.

Oyeron que alguien llamaba a la puerta principal. Antes de que Tally atinara a levantarse, Muriel ya había echado a andar. Regresó seguida de un hombre alto de pelo oscuro y de la mujer policía que había hablado con ellas antes.

—Éste es el comisario Dalgliesh, y ha vuelto con la detective inspectora Miskin —le explicó Muriel. A continuación se dirigió a Dalgliesh—: ¿Les apetece a usted y a su colega un poco de café? También hay té si lo prefieren. No tardará mucho.

Había empezado a amontonar platos y tazas en la mesa.

—Un poco de café estaría bien, muchas gracias —contestó Dalgliesh.

Muriel asintió con la cabeza y, sin añadir palabra, se llevó la bandeja repleta. «Se arrepiente de haberles ofrecido café —pensó Tally—. Preferiría quedarse aquí y escuchar lo que digo.» Se preguntó si el comisario no habría aceptado el café sólo porque prefería hablar con ella a solas. Se sentó a la mesa en la silla opuesta mientras la señorita Miskin ocupaba un lugar junto al fuego. Asombrosamente, *Vagabundo* dio un súbito salto y se acomodó en el regazo de la agente. Era algo que hacía rara vez, pero siempre con aquellos invitados que aborrecían los gatos. La señorita Miskin no pensaba dejar que *Vagabundo* se tomase confianzas con ella; con delicadeza pero con gesto firme, se lo quitó de encima para dejarlo sobre la alfombra.

Tally miró a Dalgliesh. Para ella, los rostros estaban suavemente modelados o bien labrados, y el del comisario estaba labrado: era apuesto y autoritario, y sus ojos oscuros tenían una expresión comprensiva. Además, poseía una voz atractiva, y las voces siempre habían sido importantes para ella. De pronto recordó las palabras de Muriel: «La policía no se cree nada. Los han entrenado para pensar así.»

—Esto ha sido un *shock* para usted, señora Clutton —empezó a decir el policía—. ¿Se siente con fuerzas para responder a unas preguntas? Siempre resulta útil ir a los hechos lo antes posible, pero si prefiere esperar, volveremos mañana temprano.

—No, por favor, preferiría contárselo ahora. Estoy bien. No quiero esperar toda una noche.

—¿Puede decirnos exactamente qué sucedió desde el momento en que el museo cerró esta tarde hasta ahora? Tómese el tiempo que necesite. Intente recordar todos los detalles, aunque parezcan insignificantes.

Tally le contó su historia. Bajo los atentos ojos de Dalgliesh, supo que la estaba contando bien y con claridad. Sintió una necesidad irracional de obtener su aprobación. La señorita Miskin había extraído un bloc y estaba tomando notas discretamente, pero cuando Tally desvió la vista hacia ella, advirtió que la miraba fijamente. Ninguno de los dos la interrumpió.

Al final, Dalgliesh dijo:

—El conductor que la atropelló y luego se dio a la fuga... Ha dicho que su rostro le resultaba vagamente familiar. ¿Cree que conseguiría recordar quién es o dónde lo ha visto?

—No lo creo. Si de veras lo hubiese visto antes, seguramente lo habría recordado enseguida. Tal vez no el nombre, pero sí dónde lo había visto. En cambio, fue algo mucho menos... certero. Es sólo que tengo la impresión de que es muy conocido, de que quizás haya visto su fotografía en alguna parte; pero claro, también es posible que se parezca a alguien conocido, a un actor de televisión, un deportista o un escritor, alguien así. Lamento no poder serles de más utilidad.

—Nos ha sido de gran utilidad, señora Clutton. Le pediremos que pase por el Yard en algún momento mañana, cuando le venga bien, para mirar algunas fotos de caras y puede que para hablar con uno de nuestros retratistas. Juntos tal vez logren trazar un retrato robot. Evidentemente, tenemos que tratar de encontrar a ese conductor.

En ese momento, Muriel entró con el café. Lo había preparado con grano recién molido y el aroma inundó la casa. La señorita Miskin se acercó a la mesa y lo tomaron juntos. Acto seguido, a invitación de Dalgliesh, Muriel contó su historia.

Se había ido del museo a las cinco y cuarto. El museo cerraba a las cinco y ella normalmente se quedaba a terminar su trabajo hasta las cinco y media salvo los viernes, cuando intentaba marcharse un poco antes. Junto con la señora Clutton habían comprobado que todos los visitantes se hubiesen marchado. Luego había llevado en coche a la señora Strickland, una voluntaria, hasta la estación de metro de Hampstead y de ahí había ido a casa a South Finchley, adonde había llegado hacia las seis menos cuarto. No se fijó en la hora exacta en que Tally la llamó a su móvil, pero creía que eran sobre las siete menos veinte. Había vuelto al museo de inmediato.

—Es posible que el fuego se originase al prender gasolina —intervino la inspectora Miskin—. ¿Guardan gasolina en las instalaciones? Y si es así, ¿dónde, exactamente?

Muriel miró a Tally antes de responder.

—La gasolina se traía para la cortadora de césped. El jardín no es responsabilidad mía, pero sabía que el combustible estaba allí, como todo el mundo, creo. Le advertí varias veces a Ryan Archer, el ayudante de jardinería, que el cobertizo debía estar cerrado. El equipo y las herramientas son caros.

—Pero, que ustedes sepan, ¿se cerraba alguna vez con llave el cobertizo?

—No —respondió Tally—, la puerta no tiene cerradura.

—¿Alguna de las dos recuerda cuándo fue la última vez que vieron el bidón de gasolina?

Ambas mujeres volvieron a intercambiar una mirada.

—Hace tiempo que no voy al cobertizo —dijo Muriel—. No recuerdo cuándo fue la última vez.

—Pero sí habló con el jardinero sobre cerrarlo con llave. ¿Cuándo fue eso?

—Poco después de que nos trajeran la gasolina. Lo hizo la señora Faraday, la voluntaria que trabaja en el jardín. Creo que fue a mediados de septiembre, pero ella le facilitará la fecha con mayor exactitud.

—Gracias. Necesitaré los nombres y direcciones de todo el personal que trabaja en el museo, incluyendo los voluntarios. ¿Es ésa una de sus responsabilidades, señorita Godby?

Muriel se ruborizó ligeramente.

—Desde luego —respondió—. Les daré los nombres esta noche, si lo desean. Si van a ir al museo a hablar con el señor y la señorita Dupayne, podría ir con ustedes.

—No será necesario —dijo el comandante—. El señor Dupayne me facilitará los nombres. ¿Sabe alguna de ustedes el nombre del taller donde el señor Dupayne llevaba su Jaguar?

—Se encargaba del mantenimiento el señor Stan Carter —respondió Tally—, del taller Duncan's, en Highgate. A veces lo veía cuando traía el coche después de una reparación y charlábamos un rato.

Aquélla fue la última pregunta. Los dos policías se levantaron. Dalgliesh le tendió la mano a Tally y dijo:

—Gracias, señora Clutton. Nos ha servido de gran ayuda. Uno de mis agentes se pondrá en contacto con usted mañana. ¿Estará aquí? No creo que sea demasiado agradable quedarse en la casa esta noche.

—Me he ofrecido a quedarme a pasar la noche con la señora Clutton —intervino Muriel en tono frío—. Por supuesto, a la señorita Dupayne no se le ocurriría dejar que se quedase aquí sola esta noche. Volveré al trabajo, como de costumbre, el lunes a las nueve, aunque imagino que el señor y la señorita Dupayne querrán cerrar el museo, al menos hasta después del funeral. Si me necesitan mañana, podría ir, por supuesto.

—No creo que eso sea necesario —repuso Dalgliesh—. Necesitaremos que tanto el museo como las instalaciones queden cerrados al público, al menos los siguientes tres o cuatro días. Los agentes de policía se quedarán aquí para vigilar hasta que el cadáver y el coche hayan sido retirados. Esperaba que fuese esta noche, pero al parecer no sucederá hasta primera hora de la mañana. En cuanto al conductor que vio la señora Clutton, ¿la descripción que ha hecho de él le resulta familiar?

—En absoluto —respondió—. Parece un visitante típico del museo, pero nadie a quien reconozca específicamente. Es una lástima que Tally no memorizase el número de la matrícula. Lo más extraño es lo que dijo. No sé si visitó usted la Sala del Crimen, comisario, cuando estuvo aquí con el señor Ackroyd, pero uno de los casos que se exhiben es una muerte debida a un incendio.

—Sí, conozco el caso Rouse. Y recuerdo lo que dijo éste.

Dalgliesh guardó silenció, como si aguardara a que una de ellas hiciese algún comentario adicional. Tally lo miró y luego observó a la inspectora Miskin. Ninguno de los dos dejaba traslucir nada.

—¡Pero no es lo mismo! —exclamó Tally al fin—. No puede serlo. Esto fue un accidente.

Siguieron callados y por fin Muriel dijo:

—El caso Rouse no fue un accidente, ¿no?

Nadie respondió. La mirada de Muriel, cuyo rostro estaba colorado, se desplazó del comandante a la inspectora Miskin como si buscase desesperadamente una señal tranquilizadora.

—Todavía es demasiado pronto para decir con absoluta certeza por qué murió el doctor Dupayne —explicó Dalgliesh con calma—. Lo único que sabemos por el momento es la causa de su muerte. Veo, señora Clutton, que tiene usted cerraduras de seguridad en la puerta principal y pestillos en las ventanas. No creo que corra ningún peligro aquí, pero no estaría de más que se asegurase de que lo cierra todo con cuidado antes de irse a la cama. Y no abra la puerta a nadie después de que anochezca.

—Nunca lo hago —contestó Tally—. Nadie que yo conozca vendría después de que cierra el museo sin llamar antes. Pero nunca he sentido miedo aquí. Estaré bien una vez que pase esta noche.

Un minuto más tarde, los policías dieron las gracias de nuevo por el café, y se levantaron para marcharse. Antes de irse, la inspectora Miskin dio a Tally y a Muriel una tarjeta con un número de teléfono. Si recordaban algo más, debían llamarlos de inmediato. Muriel, con su aire de ama y señora del lugar, los acompañó hasta la puerta.

Sentada a solas a la mesa, Tally miró fijamente las dos tazas de café vacías como si aquellos objetos cotidianos tuviesen el poder de asegurarle que su mundo no se había venido abajo.

6

Dalgliesh se llevó a Piers consigo para entrevistarse con los dos Dupayne y dejó a Kate y Benton-Smith con el oficial de bomberos, indicándoles que si era necesario hablaran por última vez con Tally Clutton y Muriel Godby. Cuando se acercaba a la parte delantera de la casa, vio con sorpresa que la puerta estaba abierta de par en par. Un delgado haz de luz se derramaba desde el vestíbulo e iluminaba el arriate que había delante de la casa, confiriéndoles la ilusión de que ya era primavera. En el sendero de gravilla, unos guijarros diminutos relucían como si fueran joyas. Dalgliesh llamó al timbre antes de entrar acompañado por Piers. La puerta entreabierta podía interpretarse como una discreta invitación, pero él no dudaba de que existían límites en lo que podía darse por sentado y lo que no. Entraron en el amplio vestíbulo. Vacío y en silencio, semejaba un escenario enorme preparado para la representación de una obra contemporánea. Casi se imaginaba los personajes saliendo a escena por las puertas de la planta baja y subiendo por la escalera central para tomar sus posiciones con ensayada autoridad.

En cuanto sus pasos retumbaron en el mármol, Marcus y Caroline Dupayne aparecieron en la puerta de la galería de arte. Apartándose a un lado, Caroline Dupayne les hizo señas de que pasaran. Durante los escasos segundos que duraron las presentaciones de rigor, Dalgliesh se percató de que tanto él como Piers estaban siendo sometidos al mismo examen meticuloso que los Dupayne. La impresión que le causó Caroline Dupayne fue magnífica e inmediata; era tan alta como su hermano —ambos medían poco menos de metro ochenta—, de espaldas anchas y brazos y piernas largos. Llevaba pantalones y una chaqueta de *tweed* a juego con un jersey de cuello alto. Las palabras «guapa» o «atractiva» no eran las más precisas para definirla, pero la estructura ósea sobre la que se construye la belleza se hacía patente en los pómulos prominentes y en la bien definida pero delicada línea de la barbilla. Su cabello era oscuro, con débiles franjas plateadas, y lo llevaba corto y peinado hacia atrás en ondas muy marcadas, estilo que parecía informal pero que según sospechaba Dalgliesh, sólo se conseguía yendo a una peluquería cara. Fijó en él sus ojos oscuros y le sostuvo la mirada durante cinco segundos con expresión analizadora y desafiante. No era una mirada abiertamente hostil, pero Dalgliesh supo que, en aquella mujer, tenía a un adversario en potencia.

El único parecido que Marcus Dupayne guardaba con su hermana era la tonalidad oscura del pelo, en su caso más generosamente salpicado de gris, así como los pómulos marcados. Tenía el rostro liso y los ojos oscuros poseían la mirada interior de un hombre cuyas obsesiones eran cerebrales y del todo controladas. Sus errores serían errores de juicio, no de impulsividad o descuido. Para un hombre como él existía un procedimiento para todo en la vida, así como en la muerte. Metafóricamente, aun en ese preciso instante estaría ordenando que le trajeran el archivo, buscando el precedente y sopesando la respuesta adecuada. No mostraba ningún indicio del antagonismo disimulado de su hermana, pero los ojos, de mirada más profunda que los de ella, reflejaban recelo y preocupación. Tal vez, a fin de cuentas, aquélla fuese una emergencia para la que los precedentes no sirviesen de gran ayuda. Durante casi cuarenta años había estado protegiendo a su ministro. ¿A quién, se preguntó Dalgliesh, se preocuparía de proteger ahora?

Advirtió que habían estado sentados en los dos sillones

que había a los lados de la chimenea, al fondo de la habitación. Entre los sillones se hallaba una mesita baja sobre la que descansaba una bandeja con una cafetera, una jarrita de leche y dos tazas. También había dos vasos largos, dos copas de vino, una botella de vino y otra de whisky. Sólo habían utilizado las copas de vino. El único asiento adicional era el banco plano forrado en cuero que ocupaba el centro de la estancia. No era demasiado apropiado para una sesión de preguntas y respuestas, y nadie se aproximó a él.

Marcus Dupayne miró a su alrededor como si de pronto cayese en la cuenta de las deficiencias de la galería.

—Tenemos unas sillas plegables en el despacho —explicó—. Iré a buscarlas. —Se volvió hacia Piers—. Tal vez pueda ayudarme. —No le pedía un favor, sino que se lo ordenaba.

Durante los minutos que esperaron en silencio Caroline Dupayne se acercó al cuadro de Nash y pareció ponerse a examinarlo. Su hermano y Piers regresaron con las sillas al cabo de unos pocos segundos, y Marcus se hizo con el control de la situación, colocándolas con cuidado frente a los dos sillones, en los que él y su hermana volvieron a acomodarse. El contraste entre la profunda comodidad de la piel y las rígidas tablas de las sillas plegables hablaba por sí solo.

—Ésta no es la primera vez que visita el museo, ¿no es cierto? —inquirió Marcus Dupayne—. ¿No estuvo aquí hace una semana, más o menos? James Calder-Hale lo mencionó.

—Sí, estuve aquí el viernes pasado con Conrad Ackroyd —contestó Dalgliesh.

—Sin duda, fue una visita más feliz que ésta. Perdónenme por introducir esta inadecuada nota social en lo que para ustedes debe de ser básicamente una visita oficial. Para nosotros también lo es, por supuesto.

Dalgliesh les expresó las palabras de condolencia habituales. Por mucho tacto y cuidado que pusiese al pronunciarlas, siempre le parecían banales y vagamente impertinentes, como si estuviese reclamando alguna implicación emocional en la muerte de la víctima. Caroline Dupayne frunció el entrecejo. Tal vez le molestaba aquella cortesía preliminar por considerarla poco sincera y una pérdida de tiempo. Dalgliesh no la culpaba.

—Entiendo que tienen ustedes muchas cosas que hacer, comisario, pero llevamos esperando más de una hora —dijo ella al fin.

—Lo lamento, pero creo que ésa será la primera de las numerosas molestias que surgirán a partir de ahora. Necesitaba hablar con la señora Clutton, que fue la primera persona en llegar al lugar donde se produjo el incendio. ¿Se sienten los dos con ánimo de responder a nuestras preguntas ahora? Si no, podríamos regresar mañana.

Fue Caroline quien respondió.

—No hay duda de que volverá mañana de todos modos, pero por el amor de Dios, acabemos con los preliminares cuanto antes. Ya había pensado que debía de estar en la casa pequeña. ¿Cómo se encuentra Tally Clutton?

—Muy impresionada, y consternada, como es lógico dadas las circunstancias, pero trata de sobrellevarlo. La señorita Godby está con ella.

—Preparando el té, seguro. El remedio inglés para cualquier catástrofe. Nosotros, como puede ver, nos hemos permitido algo un poco más fuerte. No voy a ofrecerles nada, comisario. Ya conocemos los formalismos. Supongo que no hay ninguna duda de que es de nuestro hermano el cadáver que encontraron en el coche...

—Tendremos que realizar una identificación formal, por supuesto, y si es necesario la ficha dental y la prueba de ADN lo demostrarán —respondió Dalgliesh—. Pero no creo que haya lugar a dudas. Lo siento. —Hizo una pausa y añadió—: ¿Hay algún familiar o pariente más cercano aparte de ustedes dos?

Fue Marcus Dupayne quien contestó, y lo hizo en un tono de voz tan controlado como si hablase con su secretaria.

—Tiene una hija soltera, Sarah. Vive en Kilburn. No conozco la dirección exacta, pero mi esposa sí. La tiene en nuestra lista de felicitaciones navideñas. Llamé a mi esposa al llegar aquí y está de camino a Kilburn para comunicarle la noticia. Me llamará en cuanto haya tenido ocasión de ver a Sarah.

—Necesitaré el nombre completo y la dirección de la señorita Dupayne —comentó Dalgliesh—. Evidentemente, no la molestaremos esta noche. Espero que su esposa le sirva de ayuda y apoyo.

Aunque le pareció que Marcus Dupayne torcía un poco el gesto, repuso sin alterarse:

—Nunca hemos estado muy unidos, pero haremos cuanto esté en nuestra mano, naturalmente. Me imagino que mi esposa se ofrecerá a pasar la noche con ella si eso es lo que Sarah quiere, o, por supuesto, puede que prefiera venirse con nosotros. En cualquier caso, mi hermana y yo la veremos mañana por la mañana.

Caroline Dupayne se revolvió en su asiento, impaciente, y espetó con brusquedad:

—No le podemos decir mucho, ¿no le parece? No hay nada que sepamos con certeza. Lo que querrá saber, claro está, es cómo murió su padre. Eso es lo que estamos esperando a oír.

La rápida mirada que Marcus Dupayne lanzó a su hermana pudo haber contenido una advertencia.

—Supongo que es demasiado pronto para respuestas definitivas —dijo—, pero ¿hay algo que puedan decirnos? Cómo empezó el fuego, por ejemplo, si fue un accidente...

—El fuego empezó en el coche. Rociaron con gasolina la cabeza del ocupante y luego le prendieron fuego. Es imposible que se tratara de un accidente.

Se produjo un silencio que duró unos veinte segundos, al cabo del cual fue Caroline Dupayne quien habló.

—Entonces podemos hablar sin rodeos. Está diciendo que el incendio quizás haya sido intencionado.

—Sí, estamos tratando este caso como una muerte sospechosa.

Se produjo un nuevo silencio. La palabra «asesinato», esa palabra abrumadora e inflexible, pareció retumbar de forma tácita en el aire callado. Era necesario formular la siguiente pregunta, lo cual, con toda probabilidad, sería algo poco grato en el mejor de los casos, y comportaría dolor, en el peor. A algunos agentes de Homicidios tal vez les pareciera más oportuno dejar cualquier clase de interrogatorios para el día siguiente, pero ésa no era la costumbre de Dalgliesh. Las primeras horas tras una muerte sospechosa eran cruciales y sus anteriores palabras —«¿Se sienten con ánimo de responder a unas preguntas?»— no habían sido un mero formulismo. En aquella fase, y el hecho le resultaba interesante, eran los Dupayne quienes podían controlar la entrevista.

—Voy a hacerles una pregunta que no resulta fácil formular ni responder —dijo—. ¿Había algo en la vida de su hermano por lo que él pudiera llegar a suicidarse?

Deberían haber estado preparados para aquella pregunta, a fin de cuentas llevaban una hora a solas. Sin embargo, el modo en que reaccionaron sorprendió a Dalgliesh. Una vez más se produjo un silencio, acaso demasiado largo para que fuese del todo natural, y el comisario creyó advertir un recelo controlado en los Dupayne, quienes harían todo lo posible, al parecer, para evitar que sus miradas se cruzasen. Sospechó que no sólo se habían puesto de acuerdo en lo que dirían sino también en quién hablaría primero. Fue Marcus.

—Mi hermano no era un hombre que compartiese sus problemas, menos aún con los miembros de la familia, probablemente; pero nunca me ha dado ninguna razón para temer la posibilidad de que se quitara la vida. Si me hubiese hecho esa pregunta hace una semana habría sido más categórico y le habría dicho que la idea me parecía del todo ridícula, pero ahora no puedo estar tan seguro. Cuando el miércoles nos vimos por última vez en la reunión de los fideicomisarios se lo veía más estresado de lo habitual. Como a todos nosotros, le preocupaba el futuro del museo. No estaba convencido de que tuviésemos los recursos necesarios para mantenerlo en funcionamiento y se inclinaba por el cierre. Sin embargo, parecía incapaz de atender a razones o de tomar parte racional en las discusiones. Durante nuestra reunión, alguien lo llamó desde el hospital para decirle que la mujer de uno de sus pacientes se había suicidado. Aquello le afectó mucho, y poco después abandonó la reunión. Nunca lo había visto así antes. No estoy sugiriendo que pensara darse muerte, la idea sigue pareciéndome absurda, sólo digo que se hallaba sometido a un estrés considerable y que tal vez tuviese asuntos que le preocupaban y de los cuales no sabíamos nada.

Dalgliesh miró a Caroline Dupayne, quien intervino afirmando:

—Antes de la reunión del miércoles llevaba semanas sin verlo. Desde luego, parecía preocupado y estresado, pero dudo que fuese por culpa del museo. No le interesaba en absoluto, y mi hermano y yo no esperábamos que cambiase de actitud. La reunión que mantuvimos fue la primera, y sólo hablamos de los pasos previos. El fideicomiso es inequívoco pero complicado, y hay muchas cosas que solucionar. No me cabe duda de que Neville habría acabado por convencerse. Tenía su ración de orgullo familiar. Si estaba sometido a un gran estrés, y creo que lo estaba, quizás haya que achacárselo a su trabajo. Se involucraba mucho y demasiado profundamente, y hacía años que trabajaba en exceso. Yo no sabía demasiadas cosas de su vida, pero sí sabía eso. Los dos lo sabíamos.

Antes de que Marcus pudiese hablar, Caroline se apresuró a añadir:

—¿No podemos continuar con esto en otro momento? Ambos nos hallamos todavía en estado de *shock*, nos sentimos cansados y no podemos pensar con claridad. Nos hemos quedado porque queríamos ver cómo trasladaban el cadáver de Neville, pero creo que eso no va a suceder esta noche.

—Lo harán mañana por la mañana, confío que temprano. Me temo que esta noche será imposible.

Caroline Dupayne pareció olvidarse de su deseo de que la entrevista terminase cuanto antes.

—Si se trata de un asesinato —dijo con impaciencia—, ya tiene a un sospechoso principal. Tally Clutton debe de haberle hablado del conductor que, yendo a toda velocidad por el camino de entrada, la derribó de su bicicleta. Estoy segura de que encontrarlo debe de ser más urgente que interrogarnos a nosotros.

—Hemos de tratar de dar con él —admitió Dalgliesh—. La señora Clutton dijo que creía haberlo visto antes, pero que no recordaba cuándo ni dónde. Espero que le dijera lo que alcanzó a ver de él: era un hombre alto de pelo claro, atractivo y con una voz especialmente agradable. Conducía un coche grande de color negro. ¿Le recuerda a alguien esta descripción tan breve?

—En Gran Bretaña debe de haber unos cien mil hombres que respondan a ella —contestó Caroline—. ¿De veras esperan que le pongamos un nombre a esa descripción?

—A mi entender —dijo Dalgliesh manteniendo la calma—, cabe la posibilidad de que conozcan a alguien, un amigo o un visitante regular del museo, y que el retrato hecho por la señora Clutton les haga recordar.

Caroline Dupayne no respondió.

—Perdone a mi hermana si le parece que no ayuda demasiado con su actitud —la disculpó su hermano—. Los dos deseamos cooperar. Se trata tanto de nuestro deseo como de nuestra obligación. Nuestro hermano ha sufrido una muerte horrible y queremos que su asesino, si es que lo ha habido, comparezca ante la justicia. Tal vez el interrogatorio adicional pueda esperar a mañana. Mientras tanto, pensaré en ese conductor misterioso, pero no creo que pueda servirles de ayuda. Puede que sea un visitante regular del museo, pero nadie a quien reconozca. ¿No es más probable que estuviera aparcado aquí sin permiso y que se asustara al ver el incendio?

—Ésa es una explicación perfectamente plausible —convino Dalgliesh—. Desde luego, podemos dejar el resto de preguntas para mañana, pero hay algo que me gustaría aclarar: ¿cuándo fue la última vez que vieron a su hermano?

—Yo lo he visto esta misma tarde —respondió Marcus Dupayne tras cambiar una mirada con su hermana—. Quería hablar del futuro del museo con él. La reunión del miércoles no fue satisfactoria y no llegamos a ninguna conclusión. Pensé que sería útil que los dos hablásemos del asunto tranquilamente juntos. Sabía que tenía que venir a las seis a llevarse el coche tal como hacía todos los viernes por la tarde sin excepción, de modo que llegué a su piso hacia las cinco. Está en la calle Kensington High y allí es imposible aparcar, por lo que dejé el coche en uno de los espacios de Holland Park y crucé el parque andando. No era un buen momento; Neville seguía afligido y enfadado y no estaba de humor para hablar del museo, así que me di cuenta de que no solucionaba nada quedándome y me marché al cabo de diez minutos. Sentía la necesidad de quitarme la frustración dando una caminata, pero temía que cerrasen el parque, así que volví al coche por la calle de Kensington Church y la avenida Holland Park. El tráfico en la avenida estaba fatal; a fin de cuentas era viernes por la noche. Cuando Tally Clutton llamó a mi mujer para comunicarle lo del incendio, ésta no me pudo localizar en el móvil, de modo que no me enteré de la noticia hasta que llegué a casa. Eso fue al cabo de unos minutos de la llamada de Tally, y me dirigí aquí de inmediato. Mi hermana ya había llegado.

—De manera que usted fue la última persona que vio a su hermano con vida, que sepamos por el momento. ¿Tuvo la impresión cuando se despidió de él de que estaba seriamente deprimido?

—No. De haberla tenido, es obvio que no lo habría dejado solo.

Dalgliesh se volvió hacia Caroline Dupayne.

—La última vez que vi a Neville fue en la reunión para el fideicomiso el miércoles —le explicó ella—. No me puse en contacto con él desde entonces ni para hablar del futuro del museo ni para ningún otro asunto. La verdad, no creí que fuese a servir de gran cosa. Pensé que se había comportado de una forma muy rara en la reunión y que sería mejor que lo dejásemos solo un tiempo. Supongo que querrá conocer mis movimientos esta noche. Me marché del museo poco después de las cuatro y fui en coche a Oxford Street. Suelo ir a

Marks & Spencer y a Selfridges Food Hall los viernes a comprar comida para el fin de semana, tanto si lo paso en mi apartamento de Swathling's como en mi piso de aquí. No fue fácil encontrar sitio para aparcar, pero tuve suerte de dar con uno de pago. Siempre desconecto el móvil cuando estoy de compras, y no volví a encenderlo hasta que volví al coche. Supongo que era poco después de las seis, porque acababa de perderme el principio del boletín informativo de la radio. Tally me llamó al cabo de una media hora, cuando todavía estaba en Knightsbridge. Volví aquí de inmediato.

Era el momento de terminar la entrevista. Dalgliesh no tenía inconveniente en lidiar con el mal disimulado antagonismo de Caroline Dupayne, pero se daba cuenta de que tanto ella como su hermano estaban cansados. Marcus, en especial, parecía al borde del agotamiento. Los retuvo sólo unos minutos más. Ambos confirmaron que sabían que su hermano recogía su Jaguar a las seis en punto los viernes, pero no tenían ni idea de adónde iba y nunca se lo habían preguntado. Caroline dejó muy claro que la pregunta le parecía poco razonable; no esperaba que Neville la interrogase sobre lo que hacía en sus fines de semana, ¿por qué iba ella a interrogarlo a él? Si tenía otra vida, mejor para él. No tuvo reparos en admitir que sabía que había un bidón de gasolina en el cobertizo, puesto que estaba en el museo cuando la señorita Godby le había pagado a la señora Faraday por el mismo. Marcus Dupayne dijo que hasta fechas recientes, rara vez aparecía por el museo. Sin embargo, dado que conocía la existencia de una cortadora de césped, suponía que había gasolina para hacerla funcionar guardada en alguna parte. Ambos insistieron en que no conocían a nadie que le desease ningún mal a su hermano, y aceptaron sin poner ninguna objeción que las instalaciones del museo y, por lo tanto, la propia casa tendrían que permanecer cerradas al público mientras la policía proseguía con la investigación sobre el terreno. Marcus aseguró que, de todas formas, habían decidido cerrar el museo una semana o hasta la ceremonia privada de incineración del cadáver de Neville.

Ambos hermanos acompañaron a Dalgliesh y Piers a la puerta principal de forma tan meticulosa como si hubiesen sido huéspedes invitados. Los policías se adentraron en la noche. Al este de la casa, Dalgliesh vio el destello de las lámparas de arco donde dos agentes vigilaban la escena que quedaba detrás del precinto policial que impedía el acceso al garaje. No había rastro de Kate ni de Benton-Smith; seguramente ya estarían en el aparcamiento. El viento había cesado pero, permaneciendo un momento de pie, en silencio, Dalgliesh percibió un leve susurro, como si su último aliento todavía zarandease los arbustos y agitase con suavidad las escasas hojas de los árboles jóvenes. El cielo nocturno era como el dibujo de un chiquillo, un chapoteo irregular de color añil con derroches de nubes mugrientas. Se preguntó qué aspecto tendría el cielo en Cambridge. Emma ya debía de hallarse en su casa. ¿Estaría contemplando la vista de Trinity Great Court o, como habría hecho él tal vez, estaría paseándose por el patio, completamente confusa? ¿O era aún peor? ¿Acaso sólo había tardado ese viaje de una hora a Cambridge en convencerse de que ya había tenido bastante, de que no quería volver a verlo nunca más?

Dalgliesh se obligó a concentrarse de nuevo en el asunto que los había llevado hasta allí, y señaló:

—Caroline Dupayne está empeñada en mantener abierta la posibilidad del suicidio y su hermano le sigue el juego, aunque tiene sus reticencias. Desde su punto de vista es comprensible, pero ¿por qué iba Dupayne a suicidarse? Quería que el museo cerrase. Ahora que está muerto, los dos fideicomisarios que quedan pueden asegurarse de que el museo continúa existiendo.

De repente sintió la necesidad de estar a solas.

—Quiero echarle un último vistazo a la escena del crimen. Kate te va a llevar en coche, ¿verdad? Diles a ella y a Benton que nos reuniremos en mi despacho dentro de una hora.

7

Eran las once y veinte cuando Dalgliesh y los miembros del equipo se reunieron en su despacho para revisar los avances en la investigación. Después de tomar asiento en una de las sillas de la mesa de reuniones que había frente a la ventana, Piers se alegró de que AD no hubiese escogido su propio despacho para la reunión. Como de costumbre, se encontraba en un estado de desorden semiorganizado; invariablemente, podía localizar cualquier archivo que fuese necesario, pero nadie que viese el lugar creería eso posible. Sabía que AD no habría hecho ningún comentario; el jefe sí era una persona metódicamente ordenada, pero sólo exigía de sus subordinados integridad, dedicación y eficiencia. Si lo lograban en un despacho donde reinaba el caos y la confusión, no veía ninguna razón para interferir en ello. Sin embargo, Piers se alegraba de que los ojos oscuros y sentenciosos de Benton-Smith no estuviesen paseándose por las resmas de papel acumuladas en su escritorio. En contraste con aquel desorden, mantenía su apartamento en la ciudad en un orden casi obsesivo, como si fuese una forma más de conservar separadas su vida laboral y su vida privada.

Iban a tomar café descafeinado. Kate, como sabía, no podía ingerir cafeína después de las siete de la tarde sin correr el riesgo de pasar la noche en vela, y parecía absurdo y una pérdida de tiempo hacer dos cafeteras. La secretaria de Dalgliesh se había marchado a casa hacía rato, y Benton-Smith había salido a preparar el café. Piers esperaba su taza sin entusiasmo; el café descafeinado parecía una contradicción terminológica, pero al menos el tener que servirlo y después lavar las tazas pondría a Benton-Smith en su sitio. Se preguntó por qué aquel hombre le resultaba tan irritante —la palabra «desagradable» le parecía demasiado fuerte—. No era que le molestase su espectacular atractivo físico, fortalecido por un ego de lo más saludable; nunca le había importado demasiado que un colega fuese más guapo que él, a menos que fuera más inteligente o tuviese más éxito. Un poco sorprendido ante su propia percepción, pensó: «Se debe a que es ambicioso, como yo, del mismo modo. Superficialmente no podríamos ser más distintos. La verdad es que no me cae bien porque nos parecemos demasiado.»

Dalgliesh y Kate se acomodaron en sus asientos y permanecieron en silencio. Piers, cuyos ojos habían quedado fijos en el panorama de luces bajo la ventana del quinto piso, paseó la mirada por la estancia. Le resultaba familiar, pero en ese momento tuvo la desconcertante impresión de que la veía por vez primera. Se divirtió mentalmente evaluando el carácter del ocupante del despacho a partir de las escasas pistas que éste proporcionaba. A primera vista, era el típico despacho de un superior, equipado para cumplir con las normas que regulaban el mobiliario considerado apropiado para su rango. A diferencia de algunos de sus colegas, AD no había sentido la necesidad de decorar sus paredes con diplomas, fotos o escudos de fuerzas de seguridad extranjeras. Y no había ninguna fotografía enmarcada en su despacho. Le habría sorprendido descubrir semejante prueba de una vida privada. Sólo había dos características poco corrientes: una pared estaba cubierta por completo de estanterías para libros, pero éstas, como Piers sabía muy bien, no constituían un testimonio de determinado gusto personal. Los estantes contenían obras de tipo profesional: las leyes del Parlamento, informes oficiales, libros blancos, libros de consulta, volúmenes de historia, el Archbold de los alegatos en derecho penal, volúmenes sobre criminología, medicina forense e historia de la policía, y las estadísticas criminales de los cinco años anteriores. La otra característica inusual eran las litografías de Londres. Piers supuso que a su jefe no le gustaban las paredes completamente desnudas, pero incluso la elección de los cuadros tenía cierta impersonalidad. Él no habría escogido óleos, por supuesto, pues hubieran sido inapropiados y pretenciosos. Sus colegas, en el caso de que se fijaran en las litografías, probablemente las juzgarían como indicadoras de un gusto excéntrico pero inofensivo. No podían, pensó Piers, ofender a nadie y sólo intrigarían a quienes tuviesen alguna idea de lo que debían de haber costado.

Benton-Smith llegó con el café. De vez en cuando, en aquellas sesiones de última hora de la noche, Dalgliesh abría su armario y sacaba copas y una botella de vino tinto. Esa noche no lo haría, por lo visto. Decidido a rechazar el café, Piers se acercó la jarra de agua y se sirvió un vaso.

—¿Cómo llamamos a este presunto asesino? —preguntó Dalgliesh.

Tenía por costumbre dejar que los miembros del equipo hablasen del caso y luego intervenir, pero antes decidían un nombre para su presa invisible y, por el momento, incognoscible. A Dalgliesh le desagradaban los motes policiales habituales.

—¿Qué les parece Vulcano, el dios del fuego? —sugirió Benton-Smith.

«Tenía que ser él», pensó Piers.

—Bueno, al menos es más corto que Prometeo.

Todos tenían sus cuadernos de notas abiertos frente a sí.

—De acuerdo, Kate, ¿empiezas tú? —propuso Dalgliesh.

Kate tomó un sorbo de café, decidió, al parecer, que estaba demasiado caliente, y apartó un poco la taza. No era costumbre de Dalgliesh pedir al miembro más veterano de su equipo que hablase el primero, pero esa noche lo hizo. Kate ya habría meditado sobre cuál era el mejor modo de presentar sus argumentos.

—Comenzamos planteándonos la muerte del doctor

Dupayne como un asesinato y todo lo que hemos descubierto hasta ahora confirma esa primera hipótesis. El accidente queda descartado. Tuvieron que rociarlo con gasolina y, fuese del modo que fuese, tuvo que ser de manera intencionada. La prueba principal contra la hipótesis del suicidio es el hecho de que llevaba abrochado el cinturón de seguridad; además, alguien había quitado la bombilla a la izquierda de la puerta y el bidón de gasolina y el tapón del bidón se hallaban en una posición extraña. Encontraron el tapón al fondo del garaje y el bidón a unos dos metros de la puerta del coche. No hay ningún problema con la hora de la muerte. Sabemos que el doctor Dupayne guardaba su Jaguar en el museo y lo recogía todos los viernes a las seis. También contamos con el testimonio de Tallulah Clutton, que confirma que la hora de la muerte fue las seis de la tarde o poco después. Así pues, buscamos a alguien que conocía los movimientos del doctor Dupayne, que tenía llave del garaje y que sabía que había un bidón de gasolina en el cobertizo, que siempre estaba abierto. Iba a añadir que el asesino debía de conocer los movimientos de la señora Clutton, quien normalmente asistía a una clase los viernes por la tarde, pero no estoy segura de que eso sea relevante. Vulcano debió de hacer un reconocimiento previo y enterarse a qué hora cerraba el museo y de que la señora Clutton estaría en su casa al anochecer. Se trata de un crimen rápido. El asesino seguramente supuso que le daría tiempo a desaparecer antes de que la señora Clutton oyese o incluso oliese el fuego.

Kate hizo una pausa.

—¿Algún comentario sobre el resumen de Kate? —preguntó Dalgliesh.

Fue Piers quien decidió intervenir primero.

—No ha sido un crimen impulsivo, sino cuidadosamente planeado. No puede tratarse de un homicidio sin premeditación. A primera vista, los sospechosos son la familia Dupayne y el personal del museo, ya que todos poseen la información necesaria y tienen un móvil. Los Dupayne querían que el museo siguiese abierto, como se supone que también era el deseo de Muriel Godby y de Tallulah Clutton. Godby perdería un buen trabajo y Clutton se quedaría sin empleo y sin hogar.

—Pero no matas a un hombre de una forma tan horrible sólo para conservar tu trabajo —arguyó Kate—. Está claro que Muriel Godby es una secretaria eficiente y con experiencia. No pasará mucho tiempo sin trabajo. Lo mismo puede decirse de Tallulah Clutton. Hay mucha demanda para las amas de llaves o empleadas del hogar de confianza. Aunque no encuentre trabajo rápidamente, seguro que tiene una familia. Ninguna de las dos me parece verdaderamente sospechosa.

—Hasta que averigüemos más datos, es prematuro hablar de un móvil —señaló Dalgliesh—. Todavía no sabemos nada de la vida privada de Neville Dupayne, de la gente con la que trabajaba, del lugar al que iba cuando recogía su Jaguar los viernes... Además, tenemos el problema del misterioso conductor que atropelló a la señora Clutton.

—Si es que existe —puntualizó Piers—. Sólo tenemos el brazo magullado de la mujer y la rueda de bicicleta torcida. Pudo haber provocado la caída ella misma y hacer ver que la habían atropellado. No se necesita mucha fuerza para doblar una rueda de bicicleta. Podría haberla estrellado contra una pared.

Benton-Smith había permanecido en silencio, pero en ese momento decidió intervenir.

—No creo que estuviese implicada —dijo—. No pasé en la casa mucho tiempo, pero me pareció una testigo honesta. Me gustó.

Piers se reclinó en su asiento y empezó a recorrer el borde de su vaso con el dedo antes de decir con tranquilidad controlada:

—¿Y qué demonios tiene eso que ver? Hemos de considerar las pruebas. Que nos gusten o no los testigos no viene al caso.

—Para mí, sí —replicó Benton-Smith—. La impresión

que me causa un testigo forma parte de las pruebas. Si eso sirve para un jurado, ¿por qué no para la policía? No me imagino a Tallulah Clutton cometiendo este asesinato, ni cualquier otro, dicho sea de paso.

—Supongo que en ese caso —siguió Piers— para usted, Muriel Godby sería la principal sospechosa en lugar de cualquiera de los Dupayne, ya que es menos atractiva que Caroline Dupayne y, en cuanto a Marcus, ningún funcionario retirado sería capaz de cometer un asesinato.

—No —respondió con calma Benton-Smith—. Sería mi principal sospechosa porque este asesinato, si es que ha sido un asesinato, lo cometió alguien muy listo, pero no tan listo como él o ella se cree que es. Lo cual señala a Godby en lugar de señalar a cualquiera de los Dupayne.

—¿Listo pero no tanto como él o ella cree? —repitió Piers—. Mmm, ese fenómeno debería resultarle familiar, sargento...

Kate miró a Dalgliesh, quien era consciente de las ventajas que una rivalidad podía aportar a la investigación; nunca había querido un equipo de cómodos conformistas que se admirasen mutuamente, pero desde luego, Piers había ido demasiado lejos.

Pese a ello, estaba segura de que AD no lo regañaría delante de un oficial de rango inferior.

Y no lo hizo. En vez de eso, haciendo caso omiso de Piers, Dalgliesh se dirigió a Benton-Smith.

—Su razonamiento es válido, sargento, pero resulta peligroso llevarlo demasiado lejos. Incluso un asesino inteligente puede tener lagunas de conocimiento y experiencia. Cabe la posibilidad de que Vulcano esperase que el coche explotara y que el cadáver, el garaje y el propio automóvil quedasen completamente destruidos, sobre todo teniendo en cuenta que no debía de imaginar que la señora Clutton llegaría a la escena del crimen tan temprano. Un fuego devastador podría haber destruido la mayor parte de las pistas, pero dejemos el perfil psicológico y concentrémonos en los pasos a seguir.

Kate se volvió hacia Dalgliesh.

—¿Se ha creído la historia de la señora Clutton, señor? —preguntó—. Me refiero al accidente y al conductor que se da a la fuga.

—Sí, me parece muy verosímil. Publicaremos el anuncio optimista habitual pidiéndole a ese hombre que se ponga en contacto con nosotros, pero si no lo hace, encontrarlo no va a ser tarea fácil. Lo único que tenemos es la impresión momentánea de la señora Clutton, que por otra parte era notablemente vívida, ¿no os parece? Ese rostro inclinándose sobre ella con lo que describió como una expresión de horror y compasión... ¿Os parece que eso concuerda con nuestro asesino, un hombre que, de forma intencionada, acaba de rociar a su víctima con gasolina para luego quemarla viva? Lo lógico es que quisiera largarse de allí cuanto antes. ¿Se pararía por haber derribado a una anciana de su bicicleta? Y si lo hiciese, ¿mostraría esa clase de preocupación?

—El comentario que hizo sobre la hoguera —comentó Kate—, evocando el caso Rouse: es obvio que impresionó a la señora Clutton y a la señorita Godby. Ninguna de las dos me pareció compulsiva ni irracional, pero sí advertí que eso les preocupaba. Desde luego, no nos enfrentamos a un asesino que se inspira en asesinatos famosos, pues lo único que ambos crímenes tienen en común es un hombre muerto en un coche en llamas.

—Probablemente se trate de una coincidencia —sugirió Piers—, la clase de comentario hecho de pasada que podría hacer cualquiera en esas circunstancias. Intentaba justificar que estaba ignorando un incendio. Y Rouse también.

—Lo que preocupó a esas dos mujeres fue el pensar que las dos muertes tal vez tuviesen algo más en común que unas pocas palabras —expuso Dalgliesh—. Quizá fuese la primera vez que ambas tomaban conciencia de que Dupayne posiblemente había sido asesinado. Sin embargo, supone una complicación. Si no lo encuentran y llevamos a un sospechoso a juicio, el testimonio de la señora Clutton constituirá un regalo para la defensa. ¿Algún otro comentario sobre el resumen de Kate?

Benton-Smith había permanecido muy quieto y en silencio. En ese momento, decidió hablar.

—Creo que podríamos hallarnos ante un caso de suicidio.

—¿Ah, sí? Pues adelante, cuéntenos por qué —exigió Piers de inmediato, irritado.

—En realidad no estoy diciendo que fuese un suicidio, sólo digo que las pruebas para demostrar que se trata de un asesinato no son tan concluyentes como afirmamos. Los Dupayne nos han contado que la mujer de uno de sus pacientes se ha quitado la vida, y tal vez deberíamos averiguar por qué. Es probable que a Neville Dupayne le hubiese afectado esa muerte más de lo que sus hermanos creen. —Se volvió hacia Kate—. Y siguiendo con su argumentación, Dupayne llevaba puesto el cinturón de seguridad. Bien, pues sugiero que quería asegurarse de estar bien atado, sin posibilidad de moverse. ¿No existe siempre el riesgo de que, una vez ardiendo, cambiase de opinión, tratase de salir corriendo e intentara rodar por la hierba para apagarlo? Quería morir, y morir en el Jaguar. Luego está el lugar donde se encontraron el bidón y el tapón. ¿Por qué diablos iba a dejar el bidón cerca del coche? ¿No era más natural tirar el tapón primero y luego el bidón? ¿Por qué iba a importarle adónde iban a parar?

—¿Y la bombilla desaparecida? —inquirió Piers.

—No tenemos pruebas que demuestren cuánto tiempo hacía que faltaba esa bombilla. Todavía no hemos conseguido ponernos en contacto con Ryan Archer. Podría haberla quitado, cualquiera podría haberlo hecho, el propio Dupayne, sin ir más lejos. No se puede levantar un caso de asesinato sobre una bombilla desaparecida.

—Pero no hemos encontrado ninguna nota de suicidio —objetó Kate—. Los suicidas, por lo general, quieren explicar por qué lo hacen. ¡Y qué manera de elegir su muerte! Lo que quiero decir es que este hombre era médico, tenía acceso a numerosos fármacos. Podría habérselos llevado consigo al coche y quitarse la vida en el Jaguar si eso era lo que quería. ¿Por qué iba a quemarse a lo bonzo y morir agonizando de esa manera?

—Probablemente fue muy rápido —adujo Benton-Smith.

Piers perdió la paciencia.

—¡Y un cuerno! No lo bastante rápido. No me trago su teoría, Benton. Supongo que ahora dirá que fue el propio Dupayne quien quitó la bombilla y colocó el bidón donde lo encontramos para que su suicidio pareciese un asesinato. Un bonito regalo de despedida para la familia. Es el acto propio de un niño caprichoso o de un loco.

—Es una posibilidad —contestó Benton-Smith sin alterarse.

—¡Sí, claro, todo es posible! —exclamó Piers, airado—. ¡Hasta que Tallulah Clutton lo hiciese porque había estado manteniendo una aventura amorosa con Dupayne y éste iba a dejarla por Muriel Godby! Por favor, mantengámonos dentro de los límites de la realidad...

—Hay un hecho que podría indicar que no se trata de un asesinato sino de un suicidio —intervino Dalgliesh—. A Vulcano tuvo que resultarle difícil rociarle la cabeza con gasolina a Dupayne empleando el bidón. Debió de salir demasiado despacio. Si necesitaba incapacitar a su víctima, aunque fuese por escasos segundos, tendría que verter la gasolina en algo parecido a un cubo. O eso, o primero lo dejó inconsciente de un golpe. Seguiremos reconociendo el terreno en cuanto amanezca, pero aunque hubiese utilizado un cubo, dudo que lo encontremos.

—No había ningún cubo en el cobertizo del jardín, claro que Vulcano pudo haberlo llevado consigo —apuntó Piers—. Tal vez vertió la gasolina en el garaje, no en el cobertizo, antes de quitar la bombilla y luego le dio una patada al bidón. Querría tocarlo lo menos posible, a pesar de llevar guantes, pero era importante dejar el bidón en el garaje si quería que pareciese un suicidio o un accidente.

Kate intervino entonces, tratando de mantener a raya su entusiasmo.

—Luego, después de cometer el crimen, Vulcano debió de tirar toda su ropa protectora al cubo. Más tarde ya le resultaría fácil deshacerse de las pruebas incriminatorias. El cubo seguramente era de los más corrientes, de plástico. Podía aplastarlo y arrojarlo a un contenedor, una papelera que tuviese a mano o una zanja.

—Por el momento, todo eso sólo son conjeturas —señaló Dalgliesh—. Corremos el peligro de empezar a proponer teorías adelantándonos a los hechos. Vamos a avanzar un poco, ¿de acuerdo? Necesitamos asignar las tareas para mañana. He quedado en ir a ver a Sarah Dupayne a las diez de la mañana con Kate; tal vez nos dé alguna pista sobre lo que hacía su padre los fines de semana. Existe la posibilidad de que llevara una doble vida, en cuyo caso necesitamos saber dónde, a quién veía, con quién se relacionaba, etcétera. Estamos dando por sentado que el asesino llegó antes al museo, realizó todos los preparativos y esperó a oscuras en el garaje, pero es posible que Dupayne no estuviera solo cuando llegó. Quizá Vulcano iba con él o habían quedado en encontrarse allí. Piers, será mejor que tú y Benton-Smith os entrevistéis con el mecánico del taller de Duncan's, un tal Stanley Carter. Tal vez Dupayne le hiciese algunas confidencias. En cualquier caso, él debe de tener alguna idea de cuántos kilómetros hacía el coche los fines de semana. Y necesitamos interrogar a Marcus y Caroline Dupayne otra vez y, cómo no, a Tallulah Clutton y Muriel Godby. Tras una noche de descanso, es posible que recuerden algo que no nos hayan dicho. Luego están las voluntarias, la señora Faraday, que se encarga del jardín, y la señora Strickland, la calígrafa. Y, por supuesto, Ryan Archer. Es raro que ese Comandante con quien se supone que vive no haya contestado a las llamadas telefónicas. Ryan vendrá a trabajar a las diez el lunes, pero necesitamos hablar con él antes de entonces. Y hay una prueba que esperamos contrastar: la señora Clutton ha declarado que cuando llamó a Muriel Godby, la línea estaba ocupada y tuvo que llamarla al móvil. Conocemos la versión de Godby, según la cual el auricular no estaba bien colgado.

Sería interesante saber si ella se hallaba en casa o no cuando se hizo la llamada. Usted es una especie de experto en eso, ¿no es así, sargento?

—No soy un experto, señor, pero tengo algo de experiencia. Con un móvil, la estación de base utilizada queda registrada al principio y al final de cada llamada, ya sea emitida o recibida, incluyendo las llamadas a los buzones de voz. El sistema también registra la estación de base utilizada por la otra persona si forma parte de la red. Los datos se guardan durante varios meses y se divulgan cuando la ley lo exige. He participado en casos en los que hemos logrado conseguirlos, pero no siempre resulta de utilidad. En las ciudades, sobre todo, es imposible obtener posiciones de mayor precisión que un par de cientos de metros, tal vez menos. El servicio tiene mucha demanda, de modo que es posible que debamos esperar.

—Habría que intentarlo. Y deberíamos entrevistarnos con la mujer de Marcus Dupayne. Es probable que confirme la historia de su marido, quien sostiene que su intención era ir a ver a su hermano esa tarde —dijo Dalgliesh.

—Siendo su esposa seguramente lo hará —convino Piers—. Han contado con tiempo suficiente para ponerse de acuerdo en su versión, pero eso no significa que el resto sea verdad. Muy bien podría haberse subido al coche, conducido hasta el museo, matado a su hermano y después regresado a casa. Necesitamos examinar más detenidamente los tiempos exactos, pero calculo que es posible.

En ese instante sonó el teléfono de Piers, que respondió y escuchó a su interlocutor. A continuación, dijo:

—Creo que será mejor que hable con el comisario Dalgliesh, sargento —dijo y le pasó a éste el móvil.

Dalgliesh escuchó en silencio y luego dijo:

—Gracias, sargento. Tenemos una muerte sospechosa en el Museo Dupayne y existe la posibilidad de que Archer sea un testigo presencial de los hechos. Necesitamos encontrarlo. Haré que dos de mis agentes vayan a ver al comandante Arkwright en cuanto se reponga y vuelva a su casa. —Devolviéndole el teléfono a Piers, anunció—: Era el sargento Mason, de la estación de Paddington. Acaba de volver al piso del comandante Arkwright en Maida Vale después de visitarlo en el hospital de Saint Mary. Cuando el Comandante regresó a su casa esta tarde a eso de las siete, Ryan Archer lo agredió con un atizador. La mujer del piso de abajo oyó el golpe cuando cayó al suelo y llamó una ambulancia y a la policía. El comandante no está herido de gravedad, sólo es una herida superficial en la cabeza, pero lo tendrán toda la noche en observación. Le dio al sargento Mason las llaves de su piso para que la policía fuese a comprobar que las ventanas estaban bien cerradas. Ryan Archer no se encuentra allí. Salió huyendo tras la agresión y por el momento no hay noticias de él. Creo que es poco probable que lo veamos de vuelta en el trabajo el lunes por la mañana. Vamos a emitir una orden de búsqueda y la dejaremos en manos de quienes cuenten con el personal necesario.

»Prioridades para mañana —prosiguió Dalgliesh—: Kate y yo haremos una visita a Sarah Dupayne por la mañana y luego iremos al piso de Neville Dupayne. Piers, después de que tú y Benton hayáis ido al taller, quedad con Kate para ir a ver al comandante Arkwright. Más tarde tendremos que interrogar a las dos voluntarias, la señora Faraday y la señora Strickland. He llamado a James Calder-Hale. Se tomó la noticia del asesinato con tanta calma como yo esperaba y tendrá la bondad de recibirnos a las diez el domingo por la mañana, momento en que estará en el museo para acabar unas tareas personales pendientes. Para las nueve de mañana deberíamos saber el lugar y la hora de la autopsia. Me gustaría que tú, Kate, fueses allí con Benton. Y usted, Benton, encárguese de que la señora Clutton le eche un vistazo al fichero de delincuentes. No es probable que reconozca a nadie, pero la impresión del especialista en retratos robot a partir de su descripción quizá resulte de utilidad. Parte de esto podría filtrarse el domingo o el lunes. Cuando se conozca la noticia, se armará un gran revuelo en la prensa. Por suerte, ahora mismo están pasando suficientes cosas para que no aparezca en todas las portadas. ¿Te encargas tú de las relaciones públicas, Kate? Y habla con los de logística para convertir uno de los despachos en sala de incidencias. No tiene sentido ir a molestar a los de Hampstead, ya andan bastante escasos de espacio tal como están. ¿Alguna pregunta? Manteneos en contacto mañana, porque igual habrá que alterar el programa.

8

Eran las once y media. Tally, abrigada con su bata de lana, cogió la llave y abrió el cerrojo de la ventana de su dormitorio. La señorita Caroline había insistido en la seguridad de la casa tras asumir la responsabilidad del museo después de la muerte de su padre, pero a Tally nunca le había gustado dormir con la ventana cerrada. En ese momento, la abrió de par en par y el aire frío le entumeció los sentidos, trayendo consigo la paz y el silencio nocturnos. Ése era el momento, al final de la jornada, que tanto le gustaba. Sabía que la paz que se extendía a sus pies era ilusoria: allí fuera, en la oscuridad, los depredadores cercaban a sus presas, se libraba la guerra perpetua de la supervivencia y el aire cobraba vida con millares de pequeñas refriegas y movimientos sigilosos imperceptibles para sus oídos. Esa noche, además, se incorporaba otra imagen, la de unos dientes blancos reluciendo en una mueca en una cabeza ennegrecida. Sabía que nunca lograría borrarla por completo de su memoria. Sólo podía minimizar su poder aceptándola como una realidad terrible con la que tendría que vivir, igual que otros millones de personas tenían que vivir con sus horrores en un mundo devastado por la guerra. Sin embargo, por fin no había vestigio del olor a humo, y recorrió con la mirada las silenciosas hectáreas sobre las que se derramaban las luces de Londres, que semejaba un cofre lleno de joyas sobre un páramo de oscuridad que no parecía cielo ni tierra.

Se preguntó si Muriel, en aquel cuarto diminuto contiguo al suyo, ya estaría dormida. Había regresado a la casa más tarde de lo que Tally esperaba y le había explicado que se había dado una ducha en casa, pues prefería una ducha a un baño. Había llevado consigo una botella de leche adicional, los cereales que le gustaban para desayunar y un bote de Horlicks, la bebida nutritiva. Había calentado la leche, había preparado un buen vaso para ambas y luego se habían sentado a ver las noticias; las imágenes en movimiento que pasaban ante sus ojos al menos les transmitían una ilusión de normalidad. Se dieron las buenas noches en cuanto hubo terminado el boletín informativo. Tally se sentía agradecida por contar con la compañía de Muriel, pero al mismo tiempo se alegraba de que ésta se marchara al día siguiente. También sentía gratitud hacia la señorita Caroline; ella y el señor Marcus habían ido a la casa cuando el comisario Dalgliesh y su equipo se hubieron marchado al fin. Había sido la señorita Caroline quien habló en nombre de ambos.

—Lo lamentamos muchísimo, Tally. Ha sido algo terrible para usted. Queremos agradecerle el que fuera tan valiente y reaccionase con tanta prontitud. Nadie podría haberlo hecho mejor.

Para alivio de Tally, no le habían hecho preguntas y tampoco se habían quedado demasiado rato. Era extraño, se dijo, que hubiese tenido que ocurrir aquella tragedia para darse cuenta de que sentía simpatía por la señorita Caroline, una mujer que o bien caía maravillosamente a la gente o bien ésta la encontraba detestable. Reconociendo el poder de la señorita Caroline, Tally aceptó que la razón fundamental de que le cayese bien era un tanto censurable: sencillamente, podría haberle hecho la vida imposible en el Dupayne y había decidido no hacerlo.

La casa la arropó como hacía siempre. Era el lugar en el cual, después de tan largos años de penalidades y sacrificios, había abierto sus brazos a la vida, igual que en aquel momento en que unas manos enormes pero delicadas la habían sacado de los escombros para conducirla a la luz.

Siempre contemplaba la oscuridad sin miedo. Poco después de llegar al Dupayne, un viejo jardinero, ya jubilado, se había deleitado relatándole cierto asesinato que había tenido lugar en la época victoriana en la entonces casa privada. Se había recreado en la descripción del cuerpo, una criada muerta, degollada, despatarrada a los pies de un roble al borde del Heath. Estaba embarazada y había corrido el rumor de que un miembro de la familia, su jefe o uno de los dos hijos de éste, había sido el responsable de la muerte de la chica. Algunos aseguraban que el espíritu de la chica, que no había encontrado reposo todavía, se paseaba al caer la noche por el Heath. Nunca se le había aparecido a Tally, cuyos miedos y ansiedades adoptaban formas más tangibles. Sólo en una ocasión había sentido un verdadero escalofrío, más de interés que de miedo, al percibir movimiento bajo el roble. Vio dos figuras oscuras surgir de entre las sombras, acercarse, hablar entre sí y separarse de nuevo. Reconoció en una de ellas al señor Calder-Hale. No fue la última vez que lo vio pasearse acompañado por la noche. Nunca había comentado aquellas apariciones ni con él ni con nadie. Entendía el atractivo que podía tener deambular en la oscuridad, y en cualquier caso no era asunto suyo.

Después de dejar la ventana entornada, se metió al fin en la cama. Le resultó difícil conciliar el sueño. Allí tendida, completamente a oscuras, los sucesos del día se agolparon en su mente, más vívidos y nítidos que en la realidad. Sin embargo, había algo que quedaba más allá del alcance de la memoria, algo fugitivo, que se negaba a desvelarse pero que yacía en un rincón de su cerebro produciéndole una inquietud vaga y desenfocada. Quizás esa turbación tuviese su origen en el sentimiento de culpa por no haber hecho lo suficiente, por ser, de algún modo, responsable, ya que si ella no hubiese ido a su clase el doctor Neville tal vez seguiría con vida. Sabía que se trataba de un remordimiento irracional y resolvió que debía intentar quitárselo de la cabeza. Y en ese momento, con la mirada fija en la masa borrosa y pálida de la ventana entreabierta, la asaltó un recuerdo de infancia, sentada en la penumbra de una hosca iglesia victoriana en aquel barrio periférico de Leeds, escuchando la liturgia de vísperas. Hacía casi sesenta años que no oía esa oración, pero en ese momento las palabras acudieron a su mente con tanta vivacidad como si las escuchase por primera vez. «Tú, Señor, que iluminas la noche y haces que después de las tinieblas surja otra vez la luz, haz que, durante la noche que ahora empieza, nos veamos exentos de toda culpa, protégenos de los peligros que nos acechan y que, al clarear el nuevo día, podamos reunirnos otra vez en tu presencia, para darte gracias nuevamente. Por Jesucristo nuestro Señor.» Retuvo la imagen de aquella cabeza quemada, recitó la plegaria en voz alta y se sintió reconfortada.

9

Sarah Dupayne vivía en el tercer piso de un edificio antiguo, en una anodina calle de casas adosadas del siglo XIX en la frontera de Kilburn, que los agentes inmobiliarios locales sin duda preferían anunciar como West Hampstead. Frente al número 16 había una pequeña parcela de césped descuidado y arbustos deformes que no llegaban a alcanzar la categoría de parque. Las dos casas semiderruidas contiguas al terreno estaban siendo reconvertidas, al parecer, en una sola vivienda. Entre la nada despreciable cantidad de carteles de agencias inmobiliarias clavados en los reducidos jardines delanteros, uno correspondía al número 16. Unas cuantas construcciones revelaban, por sus puertas relucientes y las paredes restauradas, que la clase de jóvenes profesionales con aspiraciones había empezado a colonizar la calle. Sin embargo, pese a su cercanía a la estación de Kilburn y a los atractivos de Hampstead, todavía conservaba el aire descuidado y ligeramente desolado de una calle de transeúntes. Para ser sábado por la mañana, estaba inusitadamente tranquila, y no se detectaban indicios de actividad tras las cortinas.

A la derecha de la puerta del número 16 había tres timbres. Dalgliesh pulsó el que había debajo de la tarjeta con el apellido «Dupayne». El nombre que aparecía bajo éste había sido borrado a conciencia y era indescifrable. Respondió una voz de mujer al timbre y Dalgliesh se anunció.

—Es inútil que intente abrirle desde aquí, el maldito cacharro está roto —explicó la voz—. Ahora mismo bajo.

Al cabo de menos de un minuto, la puerta principal se abrió. Vieron a una mujer de constitución robusta, facciones bien marcadas, frente ancha y una melena negra y espesa recogida firmemente en la nuca con un pañuelo. Cuando se soltara el cabello, la exuberancia de éste debía de darle un aire agitanado y picaresco, pero en ese momento su rostro, apagado y sin restos de maquillaje salvo por una pincelada de pintalabios brillante, parecía manifiestamente vulnerable. Dalgliesh calculó que debía de rondar la cuarentena, pero los pequeños estragos del tiempo ya habían dejado su huella en las arrugas de la frente y en los pequeños pliegues de insatisfacción en las comisuras de la ancha boca. Vestía pantalones negros, camiseta y una chaqueta de lana de color púrpura. No llevaba sujetador, y los prominentes pechos se le balanceaban al andar.

Haciéndose a un lado para dejarlos pasar, dijo:

—Soy Sarah Dupayne. Lo siento, pero no hay ascensor. Suban, ¿quieren?

Percibieron cierto olor a whisky en su aliento.

Mientras los conducía con paso firme por la escalera, Dalgliesh pensó que era más joven de lo que aparentaba. La tensión de las doce horas anteriores sin duda le había robado cualquier asomo de juventud. Se sorprendió de encontrarla sola, pues lo lógico habría sido que, en semejantes circunstancias, alguien hubiese ido a hacerle compañía.

El piso en el que entraron daba a la pequeña parcela de enfrente y era muy luminoso. Había dos ventanas y una puerta a la izquierda que estaba abierta y que sin duda conducía a la cocina. La estancia resultaba inquietante; Dalgliesh tuvo la impresión de que había sido amueblada con cierto cuidado y con piezas caras, pero que los ocupantes habían perdido todo interés por ella y emocionalmente ya se habían mudado a otra parte. En las paredes pintadas se veían rayas de suciedad que sugerían que algunos cuadros habían sido descolgados, y sobre la repisa de la chimenea victoriana sólo lucía un pequeño jarrón Doulton con dos ramilletes de crisantemos blancos, marchitos. El sofá, que dominaba la habitación, era de cuero y de diseño moderno. El otro mueble grande era una larga librería que cubría una de las paredes; estaba medio vacía y los libros se tropezaban desordenadamente unos con otros.

Sarah Dupayne los invitó a sentarse y se acomodó en un puf cuadrado de cuero que había junto a la chimenea.

—¿Les apetece un poco de café? —les ofreció—. Se supone que no pueden tomar alcohol, ¿verdad? Me parece que todavía me queda leche en la nevera. Yo he estado bebiendo, como seguramente habrán notado, pero no mucho. Puedo responder a sus preguntas sin problemas, si es eso lo que les preocupa. ¿Les importa si fumo?

Sin aguardar respuesta, hurgó en el bolsillo de su chaqueta y sacó un mechero y un paquete de cigarrillos. Encendió uno y dio una calada tan profunda como si la nicotina fuese una droga capaz de salvarle la vida.

—Lamento que tengamos que molestarla siendo tan reciente la muerte de su padre —dijo Dalgliesh—, pero cuando se trata de una muerte sospechosa, los días inmediatamente posteriores suelen ser los más importantes. Necesitamos obtener información esencial cuanto antes.

—¿Muerte sospechosa? ¿Está seguro? Eso significa asesinato. La tía Caroline pensaba que quizá se tratara de un suicidio.

—¿Y le dio alguna razón para ello?

—La verdad es que no. Dijo que ustedes estaban convencidos de que no pudo haber sido un accidente. Supongo que pensó que el suicidio era la única opción probable. Cualquier cosa es más probable que un asesinato, porque, ¿quién iba a querer matar a mi padre? Era psiquiatra, no era un traficante de drogas ni nada por el estilo. Que yo sepa, no tenía ningún enemigo.

—Pues debe de tener uno al menos —señaló Dalgliesh.

—En ese caso, no es nadie que yo conozca.

—¿Le habló de alguien que pudiera desearle algún mal? —preguntó Kate.

—¿Desearle algún mal? ¿Es eso lenguaje policial? Rociarle el cuerpo con gasolina para después prenderle fuego no me parece que sea desearle algún mal. ¡Dios, es increíble! No, no sé de nadie que le deseara ningún mal. —Puso un énfasis especial en todas sus palabras, con un tono de sarcasmo en la voz.

—¿Calificaría la relación de su padre con sus hermanos de buena? —inquirió Kate—. ¿Se llevaban bien?

—No es usted muy sutil, que digamos, ¿verdad? No, creo que a veces, de hecho, se odiaban. Pero eso pasa en todas las familias, ¿o es que no se ha dado cuenta? Los Dupayne no son la familia mejor avenida del mundo, pero eso no es tan raro. Lo que quiero decir es que se puede ser una familia disfuncional sin que sus miembros quieran quemarse vivos los unos a los otros.

—¿Cuál era la actitud de su padre respecto a la firma del nuevo contrato de arrendamiento? —preguntó Dalgliesh.

—Dijo que no pensaba firmarlo. Fui a verlo el martes, la noche antes de que celebrasen la reunión de los fideicomisarios. Le dije que pensaba que debía oponerse y no firmar. Para serles sincera, quería mi parte del dinero. Él tenía otras consideraciones.

—¿Cuánto esperaba obtener cada uno?

—Tendrá que preguntárselo a mi tío. Unas veinticinco mil, creo. En los tiempos que corren, no es una gran fortuna, pero alcanza para poder vivir sin trabajar uno o dos años. Papá quería que el museo cerrase por motivos más loables. Pensaba que nos preocupábamos demasiado por el pasado, una especie de nostalgia nacional, y que eso nos impedía enfrentarnos a los problemas del presente.

—Esos fines de semana que pasaba fuera... —dijo Dalgliesh—, parece ser que era una costumbre regular recoger el coche todos los viernes a las seis. ¿Sabe adónde iba?

—No, nunca me lo decía y yo nunca le preguntaba. Sé que pasaba los fines de semana fuera de Londres, pero no me había percatado de que se iba todos los viernes. Me imagino que por eso trabajaba hasta tan tarde los cuatro días restantes, para dejarse el sábado y el domingo libres. Tal vez llevase otra vida. Ojalá. Me gustaría pensar que fue un poco feliz antes de morir.

—Pero ¿nunca le mencionó adónde iba, o si se estaba viendo con alguien? —insistió Kate—. ¿No hablaba de eso con usted?

—No hablábamos. No quiero decir con ello que no nos llevásemos bien. Era mi padre, y yo lo quería. Es sólo que no nos comunicábamos demasiado. Él siempre estaba agobiado de trabajo, yo también, vivíamos en mundos diferentes... ¿De qué íbamos a hablar? En fin, que al final del día seguramente acababa como yo, rendido y muerto de sueño delante de la tele. Además, trabajaba casi todas las tardes hasta última hora, ¿por qué iba a subir hasta Kilburn sólo para contarme el día tan nefasto que había tenido? Aunque tenía una novia, podrían preguntarle a ella.

—¿Sabe quién es?

—No, pero espero que lo averigüen. Ése es su trabajo, ¿no? Encontrar a la gente...

—¿Cómo sabe que tenía una novia?

—Cuando me estaba mudando de Balham a aquí, le pregunté si podía quedarme en su piso un fin de semana. Había tenido mucho cuidado, pero yo me di cuenta. Estuve husmeando un poco..., las mujeres siempre lo hacemos. No les diré cómo lo supe para que no les suban los colores; además, no era asunto mío, desde luego. Pensé: «Ojalá que tenga suerte.» Lo llamaba «papá», por cierto. Cuando cumplí los catorce, sugirió que tal vez quisiera llamarlo Neville. Supongo que creía que eso era lo que yo quería, que fuese más un amigo que un padre; tendencias modernas, ya saben. Bueno, pues se equivocaba; lo que quería era llamarlo «papá» y subirme a su regazo. Es una ridiculez, ¿verdad? Les diré una cosa: no sé qué les ha contado el resto de la familia, pero papá no se suicidó. Nunca me haría una cosa así.

Kate advirtió que Sarah estaba al borde de las lágrimas. Arrojó el cigarrillo, a medio fumar, a la chimenea vacía. Le temblaban las manos.

—No es un buen momento para que esté sola —dijo Dalgliesh—. ¿No tiene algún amigo o amiga que pueda quedarse con usted?

—No se me ocurre nadie. Y no quiero que el tío Marcus me suelte el típico pésame o la tía Caroline me mire con aire socarrón y provocador para que muestre alguna emoción, deseando que sea una hipócrita.

—Si prefiere que lo dejemos, podemos volver más tarde —sugirió Dalgliesh.

—Estoy bien, sigan. De todos modos, no creo que se queden mucho más tiempo. Quiero decir que es poco lo que puedo agregar.

—¿Quiénes son los herederos de su padre? ¿Le habló alguna vez de su testamento?

—No, pero supongo que debo de serlo yo. ¿Quién más va a haber? No tengo hermanos y mi madre murió el año pasado. Bueno, no habría heredado nada de todas formas, porque se divorciaron cuando yo tenía diez años. Ella vivía en España, y yo nunca la veía. No volvió a casarse porque quería la pensión, pero eso no arruinó a mi padre precisamente. Y no creo que les haya dejado algo a Marcus o Caroline. Luego iré al piso de Kensington y averiguaré el nombre del notario de papá. El piso debe de valer lo suyo, por supuesto. Compraba con muy buen criterio. Supongo que también querrán ir allí.

—Sí —contestó Dalgliesh—, habrá que echarle un vistazo a sus papeles. Tal vez podamos ir allí con usted. ¿Tiene la llave?

—No, no quería que estuviese entrando y saliendo de su vida cuando me diese la gana. Digamos que era problemática, y supongo que lo hacía para prevenirse. ¿No encontraron sus llaves en el..., en su bolsillo?

—Sí, tenemos un juego. Preferiría haber tomado prestadas las suyas, señorita Dupayne.

—Supongo que habrán confiscado las de papá como parte de las pruebas. El portero nos dejará entrar. Vayan cuando quieran, me gustaría estar allí a solas. Tengo planeado pasar un año en el extranjero en cuanto se calmen un poco las cosas. ¿Deberé esperar a que se haya resuelto el caso? Bueno, quiero decir... ¿puedo irme después de la investigación y del funeral?

—¿Querrá hacerlo? —preguntó Dalgliesh con delicadeza.

—Supongo que no. Papá me diría que no se puede huir, que siempre te llevas a ti misma contigo. Es una frase muy trillada, pero es cierta. Ahora me llevaría mucho más equipaje, ¿verdad?

Dalgliesh y Kate se pusieron en pie. Dalgliesh extendió la mano.

—Sí —respondió—. Lo siento.

No hablaron hasta que salieron y se dirigieron al coche.

—Le interesa mucho el dinero, ¿no? —dijo Kate, pensativa—. Es importante para ella.

—¿Lo bastante importante para cometer un parricidio? Esperaba que el museo cerrase. Estaba segura de que, al final, recibiría sus veinticinco mil.

—Tal vez deseaba tenerlo más temprano en lugar de más tarde. Se siente culpable por algo.

—Porque no quería a su padre —repuso Dalgliesh—, o no lo quería lo suficiente. El sentimiento de culpa es inseparable del dolor, pero tiene algo más en la cabeza que le preocupa, aparte del asesinato de su padre, por horrible que haya sido. Necesitamos saber qué hacía él los fines de semana. Es posible que Piers y Benton-Smith obtengan alguna información del mecánico del taller, pero creo que nuestra mejor baza sería la secretaria personal de Dupayne. Averigua quién es, ¿quieres, Kate? Y concierta una cita con ella, para hoy a ser posible. Dupayne era médico psiquiatra en Saint Oswald. Yo lo intentaría primero ahí.

Kate llamó al servicio de información telefónica y luego telefoneó al hospital. Tardaron varios minutos en ponerla en contacto con la extensión que solicitaba. La conversación sólo duró un minuto, tiempo durante el cual Kate se limitó básicamente a escuchar.

Tapando el auricular con la mano, se dirigió a Dalgliesh:

—La secretaria del doctor Dupayne es la señora Angela Faraday. Trabaja los sábados por la mañana, pero el consultorio cierra a la una y cuarto. Estará sola en su oficina entre esa hora y las dos. Podrá recibirlo entonces, pues al parecer no hace pausa para el almuerzo y sólo se toma unos bocadillos en su despacho.

—Gracias, Kate. Dile que estaré allí a la una y media en punto.

Una vez concertada la cita y terminada la llamada, Kate añadió:

—Qué curiosa coincidencia que se llame igual que la voluntaria jardinera del museo... Si es que se trata de una coincidencia; Faraday no es un apellido muy corriente.

—Si no es una coincidencia y están emparentadas —apuntó Dalgliesh—, eso nos abre un abanico de interesantes posibilidades. Mientras, veamos qué encontramos en el piso de Kensington.

Al cabo de media hora aparcaban ante las puertas del edificio. Los botones del interfono estaban numerados pero no llevaban inscrito ningún nombre, salvo el que correspondía al número trece, donde aparecía el rótulo de «PORTERO». Kate pulsó el timbre y medio minuto después salió un hombre colocándose la chaqueta del uniforme. Era de complexión robusta y mirada triste, y tenía un bigote muy poblado que a Kate le hizo pensar en una morsa. Se presentó con un apellido largo y complicado que sonaba a polaco. Aunque taciturno, no se mostró desatento y respondió a sus preguntas despacio pero con buena disposición. Sin duda tenía que estar al corriente de la muerte de Neville Dupayne, pero no la mencionó, y tampoco lo hizo Dalgliesh. A Kate se le ocurrió que aquella cuidadosa reticencia común daba a la conversación un carácter un tanto surrealista. Dijo, en respuesta a sus preguntas, que el doctor Dupayne era un caballero muy callado, que lo veía pocas veces y que no recordaba cuándo habían hablado por última vez. Que él supiese, nunca recibía visitas. Guardaba dos copias de llaves de cada uno de los pisos en su despacho. Al pedírselas, les entregó las del número once sin poner objeciones, limitándose a solicitar un recibo.

El registro resultó poco satisfactorio; el piso, que daba a la calle Kensington High, tenía la apariencia de limpieza excesiva e impersonal propia de las casas listas para ser mostradas a posibles inquilinos. El aire olía a piso cerrado: aun a aquella altura, Dupayne había tomado la precaución de cerrar todas las ventanas antes de marcharse a pasar el fin de semana fuera. Haciendo un recorrido preliminar por la sala de estar y los dos dormitorios, Dalgliesh pensó que nunca había visto la casa de una víctima que, aparentemente, ofreciese tan pocas pistas sobre la vida privada de ésta. Las ventanas estaban provistas de persianas de listones de madera, como si el dueño temiese que incluso el hecho de elegir cortinas conllevase el riesgo de desvelar una opción personal. Las paredes estaban pintadas de blanco y no había ningún cuadro en ellas. La librería contenía alrededor de una docena de libros de medicina, pero por lo demás, las lecturas de Dupayne se restringían básicamente a biografías, autobiografías e historia. Por lo visto, llenaba sus ratos de ocio escuchando música, pues el equipo era moderno y los numerosos discos compactos que había en un armario mostraban una inclinación por la clásica y el jazz de Nueva Orleans.

Dalgliesh dejó a Kate la tarea de examinar los dormitorios y se acomodó frente al escritorio. Allí, tal como había esperado, todos los papeles y documentos se hallaban ordenados meticulosamente. Descubrió que las facturas regulares estaban domiciliadas, un método de pago sencillo y exento de problemas. Las correspondientes al taller le llegaban cada tres meses, y las pagaba al cabo de pocos días. Su cartera de acciones mostraba un capital de poco más de doscientas mil libras invertidas con prudencia. Los extractos bancarios, archivados en una carpeta de cuero, no revelaban cobros significativos o retiradas de dinero importantes. Efectuaba donativos generosos de forma regular a entidades benéficas, principalmente a las relacionadas con las enfermedades mentales. Las únicas anotaciones de interés eran las de los extractos de sus tarjetas de crédito, donde cada semana aparecía el pago efectuado a un hotel o un hostal. Las localidades eran distintas y las cantidades no demasiado importantes. Por supuesto, sería posible averiguar si el pago se había realizado para una o para dos personas, pero Dalgliesh prefería esperar. Aún cabía la posibilidad de descubrir la verdad a través de otras fuentes.

Kate regresó del dormitorio.

—La cama de la habitación de invitados está preparada, pero no hay indicios de que alguien se haya quedado allí recientemente. Creo que Sarah Dupayne tenía razón, señor. Ha habido una mujer en este apartamento: en el cajón de abajo hay un albornoz de lino doblado y tres pares de bragas. Están lavadas pero no planchadas. En el armario del cuarto de baño hay un desodorante de una marca que sólo usan las mujeres y un vaso con un cepillo de dientes extra.

—Podrían ser de su hija —repuso Dalgliesh.

Kate llevaba demasiado tiempo trabajando con él para ruborizarse fácilmente, pero en ese momento se sonrojó y apareció un dejo de bochorno en el tono de su voz:

—No creo que las bragas sean de su hija. ¿Por qué bragas y no un camisón o zapatillas de estar por casa? En mi opinión, si aquí venía una amante y a ésta le gustaba que él la desvistiera, seguramente traía bragas limpias consigo. El albornoz es demasiado pequeño para un hombre, y el de Dupayne está colgado en la puerta del cuarto de baño.

—Si su compañera de viaje de todos los viernes era una novia, me pregunto dónde quedaban, si era él quien pasaba a recogerla o era ella quien acudía al museo a esperarlo. Parece poco probable, pues correría el riesgo de que alguien se quedase a trabajar hasta más tarde y la viese. Por el momento todo son conjeturas. Veamos qué nos dice su secretaria. Te dejaré en el Dupayne, Kate. Me gustaría ver a Angela Faraday yo solo.

10

Piers sabía por qué Dalgliesh había decidido que fuesen él y Benton-Smith quienes interrogaran a Stan Carter en el taller. Para Dalgliesh los coches eran meros vehículos destinados a transportarlo de un lugar a otro. Les exigía fiabilidad, rapidez, comodidad y cierto grado de belleza. Su actual Jaguar cumplía dichos requisitos, pero más allá de eso, él no veía ninguna razón para hablar de sus excelentes prestaciones ni para reflexionar sobre qué nuevos modelos merecería la pena probar. Las charlas sobre automóviles lo aburrían soberanamente. Piers, que rara vez conducía por la ciudad y a quien le gustaba ir andando de su piso en la City hasta New Scotland Yard, compartía la actitud de su jefe pero la combinaba con un gran interés por los diferentes modelos y su rendimiento. Si una charla sobre coches podía animar a Stan Carter a mostrarse más comunicativo, Piers era la persona indicada.

El taller de Duncan ocupaba la esquina de una carretera secundaria donde Highgate converge con Islington. El muro alto de ladrillo gris, con manchurrones allí donde se había intentado sin éxito borrar las pintadas, estaba interrumpido por una puerta doble provista de candado. Las dos hojas de la puerta estaban abiertas, y en el interior, a la derecha, había un pequeño despacho. Una mujer joven, cuyo cabello, de un amarillo inverosímil y recogido en la coronilla con un enorme pasador de plástico, semejaba una cresta, estaba sentada frente al ordenador. A su lado se inclinaba para examinar la pantalla un hombre fornido con una chaqueta de cuero negro. Éste se incorporó cuando Piers llamó a la puerta y fue a abrirle.

Piers abrió la cartera y se identificó:

—Policía. ¿Es usted el encargado?

—Eso dice el jefe.

—Nos gustaría hablar con el señor Stanley Carter, ¿está aquí?

Sin molestarse en echar un vistazo a la placa de identificación, señaló con un movimiento de la cabeza la parte trasera del taller.

—Ahí detrás. Está trabajando.

—Nosotros también —contestó Piers—. No le entretendremos demasiado.

El encargado regresó a la pantalla del ordenador y cerró la puerta. Piers y Benton-Smith rodearon un BMW y un Volkswagen Golf que debían de pertenecer al personal, puesto que ambos eran modelos recientes. Detrás de los vehículos, el taller adquiría dimensiones mayores, con paredes de ladrillo pintado de blanco y un techo alto. En la parte de atrás había una plataforma de madera que hacía las veces de piso adicional, a la que se accedía por una escalera que quedaba a mano derecha. La parte delantera de la plataforma estaba decorada con una hilera de radiadores relucientes que semejaban los trofeos capturados en una batalla. La pared de la izquierda estaba cubierta de estantes de acero y por todas partes —a veces colgadas en ganchos y etiquetadas, pero la mayor parte de las veces en un revoltijo que daba la impresión de caos organizado— aparecían las herramientas propias del oficio. El lugar tenía para Piers el mismo aspecto familiar que otros similares, con sus montones de piezas acumuladas por si en algún momento resultaban de utilidad. Alineados en el suelo había bombonas de oxiacetileno, latas de pintura y disolvente, bidones de gasolina aplastados y una prensa, mientras que encima de los estantes colgaban llaves inglesas, cables de arranque, bandas de ventilador, gafas de soldador y varias pistolas de pintura. El taller estaba iluminado por dos tubos fluorescentes largos. El aire frío olía a aceite y pintura, y el único ruido que se oía era un leve golpeteo procedente de debajo del chasis de un Alvis gris de 1940 que había en el elevador. Piers se agachó.

—¿El señor Carter? —gritó.

El golpeteo cesó. Dos piernas se deslizaron de debajo del vehículo y luego se materializó un cuerpo, vestido con un mono sucio y un suéter grueso de cuello alto. Stan Carter se puso de pie, se sacó un trapo del bolsillo y se frotó las manos lentamente, prestando atención a cada uno de los dedos mientras miraba a los agentes con expresión serena. Satisfecho con la redistribución del aceite en sus dedos, les estrechó la mano con fuerza, primero a Piers y luego a Benton-Smith, y a continuación se restregó las palmas en las perneras como para quitarles cualquier rastro de contaminación. Estaban ante un hombrecillo enjuto con una tonsura en la cabeza y un flequillo tupido de pelo cano, cortado muy corto en línea recta encima de una frente alta. Tenía la nariz larga y aguileña y la palidez de sus pómulos era típica de un hombre cuya vida laboral se desarrollaba en un recinto cerrado. Se lo podía confundir con un monje, pero no había nada contemplativo en aquellos ojos atentos y perspicaces. Mantenía el cuerpo muy erguido.

Piers dedujo que debía de haber sido soldado. Hizo las presentaciones de rigor y a continuación, añadió:

—Estamos aquí para preguntarle por el doctor Neville Dupayne. ¿Se ha enterado de que ha muerto?

—Me he enterado. Lo habrán asesinado, supongo. No estarían aquí si no fuese así.

—Sabemos que usted se ocupaba del mantenimiento de su Jaguar E. ¿Podría decirnos cuánto tiempo lleva haciéndolo y en qué consiste normalmente su trabajo?

—En abril hará doce años. Él lo conducía y yo cuidaba del coche, siempre la misma rutina. Lo recogía a las seis todos los viernes por la tarde de su garaje en el museo y regresaba los domingos a última hora o hacia las siete y media los lunes por la mañana.

—¿Y lo dejaba aquí?

—Por lo general lo llevaba directamente al garaje, que yo sepa. Solía ir allí los lunes o los martes y lo traía para la revisión, limpiarlo, comprobar el aceite y el agua, llenar el depósito..., en fin, hacer lo que sea necesario. Le gustaba que el coche estuviese impecable.

—¿Qué sucedía cuando lo traía aquí directamente?

—Nada. Lo dejaba para la revisión, sin más. Sabía que estoy aquí a las siete y media, así que si tenía que decirme algo relacionado con el coche venía aquí primero y luego tomaba un taxi para ir al museo.

—Si el doctor Dupayne traía el coche, ¿le hablaba de su fin de semana, de dónde había estado, por ejemplo?

—Era bastante reservado, en realidad, salvo cuando se trataba del coche. Puede que charlásemos un rato, del tiempo que había hecho ese fin de semana, tal vez.

—¿Cuándo lo vio por última vez? —preguntó Benton-Smith.

—Hace dos semanas, el lunes. Trajo el coche justo a las siete y media.

—¿Qué aspecto tenía? ¿Le pareció que estaba deprimido?

—No más que cualquier persona una mañana lluviosa de lunes.

—Conducía rápido, ¿verdad? —inquirió Benton-Smith.

—Bastante rápido, imagino. No tiene sentido conducir un Jaguar E para ir de paseo.

—Si supiéramos hasta dónde llegaba, eso nos daría una idea de adónde iba. No se lo decía, supongo —añadió Benton-Smith.

—No, no era asunto mío adónde iba. Ya me lo han preguntado antes.

—Pero debía de tomar nota del kilometraje —intervino Piers.

—Es posible. Al coche le toca la revisión completa cada cinco mil kilómetros. Por lo general, no hay mucho que hacer. Tardaba un poco revisando el carburador, pero era un buen coche. Iba muy suave, al menos mientras cuidé de él.

—Apareció en 1961, ¿verdad? —dijo Piers—. No creo que Jaguar haya hecho una máquina más bonita.

—No era perfecta —contestó Carter—. A algunos conductores les parecía pesada y no a todo el mundo le gustaba su carrocería, pero ése no era el caso del doctor Dupayne. Le tenía muchísimo cariño a ese coche. Supongo que se alegraría de que el Jaguar y él se fuesen juntos de este mundo.

Haciendo caso omiso de aquel sorprendente arranque de sentimentalismo, Piers preguntó:

—¿Y el kilometraje?

—Rara vez menos de ciento sesenta kilómetros cada fin de semana, por lo general entre doscientos cincuenta y trescientos. En ocasiones bastante más. Eso era sobre todo cuando volvía los lunes.

—¿E iba solo? —inquirió Piers.

—¿Cómo voy a saberlo? Nunca vi a nadie con él.

—Vamos, señor Carter —dijo Benton-Smith en tono de impaciencia—, ha de tener alguna idea de si alguien lo acompañaba. Semana tras semana revisando el coche y limpiándolo...; tarde o temprano hay alguna prueba, un olor distinto, incluso.

Carter lo miró fijamente.

—¿Qué clase de olor? ¿Pollo al curry con patatas? Normalmente conducía con la capota baja, hiciese el día que hiciese, a menos que lloviera. —Acto seguido, añadió con un dejo malhumorado—: Nunca vi a nadie con él y nunca olí nada raro. ¿Por qué iba a ser asunto mío con quién iba?

—¿Y las llaves? —preguntó Piers—. Si recogía el coche del museo los lunes o los martes debía de tener llaves tanto del Jaguar como del garaje.

—Cierto. Están guardadas en el despacho, en el armario de las llaves.

—¿Permanece cerrado ese armario?

—La mayor parte del tiempo, sí. Y la llave está en el cajón del escritorio, o puesta en la cerradura, sobre todo si Sharon o el señor Morgan se encuentran en el despacho.

—¿Eso significa que otras personas podrían hacerse con las llaves de ese armario? —inquirió Benton-Smith.

—No sé cómo. Siempre hay alguien aquí, y las puertas de la calle se cierran a las siete. Si trabajo hasta más tarde, entro por la puerta lateral con mi propia llave. Hay un timbre. El señor Dupayne sabía dónde dar conmigo. Además, las llaves de los coches no están identificadas con ningún nombre. Nadie más que nosotros podría saber a cuál pertenece cada una de ellas.

Se volvió y miró al Alvis indicando claramente que era un hombre ocupado y que había dicho cuanto sabía. Piers le dio las gracias, le entregó su tarjeta y le pidió que se pusiese en contacto con él si más tarde recordaba algún detalle relevante que no hubiese mencionado.

En el despacho, Bill Morgan confirmó la información sobre las llaves más amablemente de lo que Piers había esperado: les mostró el armario de las llaves y, cogiendo la llave correspondiente al cajón de la derecha de su escritorio, lo abrió y cerró varias veces como para demostrar la facilidad con que funcionaba. Vieron la hilera habitual de ganchos para los llaveros, todos ellos sin ninguna identificación.

De camino al coche, que por algún milagro no había sido adornado con una multa por mal aparcamiento, Benton-Smith dijo:

—No le hemos sacado demasiado.

—Probablemente todo cuanto podíamos sacarle. Y ¿qué sentido tenía preguntarle si Dupayne estaba deprimido? Llevaba un par de semanas sin verlo. Además, sabemos que no se trata de un suicidio. Y no hacía falta que se pusiese tan duro con él por lo del posible acompañante, Benton. Esa clase de tipos no reaccionan ante las intimidaciones.

—No me pareció que estuviera intimidándolo, señor —repuso Benton-Smith fríamente.

—No, pero estuvo a punto de hacerlo. Apártese, sargento, yo conduciré.

No era la primera vez que Dalgliesh visitaba Saint Oswald; recordaba dos ocasiones anteriores en que, como detective sargento, había acudido allí a interrogar a las víctimas de un intento de homicidio. El hospital estaba en una plaza de North West London, y cuando llegó a las puertas abiertas de hierro vio que, al menos en apariencia, nada había cambiado. El edificio decimonónico de ladrillo de color ocre era gigantesco, y con sus torres cuadradas, sus enormes arcos redondos y sus ventanas estrechas y ojivales semejaba más una institución educativa victoriana o un conjunto lúgubre de iglesias que un hospital.

Encontró sitio para su Jaguar sin dificultad en el aparcamiento destinado a las visitas y, tras cruzar un pórtico enorme, entró por unas puertas que se abrieron automáticamente ante su proximidad. Advirtió que en el interior sí se habían producido cambios: ahora había un moderno mostrador de recepción, de grandes dimensiones, atendido por dos empleados, y, a la derecha de la entrada, una puerta abierta que conducía a una sala de espera amueblada con sillones de piel y una mesita baja con revistas.

No informó de su presencia a la recepción, pues la experiencia le había enseñado que en los hospitales rara vez interceptaban a quienes entraban con paso decidido. Entre una multitud de carteles indicadores vio uno con una flecha que señalaba el camino a la consulta externa de Psiquiatría, y echó a andar en esa dirección por el pasillo de suelo de vinilo. La decadencia que él recordaba había desaparecido por completo: las paredes estaban recién pintadas y cubiertas de una sucesión de fotografías en sepia de la historia del hospital. El ala infantil de 1870 mostraba unas cunas de barrotes, niños con la cabeza vendada y rostros frágiles y serios, damas victorianas de visita con sus miriñaques y sus sombreros aparatosos y enfermeras ataviadas con uniformes que les llegaban hasta los tobillos y gorras altas con ribetes trenzados. Había fotos del hospital en ruinas durante los bombardeos de las V2 y otras que mostraban a los equipos de tenis y de fútbol del hospital, los días de apertura al público en general y la ocasional visita de la realeza.

La consulta externa de Psiquiatría estaba en el sótano, y Dalgliesh bajó por la escalera, como indicaba la flecha, hasta una sala de espera que en esos momentos se hallaba casi desierta. Había otro mostrador de recepción con una atractiva chica asiática sentada frente al ordenador. Dalgliesh dijo que tenía una cita con la señora Angela Faraday y, sonriendo, la recepcionista le señaló una puerta que había al fondo y le dijo que el despacho de la señora Faraday estaba a la izquierda. Dalgliesh llamó a la puerta y una voz de mujer respondió de inmediato.

La sala era pequeña y estaba abarrotada de archivadores. Apenas había espacio para un escritorio, una silla y un sillón. La ventana daba a un muro trasero de ladrillo de color ocre. Debajo había un arriate más bien pequeño en el que una gran hortensia, sin hojas y con el tallo seco, exhibía su traje de flores marchitas. Junto a la planta, en el suelo arenoso, había un rosal sin podar con las hojas marrones y un capullo rosado a todas luces enfermo.

La mujer que le tendió la mano debía de rondar la treintena. Su rostro era de rasgos finos y su expresión inteligente; la boca, pequeña, pero de labios carnosos. El cabello oscuro le caía como plumas sobre la frente alta y las mejillas. Tenía unos ojos enormes bajo las cejas prominentes y curvadas, y Dalgliesh pensó que nunca había visto tanto dolor en una mirada humana. Era menuda y parecía tensa, como si su cuerpo sólo contuviera un dolor que amenazase con convulsionarlo en un torrente de lágrimas.

—¿Quiere sentarse? —le ofreció señalando el sillón que había junto a la mesa.

Dalgliesh vaciló por un instante, pensando que aquél debía de ser el sillón de Neville Dupayne, pero no había ningún otro y se dijo que su reticencia instintiva era una tontería.

Ella dejó que fuese Dalgliesh quien comenzara.

—Le agradezco mucho que accediera a recibirme. La muerte del doctor Dupayne debe de haber supuesto una conmoción terrible para la gente que lo conocía y trabajaba con él. ¿Cuándo se ha enterado?

—Esta mañana temprano, en las noticias locales de la radio. No han dado ningún detalle, sólo que un hombre había muerto en un incendio en el interior de un coche en el Museo Dupayne. En ese momento he sabido que se trataba de Neville. —No lo miró, pero separó las manos, que tenía cruzadas en el regazo—. Por favor, dígamelo, debo saberlo —añadió—. ¿Lo han asesinado?

—De momento no podemos estar seguros. Creo que es probable que lo asesinaran. En cualquier caso, hemos de tratar esta muerte como sospechosa. Si se demuestra que se trata de un homicidio, necesitamos obtener el máximo de información posible sobre la víctima. Por eso estoy aquí. La hija del doctor Dupayne nos dijo que usted llevaba diez años trabajando para él. Se llega a conocer bien a una persona en diez años. Espero que me ayude a conocerlo mejor.

Angela Faraday lo miró fijamente, con una intensidad extraordinaria, y Dalgliesh sintió como si estuvieran juzgándolo. Sin embargo, había algo más: el requerimiento de una garantía tácita de que podía hablar sin tapujos y ser comprendida.

Él esperó y al cabo ella se limitó a decir, sencillamente:

—Yo lo amaba. Hemos sido amantes durante seis años, hasta hace tres meses; el sexo se acabó, pero el amor no. Creo que Neville se sintió aliviado. Le preocupaba la necesidad constante de secretismo, el engaño. Ya le resultaba bastante difícil arreglárselas sin todo eso, de modo que cuando volví con Selwyn, para él fue algo menos por lo que preocuparse. Bueno, lo cierto es que nunca lo abandoné. Creo que una de las razones por las que me casé con Selwyn fue que, en el fondo de mi corazón, sabía que Neville no me querría para siempre.

—¿Fue usted quien puso fin a la relación, o él? —preguntó Dalgliesh con delicadeza.

—Digamos que ambos, aunque principalmente yo. Mi marido es un hombre bueno y amable, y lo quiero, puede que no de la misma manera en que quiero a Neville, pero éramos..., somos felices. Y además, está la madre de Selwyn, a quien seguramente habrá conocido. Es voluntaria en el Dupayne. No es una mujer de trato fácil, pero adora a su hijo y ha sido muy buena con nosotros; nos ha comprado una casa y el coche y disfruta haciéndolo feliz. Empecé a darme cuenta de todo el dolor que podía llegar a causar. Selwyn es una de esas personas que aman sin medir las consecuencias. No es muy listo, pero sabe de amor. Nunca sospecharía nada, jamás se imaginaría siquiera que pudiese engañarlo. Empecé a sentir que lo que había entre Neville y yo estaba mal. Aunque no creo que él sintiera lo mismo, no tenía una esposa por la que preocuparse, y él y su hija no están muy unidos, pero la verdad es que no se mostró demasiado afligido cuando lo nuestro terminó. Verá, yo siempre había estado más enamorada de él de lo que él lo estaba de mí. Llevaba una vida tan ocupada, tan estresante, que lo más probable es que para él fuese un alivio no tener que preocuparse más por mí, de mi felicidad, de si alguien descubría lo nuestro...

—¿Y alguien... lo descubrió?

—No, que yo sepa. En los hospitales los chismes son algo de lo más común, como supongo que ocurre en todas las instituciones, pero teníamos mucho cuidado. No creo que nadie lo supiese. Y ahora está muerto y no hay nadie con quien pueda hablar de él. Es curioso, ¿no? Me refiero a que sólo hablar de él con usted ya constituya un alivio. Era un buen hombre, señor Dalgliesh, y un buen psiquiatra. Él no creía que lo fuese; nunca conseguía distanciarse lo suficiente para su propia tranquilidad mental. Se preocupaba en exceso por el estado del servicio psiquiátrico. Estamos en el siglo XXI, en uno de los países más ricos del mundo, y ni siquiera somos capaces de cuidar de los ancianos, de los enfermos mentales, de quienes se han pasado una vida entera trabajando, contribuyendo, enfrentándose a toda clase de penalidades y a la pobreza. Y ahora que han llegado a viejos, están trastornados y necesitan cuidados y afecto, una cama de hospital tal vez, tenemos muy poco que ofrecerles. También le preocupaban sus pacientes esquizofrénicos, los que no tomaban su medicación. Pensaba que debía haber asilos, lugares donde los admitieran hasta que se les pasaran las crisis que sufrían, donde se sintieran tranquilos por saberse protegidos. Y a eso debemos sumar los enfermos de Alzheimer. Algunas de las personas que deben cuidarlos se enfrentan a problemas tremendos a causa de ello. Neville no podía distanciarse de su sufrimiento.

—Si se considera que tenía un exceso de trabajo crónico, tal vez no resulte sorprendente que no quisiera dedicar más tiempo al museo del que ya dedicaba —aventuró Dalgliesh.

—No le dedicaba ningún tiempo. Asistía a las reuniones trimestrales de los fideicomisarios más o menos por obligación. Por lo demás, se mantenía a distancia y dejaba que su hermana se ocupase de la gestión.

—¿No le interesaba?

—Era más fuerte que eso: odiaba ese lugar. Decía que ya le había robado una parte suficiente de su vida.

—¿Le explicó alguna vez a qué se refería con eso exactamente?

—Pensaba en su niñez. No hablaba demasiado de ella, pero la suya no fue una infancia feliz. No tuvo suficiente amor. Su padre dedicaba todas sus energías al museo. También al dinero, aunque debió de gastarse una buena cantidad en la educación de sus tres hijos: colegios secundarios privados, internados, universidades... De quien sí hablaba de vez en cuando Neville era de su madre, pero me daba la impresión de que no fue una mujer fuerte, ni psicológica ni físicamente. Temía demasiado a su marido como para proteger a sus hijos.

«No tuvo suficiente amor —pensó Dalgliesh—, pero ¿es que hay suficiente alguna vez? Y proteger a sus hijos... ¿de qué? ¿De violencia, de abusos, de...?»

—Neville opinaba que estábamos demasiado obsesionados con el pasado —prosiguió la mujer—: la historia, la tradición, los objetos que coleccionamos... Decía que nos sobrecargamos de vidas muertas, de ideas muertas, en lugar de tratar de resolver los problemas del presente, pero él estaba obsesionado con su propio pasado. No se puede borrar así como así, ¿verdad? Lo pasado, pasado está, pero sigue con nosotros. Es siempre lo mismo, ya se trate de un país o de una persona. Sucedió. Nos hizo ser como somos. Hemos de entenderlo.

«Neville Dupayne era psiquiatra —se dijo Dalgliesh—. Debía entender mejor que nadie el modo en que esos tentáculos fuertes, indestructibles, pueden cobrar vida y adherirse con fuerza a la mente.»

La mujer se había lanzado a hablar y Dalgliesh se percató de que ya no podía parar.

—No me estoy explicando demasiado bien. Sólo es algo que presiento, y no hablábamos de ello demasiado a menudo, de su infancia, del fracaso de su matrimonio, del museo... No había tiempo. Cuando al fin conseguíamos pasar una tarde juntos, lo único que él quería en realidad era comer, hacer el amor, dormir... No deseaba recordar, sólo encontrar alivio. Al menos yo podía darle eso. Después de hacer el amor solía pensar que cualquier mujer habría podido darle lo mismo. Allí tumbada me sentía más lejos de él que en la consulta tomando sus dictados o hablando de sus pacientes de la semana. Cuando amas a alguien te mueres por satisfacer todas y cada una de las necesidades de ese alguien, pero no puedes, ¿no es cierto? Nadie puede. Sólo estamos en condiciones de dar lo que la otra persona está dispuesta a aceptar. Lo siento, no sé por qué le cuento todo esto.

«¿No ha sido siempre así? —pensó Dalgliesh—. La gente me cuenta cosas. No necesito investigar ni preguntar. Sencillamente hablar.» Había empezado cuando era un joven detective sargento y luego le había sorprendido e intrigado, además de nutrir su poesía y de hacer que se diese cuenta, no sin avergonzarse en parte de ello, de que le resultaría muy útil. La lástima y la compasión siempre se hallaban presentes. Desde la infancia había conocido el sufrimiento de la vida, y eso también había nutrido su poesía, pensó.

—¿Cree que las presiones de su trabajo, la infelicidad que compartía, hacían que no sintiese deseos de seguir viviendo? —le preguntó.

—¿Está hablando de suicidio? ¡Nunca! —repuso Angela Faraday, tajante—. Nunca, jamás. El suicidio era algo de lo que hablábamos algunas veces, y él estaba completamente en contra. No me refiero a las personas muy mayores o los enfermos terminales que se quitan la vida; todos podemos entender esa clase de suicidios. Estoy hablando de los jóvenes. Neville decía que el suicidio muchas veces era un acto de agresión y producía un sentimiento de culpa terrible entre amigos y familiares. No dejaría a su hija semejante herencia.

—Gracias —dijo Dalgliesh—, eso me ha resultado muy útil. Una última cosa más: sabemos que el doctor Dupayne guardaba su Jaguar en un garaje del museo, se lo llevaba poco después de las seis de la tarde todos los viernes y no regresaba hasta el domingo muy tarde o el lunes por la mañana. Lógicamente, necesitamos saber adónde iba esos fines de semana, si visitaba a alguien de forma regular o algo así.

—¿Quiere decir si tenía otra vida, una vida secreta aparte de mí?

—Me refiero a si esos fines de semana tuvieron algo que ver con su muerte. Su hija no tiene ni idea de adónde iba, y al parecer nunca se lo preguntó.

Angela Faraday se levantó de repente de su silla y se dirigió a la ventana. Tras un momento de silencio, dijo:

—No, seguro que no lo hizo. No creo que a ningún miembro de la familia le importase ni se lo preguntara. Llevaban vidas independientes, como la realeza. Me he preguntado muchas veces si no era por culpa de su padre. Neville hablaba de él en ocasiones. No sé por qué ese hombre se molestó en tener hijos. Su pasión era el museo, adquirir piezas de exposiciones, gastar dinero en él... Neville quería a su hija, pero se sentía culpable por ella. Verá, temía haberse comportado exactamente del mismo modo que su padre, haberle dedicado a su trabajo el cuidado y la atención que debería haberle prestado a Sarah. Creo que por eso es por lo que quería que el museo cerrase. Por eso y porque tal vez necesitaba dinero.

—¿Para sí mismo? —inquirió Dalgliesh.

—No, para ella —respondió Angela Faraday, que había regresado a la mesa.

—¿Y le dijo alguna vez a usted adónde iba esos fines de semana?

—Adónde iba, no, pero sí lo que hacía. Los fines de semana suponían una liberación para él. Adoraba ese coche. No era mecánico y no podía repararlo ni revisarlo, pero le encantaba conducirlo. Todos los viernes se iba al campo y hacía largas caminatas. Se pasaba el sábado y el domingo caminando. Se hospedaba en pequeños hostales, hoteles rurales, a veces en un *bed and breakfast*. Le gustaba comer bien y la comodidad, así que escogía con cuidado. Sin embargo, no repetía sus visitas con demasiada regularidad. No quería despertar la curiosidad de la gente ni que le hiciesen preguntas. Caminaba por el valle de Wye, por la costa de Dorset, a veces junto al mar, en Norfolk o Suffolk. Eran esos paseos solitarios lejos de la gente, lejos del teléfono, lejos de la ciudad, que lo mantenían cuerdo.

Angela Faraday había estado contemplándose las manos, cruzadas ante sí encima de la mesa, pero en ese momento alzó la mirada hacia Dalgliesh, y éste vio de nuevo, con una punzada de lástima, los oscuros pozos de una pena inconsolable.

—Iba solo, siempre solo —prosiguió con un hilo de

voz—. Eso era lo que necesitaba y eso era lo que me dolía. Ni siquiera quería que yo lo acompañase. Después de casarme no me habría resultado fácil escaparme los fines de semana, pero lo habría hecho. Teníamos muy poco tiempo para pasarlo juntos, apenas unas horas robadas en su piso, pero jamás los fines de semana. Nunca paseamos el uno en compañía del otro, hablando, para luego pasar la noche entera en la misma cama.

—¿Le preguntó alguna vez por qué? —inquirió Dalgliesh con tacto.

—No, me daba demasiado miedo que me dijese la verdad, esto es, que necesitaba más su soledad que a mí. —Hizo una pausa y añadió—: Pero lo que sí hice fue otra cosa, él nunca lo sabrá y ahora ya no importa. Lo organicé todo para tener libre el próximo fin de semana; eso implicaba mentirle a mi marido y a mi suegra, pero lo hice. Iba a pedirle a Neville que me llevase consigo, sólo por una vez. No habría sido más que una vez, se lo habría prometido. Si hubiese podido pasar a su lado ese fin de semana, creo que habría estado dispuesta a desprenderme de él.

Guardaron silencio. Fuera de aquel despacho, la vida del hospital seguía adelante, los nacimientos y las muertes, el dolor y la esperanza, la tarea extraordinaria de personas corrientes, pero nada de eso llegaba hasta ellos. A Dalgliesh le resultaba difícil contemplar tanto dolor sin buscar palabras de consuelo. No podía ofrecerle ninguna. Su trabajo consistía en descubrir al asesino de su amante, no tenía derecho a engañarla para que pensase que estaba ahí en calidad de amigo.

Esperó hasta que la mujer se hubo tranquilizado un poco y luego prosiguió:

—Una última pregunta: ¿tenía él algún enemigo, algún paciente que pudiese querer hacerle daño?

—Si alguien lo odiaba lo bastante para desear verlo muerto, creo que yo lo hubiese sabido. No solía despertar una simpatía irresistible entre la gente, pues era demasiado solitario para eso, pero lo respetaban y caía bien. Claro que siempre hay un riesgo, ¿no? Los psiquiatras lo aceptan y no me parece que corran más riesgos que el personal que trabaja en Urgencias, sobre todo los sábados por la noche, cuando la mitad de los pacientes acuden borrachos o drogados. La de enfermera o médico en Urgencias es una profesión de riesgo. Ésa es la clase de mundo que hemos fabricado. Por supuesto, hay pacientes agresivos, pero de ahí a planear un asesinato... Además, ¿cómo iban a saber ellos lo del coche y que lo recogía todos los viernes?

—Sus pacientes lo echarán de menos —comentó Dalgliesh.

—Algunos de ellos, y durante un tiempo. La mayoría sólo pensarán en sí mismos: «¿Quién va a cuidar de mí ahora? ¿Quién me visitará en la consulta del próximo miércoles?» Y yo tendré que seguir viendo su letra en los historiales de los pacientes. Me pregunto cuánto tardaré en olvidar su voz.

Hasta ese momento había logrado controlarse, pero de repente su voz se alteró.

—Lo más terrible es que ni siquiera consigo llorar su muerte, al menos abiertamente. No puedo hablar de Neville con nadie; la gente oye habladurías sobre su fin y se pone a especular. Se horrorizan, por supuesto, y parecen de veras consternados, pero también se los ve entusiasmados. La muerte violenta es un hecho terrible, pero también es intrigante. Les interesa, lo veo en sus ojos. El asesinato corrompe, ¿no es cierto? Se lleva tantas cosas consigo, no sólo una vida...

—Sí, es un crimen que contamina —comentó Dalgliesh.

Angela Faraday se echó a llorar. Él se acercó y ella lo abrazó, aferrándole la chaqueta con las manos. Dalgliesh advirtió que había una llave puesta en la puerta, acaso como medida preventiva necesaria, y arrastrándola a medias por la habitación fue a echarla.

—Lo siento, lo siento —exclamó la mujer entre sollozos, pero el llanto no cesaba. Dalgliesh vio una segunda puerta en la pared izquierda y, después de dejar con suavidad a la mujer en su silla, abrió la puerta con cuidado. Sintió un alivio inmenso al comprobar que era lo que él esperaba: la puerta conducía a un pequeño pasillo con un cuarto de baño a la derecha. Regresó junto a la señora Faraday, que ya se había tranquilizado un poco, y la ayudó a aproximarse a la puerta del lavabo para luego cerrarla tras ella. Creyó oír el ruido del agua del grifo. Nadie llamó a la otra puerta ni trató de abrirla. La mujer tardó apenas tres minutos en regresar, al parecer serena, perfectamente peinada y sin rastro del llanto incontrolado salvo por cierta hinchazón en los ojos.

—Lo lamento, debo de haberle hecho sentir incómodo —se excusó.

—No tiene por qué disculparse, sólo lamento no poder ofrecerle ningún consuelo.

Ella siguió hablando en tono formal, como si no hubiesen mantenido más que una conversación oficial.

—Si hay algo más que necesite saber, si puedo ayudarlo en algo más, por favor, no dude en llamar. ¿Quiere el número de teléfono de mi casa?

—Me sería muy útil —respondió Dalgliesh. Ella garabateó los dígitos en su bloc de notas, arrancó la página y se la dio—. Le agradecería que revisara los historiales de los pacientes y ver si hay algo ahí que pudiese ayudarnos con la investigación —agregó él—. Un paciente resentido o que intentase demandarlo, un familiar que no estuviese satisfecho con él, cualquier cosa que sugiera que tenía un enemigo entre las personas a las que trataba.

—No creo que eso sea posible. Si lo hubiese tenido, yo lo habría sabido. Además, los historiales de los pacientes son confidenciales, el hospital no permitiría que le entregase algo sin la debida orden judicial.

—Lo sé. Si fuera necesario, habría que obtener la orden judicial.

—Es usted un policía extraño, ¿verdad? Pero es policía al fin y al cabo, y no sería inteligente por mi parte olvidarme de eso.

Le tendió la mano y él se la estrechó. La notó muy fría. Avanzando por el pasillo en dirección a la sala de espera y la puerta principal, Dalgliesh sintió la súbita necesidad de tomarse un café, momento que coincidió con el descubrimiento de un cartel que señalaba la cafetería. En ese mismo lugar, cuando visitaba el hospital al inicio de su carrera, había tomado alguna comida ligera o una taza de té. Recordó que por entonces la cafetería estaba regentada por la Asociación de Amigos del Hospital, y se preguntó si conservaría el mismo aspecto. Seguía siendo una sala de unos seis por tres metros con ventanas que daban a un pequeño jardín empedrado. El ladrillo gris frente a las ventanas ojivales reforzaba la impresión de hallarse en una iglesia. Las mesas que recordaba con sus manteles rojos de cuadros habían sido sustituidas por mesas más robustas con tablero de formica, pero la barra que había a la izquierda de la puerta, con sus humeantes recipientes de café o té y sus aparadores de cristal para la comida, parecía exactamente la misma. También el menú había variado un poco: patatas cocidas con distintos rellenos, alubias y huevos con tostadas, rollos de beicon, sopa de tomate y hortalizas y una variedad de tartas y galletas. Era una hora tranquila, la gente que quería almorzar ya se había marchado y había una enorme pila de platos sucios en una mesita auxiliar debajo de un cartel donde se pedía a los clientes que levantasen sus mesas. Los únicos comensales eran dos robustos obreros vestidos con mono de trabajo y sentados al fondo del local y una joven con un bebé en una sillita de paseo. Parecía por completo ajena a la presencia de una chiquilla de unos dos años que, chupándose el dedo, daba vueltas alrededor de la pata de una silla y cantaba una melodía desafinada hasta que, de pronto, se quedó inmóvil observando a Dalgliesh con una expresión de curiosidad en los ojos. La madre estaba sentada ante una taza de té, con la mirada perdida en el jardín mientras mecía la sillita. Resultaba imposible saber si aquel aspecto de trágico distanciamiento era producto del cansancio o de la pena. Dalgliesh se dijo que un hospital era un lugar extraordinario en el que los seres humanos se encontraban los unos a los otros por un breve espacio de tiempo, soportando una carga individual de esperanza, angustia o desesperación, y que sin embargo se trataba de un mundo curiosamente familiar y complaciente, aterrador y tranquilizador a un tiempo, por paradójico que pareciese.

El café, que una señora mayor servía en la barra, era barato pero bueno y se lo bebió de un sorbo. De repente le entró prisa por marcharse de allí. Aquel breve respiro había sido un lujo en un día sobrecargado de trabajo. La perspectiva de interrogar a la suegra de la señora Faraday había adquirido mayor interés e importancia. ¿Estaba al corriente de la infidelidad de su nuera? Y si así era, ¿cuánto le había importado?

Regresó al pasillo principal y descubrió a Angela Faraday inmediatamente delante de él. Se detuvo a examinar una de las fotografías en sepia para darle tiempo a esquivarlo. Cuando ella llegó a la sala de espera, apareció un hombre joven, con tanta prontitud como si hubiera reconocido el sonido de las pisadas. Dalgliesh vio un rostro de belleza considerable, delicado, de huesos finos y ojos de una intensa luminosidad. El joven no reparó en Dalgliesh, sino que miraba fijamente a su esposa al tiempo que la cogía de la mano y el rostro se le iluminaba con una confianza ciega y una dicha casi infantil.

Dalgliesh esperó hasta que hubieron salido del hospital. Por alguna razón que no acertaba a explicarse, habría preferido no presenciar aquel encuentro.

12

El comandante Arkwright vivía en el apartamento del primer piso de un edificio histórico remodelado de Maida Vale. La casa, que se conservaba en un excelente estado, se alzaba tras unas verjas de hierro que parecían recién pintadas. Habían sacado brillo a la placa de bronce en que aparecían los nombres de los cuatro inquilinos hasta dejarla de color blanco plateado, y a los lados de la puerta había sendos tiestos, cada uno de los cuales contenía un laurel. Una voz masculina respondió rápidamente cuando Piers pulsó el timbre. No había ascensor.

En lo alto de las escaleras enmoquetadas, el comandante Arkwright los aguardaba bajo el dintel de la puerta abierta. Era un hombrecillo atildado que llevaba un traje hecho a medida con chaleco a juego y lo que podría haber sido un corbatín del regimiento. El bigote, una delgada línea hecha a lápiz que contrastaba con las pobladas cejas, era de un color naranja difuminado. El cabello apenas si se le veía. Llevaba la cabeza, que parecía insólitamente pequeña, cubierta en su totalidad por un gorro ceñido de muselina de algodón bajo el que un trozo de gasa blanca quedaba visible por encima de la oreja izquierda. Piers pensó que el gorro le daba el aspecto de un Pierrot de avanzada edad, sin trabajo pero no por ello desanimado. Sus ojos eran de un azul intenso. Examinó a Piers y a Kate de arriba abajo, pero no había hostilidad en su cara. Echó un vistazo a sus placas de identificación sin mostrarse inquieto, limitándose a asentir con la cabeza como si aprobase el que fueran tan sumamente puntuales.

De inmediato saltaba a la vista que el comandante coleccionaba antigüedades, en especial figuras conmemorativas de Staffordshire. El estrecho recibidor estaba tan abarrotado que Kate y Piers entraron en él con extraordinario cuidado, como si estuvieran adentrándose en un mercadillo de anticuarios repleto hasta los topes. Un estante estrecho recorría la totalidad de la longitud de la pared en la que se exhibía una colección impresionante: el duque de Clarence, el desdichado hijo de Eduardo VII, y su prometida, la princesa May; la reina Victoria en traje oficial; un Garibaldi montado a caballo; Shakespeare apoyado en una columna coronada por libros, con la cabeza reclinada sobre el brazo derecho; destacados predicadores victorianos despotricando desde el púlpito... En la pared opuesta había una colección heterogénea, formada en su mayor parte por objetos de la época victoriana, siluetas en sus marcos ovalados, una muestra de bordado en su bastidor, con fecha de 1852, pequeños óleos de escenas rurales del siglo XIX en los que los trabajadores del campo y sus familias, con poco convincente aspecto de estar bien alimentados y limpios, aparecían retozando o sentados tranquilamente a las puertas de sus pintorescas casas. Piers registró cada detalle con ojos expertos y no sin sentir cierta sorpresa por el hecho de que nada de todo aquello dejase constancia de la carrera militar del comandante.

Arkwright los condujo a una sala de estar, cómoda aunque amueblada en exceso con una grandiosa vitrina abarrotada de figuras de Staffordshire similares, y luego, por un breve pasillo, hasta un invernadero construido en el jardín. Estaba amueblado con cuatro sillones de caña y una mesa con tablero de cristal. Los estantes que rodeaban la pared cerca de la base contenían una notable selección y variedad de plantas, todas ellas en flor y en su mayor parte de hoja perenne.

El comandante tomó asiento e indicó a Piers y a Kate que ocuparan los otros sillones. Parecía tan alegremente distendido como si fuesen viejos amigos. Antes de que Piers o Kate tuviesen tiempo de hablar, preguntó con voz ronca y entrecortada:

—¿Han encontrado ya al chico?

—Todavía no, señor.

—Lo encontrarán. No creo que se haya tirado al río. No es de esa clase de personas. Aparecerá en cuanto se entere de que no estoy muerto. No tienen ustedes que preocuparse por el altercado que tuvimos, aunque en realidad tampoco están preocupados, ¿no es cierto? Tienen otros asuntos más importantes. No habría llamado a la policía ni a la ambulancia si la señora Perrifield, la vecina de abajo, no hubiese subido al oír que me caía. La mujer tiene buenas intenciones, pero también acostumbra a interferir en los asuntos ajenos. Ryan tropezó con ella cuando salía disparado de la casa. Había dejado la puerta abierta, y ella llamó a la ambulancia y a la policía antes de que pudiese impedírselo. Estaba un poco aturdido; bueno, la verdad es que estaba inconsciente. Me sorprende que no llamase a los bomberos, a los militares y a cualquiera que se le ocurriese. Además, no voy a presentar cargos.

Piers estaba ansioso por obtener una respuesta rápida a una cuestión de vital importancia, de modo que fue directo al grano.

—No nos preocupa eso, señor, al menos no principalmente. ¿Puede decirnos a qué hora llegó a casa Ryan Archer ayer por la tarde?

—Me temo que no. Estaba en South Ken en una subasta de cerámica de Staffordshire. Había una o dos piezas que me gustaban. Pujé por todas. Antes era capaz de hacerme con una pieza conmemorativa por treinta libras, pero eso es cosa del pasado.

—¿Y a qué hora regresó usted, señor?

—Hacia las siete, más o menos. Me encontré con un amigo en la puerta de la sala de subastas y fuimos directamente a un *pub* local a tomar algo. Ryan ya estaba aquí cuando llegué.

—¿Y qué estaba haciendo, señor?

—Viendo la televisión en su cuarto. Alquilé un aparato para él. El chico ve programas diferentes de los que veo yo y me gusta tener un poco de intimidad por las tardes. En general, funciona.

—¿Cómo lo encontró? —preguntó Kate.

—¿A qué se refiere?

—¿Estaba nervioso, triste, distinto de lo habitual?

—No lo vi hasta al cabo de unos quince minutos. Sólo lo llamé para comprobar si estaba en casa y me contestó. No recuerdo lo que dijimos. Luego salió de su habitación y empezó la discusión. La verdad es que fue culpa mía.

—¿Puede decirnos qué sucedió exactamente?

—Todo comenzó cuando nos pusimos a hablar de las Navidades. Había planeado llevármelo a Roma, tenía el hotel reservado, los billetes comprados... Dijo que había cambiado de opinión, que alguien lo había invitado a pasar juntos la Navidad, una mujer.

Escogiendo sus palabras con sumo cuidado, Kate preguntó:

—¿Y eso le molestó? ¿Se sintió usted decepcionado, celoso?

—Celoso no, estaba completamente furioso. Le he dicho que ya había comprado los malditos billetes.

—¿Le creyó?

—La verdad es que no, lo de la mujer, quiero decir.

—¿Y qué pasó luego?

—Era evidente que no quería ir a Roma. Pensé que podía habérmelo dicho antes de que hiciese las reservas. Además, había pedido información sobre la posibilidad de apuntarlo a unos cursos de extensión cultural para adultos. El chico es inteligente, pero prácticamente es un inculto. Faltaba a clase la mayor parte del tiempo. Le había dejado los folletos para que se los mirase y después habláramos de las posibilidades. Bien, pues no había hecho nada. Tuvimos una fuerte discusión por ese motivo. Yo pensaba que a él le apetecía, pero está claro que no. Dijo que estaba harto de que me metiera en su vida, o algo así. No lo culpo. Como ya he dicho, toda la culpa es mía. Empleé las palabras equivocadas.

—¿Cuáles fueron?

—Le dije: «Nunca llegarás a nada en la vida», e iba a añadir: «a menos que recibas un poco de educación o de formación», pero no tuve ocasión de terminar la frase. Ryan se puso como loco. Ésas debían de ser las palabras que oía de labios de su padrastro. Bueno, no el padrastro exactamente, sino el hombre que vivía con su madre. Es la historia típica, deben de haberla escuchado un millar de veces. El padre los abandona, la madre tiene una sucesión de amantes hasta que al final uno de ellos se va a vivir con ella. El hijo y el amante se detestan y uno de ellos tiene que irse, no es difícil imaginar cuál de los dos. El hombre, evidentemente, era un bestia. Es curioso que a algunas mujeres les guste esa clase de cosas. Bueno, el caso es que más o menos echó a Ryan de su casa. Es raro que Ryan no le diera con un atizador.

—Le dijo a la encargada de la limpieza del museo que había vivido en centros de internamiento para menores desde que era pequeño —señaló Kate.

—¡Patrañas! Vivió en su casa hasta cumplir los quince. Su padre murió dieciocho meses antes de eso. Ryan ha insinuado más de una vez que fue una muerte especialmente trágica, pero nunca ha llegado a explicármelo. Puede que sólo se trate de otra de sus fantasías. No, nunca estuvo interno en ningún centro. El chico es un desastre, pero no tanto como lo sería si las autoridades le hubiesen echado el guante.

—¿Se había mostrado violento con usted antes?

—Nunca. No es un chico agresivo. Como ya he dicho, ha sido culpa mía. Pronuncié las palabras incorrectas en el momento equivocado.

—¿Y no le contó nada acerca del día que había tenido,

de lo que había estado haciendo en el trabajo, a qué hora se había ido, cuándo había llegado a casa?

—Nada. Aunque tampoco es raro, ¿no? No tuvimos mucho tiempo para charlar antes de que perdiese los estribos, agarrase el atizador y se abalanzara sobre mí. Me dio un golpe en el hombro derecho. Me tiró al suelo y di con la cabeza contra el borde del televisor. El puñetero aparato también acabó en el suelo.

—¿Puede contarnos algo de su vida aquí, cuánto tiempo llevan viviendo juntos, cómo se conocieron? —preguntó Piers.

—Lo recogí en Leicester Square hace nueve meses, quizá diez. Es difícil calcular el tiempo; a finales de enero o principios de febrero. Era distinto de los otros chicos. En cuanto habló comprendí que iba a meterse en líos. La de la prostitución es una vida terrible. Si sigues ese camino, más te vale estar muerto. Todavía no había empezado, pero pensé que podría hacerlo. En aquella época estaba durmiendo en la calle, así que lo traje aquí conmigo.

—Y empezaron a vivir juntos. Quiero decir que se hicieron amantes —apuntó Kate con franqueza.

—Es gay, por supuesto, pero no fue por eso por lo que me lo traje a casa. Tengo a otra persona, hace años ya. Ahora está trabajando de asesor en el Lejano Oriente, durante seis meses, pero volverá a principios de enero. La verdad es que para entonces espero que Ryan se haya establecido en otro sitio; este piso es demasiado pequeño para los tres. Ryan vino a mi habitación aquella primera noche; al parecer, creía que tenía que pagarme en especies por su alojamiento. Enseguida le dejé las cosas claras al respecto. Nunca mezclo sexo y trato social, jamás lo he hecho. Además, no me atraen demasiado los jóvenes. Hacen que me sienta extraño, me atrevería a decir, pero así son las cosas. Me caía bien el chico y sentía lástima por él, pero eso es todo. Iba y venía, ¿saben? A veces me decía que iba a estar fuera, y otras, no. Por lo general regresaba al cabo de una o dos semanas, en busca de un baño, ropa limpia, una cama cómoda... Vivía en casas ocupadas, pero ninguna le duraba demasiado.

—¿Sabía usted que trabajaba de jardinero en el Museo Dupayne?

—Yo mismo le di una carta de recomendación. Me explicó que trabajaba allí los lunes, miércoles y viernes. Normalmente, esos días se iba temprano y regresaba hacia las seis. Yo daba por supuesto que estaba donde decía estar, en el Dupayne.

—¿Cómo iba hasta allí? —quiso saber Kate.

—En metro y andando. Tenía una bicicleta vieja, pero desapareció.

—¿No es muy tarde las cinco para estar trabajando en invierno? El sol se pone mucho antes.

—Según él, siempre había algo que hacer. No sólo ayudaba en el jardín, sino también en la casa. Yo no le hacía preguntas, para no recordarle a su padrastro, y Ryan no tolera que se metan en su vida. No lo culpo, yo también siento lo mismo. Oigan, ¿no quieren tomar nada? ¿Té o café? No me he acordado de preguntarles antes.

Kate le dio las gracias y repuso que tenían que irse. El comandante asintió con la cabeza y añadió:

—Espero que lo encuentren. Si lo hacen, díganle que estoy bien. La cama sigue aquí por si decide volver. Por el momento, en cualquier caso. Y él no mató a ese doctor..., ¿cómo se llama? ¿Dupayne?

—El doctor Neville Dupayne.

—Ya pueden quitarse esa idea de la cabeza. El chico no es ningún asesino.

—Si lo hubiese golpeado más fuerte en otra parte, podría haberlo sido —señaló Piers.

—Bueno, pero no lo hizo, ¿no? Tengan cuidado con esa regadera al salir, ¿quieren? Siento no haberles sido de mayor utilidad. ¿Me avisarán cuando lo encuentren?

Asombrosamente, al llegar a la puerta les tendió la mano. Estrechó la de Kate con tanta fuerza que ésta por poco se estremece de dolor.

—Sí, señor, le avisaremos, no se preocupe —respondió ella.

Cuando la puerta se hubo cerrado, Kate se dirigió a Piers.

—Podríamos probar con la señora Perrifield —propuso—. Tal vez ella sepa a qué hora llegó Ryan a casa. Parece la clase de mujer que está atenta a las actividades de sus vecinos.

Llamaron al timbre en la planta baja. Les abrió una mujer mayor y corpulenta. Iba maquillada con excesivo entusiasmo y lucía un peinado más bien rígido. Vestía un traje estampado con cuatro bolsillos en la chaqueta y adornado con enormes botones de bronce. Abrió la puerta sin retirar la cadenilla y los miró con recelo a través de la rendija. Sin embargo, cuando Kate le enseñó la placa y explicó que estaban interrogando a los vecinos acerca de Ryan Archer, quitó la cadena de inmediato y los invitó a entrar. Kate sospechó que quizá tuvieran dificultades para irse de allí, de modo que explicó que esperaban no entretenerla mucho tiempo y le preguntó si podía decirles a qué hora había llegado Ryan a casa la tarde anterior.

La señora Perrifield se mostró vehemente en sus reiteradas afirmaciones de que le habría gustado ayudar pero que ¡pobre de ella! le resultaba imposible. Los viernes por la tarde asistía a sus partidas de *bridge*. El día anterior había estado jugando con unas amigas en South Kensington y después del té se había quedado a tomar un poco de jerez. Había regresado a casa apenas quince minutos después de la atroz agresión. Piers y Kate tuvieron que escuchar hasta el último detalle de cómo la señora Perrifield había logrado salvarle la vida, de manera fortuita, al comandante gracias a su rápida reacción. Esperaba que a partir de ahora el anciano tomara conciencia de que no se podía ser tan confiado ni compasivo. Ryan Archer no era la clase de inquilino que querían en una casa respetable. Repitió lo mucho que lamentaba no estar en situación de ayudarlos y Kate le creyó: no tenía ninguna duda de que a la señora Perrifield le habría encantado decirles que Ryan había regresado a casa oliendo a gasolina directamente del lugar donde se había cometido el crimen.

En el camino de regreso al coche, Kate dijo:

—Así que Ryan no tiene coartada, al menos que nosotros sepamos. Pero me cuesta trabajo creer...

—¡Oh, por el amor de Dios, Kate, tú también no! —la interrumpió Piers—. Ninguno de ellos parece un asesino. Es un sospechoso como los demás, y cuanto más tiempo permanezca desaparecido, más feas se le pondrán las cosas.

13

La casa de la señora Faraday era la octava de una hilera de viviendas adosadas de mediados del siglo XIX en el lado sur de una plaza de Islington. Las casas, construidas sin duda para el estrato superior de la clase trabajadora, debían de haber sufrido la transformación habitual producida por el aumento de los alquileres, el abandono, las secuelas de la guerra y la ocupación múltiple, pero hacía ya tiempo que habían sido tomadas por los miembros de la clase media que valoraban la proximidad con la City, la cercanía de los buenos restaurantes y el teatro Almeida y la satisfacción de proclamar que vivían en una comunidad interesante y social y étnicamente diversa. Por el número de rejas en las ventanas y de sistemas de alarma contra robos, era obvio que los ocupantes habían tomado toda clase de preocupaciones contra cualquier manifestación inoportuna de dicha diversidad. La hilera de viviendas poseía una atractiva unidad arquitectónica. Las fachadas idénticas de estuco de color crema y los balcones de hierro negro se intercalaban con la pintura brillante de las puertas de distintos colores y la variedad de aldabas de bronce. En primavera, aquella armonía arquitectónica debía de revivir con las flores de los cerezos, cuyos troncos estaban protegidos por rejas, pero ese día, el sol otoñal lucía sobre una avenida estampada de ramas desnudas, tiñendo los troncos de oro. Alguna que otra maceta colgada de una ventana brillaba con la hiedra trepadora y el amarillo de los pensamientos de invierno.

Kate pulsó el timbre de la placa de bronce y obtuvo una rápida respuesta. Fueron cortésmente recibidos por un hombre de edad con el pelo blanco peinado hacia atrás con esmero y un rostro de expresión indefinida. Su atuendo tenía un toque de ambigüedad excéntrica: pantalones negros a rayas, chaqueta de lino marrón que parecía recién planchada y pajarita de lunares.

—¿El comisario Dalgliesh y la inspectora Miskin? La señora Faraday los está esperando. Está en el jardín, pero tal vez no les importe ir hasta allí —dijo—. Yo soy Perkins —añadió, como si eso justificase de algún modo su presencia.

No era la casa ni el recibimiento que Kate había esperado. En aquellos tiempos había muy pocas casas en las que fuese el mayordomo quien salía a abrir la puerta, aunque el hombre al que estaban siguiendo tampoco tenía el aspecto de un mayordomo. Por su porte y el aire de seguridad semejaba un antiguo criado, ¿o acaso se trataba de un pariente de la familia que había decidido, para su perversa diversión, interpretar un papel?

El recibidor era estrecho, y lo parecía más aún por el esbelto reloj de pared de caoba que había a la derecha de la puerta. Las paredes estaban cubiertas de acuarelas, colgadas tan próximas las unas a las otras que apenas dejaban ver el papel estampado de color verde oscuro. A través de la rendija de una puerta, a la izquierda, Kate atisbó unas paredes repletas de libros, una elegante chimenea y un retrato al óleo encima de la misma. No cabía esperar encontrar en semejante casa láminas de caballos salvajes galopando por la orilla del mar ni de mujeres orientales con el rostro verdoso. Una barandilla de caoba elegantemente tallada conducía a la planta superior. Al final del pasillo, Perkins abrió una puerta pintada de blanco que daba a un invernáculo que abarcaba toda la anchura de la casa. La atmósfera que reinaba allí resultaba íntima e informal; había abrigos colgados de las sillas de mimbre, revistas encima de una mesa, también de mimbre, y una multitud de plantas verdes que oscurecían el cristal y conferían a la luz una ligera tonalidad verde como si estuviesen bajo el agua. Un pequeño tramo de escalones daba acceso al jardín, y un sendero de piedrecillas conducía hasta el invernadero. A través del cristal vieron la figura de una mujer que se agachaba y levantaba rítmicamente con la precisión de un baile formal. No detuvo sus movimientos ni siquiera cuando Kate y Dalgliesh llegaron a la puerta y observaron que estaba lavando y desinfectando unas macetas. Había un bol de agua jabonosa sobre el alféizar y la mujer cogía una a una las macetas, se inclinaba para sumergirlas en un cubo de desinfectante para plantas y a continuación las colocaba en un estante alto por orden de tamaño. Al cabo de unos segundos decidió ir a ver a sus visitantes y abrió la puerta. Los recibió con un fuerte olor a antiséptico.

Era alta, de casi un metro ochenta de estatura, y vestía unos pantalones de pana mugrientos, un suéter de lana estilo marinero de color azul oscuro, y botas y guantes rojos de goma. Tenía el cabello gris y lo llevaba peinado hacia atrás para retirárselo de una frente pronunciada, atado bajo un sombrero de fieltro que se había encajado con desenfado sobre un rostro de expresión inteligente y huesos marcados. Sus ojos eran oscuros y vivaces, y sus pestañas espesas, y aunque la piel de encima de la nariz y los pómulos estaba bastante curtida, apenas tenía arrugas en el cutis. Sin embargo, cuando se quitó los guantes, Kate vio por las líneas azules de las venas y la delicada y ajada piel de las manos que era mayor de lo que había supuesto; debía de tener más de cuarenta años cuando había dado a luz a su hijo. Kate miró a Dalgliesh, cuyo rostro no le transmitía nada, aunque sabía que seguramente estaba pensando lo mismo que ella. Se hallaban ante una mujer imponente.

—¿La señora Faraday? —preguntó Dalgliesh.

—Pues claro —repuso la mujer en tono autoritario, articulando cuidadosamente las palabras—, ¿quién iba a ser si no? Ésta es mi casa, éste mi jardín, y éste mi invernadero, y ha sido mi mayordomo quien les ha invitado a pasar. —Su voz, pensó Kate, sonaba deliberadamente desenfadada, como si quisiera despojar a las palabras de cualquier atisbo de ofensa—. Y usted, claro está, debe de ser el comandante Dalgliesh —prosiguió—. No se moleste en enseñarme su placa o lo que sea que traigan. Estaba esperándolo, por supuesto, pero no sé por qué pensaba que vendría solo. A fin de cuentas, ésta no es una visita social.

La mirada que lanzó a Kate, pese a no ser hostil, fue tan rápidamente sentenciosa como si estuviese evaluando los defectos y virtudes de una nueva sirvienta. Dalgliesh hizo las presentaciones de rigor y la señora Faraday, de manera un tanto sorprendente, les estrechó la mano antes de ponerse otra vez los guantes.

—Por favor, perdónenme si continúo con mi labor. No es mi tarea favorita, así que una vez que empiezo me gusta acabarla lo antes posible. Esa silla de mimbre está medianamente limpia, señorita Miskin, pero me temo que no tengo ningún asiento que ofrecerle a usted, señor Dalgliesh, más que esta caja vuelta del revés. Creo que la encontrará bastante segura.

Kate se sentó, pero Dalgliesh siguió de pie. Antes de que pudiera hablar, la señora Faraday continuó:

—Han venido por la muerte del doctor Dupayne, por supuesto. Deduzco que su presencia aquí significa que no creen que fuera un accidente.

Dalgliesh había decidido ir directo al grano.

—Ni un accidente ni un suicidio; lamento decirle que se trata de una investigación por asesinato, señora Faraday.

—Eso sospechaba yo, pero ¿no le están dedicando una atención y unos medios un tanto inusuales? Perdónenme, pero la muerte del doctor Dupayne, pese a ser sin duda muy lamentable, ¿merece la dedicación de un comisario además de una inspectora? —Como no obtuviera respuesta, añadió—: Por favor, hagan sus preguntas. Si puedo ayudarles, obviamente me gustaría hacerlo. Conozco algunos detalles, por supuesto. Las noticias como ésa se extienden muy deprisa. Fue una muerte horrible.

La señora Faraday continuó con su tarea. Al ver que sacaba las macetas del agua jabonosa para luego sumergirlas en el líquido desinfectante y depositarlas en las estanterías, Dalgliesh tuvo un vívido recuerdo de su infancia en el cobertizo del jardín de la rectoría. Cuando era niño una de sus tareas consistía en ayudar al jardinero con la limpieza anual de los tiestos. Recordó el cálido olor a madera del cobertizo y las historias que le contaba el viejo Sampson sobre sus hazañas en la Primera Guerra Mundial. Aunque la mayor parte de ellas, según descubrió más adelante, eran ficticias, en aquella época habían logrado cautivar a un chaval de diez años, convirtiendo así las tareas de limpieza en un placer que esperaba con ansia. El viejo poseía una imaginación portentosa. Dalgliesh sospechó que, en ese momento, tenía ante sí a una mujer cuyas mentiras, si es que les mentía, serían más convincentes.

—¿Puede explicarnos cuáles son sus compromisos en el museo? —le preguntó—. Tenemos entendido que es usted una de las voluntarias. ¿Cuánto tiempo lleva allí y qué es lo que hace? Sé que quizá no le parezca relevante, pero en este momento necesitamos la máxima información posible acerca de la vida del doctor Dupayne, tanto profesionalmente como en relación con el museo.

—Entonces tendrán que entrevistarse con los miembros de su familia así como con las personas que trabajaban con él en el hospital. Una de ellas, como supongo deben de saber, es mi nuera. Mi relación personal con la familia se remonta a hace doce años. Mi marido era amigo de Max Dupayne, el fundador del museo, y siempre lo hemos ayudado. Cuando Max vivía, tenían un jardinero muy mayor y no demasiado competente, y Max me preguntó si podía ayudarlo yendo una vez a la semana, o al menos con cierta regularidad, para darles consejo. En la actualidad, me imagino que ya lo saben, el jardín lo cuida Ryan Archer, que también hace alguna que otra chapuza y colabora a tiempo parcial en las tareas de limpieza. El chico es ignorante pero voluntarioso, y mis visitas han continuado. Después de la muerte de Max Dupayne, James Calder-Hale, el archivero, me pidió que siguiera yendo. Él asumió la tarea de cribar a los voluntarios.

—¿Necesitan una criba de voluntarios? —intervino Kate.

—Una pregunta razonable. Al parecer, el señor Calder-Hale era de la opinión de que había demasiados y de que la mayoría daba más quebraderos de cabeza de los necesarios. Los museos suelen atraer a personas entusiastas con pocas habilidades prácticas que ofrecer. Redujo el número de voluntarios a tres: la señorita Babbington, que ayudaba a Muriel Godby en la recepción, la señora Strickland, que trabaja en la biblioteca, y yo. La señorita Babbington tuvo que dejarlo hace un año a causa de sus problemas de artritis. Ahora sólo estamos nosotras dos, y no nos vendría mal un poco más de ayuda.

—La señora Clutton nos dijo que fue usted quien llevó el bidón de gasolina para la cortadora de césped. ¿Cuándo fue eso? —quiso saber Dalgliesh.

—En septiembre, más o menos cuando cortamos el césped por última vez. A Ryan se le había acabado la gasolina y me ofrecí a llevar un bidón para ahorrarnos los gastos de transporte. Nunca llegó a utilizarse. La máquina fallaba desde hacía un tiempo y el chico era incapaz de encargarse de su mantenimiento, y mucho menos de repararla. Llegué a la conclusión de que había que sustituirla. Mientras tanto, Ryan utilizaba la cortadora de césped manual. El bidón de gasolina se quedó en el cobertizo.

—¿Quién sabía que estaba ahí?

—Ryan, claro está, la señora Clutton, que guarda su bicicleta en el cobertizo, y es probable que la señorita Godby. Le dije que habría que sustituir la vieja cortadora. A ella le preocupaba el coste, pero era obvio que no había ninguna prisa; seguramente no haría falta cortar la hierba hasta la primavera. Ahora que lo pienso, debí de decirle lo de la gasolina, porque me pagó lo que costaba y tuve que firmar un recibo. Es posible que los Dupayne y el señor Calder-Hale lo supieran. Tendrán que preguntarles a ellos.

—¿Y no pensó usted que, puesto que ya no era necesario, podía llevarse el bidón a casa? —señaló Kate.

La señora Faraday le lanzó una mirada que sugería que

esa clase de pregunta no se le podía ocurrir a una persona inteligente.

—No, no lo pensé. ¿Debería haberlo hecho? Me habían pagado por él.

Kate, negándose a dejarse intimidar, decidió cambiar de enfoque.

—Lleva doce años yendo al museo. ¿Lo describiría como un lugar alegre? Me refiero a las personas que trabajan allí.

La señora Faraday cogió el siguiente tiesto, lo examinó con mirada crítica, lo sumergió en el desinfectante y lo colocó en el banco.

—La verdad es que me es imposible saberlo. Ningún miembro del personal ha acudido a mí para decirme que estuviese descontento, y si lo hubiese hecho no lo habría escuchado —repuso. Como si temiese que su respuesta hubiese parecido amenazadora, añadió—: Tras la muerte de Max Dupayne había cierta falta de control, en general. Caroline Dupayne ha estado a cargo del museo de forma nominal, pero tiene sus propias responsabilidades en la escuela donde trabaja. Como ya he dicho, el señor Calder-Hale se ocupa de los trabajadores voluntarios y el chico se encarga del jardín, o al menos intenta mantenerlo en unas condiciones aceptables. Cuando llegó Muriel Godby, las cosas mejoraron un poco. Es una mujer competente y parece que le entusiasman las responsabilidades.

Dalgliesh se preguntó cómo introducir la complicación de la relación de su nuera con Neville Dupayne. Necesitaba saber si la aventura amorosa era tan secreta como Angela Faraday había afirmado y, en especial, hasta qué punto la señora Faraday podía habérselo imaginado o si le habían contado algo al respecto.

—Ya hemos hablado con su nuera en calidad de secretaria personal del doctor Dupayne y tengo entendido que en general se encargaba de la consulta externa. Obviamente, se trata de una persona cuya opinión sobre el estado de ánimo del señor Dupayne reviste gran importancia.

—¿Y su estado de ánimo tiene alguna relación con el hecho de que fuese asesinado? Supongo que no estará sugiriendo ahora que podría tratarse de un suicidio...

—Yo soy quien tiene que decidir qué es relevante y qué no lo es, señora Faraday —replicó Dalgliesh.

—¿Y la relación de mi nuera con Neville Dupayne era relevante? Se lo habrá dicho, ¿no? Bueno, claro que se lo habrá dicho; el amor, la satisfacción de ser deseado, es siempre una especie de triunfo. A muy pocas personas les importa confesar que han sido deseables. Por lo que respecta a las costumbres sexuales, en la actualidad no es el adulterio lo deleznable.

—Me parece que para su nuera la relación resultaba más angustiosa que satisfactoria, a causa de la necesidad de mantenerla en secreto, la preocupación de que su hijo pudiese enterarse y hacerle daño...

—Sí —repuso la señora Faraday con amargura—, Angela tiene conciencia.

—¿Y se enteró su hijo, señora Faraday? —inquirió Kate.

Se produjo un silencio. La señora Faraday era demasiado inteligente para no darse cuenta de la importancia de la pregunta, que además, pensó Kate, no debía de haberla pillado por sorpresa. En cierto sentido, ella misma los había invitado a que la formularan, pues era quien había mencionado en primer lugar la aventura amorosa de su nuera. ¿Lo había hecho porque estaba convencida de que la verdad acabaría por salir a la luz y que su silencio necesitaría entonces alguna explicación? Dio la vuelta al tiesto, examinándolo con cuidado, y luego se inclinó y lo sumergió en el desinfectante. Dalgliesh y Kate esperaron.

—No, no lo sabe —respondió la señora Faraday tras incorporarse—, y es mi obligación asegurarme de que no se entere nunca. Espero contar con su colaboración, comisario. Me imagino que ninguno de ustedes dos pretende infligir dolor de forma deliberada.

Dalgliesh oyó que Kate respiraba hondo y retenía el aire por un instante.

—Lo que pretendo es investigar un homicidio, señora Faraday —repuso Dalgliesh—. No puedo ofrecer más garantía que la de decirle que los hechos irrelevantes no se harán públicos de forma innecesaria. Me temo que cuando se investiga un asesinato resulta imposible no causar dolor. Ojalá fuese sólo a los culpables. —Hizo una pausa y añadió—: ¿Cómo lo supo usted?

—Viéndolos juntos. Fue hace tres meses, cuando uno de los miembros de la familia real fue al hospital a inaugurar el nuevo complejo teatral. Neville Dupayne y Angela no estaban juntos oficialmente, nada de eso. Él figuraba en la lista de facultativos que iban a ser presentados y ella ayudaba con los preparativos, daba instrucciones a los visitantes, acompañaba a los VIP..., esa clase de cosas. Pero entonces se encontraron un momento y se pararon a charlar un par de minutos. Vi la cara de ella y el modo en que se cogían de la mano rápidamente y se soltaban con la misma rapidez. Fue suficiente. No se puede disimular el amor, al menos cuando a uno lo sorprenden sin que lo sepa.

—Pero si usted se dio cuenta, ¿por qué no iban a darse cuenta los demás? —preguntó Kate.

—Quizás algunas personas que trabajasen muy de cerca con ellos, pero Angela y Neville Dupayne llevaban sus vidas privadas de forma independiente. Dudo que alguien me lo dijese a mí o a mi hijo aunque lo sospechara. Puede que sea objeto de habladurías entre el personal del hospital, pero no una razón para inmiscuirse en sus vidas o para intentar hacerles daño. Yo los vi en un momento en el que estaban desprevenidos. No tengo ninguna duda de que habían aprendido a fingir muy bien.

—Su nuera me dijo que la relación había terminado —le explicó Dalgliesh—. Habían decidido que el posible daño no justificaba el que continuaran.

—¿Y usted le creyó?

—No vi ninguna razón para no hacerlo.

—Bueno, pues le mintió. Tenían planeado reunirse el próximo fin de semana. Mi hijo me llamó para sugerirme que lo pasara con él porque Angela iba a ir a Norwich a ver a una vieja amiga del colegio. Nunca ha hablado de su colegio ni de sus amigas. Iban a pasar juntos el fin de semana por primera vez.

—No puede estar segura de eso, señora Faraday —dijo Kate.

—Sí puedo estar segura.

De nuevo se produjo un silencio. La señora Faraday prosiguió con su tarea.

—¿Se sentía usted contenta con el matrimonio de su hijo? —preguntó Kate.

—Muy contenta. Tuve que aceptar el hecho de que no le iba a ser fácil encontrar una esposa. A muchísimas mujeres les encantaría acostarse con él, pero no pasar el resto de sus vidas a su lado. Angela parecía sentir un cariño auténtico hacia él, creo que aún lo siente. Se conocieron en el museo, por casualidad. Fue hace tres años. Selwyn tenía una tarde libre y fue a ayudarme con el jardín. Había una reunión de los fideicomisarios después del almuerzo y Neville Dupayne se había olvidado su agenda y sus papeles, de modo que telefoneó al hospital y Angela se los llevó. Después ella quiso ver qué estábamos plantando y estuvimos charlando un rato. Fue entonces cuando ella y Selwyn se conocieron. Me sentí muy feliz y aliviada cuando empezaron a salir y al final se comprometieron. Angela parecía la esposa perfecta para él, buena, sensata y con instinto maternal. Por supuesto, sus sueldos no son ninguna maravilla, pero pude comprarles una pequeña casa y darles un coche. Era obvio lo mucho que ella significaba para Selwyn, lo que aún significa, de hecho.

—Vi a su hijo. Estaba en la sala de espera de Saint Oswald cuando me marché después de ver a su nuera —dijo Dalgliesh.

—¿Y qué impresión le produjo?

—Pensé que tenía una cara extraordinaria. Podría decirse que es un hombre muy bello.

—También lo era mi marido, pero no tanto. Apuesto sería tal vez un término más apropiado. —La señora Faraday pareció quedarse pensativa un instante y luego una sonrisa nostálgica transformó su rostro—. Muy apuesto. Bello es una palabra extraña para aplicársela a un hombre.

—Parece apropiada.

Ella ya había examinado y sumergido en desinfectante el último tiesto. Ahora estaban ordenados en filas según el tamaño. Mirándolos con la satisfacción de haber terminado un trabajo bien hecho, dijo:

—Creo que será mejor que les hable de Selwyn. No es inteligente. Diría que siempre ha tenido dificultades de aprendizaje, pero esa frase, como diagnóstico, ha perdido todo el sentido. Puede sobrevivir en nuestra sociedad implacable, pero le resulta imposible competir. Fue educado con niños supuestamente «normales», pero no obtuvo ningún certificado oficial y ni siquiera se presentó a los exámenes salvo en dos asignaturas no académicas. La universidad, evidentemente, no era una opción que pudiésemos plantearnos, ni aun cuando asistiera a una de esas facultades que ocupan el último lugar de la lista, donde están tan desesperados por aumentar las cifras del alumnado que, según tengo entendido, aceptan a gente prácticamente analfabeta. No habrían aceptado a Selwyn. Su padre era muy inteligente y él es nuestro único hijo. Como es lógico, sus limitaciones, a medida que fueron manifestándose, supusieron una decepción para mi esposo (la palabra dolor no sería lo bastante fuerte), pero quería a su hijo, igual que lo quiero yo. Lo que ambos deseábamos era que Selwyn fuese feliz, que encontrase un trabajo dentro de sus posibilidades donde pudiese resultar útil a los demás y que fuese satisfactorio para él. La felicidad no constituyó un problema: nació con un don especial para ser dichoso. Trabaja como bedel de hospital en Saint Agatha. Le gusta el trabajo y se le da muy bien. Uno o dos de los bedeles más antiguos se interesan por él, así que tiene amigos. También tiene una esposa a la que quiere. Mi intención es que esto último siga siendo así.

—¿Qué estaba haciendo usted, señora Faraday, entre las cinco y media y las seis y media de ayer? —inquirió Dalgliesh con calma.

La pregunta fue brutalmente directa, pero la mujer debía de estar esperándola. Le había entregado en bandeja un móvil sin que nadie se lo pidiera. ¿Le daría también una coartada?

—Cuando oí que Neville Dupayne había muerto deduje que ustedes hurgarían en su vida privada, que la relación entre mi nuera y él saldría a la luz tarde o temprano —contestó—. Sus colegas en el hospital no iban a transmitirnos, ni a mí ni a mi marido, sus sospechas acerca de la relación, ¿por qué iban a hacerlo? Ahora bien, lo más probable es que adopten una actitud distinta cuando hay un asesinato de por medio. También me doy cuenta, por supuesto, de que podría convertirme en sospechosa. Ayer tenía planeado ir al museo y esperar a que llegase Neville Dupayne. Sabía, claro está, que los viernes iba a recoger su Jaguar. Me imagino que todos en el museo lo sabían. Me parecía la ocasión perfecta para verlo con absoluta intimidad. No habría tenido ningún sentido concertar una cita con él en el hospital. Siempre podía excusarse con el argumento de que no disponía de tiempo. Además, estaba la complicación adicional de la presencia de Angela allí. Quería verlo a solas para tratar de convencerlo de que pusiese fin a la relación.

—¿Tenía alguna idea de cómo iba a conseguirlo? Es decir, ¿qué argumentos pensaba emplear además del daño que le estaba haciendo a su hijo? —preguntó Kate.

—No, no contaba con nada específico con lo que amenazarlo, si es a eso a lo que se refiere. Selwyn no era paciente suyo, no creo que su caso le interese a las autoridades sanitarias. Mi única arma, si es que queremos utilizar ese término, sería un llamamiento a su decencia. A fin de cuentas, cabía la posibilidad de que estuviese lamentando mantener esa relación, de que quisiese ponerle fin. Salí de casa a las cinco en punto. Tenía planeado estar en el museo hacia las cinco y media o poco después por si él llegaba más temprano. El edificio cierra sus puertas a las cinco, de modo que para entonces el personal ya se habría ido. Podía verme la señora Clutton, pero me pareció que era poco probable dado que su casa está en la parte de atrás. En cualquier caso, tenía derecho a estar allí.

—¿Y llegó a ver al señor Dupayne?

—No, al final desistí. Había mucho tráfico, como todos los viernes y, por otra parte, tuve que detenerme muchas veces además de parar en los semáforos en rojo. Tuve tiempo para pensar, y llegué a la conclusión de que era una idea descabellada. Neville Dupayne estaría ansioso por empezar su fin de semana, por irse. Sería el peor momento para abordarlo, y sólo tendría una oportunidad. Si fallaba, habría sido inútil. Me dije que tendría más posibilidades si primero hablaba con Angela; al fin y al cabo, nunca había hablado con ella de su relación con el doctor Dupayne, y ella ignoraba que yo estuviese al tanto. El hecho de que yo lo supiera tal vez lo cambiaría todo a sus ojos. Siente un gran afecto por mi hijo, no es una depredadora implacable. Seguramente tendría más posibilidades de éxito con ella que con él. A Selwyn le gustaría ser padre. He consultado a los médicos y no hay ninguna razón por la que sus hijos no puedan ser normales; además, tengo la impresión de que a mi nuera también le gustaría tener hijos, y no creo que esperara tenerlos con Dupayne. Por supuesto, necesitarían alguna ayuda económica. Cuando llegué a Hampstead Pond decidí regresar a casa. No me fijé en qué hora era, ¿por qué iba a hacerlo? Pero estaba aquí a las seis y veinte, y Perkins se lo confirmará.

—¿La vio alguien que pudiera reconocerla, a usted o al coche?

—No, que yo sepa. Y ahora, a menos que tengan más preguntas, creo que voy a regresar a la casa. Por cierto, comisario, les agradecería que no hablasen directamente con Selwyn. Estaba trabajando en Saint Agatha cuando asesinaron a Dupayne. En el hospital se lo confirmarán sin necesidad de hablar con él.

La entrevista había terminado, y habían obtenido, pensó Kate, más información de la que esperaban.

La señora Faraday no los acompañó a la puerta principal, sino que dejó que lo hiciera Perkins, quien aguardaba en el jardín de invierno. Al llegar a la puerta, Dalgliesh se dirigió a él:

—¿Podría decirnos, por favor, la hora a la que la señora Faraday regresó a casa ayer por la tarde?

—Eran las seis y veinte, comisario. Eché un vistazo al reloj por casualidad.

Les abrió la puerta de par en par; más que una invitación a que se marcharan, parecía una orden.

Recorrieron el camino de vuelta al coche en silencio. Una vez sentada y con el cinturón puesto, Kate estalló.

—¡Gracias a Dios que no es mi suegra! En esta vida sólo le importa una persona, y es su precioso hijo. Le apuesto a que no se habría casado con Angela si mamaíta no hubiese dado su bendición: es ella quien compra la casa, quien les da el coche... ¿Que al niño le gustaría tener un bebé?, pues seguro que también se lo compraría. Y si eso implica que Angela deje su trabajo, entonces mamaíta mantendrá a la familia. No existe el menor indicio de que Angela pueda tener otra opinión, de que tal vez no quiera tener hijos, o al menos por el momento, de que sea posible que, de hecho, disfrute trabajando en el hospital, de que valore su independencia... Esa mujer es increíblemente despiadada.

Le sorprendió la intensidad de su propia ira, que no sólo iba contra la señora Faraday por su arrogancia y su superioridad natural, sino contra sí misma por haber dado rienda suelta a una emoción tan poco profesional. La ira en la escena del crimen era un sentimiento natural y a menudo constituía un acicate loable para entrar en acción; al detective que se hubiese vuelto tan indiferente, tan insensibilizado a causa de la naturaleza de su trabajo que ni la lástima ni el dolor hallaran un hueco para manifestarse en su respuesta ante el dolor y la destrucción humanos, más le valía buscarse otro trabajo. Sin embargo, la ira contra un sospechoso era un lujo capaz de distorsionar peligrosamente la capacidad de discernimiento. Además, mezclada con la ira que Kate trataba de controlar había un sentimiento igualmente censurable. Honesta por naturaleza, lo reconoció no sin cierta vergüenza: era rencor de clase.

Siempre había considerado la lucha de clases el recurso de las personas fracasadas, inseguras o envidiosas, y ella no era ninguna de las tres cosas. Entonces, ¿por qué estaba tan enfadada? Había empleado muchos años y energía tratando de superar el pasado, de dejar atrás de una vez por todas su condición de hija ilegítima, el hecho de que nunca conocería el nombre de su padre, aquella existencia en el bloque de barrio con su abuela gruñona, el olor, el ruido y la desesperanza que todo lo impregnaba... Y aun así, dedicándose a un trabajo que la había alejado de los edificios Ellison Fairweather más eficazmente que cualquier otro, ¿no había dejado allí una parte de sí misma, una especie de vestigio de lealtad hacia los desposeídos y los pobres? Había cambiado de estilo de vida, de amigos e incluso, por etapas casi imperceptibles, de manera de hablar. Se había convertido en parte de la clase media. Sin embargo, a la hora de la verdad, ¿no seguía todavía del lado de aquellos vecinos casi olvidados? Y ¿no eran las señoras Faraday, la clase media próspera, culta y liberal quienes, al final, controlaban sus vidas? «Nos critican por reaccionar con respuestas intolerantes que ellos jamás experimentarán —pensó—. No tienen que vivir en un barrio de viviendas del ayuntamiento con un ascensor cubierto de pintadas y una violencia incipiente pero constante. No envían a sus hijos a escuelas donde las clases son auténticos campos de batalla y el ochenta por ciento de los niños ni siquiera habla nuestro idioma. Si sus hijos se convierten en delincuentes, no los envían a un tribunal de menores sino a un psiquiatra. Si necesitan tratamiento médico urgente, siempre pueden recurrir a la medicina privada. No es de extrañar que se permitan el lujo de ser tan puñeteramente liberales.»

Permaneció sentada en silencio, observando los largos dedos de Dalgliesh sobre el volante. Sin duda, pensó, el aire del interior del vehículo debía de estar palpitando con la turbulencia de sus sentimientos.

—No es tan simple como eso, Kate —repuso él.

«No, nada lo es nunca, pero resulta lo bastante simple para mí», se dijo Kate. De pronto, inquirió:

—¿Cree que estaba diciéndonos la verdad, acerca de que su nuera y Dupayne seguían manteniendo su relación? Sólo tenemos su palabra. ¿Es posible que Angela le mintiese, señor, cuando habló con usted?

—No, en mi opinión la mayor parte de lo que me dijo era verdad. Y ahora, con la muerte de Dupayne, tal vez se haya convencido a sí misma de que el *afaire* había terminado definitivamente, de que un fin de semana con él habría señalado el final. El dolor a menudo afecta la percepción de la verdad de las personas, pero por lo que respecta a la señora Faraday, no importa si los amantes tenían la intención o no de pasar juntos ese fin de semana. Si ella cree que la tenían, eso constituye un móvil.

—Y contaba con los medios y con la ocasión —señaló Kate—: sabía que la gasolina estaba en el cobertizo, ella misma la había llevado; sabía que Neville Dupayne estaría en el garaje a las seis en punto y que el personal del museo se habría marchado, pues así nos lo dijo, ¿no? Todo.

—Ha sido sincera, sorprendentemente sincera —convino Dupayne—. Pero en cuanto a la relación amorosa, sólo nos dijo lo que sabía que averiguaríamos. No me la imagino pidiéndole a su sirviente que nos mintiera, y si de hecho tenía planeado matar a Dupayne, se habría asegurado de hacerlo de manera que su hijo no resultase sospechoso. Comprobaremos la coartada de Selwyn Faraday, pero si su madre afirma que estaba trabajando en el hospital, me parece que descubriremos que así era.

—En cuanto a la relación de su esposa con Dupayne, ¿es necesario que se entere? —preguntó Kate.

—No, a menos que presentemos cargos contra su madre. — Dalgliesh hizo una pausa y añadió—: Fue un acto de crueldad horrible.

Kate no respondió. Era imposible que Dalgliesh pretendiese decir con eso que la señora Faraday jamás habría cometido semejante asesinato, pero ambos procedían de la misma clase social; él se habría sentido como pez en el agua en esa casa, en su compañía, pues se trataba de un mundo que entendía muy bien. Sin embargo, aquello era ridículo, Dalgliesh sabía, incluso mejor que ella misma, que no había modo de predecir, así como de comprender en profundidad, de qué eran capaces los seres humanos. Ante una tentación irresistible, todo se dejaba de lado: las sanciones morales y legales, la educación privilegiada y aun las creencias religiosas. La comisión de un asesinato a menudo sorprendía al propio asesino. Ella había visto, en los rostros de hombres y mujeres, estupefacción ante lo que habían hecho.

—Siempre es más fácil cuando no tienes que presenciar la muerte en sí —estaba diciendo Dalgliesh—. El sádico puede disfrutar con la crueldad. La mayoría de los homicidas prefieren convencerse de que no lo hicieron, o de que no infligieron demasiado sufrimiento, de que la muerte fue rápida o sencilla, o incluso de que le hicieron un favor a la víctima matándola.

—Pero nada de eso se cumple en el caso de este asesinato —replicó Kate.

—No —admitió Dalgliesh—: en este asesinato, no.

14

El despacho de James Calder-Hale estaba en el primer piso de la parte de atrás de la casa, situado entre la Sala del Crimen y la galería dedicada a la Industria y el Empleo. En su primera visita, Dalgliesh había advertido las palabras disuasorias inscritas en la placa de bronce a la izquierda de la puerta: «DIRECTOR DEL MUSEO. ESTRICTAMENTE PROHIBIDO EL PASO.» Sin embargo, en ese momento estaba esperándolo. Calder-Hale abrió la puerta en cuanto llamó.

Dalgliesh se sorprendió ante el tamaño de la habitación. A pesar de que el Dupayne se limitaba, en ámbito y aspiraciones, al periodo de entreguerras, adolecía menos que otros museos más famosos o pretenciosos de falta de espacio. Aun así llamaba la atención que Calder-Hale tuviese el privilegio de ocupar una sala considerablemente mayor que el despacho de la planta baja.

Se había instalado allí con todo lujo de comodidades. Había un escritorio enorme, con compartimentos adosados, colocado en ángulo recto con la única ventana, que daba a un seto de hayas altas, en esos momentos en su dorado esplendor otoñal, y tras éste, al tejado de la casa donde vivía la señora Clutton y los árboles del Heath. La chimenea, a todas luces victoriana original pero menos ostentosa que las que había en las galerías, estaba equipada con una estufa de gas que simulaba ascuas ardiendo. La estufa estaba encendida, y sus llamas rojas y su azul titilante conferían a la estancia una atmósfera hogareña muy acogedora, incrementada por dos sillones de orejas, uno a cada lado de la chimenea. Encima de ésta colgaba el único cuadro del despacho, una acuarela que representaba la calle de un pueblo y parecía obra de Edward Bawden. Unas estanterías hechas a medida recubrían todas las paredes salvo encima de la chimenea y a la izquierda de la puerta, donde había un armario pintado de blanco con una encimera de vinilo y sobre ella un microondas, una tetera eléctrica para calentar agua y una cafetera. Junto al armario había una pequeña nevera y encima de ésta, un armario de pared. A la derecha de la habitación, una puerta entreabierta dejaba parcialmente visible lo que sin duda era un cuarto de baño. Dalgliesh vio el borde de una ducha y un lavamanos. Se le ocurrió pensar que, si así lo deseaba, Calder-Hale no tenía por qué salir nunca de su despacho.

Había papeles por todas partes: carpetas de plástico con recortes de prensa, algunos de color marrón por el paso de los años; archivadores en los estantes más bajos; montones de manuscritos apilados que rebosaban los compartimentos del escritorio; paquetes de textos mecanografiados atados con cinta adhesiva y amontonados en el suelo... Aquel exceso de documentos quizá representara la acumulación administrativa de décadas, aunque la mayor parte de las páginas de los manuscritos parecían recientes. Sin embargo, estaba claro que la labor del director de un museo no tenía por qué incluir semejante volumen de papeleo. Lo más probable era que Calder-Hale se hallara inmerso en algún proyecto personal relacionado con la escritura, o bien que fuese uno de esos diletantes que como más disfrutan es entregándose a algún ejercicio académico que no tienen ninguna intención —y a menudo son psicológicamente incapaces— de terminar. Calder-Hale parecía un candidato poco probable a pertenecer a ese último grupo, aunque existía la posibilidad de que resultase tan personalmente misterioso y complejo como algunas de sus actividades. Y por valiosas que fuesen esas hazañas, era tan sospechoso como cualquiera de las personas vinculadas con el Museo Dupayne. Al igual que ellos, disponía de los medios y de la oportunidad. Estaba por ver si tenía un móvil, pero quizá poseyese la crueldad necesaria, incluso más que los otros.

Calder-Hale hizo un gesto con la mano en dirección a la cafetera, en la que aún había un par de dedos de café, y preguntó:

—¿Quieren un poco? Una cafetera llena se hace enseguida. —A continuación, después de que Dalgliesh y Piers hubiesen rechazado su ofrecimiento, se sentó en la silla giratoria que había tras su escritorio y los miró—. Más vale que se pongan cómodos en los sillones, aunque supongo que esta entrevista no se prolongará mucho tiempo...

Dalgliesh se sintió tentado de responder que duraría cuanto fuese necesario. En la habitación hacía un calor incómodo, pues la estufa de gas era un complemento de la calefacción central. Dalgliesh le pidió que la apagara y, con parsimonia, Calder-Hale se acercó y cerró la espita. Por primera vez, el comisario cayó en la cuenta de que aquel hombre tenía aspecto de enfermo. En su primer encuentro, sulfurado por la indignación, real o fingida, Calder-Hale le había dado la impresión de que gozaba de excelente salud. Ahora, en cambio, advirtió la palidez de debajo de sus ojos, la elasticidad de la piel encima de los pómulos y un ligero temblor en las manos mientras cerraba la espita.

Antes de volver a ocupar su asiento, Calder-Hale se acercó a la ventana y tiró de las cuerdas de la persiana de listones de madera, que se desenrolló con gran estruendo y estuvo a punto de volcar una maceta con violetas africanas.

—Detesto esta penumbra —dijo. Acto seguido, colocó la planta sobre su escritorio y añadió, como si fuese necesaria alguna disculpa o explicación—: Tally Clutton me dio esta planta el 3 de octubre. Alguien le había dicho que cumplía cincuenta y cinco años. Es la flor que menos me gusta, pero manifiesta una irritante resistencia a morir.

Se acomodó en su silla y la hizo girar hacia los dos policías a quienes miró con cierta complacencia. A fin de cuentas, gozaba de la posición físicamente dominante.

—Estamos tratando la muerte del doctor Dupayne como un asesinato —le explicó Dalgliesh—. Está descartado que fuera un accidente y no hay pruebas que avalen la hipótesis de un suicidio. Le pedimos su colaboración. Si hay algo que sepa o sospeche que puede resultarnos de ayuda, necesitamos que nos informe de ello ahora.

Calder-Hale cogió un lápiz y empezó a hacer garabatos en la carpeta que tenía delante.

—Nos resultaría útil que ustedes nos brindaran información —respondió—. Lo único que sé, lo único que todos sabemos, es lo que nos hemos dicho unos a otros: que alguien roció a Neville con gasolina de un bidón del cobertizo y luego le prendió fuego. Entonces, ¿están seguros de que no fue un suicidio?

—Las pruebas físicas están en contra.

—¿Y qué me dice de las pruebas psicológicas? Cuando vi a Neville el viernes de la semana pasada, día en que usted estuvo aquí con el señor Conrad Ackroyd, resultaba obvio que se hallaba sometido a un gran estrés. No sé cuáles eran sus problemas, aparte del exceso de trabajo, que podemos dar por sentado. Además, había elegido la profesión equivocada; si quieres encargarte de la más intratable de las enfermedades humanas, más vale que te asegures de que posees la suficiente fortaleza mental y de que eres capaz de distanciarte cuando es necesario. El suicidio es comprensible; el asesinato, no. ¡Y un asesinato tan horrendo, menos aún! No tenía enemigos, que yo sepa; claro que, ¿cómo iba yo a saberlo? Apenas nos veíamos. Empezó a guardar el coche aquí tras la muerte de su padre, y desde entonces venía en su busca todos los viernes a las seis. A veces, cuando él llegaba, yo me marchaba. Nunca explicaba adónde iba, y nunca se lo pregunté. Llevo aquí como director cuatro años y no creo que haya visto a Neville por el museo más de una docena de veces.

—¿Qué hacía él aquí el viernes pasado?

Calder-Hale había perdido el interés en sus garabatos y en ese momento estaba intentando hacer equilibrios con el lápiz en la mesa.

—Quería saber cuál era mi opinión acerca del futuro de la institución. Como ya le habrán informado los Dupayne, hay que firmar el nuevo contrato de arrendamiento hacia el 15 de este mes. Me consta que tenía sus dudas acerca de si quería que el museo siguiese abierto. Le dije que carecía de sentido que me pidiese mi apoyo: yo no soy fideicomisario y no iba a estar presente en la reunión. Además, él ya conocía mi opinión. Los museos honran el pasado en una época que adora la modernidad casi tanto como el dinero y la fama, así que no es de extrañar que atraviesen tantas dificultades. El Dupayne supondrá una pérdida si cierra, pero sólo para las personas que valoran lo que ofrece. ¿Lo valoran los Dupayne? Si ellos no tienen la voluntad de salvar este lugar, nadie más la tendrá.

—Se supone que ahora su continuidad estará garantizada —repuso Dalgliesh—. ¿Le habría importado mucho que no se hubiese firmado el contrato?

—Habría sido un inconveniente, para mí y para algunas personas a las que les interesa lo que hago aquí. En los últimos años me he sentido a mis anchas en este lugar, como pueden ver, pero tengo mi propio piso y una vida fuera de aquí. Dudo que, a la hora de la verdad, Neville se hubiese opuesto; al fin y al cabo, era un Dupayne. Creo que habría firmado con sus hermanos.

—¿Dónde estaba usted, señor Calder-Hale, entre las cinco y las siete del viernes por la tarde, más o menos? —intervino Piers por primera vez, en tono inflexible.

—¿Pretende una coartada? ¿No exageran un poco? Sin duda, la hora que les interesa es las seis. Pero ante todo seamos meticulosos. A las cinco menos cuarto salí de mi piso en la plaza Bedford y fui en moto a mi dentista, que está en la calle Weymouth; tenía que acabar de pulirme una funda. Normalmente dejo la moto en la calle Marylebone, pero no había sitio, de modo que fui a Marylebone Lane, en Cross Keys Close, y aparqué allí. Salí de la calle Weymouth hacia las cinco y veinticinco, y espero que la enfermera y la recepcionista puedan confirmar la hora. Descubrí que me habían robado la moto, así que me fui andando a casa, acortando camino por las calles al norte de Oxford Street y tomándome mi tiempo, pero supongo que no llegué hasta las seis. Entonces llamé a la comisaría de policía de mi zona, donde confío hayan registrado la llamada. Parecían extraordinariamente indiferentes al robo que había sufrido, y no he tenido noticias de ellos desde entonces. Con la cifra actual de crímenes con armas de fuego y la amenaza del terrorismo, dudo que la sustracción de una motocicleta constituya una prioridad. Dejaré pasar un par de días, la daré por perdida y reclamaré al seguro. La habrán arrojado a alguna zanja, seguramente. Es una Norton, ya no las hacen; le tenía mucho cariño, pero no tan obsesivo como el que sentía el pobre Neville por su Jaguar.

Piers había anotado todas las horas.

—¿Y no hay nada más que pueda decirnos? —insistió Dalgliesh.

—Nada. Siento no haberles resultado más útil, pero como ya he dicho, apenas conocía a Neville.

—Habrá oído hablar del encuentro de la señora Clutton con el misterioso conductor...

—He oído tantas cosas sobre la muerte de Neville como imagino que habrán oído ustedes. Marcus y Caroline me han referido la entrevista que mantuvieron con ellos el viernes y he hablado con Tally Clutton. Es una mujer honesta, por cierto. Pueden confiar en todo cuanto les diga.

Le preguntaron si la descripción de la señora Clutton le resultaba familiar, y Calder-Hale respondió:

—Parece más bien el visitante medio del Dupayne. Dudo que tenga importancia. Es poco probable que, en su huida, un asesino se pare a auxiliar a una mujer mayor, sobre todo si acaba de quemar viva a su víctima. Además, ¿por qué arriesgarse a que ella memorizase el número de la matrícula?

—Vamos a poner un anuncio. Puede que aparezca —comentó Piers.

—Yo no confiaría en ello. Quizá se trate de una de esas personas sensatas que no consideran la inocencia una protección contra las maquinaciones casuísticas de la policía.

—Señor Calder-Hale —intervino Dalgliesh—, creo que es posible que usted sepa por qué murió Dupayne. En ese caso, si lo dijese ahora me ahorraría tiempo a mí y molestias a ambos.

—No lo sé. Ojalá lo supiese, y de ser así se lo diría. Soy capaz de aceptar la necesidad ocasional de cometer un asesinato, pero no este asesinato ni empleando este método. Tengo mis sospechas, podría darles cuatro nombres y en orden de probabilidad, pero imagino que disponen ustedes de la misma lista y en el mismo orden.

Al parecer no había nada más que averiguar por el momento. Dalgliesh estaba a punto de levantarse cuando Calder-Hale preguntó:

—¿Han visto ya a Marie Strickland?

—Oficialmente no. Tuvimos un breve encuentro el viernes de la semana pasada, cuando vine al museo. Supongo que se trataba de la señora Strickland. Trabajaba en la biblioteca.

—Es una mujer increíble. ¿La han investigado ya?

—¿Deberíamos hacerlo?

—Me preguntaba si se habían interesado por su pasado. En la guerra, fue una de las agentes femeninas del Servicio de Operaciones Especiales que fueron arrojadas en paracaídas sobre Francia la víspera del día D. El proyecto consistía en reconstruir una red en la zona ocupada del norte que había sido desmantelada el año anterior por un problema de alta traición. Su grupo sufrió el mismo destino. En el equipo había un traidor que, según se rumorea, había sido el amante de Strickland. Fueron los únicos a los que no apresaron, torturaron y asesinaron.

—¿Cómo lo sabe usted? —inquirió Dalgliesh.

—Mi padre trabajaba con Maurice Buckmaster en el cuartel general del SOE en Baker Street. Él tuvo parte de responsabilidad en la catástrofe. Le habían advertido, así como a Buckmaster, pero ambos se negaron a creer que los mensajes por radio que estaban recibiendo procediesen de la Gestapo. Por supuesto, yo aún no había nacido, pero mi padre me contó parte de la historia antes de morir. En sus últimas semanas, antes de que comenzaran a administrarle morfina, quiso compensar veinticinco años de incomunicación. La mayor parte de lo que me contó no es ningún secreto. En cualquier caso, con la divulgación de los documentos oficiales todo está saliendo a la luz.

—¿Usted y la señora Strickland han hablado alguna vez de esto?

—No creo que ella sospeche siquiera que conozco la historia. Debe de saber que soy el hijo de Calder-Hale, o que al menos estoy emparentado con él, pero eso no sería ninguna razón para quedar y mantener una charla íntima sobre el pasado. Al menos de ese pasado, y sobre todo con mi apellido. Aun así, me ha parecido que tal vez les interesaría saberlo. Siempre me siento un poco incómodo en compañía de Marie Strickland, aunque nunca lo bastante para desear que no estuviese aquí. Sencillamente, su valentía me resulta incomprensible, hace que me sienta como si no estuviese a la altura de las circunstancias. Combatir en una batalla es una cosa, pero arriesgarse a la traición, la tortura y una muerte solitaria es otra muy distinta. Debía de ser extraordinaria de joven, una combinación de delicada belleza inglesa y crueldad. La atraparon una vez, en una misión anterior, pero se las apañó para salir indemne. Imagino que los alemanes no podían creer que fuese otra cosa de lo que parecía. Y ahora se pasa las horas sentada en la biblioteca, una viejecita con las manos artríticas y ojos apagados, escribiendo carteles con caligrafía elegante que quedarían igual de bien si Muriel los imprimiese en su ordenador.

Siguieron sentados en silencio. Calder-Hale parecía algo exhausto tras su último y amargamente irónico comentario. Estaba mirando hacia una pila de papeles que había encima del escritorio, pero más con una especie de cansada resignación que con entusiasmo. No iban a averiguar nada más, había llegado el momento de marcharse.

En el camino de regreso al coche, ninguno de los dos habló de la señora Strickland.

—No es una gran coartada, ¿verdad? —comentó Piers—. La moto aparcada en una calle muy transitada. ¿Quién podría decir a qué hora la dejaron allí o se la llevaron? Seguramente iba con el casco puesto, lo que constituye un disfraz muy eficaz. Si la abandonaron por ahí, lo más probable es que sea entre la maleza de Hampstead Heath.

—Tenemos la hora a la que se marchó del dentista —apuntó Dalgliesh—. Probablemente podrá confirmarse con exactitud. La recepcionista debe de llevar un registro de las visitas. Si es cierto que se fue a las cinco y veinticinco, ¿pudo llegar al Dupayne antes de las seis? Se supone que sí, si tuvo suerte con el tráfico y los semáforos. Habría necesitado algo más de tiempo. Será mejor que Benton-Smith cronometre el recorrido, a ser posible con una Norton. Quizá los del taller nos echen una mano con eso.

—Necesitaremos un par de esas motos, señor. Me apetecería echar una carrera.

—Con una bastará, ya hay bastantes descerebrados haciendo el loco en la carretera. Benton-Smith puede hacer el trayecto varias veces. Será mejor que le indiques rutas alternativas; Calder-Hale podría haber probado con varias. Y no hace falta que Benton se pase, Calder-Hale no se habría arriesgado a saltarse los semáforos.

—¿No me necesita en la autopsia, señor?

—No, y que Kate se lleve a Benton, así adquirirá experiencia. La causa de la muerte es obvia, pero resultará interesante conocer su estado general de salud y el nivel de alcoholemia.

—¿Cree probable que estuviera borracho, señor? —preguntó Piers.

—Hasta el punto de estar completamente ebrio, no; pero si había bebido mucho, eso daría credibilidad a la teoría del suicidio.

—Creía que habíamos descartado el suicidio.

—Y lo hemos hecho, pero estoy pensando en la defensa. A un jurado tal vez le pareciera razonable. La familia está ansiosa porque les entreguen el cadáver a fin de proceder a la incineración. Al parecer, tienen un hueco en el crematorio para el jueves.

—¡Menuda rapidez! —exclamó Piers—. Debieron de reservar hora poco después de que su hermano muriera. Un poco insensible, como si no quisiesen esperar a acabar el trabajo que ya había empezado otra persona. Al menos, no hicieron la reserva antes de que lo matasen.

Dalgliesh no respondió, y una vez en el interior del Jaguar ambos se sujetaron los cinturones en absoluto silencio.

15

Marcus Dupayne había convocado una reunión del personal para las diez en punto del lunes 4 de noviembre. Lo había hecho mediante una nota redactada en un tono tan oficial que en lugar de cuatro personas parecía que fuera a reunirse un organismo institucional.

A pesar de que el museo había permanecido cerrado y de que su labor de limpiar el polvo apenas era necesaria, Tally acudió al museo a realizar sus tareas matutinas habituales al igual que había hecho durante el fin de semana, ya que continuar con su rutina normal le proporcionaba seguridad y tranquilidad.

Una vez de regreso en la casa, se quitó el mono de trabajo, se aseó y, tras meditarlo unos minutos, se puso una blusa limpia y regresó al museo justo antes de las diez. Estaba previsto que la reunión se celebrase en la biblioteca, y Muriel ya estaba allí, preparando las tazas para el café. Tally comprobó que, como de costumbre, había horneado ella misma las galletas. Aquella mañana parecían de avena, simplemente; tal vez, se dijo, las de chocolate le habían parecido demasiado festivas para la ocasión.

Los dos Dupayne llegaron puntuales, y el señor Calder-Hale lo hizo poco después. Estuvieron unos minutos tomando café en torno a la mesita que había frente a la ventana norte, como si quisiesen separar un acto social de poca trascendencia del asunto tan serio que tenían entre manos, y a continuación se trasladaron a sus sitios en la mesa central.

—Les he pedido que vinieran por tres razones —empezó Marcus Dupayne—. La primera es para agradecer a James, a Muriel y a Tally sus expresiones de condolencia por la muerte de nuestro hermano. En un momento como éste, el dolor se convierte en estupor y éste en horror. Tendremos tiempo, acaso no el suficiente, para llorar a Neville y darnos cuenta de lo que tanto nosotros como sus pacientes hemos perdido. La segunda razón es hacerles saber que mi hermana y yo ya hemos tomado una decisión con respecto al futuro del Museo Dupayne, y la tercera es para hablar de nuestra respuesta a la investigación policial de lo que ya han decidido, y nosotros tenemos que aceptar, que es un asesinato, y cómo debemos enfrentarnos a la publicidad que, como es lógico, ha despertado el caso. Dejé la reunión hasta esta mañana porque me pareció que el fin de semana estaríamos todos demasiado consternados para pensar con claridad.

—¿Es de suponer, entonces, que se va a firmar el nuevo contrato de arrendamiento y que el Dupayne seguirá funcionando? —preguntó Calder-Hale.

—El contrato ya se ha firmado —contestó Marcus—. Esta mañana Caroline y yo hemos ido a Lincoln's Inn a las ocho y media.

—¿Antes de que Neville haya sido incinerado? —exclamó James—. Vaya, vaya... Aquí huele a chamusquina, diría yo.

Caroline pasó por alto el comentario y repuso en tono glacial:

—Ya habíamos realizado todos los pasos previos. Sólo quedaba pendiente la firma de los otros dos fideicomisarios. Habría sido prematuro celebrar esta reunión sin estar en situación de asegurarles que el museo seguiría abierto.

—¿Y no habría sido correcto esperar unos cuantos días?

Marcus permaneció impasible.

—¿Y por qué exactamente? ¿Te estás volviendo sensible a la opinión pública o hay alguna objeción ética o teológica que no haya tenido en cuenta?

James esbozó una sonrisa irónica que más pareció una mueca, pero no contestó.

—El juez de instrucción abrirá el sumario mañana por la mañana —prosiguió Marcus—, y si nos entregan el cadáver, la incineración tendrá lugar el jueves. Mi hermano no era religioso, de modo que será una ceremonia laica y privada. Sólo asistirán los familiares más cercanos. Parece ser que el hospital quiere organizar más tarde una misa en su memoria en la capilla y, por supuesto, estaremos presentes. Imagino que cualquier otra persona que quiera asistir será bien recibida. Sólo he mantenido una breve conversación telefónica con el administrador. Todavía no hay nada concreto.

»Y ahora, en cuanto al futuro del museo, seré el nuevo administrador general y Caroline continuará trabajando a tiempo parcial y será responsable de lo que podríamos describir como la parte visible de la casa: entradas, administración, financiación y mantenimiento. Usted, Muriel, seguirá respondiendo ante ella. Sé que ambas tienen una especie de acuerdo privado relacionado con el cuidado de su piso, y eso continuará siendo así. Nos gustaría que tú, James, siguieses ejerciendo de director del museo con responsabilidad sobre las adquisiciones, la conservación de las piezas y la organización de exposiciones, las relaciones con los investigadores y el reclutamiento de voluntarios. Usted, Tally, continuará como hasta ahora, viviendo en la casa pequeña y respondiendo ante mi hermana de la limpieza general y ante Muriel cuando ésta necesite ayuda en recepción. Escribiré a nuestras dos voluntarias actuales, la señora Faraday y la señora Strickland, para pedirles que continúen si lo desean. Si el museo amplía su ámbito de actividad, como espero que suceda, es posible que necesitemos personal contratado adicional, y sin duda no nos vendría mal la ayuda de más voluntarios. James seguirá encargándose de las entrevistas. El chico, Ryan, puede seguir, eso si se digna aparecer.

—Estoy preocupada por Ryan —intervino Tally.

—No creo que la policía vaya a sospechar de Ryan Archer —dijo Marcus en tono desdeñoso—. ¿Qué motivo podía tener ese chico, aunque fuese lo bastante inteligente para planear este asesinato?

—No creo que deba preocuparse, Tally —repuso James con delicadeza—. El comandante Dalgliesh nos ha contado lo sucedido: el chico se ha escapado porque agredió al comandante Arkwright y seguramente creyó que lo había matado. Aparecerá cuando se dé cuenta de que no lo ha hecho. Además, la policía está buscándolo. No podemos hacer nada al respecto.

—Evidentemente, necesitan hablar con él —añadió Marcus—. No podemos esperar que se muestre discreto.

—Pero ¿qué puede decirles? —preguntó Caroline.

Se produjo un silencio que no se quebró hasta que habló Marcus.

—Tal vez sea el momento de que pasemos al tema de la investigación. Lo que me sorprende es el grado de implicación de la policía. ¿Por qué el comisario Dalgliesh? Pensaba que su brigada se dedicaba a investigar casos de homicidio de especial dificultad o confidencialidad. No entiendo por qué la muerte de Neville forma parte de ese grupo.

James se reclinó peligrosamente en su asiento y dijo:

—Puedo sugerirte unas cuantas razones: Neville era psiquiatra, quizás estuviese tratando a alguien poderoso cuya reputación necesite algo más que la protección habitual. No sería conveniente, por ejemplo, que se hiciese público que un alto cargo del Ministerio de Economía es cleptómano, que un obispo es un bígamo redomado, o que una estrella del pop tiene predilección por las menores de edad. También cabe la posibilidad de que la policía sospeche que el museo se está utilizando con propósitos delictivos, para recibir mercancía robada y ocultarla entre los objetos de las exposiciones, u organizando una red de espionaje para terroristas internacionales.

Marcus frunció el entrecejo.

—Me parece que las humoradas son un tanto inapropiadas en un momento como éste, James, pero sí que podría tener algo que ver con el trabajo de Neville. Debía de conocer un buen número de secretos peligrosos, ya que su trabajo lo ponía en contacto con una gran variedad de personas, la mayoría de ellas psicológicamente trastornadas. No sabemos nada de su vida privada; ignoramos adónde iba los viernes y con quién se veía, si se llevaba a alguien consigo o se reunía con ese alguien en su destino. Era él quien encargó las copias de llaves del garaje, y no tenemos forma de saber cuántas había hecho o quién tenía acceso a las mismas. Esa copia del armario de abajo seguramente no era la única.

—La inspectora Miskin me preguntó por esa llave cuando ella y el sargento vinieron a vernos a mí y a Tally el viernes, luego de que se marchara el comisario Dalgliesh —explicó Muriel—. Sugirieron que tal vez alguien se llevó la llave del garaje, la sustituyó por otra Yale y más tarde devolvió la llave correcta. Les dije que yo no habría notado la diferencia, de ser así. Una Yale se parece mucho a otra a menos que la examines de cerca.

—Y luego está el misterioso conductor —intervino Caroline—. Evidentemente, es el primer sospechoso, por el momento. Esperemos que la policía logre encontrarlo.

James estaba haciendo unos garabatos de extraordinaria complejidad. Sin abandonar su tarea, dijo:

—Si no lo encuentran, les resultará difícil endilgarle el crimen a otra persona. Puede que alguien esté esperando que siga desaparecido, en más de un sentido.

Muriel decidió intervenir.

—Y además no hay que olvidar esas palabras tan extrañas que le dijo a Tally: «Parece que alguien ha encendido una hoguera.» Eso es exactamente lo que dijo Rouse. ¿No podría tratarse de uno de esos asesinatos que siguen el patrón de otros crímenes anteriores?

Marcus arrugó la frente.

—No creo que debamos dar alas a nuestra fantasía; aunque lo más probable es que se tratara de una mera coincidencia. Aun así, el conductor tiene que ser encontrado, pero hasta que eso ocurra nuestro deber es ofrecer a la policía toda la ayuda posible. Eso no significa darles voluntariamente información que no nos hayan pedido. Sería una imprudencia ponerse a hacer especulaciones, ya sea entre nosotros o con otras personas. Sugiero que nadie hable con la prensa ni devuelva las llamadas que haga ésta. Si alguien se muestra muy insistente, pueden remitirlo al Departamento de Relaciones Públicas de la policía de Londres o al comisario Dalgliesh. Se habrán dado cuenta de que han colocado una barrera en el camino de entrada. Aquí tengo llaves para todos, aunque, evidentemente, sólo las necesitarán quienes tengan coche. Tally, creo que podrá rodear la barrera con su bicicleta, o si no pasarla por debajo. El museo permanecerá cerrado esta semana, pero espero reabrirlo el próximo lunes. Sólo hay una excepción: Conrad Ackroyd ha concertado una visita con un pequeño grupo de académicos canadienses que llegan el miércoles, y voy a decirle que abriremos especialmente para ellos. Cabe esperar que el asesinato atraiga a un mayor número de visitantes y es posible que no sea fácil de absorber al principio. Pasaré el máximo de tiempo posible en el museo y espero asumir las tareas de acompañar a los grupos, pero no podré estar aquí el miércoles, pues tengo una consulta con el banco. ¿Alguna pregunta?

Echó un vistazo alrededor, pero nadie habló. A continuación, Muriel dijo:

—Creo que a todos nos gustaría decir lo felices que nos hace la noticia de que el Museo Dupayne seguirá abierto. Usted y la señorita Caroline pueden contar con todo nuestro apoyo para hacer que su continuación sea un éxito.

No hubo ningún murmullo de asentimiento. Tal vez, pensó Tally, el señor Calder-Hale compartía su opinión de que no eran las palabras ni el momento más adecuado.

Fue entonces cuando sonó el teléfono. Lo habían conectado en la biblioteca y Muriel se levantó rápidamente a contestar la llamada. Escuchó a su interlocutor, se volvió y anunció:

—Es el comisario Dalgliesh, está tratando de identificar a uno de los visitantes del museo y confía en que lo ayude.

—Entonces será mejor que atiendas la llamada en el despacho —se limitó a decir Caroline Dupayne—. Mi hermano y yo usaremos esta habitación un rato más.

Muriel apartó la mano del auricular.

—Espere un momento, comisario. Ahora mismo bajo al despacho.

Tally la siguió por la escalera y salió por la puerta principal. Una vez en el despacho, Muriel descolgó.

—Cuando vine con el señor Ackroyd hace dos viernes —dijo Dalgliesh—, había un joven en la galería de arte. Se mostró muy interesado en el Nash. Estaba solo, tenía la cara delgada, llevaba unos vaqueros azules muy gastados en las rodillas, un anorak grueso, un gorro de lana que le cubría las orejas y unas zapatillas de deporte azules y blancas. Me dijo que había visitado antes el museo, y me preguntaba si, por casualidad, se acuerda usted de él.

—Sí, creo que sí. No era nuestro visitante habitual, así que me fijé en él especialmente. La primera vez que vino no lo hizo solo, sino con una chica. Ella llevaba un bebé en una de esas mochilas, ya sabe, uno de esos trastos en los que el niño va cogido al pecho con las piernas colgando. Recuerdo haber pensado que parecía un mono abrazado a su madre. No se quedaron mucho rato. Creo que sólo visitaron la galería de arte.

—¿Los acompañó alguien durante la visita?

—No parecía necesario. Recuerdo que la chica llevaba un bolso, de algodón floreado, con una cinta. Supongo que sería para los pañales y el biberón de la criatura. Bueno, el caso es que lo dejó en la consigna. No se me ocurre nada portátil que pudiese interesarles robar, y la señora Strickland estaba trabajando en la biblioteca, así que no podían echar mano de ninguno de los libros.

—¿Tenía alguna razón para suponer que quisiesen hacerlo?

—No, pero muchos de los ejemplares son primeras ediciones muy valiosas. Toda precaución es poca. Pero como ya he dicho, la señora Strickland se encontraba allí. Es la voluntaria que escribe nuestras etiquetas. Quizá se acuerde de ellos si fueron a la biblioteca.

—Tiene usted muy buena memoria, señorita Godby.

—Bueno, como ya le he dicho, comisario, no eran la clase de visitantes habituales que suele venir al museo.

—¿Y quiénes son esos visitantes?

—Pues en general de mediana edad, algunos muy mayores, que supongo son quienes recuerdan los años de entreguerras. Luego están los investigadores, los escritores y los historiadores. Los visitantes del señor Calder-Hale suelen ser estudiantes serios. Me parece que a algunos de ellos les enseña el museo concertando una cita especial después de nuestro horario de visita normal. Naturalmente, no firman en el libro de registro.

—¿Y no apuntaría usted, por casualidad, el nombre del joven? ¿Firmó en el libro?

—No. Sólo firman los miembros de la Asociación de Amigos del Museo que no pagan. —Acto seguido, su tono de voz cambió, y añadió con un dejo de satisfacción—: Acabo de acordarme. Creo que podré ayudarlo, comisario. Hace tres meses, puedo darle la fecha exacta si lo necesita, programamos una conferencia con diapositivas sobre pintura y grabados en los años veinte que tuvo lugar en la galería de arte y que pronunció un distinguido amigo del señor Ackroyd. La entrada costaba diez libras y esperábamos que fuese la primera de una serie. Los programas no estaban listos todavía; algunos conferenciantes habían prometido su asistencia, pero tenía problemas para establecer las fechas convenientes. Saqué un libro y pedí a los visitantes que estuviesen interesados en asistir que dejaran su nombre y dirección.

—¿Y el chico le dio la suya?

—Su esposa lo hizo. Fue aquella vez que vinieron juntos. Bueno, doy por supuesto que era su esposa, ya que vi que llevaba una alianza de boda. El visitante que se fue justo antes que ellos había firmado, de modo que me pareció natural invitar a la pareja a hacerlo, de lo contrario habría parecido un poco extraño, así que la mujer los anotó. Cuando se alejaban de la recepción e iban camino de la puerta, me pareció que él estaba regañándola, diciéndole que no debería haberlo hecho. Por supuesto, ninguno de los dos asistió a la conferencia. A diez libras por cabeza, no esperaba que lo hicieran.

—¿Podría comprobar los nombres, por favor? Esperaré.

Muriel se marchó para regresar al cabo de menos de un minuto.

—Creo que he encontrado al joven que busca —dijo—. La chica los inscribió como un matrimonio: el señor David Wilkins y la señora Michelle Wilkins, Goldthorpe Road, 15A, Ladbroke Grove.

16

Cuando Muriel regresó de atender la llamada de Dalgliesh, Marcus dio por finalizada la reunión. La hora eran las diez cuarenta y cinco.

En cuanto Tally entró por la puerta de la casa sonó el teléfono. Era Jennifer.

—¿Eres tú, mamá? Escucha, no puedo hablar mucho rato. Te llamo desde el trabajo. He intentado telefonearte esta mañana temprano. ¿Estás bien?

—Perfectamente, gracias, Jennifer, no te preocupes.

—¿Estás segura de que no te quieres venir con nosotros un tiempo? ¿Seguro que estás a salvo en esa casa? Roger podría ir a recogerte.

Tally pensó que, ahora que la noticia del asesinato había aparecido en los periódicos, los compañeros de trabajo de Jennifer debían de estar haciendo preguntas. Tal vez le habían insinuado que debía rescatar a su madre de manos de aquel asesino aún desconocido y llevarla a Basingstoke para que se quedara allí hasta que se resolviese el caso. Tally se sintió culpable por un instante. Quizás estuviera siendo irrazonablemente sentenciosa, a lo mejor Jennifer estaba preocupada de veras, pues la había llamado a diario desde la aparición de la noticia. Sin embargo, de algún modo tenía que impedir que fuese Roger. Utilizó el único argumento con el que sabía que podía convencerla.

—Por favor, no te preocupes, cariño. No es necesario, de

verdad. Prefiero no dejar la casa. No quiero arriesgarme a que los Dupayne metan aquí a otra persona, aunque sea temporalmente. Tengo cerrojos en las puertas y en las ventanas y me siento completamente segura. Ya te diré si empiezo a ponerme nerviosa o algo parecido, pero estoy segura de que no ocurrirá.

Casi le pareció oír el alivio en la voz de Jennifer, quien preguntó:

—Pero ¿qué pasa? ¿Qué está haciendo la policía? ¿Te están molestando? ¿Te preocupa la prensa?

—La policía está siendo muy amable. Por supuesto, nos han interrogado a todos, y supongo que volverán a hacerlo.

—Pero no creerán que...

—No, no —la interrumpió Tally de inmediato—. Estoy segura de que nadie del museo está bajo sospecha, pero intentan obtener el máximo de información posible sobre el doctor Neville. La prensa no nos preocupa. Este número no aparece en el listín telefónico y tenemos una barrera en el camino de entrada, así que no pueden entrar coches. La policía resulta muy útil tanto con eso como con las ruedas de prensa. El museo permanece cerrado de momento, pero esperamos abrir de nuevo la semana que viene. El funeral del doctor Neville está previsto para el jueves.

—Y supongo que irás, mamá.

Tally se preguntó si estaría a punto de darle algún consejo sobre qué ponerse, de modo que se apresuró en contestar:

—No, no, será una ceremonia muy íntima a la que sólo asistirá la familia.

—Bueno, pues si es verdad que te encuentras bien...

—Estupendamente bien, gracias, Jennifer. Me alegro de que hayas llamado. Dale un beso a Roger y a los niños de mi parte.

Colgó el auricular mucho más rápido de lo que a Jennifer podía parecerle educado y casi de inmediato, el aparato volvió a sonar. Cuando contestó, oyó la voz de Ryan, que hablaba en tono muy bajo con un confuso barullo de fondo.

—Señora Tally, soy Ryan.

Tally emitió un suspiro de alivio y se pasó deprisa el auricular al oído izquierdo, con el que oía mucho mejor.

—Ah, Ryan, me alegro mucho de que llames. Nos tenías preocupados. ¿Estás bien? ¿Dónde estás?

—En el metro de Oxford Circus. Señora Tally, no tengo dinero, ¿puede llamarme usted? —Parecía desesperado.

—Sí, claro —respondió ella en tono muy tranquilo—. Dame el número, y habla con claridad, Ryan, que apenas te oigo.

Gracias a Dios, pensó, que siempre tenía a mano un bloc de notas y un bolígrafo. Anotó los dígitos e hizo que el chico los repitiera.

—Quédate donde estás —le ordenó—. Te llamaré enseguida.

Ryan debió de descolgar el auricular al instante.

—Lo he matado, ¿verdad? —dijo—. El Comandante... Está muerto.

—No, no lo está, Ryan. La herida no fue de consideración y no va a presentar cargos, pero claro, la policía quiere interrogarte. ¿Sabes que el doctor Neville ha sido asesinado?

—Ha salido en los periódicos. Creerán que también lo hice yo. —Más que preocupado, Ryan sonaba enfurruñado.

—Pues claro que no. Intenta ser sensato y pensar con claridad. Lo peor que puedes hacer es huir. ¿Dónde has dormido?

—Encontré un sitio cerca de King's Cross, una casa tapiada con tablones con un sótano en la parte delantera. Llevo andando desde el amanecer. No quería ir a la casa ocupada porque sabía que la policía me buscaría allí. ¿Está segura de que el Comandante está bien? Usted no me mentiría, ¿verdad que no, señora Tally?

—No, yo no miento, Ryan. Si lo hubieses matado, habría salido en el periódico, pero ahora tienes que venir a casa. ¿Te queda dinero?

—No, y no puedo usar el móvil. Me he quedado sin saldo.

—Iré a buscarte. —Tally pensó rápidamente; encontrarlo en Oxford Circus no iba a ser tarea fácil y tardaría tiempo en llegar hasta allí. La policía lo estaba buscando y podía detenerlo en cualquier momento. Era importante que ella lo encontrase primero—. En la calle Margaret —agregó—, cerca de donde estás ahora, hay una iglesia, la de Todos los Santos. Sube por la calle Great Portland en dirección a la BBC y encontrarás la calle Margaret a la derecha. Quédate sentado muy quietecito en la iglesia hasta que yo llegue. Nadie te hará preguntas ni te molestará. Si alguien se dirige a ti, será porque piensa que necesitas ayuda. Di que estás esperando a una amiga. O puedes arrodillarte, así seguro que nadie te habla.

—¿Como si estuviera rezando? ¡Dios me matará fulminándome con un rayo!

—Pues claro que no, Ryan. Él no hace esas cosas.

—¡Sí que las hace! Terry, el último novio de mi madre, me lo dijo. Está en la Biblia.

—Bueno, pues Él ya no hace esas cosas. —«Vaya, pensó Tally, eso ha sonado como si quisiera decir que ahora es más bueno y ya no hace cosas malas. ¿Cómo nos hemos metido en esta ridícula discusión teológica?»—. Todo va a ir bien —afirmó enérgicamente—. Ve a la iglesia como te he dicho. Yo iré tan rápido como pueda. ¿Te acuerdas de las instrucciones para llegar hasta allí?

Percibió el mal humor en su tono de voz.

—Que suba en dirección a la BBC. La calle Margaret está a la derecha. Eso es lo que ha dicho.

—Muy bien. Ahora salgo para allá.

Tally colgó el auricular. La excursión iba a salirle cara y quizá tardase más de lo que deseaba. No estaba acostumbrada a llamar a un taxi y hubo de buscar el número en el listín telefónico. Hizo hincapié en que era urgente y la chica que respondió le dijo que harían lo posible por enviarle un taxi en quince minutos, más de lo que Tally esperaba. Había terminado sus tareas matinales en el museo, pero se preguntó si no tendría que volver y decirle a Muriel que se ausentaría una hora o así. El señor Marcus y la señorita Caroline seguían allí, y cualquiera de los dos podía requerir su presencia. Tras meditarlo unos minutos, se sentó a su mesa y escribió una nota: «Muriel: he tenido que ir a West End, pero volveré antes de la una. He pensado que querría saberlo en caso de que alguien pregunte dónde estoy. Todo está en orden. Tally.»

Decidió dejar la nota en la puerta del museo antes de marcharse. A Muriel le parecería una forma de comunicación un tanto extraña, pero no podía arriesgarse a que la interrogaran. ¿Y la policía? Debían saberlo de inmediato para que cancelasen la búsqueda, pero si la policía llegaba primero Ryan lo consideraría un acto de traición. Sin embargo, no podrían hacerlo si ella no les decía dónde encontrarlo... Se puso el sombrero y el abrigo, comprobó que llevaba dinero suficiente en el monedero para ir y volver a la calle Margaret y a continuación llamó al número que le había dado la inspectora Miskin. Una voz masculina respondió al instante.

—Soy Tally Clutton —anunció ella—. Ryan Archer acaba de llamarme. Está bien y voy a ir a buscarlo. Lo traeré de vuelta aquí.

Colgó el receptor sin esperar respuesta. El teléfono sonó antes de que llegase a la puerta, pero hizo caso omiso de él, salió a toda prisa y cerró la casa con llave. Tras depositar la nota a través del buzón de la puerta del museo, enfiló el camino de entrada para aguardar el taxi en el otro lado de la barrera. La espera se le hizo interminable, y no pudo evitar consultar el reloj constantemente. Pasaron casi veinte minutos hasta que llegó el taxi.

—A la iglesia de Todos los Santos, en la calle Margaret —indicó al conductor—, y, por favor, lo más rápido que pueda.

El hombre, ya mayor, no respondió. Debía de estar harto de que los pasajeros le pidiesen que fuese a toda velocidad cuando ir a toda velocidad era imposible.

Encontraron todos los semáforos en rojo y en Hampstead se incorporaron a una larga caravana de furgonetas y taxis que avanzaba muy despacio en dirección sur hacia Baker Street y el West End. Tally iba sentada con la espalda completamente recta, sujetando el bolso con firmeza y forzándose a mantener la calma y a tener paciencia, puesto que carecía de sentido ponerse nerviosa. El taxista hacía cuanto podía.

Cuando llegaron a Marylebone Road, se inclinó hacia delante y dijo:

—Si le resulta difícil llevarme hasta la puerta de la iglesia por el sentido único, déjeme al final de la calle Margaret.

—Puedo dejarla en la puerta de la iglesia sin problemas —repuso el taxista, lacónico.

Al cabo de cinco minutos, así lo hizo.

—Voy a recoger a una persona —explicó ella—. Espere aquí un momento, ¿quiere? ¿O prefiere que le pague ahora?

—No, está bien —dijo él—. Esperaré.

Tally se horrorizó ante la cifra que aparecía en el taxímetro. Si regresar costaba igual de caro, al día siguiente tendría que ir al banco.

Cruzó el patio, pequeño y poco prometedor, y empujó la puerta. Hacía un año que había visitado la iglesia de Todos los Santos por primera vez, cuando Jennifer le había enviado un cheque-regalo para libros por Navidad y ella se había comprado *Las mil mejores iglesias de Inglaterra*, de Simon Jenkins. Había decidido visitar todos los templos de Londres que proponía el autor, pero a causa de las distancias el progreso había sido más bien lento. Sin embargo, la búsqueda le había abierto los ojos a una nueva dimensión de la vida londinense y al legado tanto arquitectónico como histórico que no había visitado con anterioridad.

Aun en aquellas circunstancias de máxima ansiedad, con el avance inexorable del taxímetro y la posibilidad de que Ryan no la hubiese esperado, el interior magníficamente ornamentado impuso su momento de serena estupefacción. Desde el suelo hasta el techo, no había parte que hubiese quedado sin adornar: las paredes relucían con mosaicos y murales, y el lujoso retablo con su hilera de santos pintados obligaba a dirigir la vista hacia el esplendor del altar mayor. En su primera visita, su respuesta ante aquel artefacto ornamentado había sido incierta, de asombro más que de admiración. No había sido hasta la segunda visita cuando se había sentido como en casa. Estaba acostumbrada a verlo durante la misa mayor, cuando los sacerdotes se desplazaban con aire ceremonioso ante el altar mayor y las intensas voces del coro se alzaban al compás del vaivén del acre incienso. En ese momento, cuando la puerta se cerró tras ella con un chirrido, el ambiente silencioso y las apretadas hileras de sillas vacías le transmitieron un aire de misterio más sutil. En alguna parte, supuso, debía de haber algún guardián, pero ella no veía a ninguno. Había dos monjas sentadas en la fila delantera frente a la estatua de la Virgen y unas cuantas velas ardían ininterrumpidamente, sin parpadear ni siquiera cuando Tally cerró la puerta.

Vio a Ryan casi de inmediato. Estaba sentado al fondo y se aproximó enseguida para reunirse con ella.

—Tengo un taxi esperando fuera —dijo ella, con un estremecimiento de alivio—. Iremos directos a casa.

—Estoy hambriento, señora Tally, y me siento un poco débil. ¿No podemos comernos una hamburguesa? —Su tono se había vuelto infantil, semejante al quejido de un niño pequeño.

«¡Vaya por Dios —exclamó ella para sus adentros—, esas hamburguesas repugnantes!» De vez en cuando, Ryan llevaba algunas para el almuerzo y las calentaba en la parrilla; el poderoso olor a cebolla tardaba en desaparecer. Pero lo cierto era que el chico tenía aspecto de estar débil y la tortilla que había previsto prepararle seguramente no era lo que necesitaba.

La perspectiva de una comida rápida lo reanimó de inmediato. Ryan abrió para Tally la portezuela del taxi, y dirigiéndose al conductor con seguridad chulesca, dijo:

—A la hamburguesería más cercana, y que sea rápido.

Llegaron al cabo de unos minutos y Tally pagó la carrera, dejándole al taxista una libra de propina. Una vez dentro del restaurante, le dio a Ryan un billete de cinco libras para que se pusiese en la cola y pidiese lo que quisiera y un café para ella. El chico regresó con una hamburguesa doble con queso y un batido grande y luego volvió por el café de ella. Eligieron un asiento lo más lejos posible de la ventana y Ryan cogió la hamburguesa y empezó a engullirla con voracidad.

—¿Has estado bien en la iglesia? —le preguntó Tally—. ¿Te ha gustado?

—Ha estado bien —repuso él, encogiéndose de hombros—. Un poco rara. Tienen las mismas varillas que tenemos en casa.

—¿Te refieres al incienso?

—Una de las chicas de la casa ocupada, Mamie, solía encenderlas y luego nos sentábamos a oscuras y ella se comunicaba con los muertos.

—Eso es imposible, Ryan. No podemos comunicarnos con los muertos.

—Bueno, pues ella podía. Habló con mi padre. Me dijo cosas que no tenía modo de saber a menos que hubiese hablado con él.

—Pero esa chica vivía contigo en la casa, Ryan. Seguro que sabía cosas de ti y de tu familia, y algunas de las cosas que te dijo debió de adivinarlas, sencillamente.

—No —insistió él—. Habló con mi padre. ¿Puedo tomar otro batido?

Para el viaje de vuelta encontraron un taxi. No fue hasta entonces cuando Ryan preguntó por el asesinato. Tally le explicó los hechos sin hacer demasiado hincapié en los aspectos más desagradables del descubrimiento y sin darle ningún detalle.

—Hay un equipo de New Scotland Yard investigando el caso —dijo—, el comisario Dalgliesh y tres ayudantes. Querrán hablar contigo, Ryan. Como es lógico, tendrás que contestar a sus preguntas con toda honestidad. Todos necesitamos que este horrible misterio se resuelva pronto.

—¿Y el Comandante? Usted dijo que está bien, ¿no?

—Sí, está bien. La herida de la cabeza le sangró mucho, pero en realidad no fue grave. Sin embargo, podría haberlo sido, Ryan. ¿Por qué narices perdiste los nervios de ese modo?

—Fue él quien me provocó, ¿vale?

Ryan se volvió para mirar fijamente a través de la ventanilla y Tally creyó prudente no añadir nada más. Le sorprendió que el chico mostrase tan poca curiosidad acerca de la muerte del doctor Neville, pero las noticias aparecidas en la prensa, hasta el momento, habían sido cortas y ambiguas. Lo más probable era que le preocupase demasiado su agresión al Comandante como para interesarse por el doctor Neville.

Tally pagó la carrera, horrorizada por el coste total, y una vez más añadió una libra como propina. El taxista parecía satisfecho. Ella y Ryan se agacharon para cruzar la barrera y se dirigieron en silencio hacia la casa.

El inspector Tarrant y el sargento Benton-Smith salían en ese preciso instante del museo.

—De modo que ha encontrado usted a Ryan, señora Clutton —dijo el inspector—. Perfecto. Tenemos unas cuantas preguntas para ti, jovencito. El sargento y yo nos vamos para comisaría. Será mejor que vengas con nosotros. No tardaremos mucho.

—¿Y no podrían hablar con Ryan en la casa pequeña? —sugirió Tally de inmediato—. Podría dejarlos a solas en la sala. —Estuvo a punto de cometer la tontería de ofrecerles café como aliciente.

La mirada de Ryan se desplazó de Tally al inspector.

—Entonces, ¿me van a detener?

—No, sólo vamos a llevarte a comisaría para hablar. Tenemos que aclarar algunas cosas. Puedes llamarlo ayudar a la policía en su investigación.

Ryan se animó de repente.

—¿Ah, sí? Sé lo que significa eso. Quiero un abogado.

—No serás menor de edad, ¿no?

La voz del inspector se volvió áspera de pronto. Tally supuso que tratar con menores debía de ser difícil y llevar mucho tiempo. La idea no podía gustarle a la policía.

—No, casi tengo dieciocho años.

—Eso es todo un alivio. Llama a un abogado si quieres, los tenemos a puñados. O a un amigo.

—De acuerdo. Telefonearé al Comandante.

—¿A ese señor tan indulgente? Muy bien, puedes llamarlo desde comisaría.

Ryan se fue con ellos más o menos de buen grado, aunque con cierto aire bravucón. Tally sospechaba que estaba dispuesto a disfrutar de sus minutos de fama. Entendía por qué la policía no había querido interrogarlo en la casa; aunque los hubiese dejado a solas, ella habría estado demasiado cerca para que hiciesen su trabajo a sus anchas. También se hallaba implicada en aquel misterio, posiblemente como sospechosa. Querían hablar con Ryan en completa intimidad. El corazón le dio un vuelco al pensar que sin duda conseguirían de él lo que quisiesen.

17

A Kate no le sorprendió que Dalgliesh fuese con ella a interrogar a David Wilkins. En realidad era necesario, pues sólo él podía identificarlo. Wilkins había estado en el Dupayne la semana anterior al asesinato de Neville y había admitido que le guardaba rencor al museo. Pese a tratarse de un sospechoso poco probable, tenían que ir a verlo, y nunca se sabía en qué parte de una investigación Dalgliesh podía decidir participar de forma activa. Era, en definitiva, un poeta con el interés propio de un escritor por las vidas ajenas. Su poesía constituía un misterio para ella. El hombre que había publicado *Un caso al que responder y otros poemas* no guardaba ninguna relación con el veterano detective para el que trabajaba con un compromiso apasionado. Reconocía algunos de sus estados de ánimo, temía sus críticas ocasionales aunque serenas y se alegraba de saber que la consideraba un miembro importante de su equipo, pero no lo conocía. Y hacía ya tiempo que había aprendido a controlar primero y dejar de lado después cualquier esperanza de conseguir su amor. Otra persona, sospechaba, le había ganado por la mano. Kate siempre había creído en la necesidad de limitar la ambición a aquello que era alcanzable. Se decía a sí misma que si algún día Dalgliesh era afortunado en el amor, ella se alegraría, pero le sorprendía y experimentaba cierta inquietud por el resentimiento vehemente que sentía hacia Emma Lavenham. ¿Es que esa mujer no se daba cuenta de lo que le estaba haciendo a él?

Caminaron los últimos cincuenta metros bajo una ligera llovizna. Goldthorpe Road era una hilera de casas adosadas de finales de la época victoriana que recorría el extremo norte de Ladbroke Grove. No cabía duda de que algún día aquellos sólidos monumentos a las aspiraciones domésticas decimonónicas serían adquiridos, renovados y convertidos en pisos caros y fuera del alcance de cualquiera salvo de un par de profesionales asalariados con visión de futuro. Sin embargo, por el momento las décadas de abandono habían sumido la calle en el deterioro más absoluto; las agrietadas paredes se hallaban en un estado desastroso a causa de la contaminación londinense, el estuco de los pórticos se había caído a trozos, dejando al descubierto los ladrillos de debajo, y la pintura de las puertas principales se estaba descascarillando. No hacía falta ver las hileras de timbres para advertir que se trataba de una calle ocupada por numerosos vecinos, pero se hallaba sumida en un silencio extraño, alarmante incluso, como si los habitantes, presagiando algún contagio inminente, se hubieran escabullido durante la noche.

El piso de los Wilkins, en el número 15A, estaba en los bajos. Unas cortinas finas, combadas por la parte central, colgaban de la única ventana. El pestillo de la verja de hierro estaba roto y la puerta se mantenía cerrada mediante una percha de alambre retorcida en un lazo. Dalgliesh la levantó y él y Kate descendieron por los peldaños de piedra hasta la zona de los bajos. Alguien se había esmerado barriéndola, pero seguía habiendo un húmedo montón de desechos formado por paquetes de cigarrillos, trozos de periódicos, bolsas de estraza arrugadas y un pañuelo mugriento que el viento había empujado hasta un rincón. La puerta estaba a la izquierda, donde la acera formaba una especie de arco y hacía la entrada invisible desde la calle. El número 15A estaba pintado de forma tosca en blanco en la pared, y Kate observó que había dos cerraduras, una Yale y, debajo de ésta, otra de seguridad. Junto a la puerta había un tiesto de plástico verde que contenía un geranio; el tallo era leñoso, las pocas hojas estaban secas y marrones y la única flor de color rosa en toda la planta era tan pequeña como una margarita. ¿Cómo, se preguntó Kate, podía alguien esperar que floreciese si no le daba el sol?

Su llegada no había pasado inadvertida. Al volver la cabeza a la derecha, Kate advirtió que las cortinas temblaban. Llamó y esperaron. Al mirar a Dalgliesh, Kate vio que éste estaba observando las verjas de la entrada, inexpresivo. La farola que iluminaba la calle a través de las ráfagas de llovizna derramó su luz por la tensa curva de la mandíbula y las facciones de su rostro. «Oh, Dios —pensó—, parece muerto de cansancio.»

Seguía sin haber respuesta, y al cabo de un minuto volvió a llamar. Esta vez, alguien abrió la puerta con cautela. Encima de la cadena, un par de ojos asustados miraron a los de Kate, quien preguntó:

—¿Está el señor Wilkins en casa? Queremos hablar con él. Somos de la policía.

Había intentado que su presencia no provocara la alarma en aquella mujer, si bien, al mismo tiempo, se había dado cuenta de que era inútil: una visita de la policía rara vez constituía una buena noticia, y en aquella calle seguramente significaba el presagio de alguna catástrofe.

La cadena seguía en su sitio.

—¿Es por el alquiler? —inquirió la chica—. David se está encargando de eso. Ahora no se encuentra en casa, ha ido a la farmacia a buscar sus medicinas.

—No tiene nada que ver con el alquiler —le explicó Kate—. Estamos realizando una investigación acerca de un caso y creemos que el señor Wilkins tal vez pueda ayudarnos con cierta información.

Aquello no resultó mucho más tranquilizador. Todo el mundo sabía qué quería decir «ayudar a la policía en sus investigaciones». La rendija de la puerta se hizo más amplia hasta que la cadena se extendió por completo.

Dalgliesh se volvió y dijo:

—¿Es usted la señora Michelle Wilkins?

La chica asintió y él siguió hablando:

—No entretendremos mucho a su marido. Ni siquiera estamos seguros de que vaya a servirnos de ayuda, pero hemos de intentarlo. Si tiene que volver pronto, a lo mejor podríamos esperarlo.

Pues claro que podían esperarlo, se dijo Kate. Dentro o fuera, podían esperarlo. Pero ¿por qué toda aquella indecisión?

En ese momento la chica retiró la cadena. Vieron a una mujer joven y delgada que aparentaba poco más de dieciséis años. El cabello castaño claro le caía en franjas a los lados de un rostro estrecho en el que unos ojos llenos de ansiedad miraron por un instante a Kate con expresión de súplica. Llevaba los consabidos vaqueros azules, unas zapatillas de deporte mugrientas y un jersey de hombre. Les indicó en silencio que la siguieran por un pasillo estrecho, esquivando a su paso un cochecito plegable. Delante, la puerta del cuarto de baño estaba abierta y dejaba entrever una taza pasada de moda con una cisterna alta y una cadena colgando. Al pie del lavamanos y apilado contra la pared había un montón de toallas y ropa blanca.

Michelle Wilkins se apartó y les hizo señas de que pasaran por una puerta a la derecha. La estrecha sala ocupaba la totalidad del ancho de la casa. Había dos puertas en la pared del fondo, ambas abiertas de par en par, una de las cuales conducía a una cocina atestada de cosas y la otra a lo que a todas luces era el dormitorio. Una cuna con barrotes y un diván doble ocupaban casi en su totalidad el espacio debajo de la única ventana. La cama estaba sin hacer, las almohadas fruncidas y el edredón, a punto de caer al suelo, dejaba al descubierto una arrugada sábana bajera.

La sala sólo estaba amueblada con una mesa cuadrada y cuatro sillas de madera, un sofá maltrecho cubierto por una funda de algodón, una cómoda de madera de pino y, junto a la estufa de gas, un enorme televisor. En todos los años que llevaba en la policía Kate nunca había estado en habitaciones más andrajosas y deprimentes. Rara vez le preocupaban, pero en ese momento sintió, algo prácticamente insólito en ella, una cierta incomodidad, vergüenza incluso. ¿Qué sentiría ella si la policía se presentara de improviso, pidiendo o exigiendo entrar en su piso? Estaría inmaculado, ¿por qué no iba a estarlo? No había nadie allí para desordenarlo más que ella. Aun así, la intrusión le resultaría insoportable. Su deber y el de Dalgliesh era estar allí, pero seguía siendo una intrusión.

Michelle Wilkins cerró la puerta del dormitorio y luego hizo un ademán que podía haber sido una invitación a que se sentasen en el sofá. Dalgliesh aceptó, pero Kate avanzó hacia la mesa, en cuyo centro había un moisés con un bebé rollizo de mejillas sonrosadas. Supuso que era una niña, pues llevaba un vestido corto de volantes de algodón rosa, un babero bordado con margaritas y una chaqueta blanca de punto. En contraste con el resto de la habitación, todo en ella estaba limpio. Su cabecita, cubierta de una pelusilla de color blanco lechoso, descansaba sobre una almohada inmaculada; la manta, retirada en ese momento, estaba impoluta, y el vestido tenía aspecto de recién planchado. Parecía una hazaña extraordinaria que una chica tan frágil pudiese haber dado a luz a un bebé tan alegremente robusto, que no paraba de dar vigorosas patadas con sus fuertes piernas, separadas por un bulto de pañales. De pronto, la niña se quedó quieta, levantó las manos, que semejaban estrellas de mar, y se concentró en el movimiento de los dedos como si poco a poco cayese en la cuenta de que eran suyos. Tras varios intentos frustrados, consiguió meterse un pulgar en la boca y empezó a chuparlo con fruición.

Michelle Wilkins se acercó a la mesa y Kate y ella miraron juntas al bebé.

—¿Qué tiempo tiene? —le preguntó Kate.

—Ocho meses. Se llama Rebecca, pero Davie y yo la llamamos Becky.

—No sé mucho de bebés, pero parece muy despierta para su edad —comentó Kate.

—Sí, sí que lo es. Ya arquea la espalda y puede incorporarse. Cuando Davie y yo la sujetamos derecha, intenta ponerse de pie.

Kate estaba inmersa en un mar de confusión emocional. ¿Qué se suponía que debía sentir? ¿La amarga advertencia del paso inexorable de los años, la cada vez más escasa posibilidad de convertirse en madre tras superar la treintena? ¿No era ése el dilema a que se enfrentaban todas las mujeres de éxito en su profesión? Entonces, ¿por qué no lo lamentaba? ¿Se trataba tan sólo de una reticencia temporal? ¿Llegaría el día en que se viese embargada por la necesidad, física o psicológica, de tener un hijo, de saber que una parte de sí misma sobreviviría a su muerte, de ser presa de un ansia capaz de convertirse en tan imperativa y abrumadora que acabaría recurriendo a algún humillante recurso moderno para conseguir su deseo? La sola idea la horrorizó. Seguro que no. Ilegítima, criada por una anciana abuela, no había conocido a su madre. «No sabría por dónde empezar. Sería un desastre. No puedes dar lo que nunca has tenido», pensó. Sin embargo, ¿qué eran las responsabilidades de su trabajo, incluso en su versión más exigente, comparadas con aquella de traer a otro ser humano al mundo, de ser responsable de él hasta que tuviese dieciocho años, sin poder evitar que te importe o preocupe hasta el día de tu muerte? Y sin embargo la chica que tenía a su lado lo llevaba estupendamente. «Hay un mundo de experiencias del que no sé nada», se dijo Kate. De repente, y con cierta tristeza, se sintió muy limitada.

—Su marido visitaba la galería de arte Dupayne con mucha frecuencia, ¿no es así? —inquirió Dalgliesh—. Nos conocimos allí hace diez días; los dos estábamos admirando el mismo cuadro. ¿Solía acompañarlo usted?

La chica se inclinó de pronto sobre la cuna y empezó a ajustar la manta. El pelo lacio le cayó hacia delante oscureciéndole la cara. Ni siquiera parecía haberlo oído. A continuación, dijo:

—Fui una vez, hará unos tres meses. Davie no tenía trabajo en aquella época, así que le permitieron entrar gratis, pero la mujer de recepción dijo que yo tenía que pagar porque no estaba cobrando el paro. Eran cinco libras, y no podíamos permitírnoslo. Le dije a Davie que fuese solo, pero no quiso. Entonces llegó un hombre y se acercó al mostrador a preguntar qué pasaba. La mujer lo llamó doctor Dupayne, o sea que debía de tener algo que ver con el museo. Exigió que me dejase pasar: «¿Qué quiere que haga esta mujer, esperar fuera bajo la lluvia con su bebé?» Luego me dijo que dejase el cochecito donde se cuelgan los abrigos, justo en la puerta, y que entrase con Becky.

—Y no creo que eso le hiciese demasiada gracia a la mujer de la recepción —señaló Kate.

A Michelle se le iluminó el rostro.

—No, no le hizo ninguna gracia. Se puso roja y lanzó al doctor Dupayne una mirada de odio. Nos alegramos mucho de alejarnos de ella y mirar los cuadros.

—¿Algún cuadro en particular? —preguntó Dalgliesh.

—Sí, uno que era del abuelo de Davie. Por eso a Davie le gusta ir a verlo.

En ese instante oyeron el chasquido de la verja y ruido de pisadas en la entrada. Michelle Wilkins desapareció sin hacer ruido por la puerta. Llegó hasta ellos un sordo murmullo de voces procedente del pasillo. David Wilkins entró y se quedó indeciso en la puerta como si fuese él la visita y no Dalgliesh y la inspectora. Su esposa se acercó a él y Kate vio que las manos de ambos se rozaban para unirse a continuación.

—Soy el comisario Dalgliesh —se presentó éste, poniéndose de pie—, y ella es la inspectora Miskin, de la policía de Londres. Sentimos haber venido así, sin avisar. No le entretendremos mucho rato. ¿Nos sentamos?

Cogidos todavía de la mano, el matrimonio se aproximó al sofá. Dalgliesh y Kate se sentaron frente a la mesa. El bebé, que hasta ese momento había estado gorjeando suavemente, dejó escapar un repentino grito. Michelle corrió a la mesa y tomó a la pequeña en brazos. Sujetándola contra el hombro, regresó al sofá. La pareja centró toda su atención en Rebecca.

—¿Tiene hambre? —preguntó el chico.

—Ve a buscar el biberón, Davie.

Kate comprendió que poco más se podía hacer hasta que hubiesen dado de comer a Rebecca. El biberón apareció con una rapidez extraordinaria y Michelle Wilkins lo acercó a la boca de su hija, quien empezó a succionar con avidez de la tetilla. El único sonido que se oía era el de los vigorosos chupetones. La sala se había vuelto hogareña de repente, y muy tranquila. Parecía ridículo ponerse a hablar de un asesinato.

—Seguramente habrá adivinado que el motivo por el que estamos aquí es el Museo Dupayne. Confío en que sabrá que el doctor Neville Dupayne ha sido asesinado.

El chico asintió con la cabeza, pero no habló. Se había acurrucado junto a su esposa y ambos miraban fijamente a la niña.

—Estamos hablando con el máximo de personas posible que o bien trabajaban en el Dupayne o bien lo visitaban con regularidad —prosiguió Dalgliesh—. Estoy seguro de que entenderá por qué lo hacemos. Primero debo preguntarle dónde se encontraba y qué estaba haciendo el viernes pasado entre las cinco y las siete de la tarde, aproximadamente.

Michelle Wilkins levantó la vista.

—Estabas en el médico, Davie —dijo, antes de volverse hacia Dalgliesh—. La consulta vespertina empieza a las cinco y cuarto y Davie tenía hora para las seis menos cuarto. No es que lo visiten a esa hora exacta, pero siempre llega allí con tiempo, ¿verdad que sí, Davie?

—¿A qué hora lo recibió el médico? —preguntó Kate.

—Hacia las seis y veinte. No tuve que esperar mucho, la verdad —contestó Davie.

—¿La consulta está cerca de aquí?

—Está en Saint Charles Square, no muy lejos.

—Tienes tu tarjeta de visitas médicas, ¿verdad, Davie? —dijo su esposa en tono esperanzado—. Enséñales la tarjeta.

David hurgó en el bolsillo de sus pantalones, sacó la tarjeta y se la tendió a Kate. Estaba arrugada y contenía una larga lista de citas con el médico. No cabía duda de que el chico tenía hora en la consulta el viernes anterior por la tarde; sería cuestión de minutos verificar que hubiese acudido de verdad. Anotó los detalles y le devolvió la tarjeta.

—David tiene ataques fuertes de asma y el corazón delicado —explicó Michelle—. Por eso no siempre puede trabajar. A veces cobra la baja por enfermedad y otras, el paro. Empezó en un trabajo nuevo el lunes pasado, ¿a que sí, Davie? Ahora que vivimos aquí, todo tendría que ir un poco mejor.

—Hábleme del cuadro —pidió Dalgliesh—. Dijo que había pertenecido a su abuelo. ¿Cómo fue a parar al Museo Dupayne?

Kate se preguntó por qué Dalgliesh seguía adelante con la entrevista; ya habían obtenido lo que querían. Nunca había creído que David Wilkins fuese un verdadero sospechoso, pero tampoco el comisario, así pues, ¿por qué no marcharse ya? Sin embargo, en lugar de sentirse molesto por la pregunta, el chico parecía ansioso por hablar.

—Sí, perteneció a mi abuelo. Tenía una pequeña tienda en Cheddington, que está en Suffolk, cerca de Halesworth. Le iba bien hasta que llegaron los supermercados y el negocio se fue a la quiebra, pero antes de eso compró ese Nash. Había salido a subasta en una casa local, y mis abuelos se acercaron a pujar por un par de poltronas. Al abuelo le gustó el cuadro y se lo quedó. En el pueblo no despertaba demasiado interés porque les parecía muy lúgubre, y además no había otros cuadros, de modo que no creo que la gente supiera que iba a subastarse, pero Max Dupayne sí lo sabía, sólo que llegó demasiado tarde. Intentó convencer al abuelo de que se lo vendiese, pero el abuelo no quiso. Dupayne le dijo: «Si alguna vez cambia de parecer, sepa que estaré interesado, aunque no le ofreceré el precio que le ofrezco ahora. No es un cuadro valioso, pero me gusta.» Sin embargo, al abuelo también le gustaba. Verá, a su padre, es decir, a mi bisabuelo, lo mataron en la Primera Guerra Mundial en Passchendaele, y creo que quería ese cuadro como una especie de homenaje. Lo tuvieron colgado en la sala de estar hasta que la tienda acabó por cerrar y se trasladaron a una casa en Lowestoft. Luego, las cosas empezaron a irles muy mal. Bueno, el caso es que Max Dupayne debió de mantener el contacto con ellos, porque llegó un día a preguntar por el cuadro y dijo otra vez que quería comprarlo. El abuelo había contraído muchas deudas, así que no tuvo más remedio que acceder.

—¿Sabe cuánto pagó? —preguntó Dalgliesh.

—Dijo que le daría al abuelo lo que había pagado por él, que era poco más de trescientas libras. Por supuesto, se trataba de mucho dinero para el abuelo cuando lo compró, y creo que riñó con mi abuela por eso, pero entonces tuvo que desprenderse de él.

—¿Y no se le ocurrió llamar a alguna casa de subastas para que se lo tasaran? —intervino Kate—. ¿Sotheby's, Christie's, algo así?

—No, no creo. No tenía ni idea de cómo funcionaban las casas de subastas. Según él, el señor Dupayne le había dicho que no conseguiría la misma cantidad si lo vendía de esa forma, que se llevaban una buena comisión y que Hacienda iría tras él. Habló de tener que pagar el impuesto de plusvalías.

—Bueno, pues no lo habría tenido que pagar. No ganó nada de todos modos, ¿verdad que no? —comentó Kate.

—Ya lo sé, pero creo que el señor Dupayne lo embaucó y al final consiguió que se lo vendiera. Cuando el abuelo murió, papá me lo contó, y cuando averigüé dónde estaba el cuadro, fui a verlo.

—¿Con la esperanza de recuperarlo? —preguntó Dalgliesh.

Se produjo un silencio. En los minutos anteriores David había olvidado que estaba hablando con un policía; en ese momento miró a su esposa, quien se cambió al bebé de lado en el regazo y dijo:

—Será mejor que se lo digas, Davie. Dile lo del hombre enmascarado; tú no hiciste nada malo.

Dalgliesh esperó. Siempre había sabido cuándo esperar, reflexionó Kate. El chico habló al cabo de un minuto.

—Vale. De acuerdo, la idea de robarlo se me pasó por la cabeza. Sabía que no podría recuperarlo comprándolo, y había leído cosas sobre los robos en las galerías de arte, sobre cómo cortan los lienzos de sus marcos y los enrollan y se los llevan. No era que pensase hacerlo, sólo que me gustaba fantasear con la idea. Sabía que habría alguna clase de alarma en la puerta, pero se me ocurrió que podría entrar por la ventana y hacerme con el cuadro antes de que llegara alguien. Pensé que la policía tardaría al menos diez minutos en presentarse si alguien la llamaba, y además no había nadie lo bastante cerca para oír la alarma. Era una idea estúpida, ahora lo sé, y solía darle vueltas y más vueltas.

—Pero no lo hiciste, Davie —intervino su esposa con rapidez—. Sólo lo pensaste, y no pueden arrestarte por planear algo que no llegaste a hacer, es la ley.

«Bueno, no exactamente», pensó Kate. Sin embargo, Wilkins no había tramado ninguna conspiración para provocar una explosión, después de todo.

—Pero al final no lo intentó, ¿verdad? —preguntó Dalgliesh.

—Fui allí una noche pensando en hacerlo, pero entonces llegó alguien. Fue el 14 de febrero. Fui en bicicleta y la escondí entre los arbustos junto al camino de entrada; me había llevado una bolsa negra grande de plástico, como esas de la basura, para envolver el cuadro. No sé si habría llegado a intentar cometer el robo, la verdad. Cuando llegué me di cuenta de que no tenía nada lo bastante contundente para romper la ventana de la planta baja y de que ésta estaba más alta de lo que yo creía. En realidad, no lo había planeado bien. Y entonces oí el ruido de un coche. Me escondí entre los arbustos y me quedé agazapado, observando; era un coche potente y el conductor lo llevó al aparcamiento que hay detrás de los laureles. Lo vi apearse y luego salí huyendo. Me asusté. Mi bicicleta estaba un poco más abajo en el camino y la alcancé a través de los arbustos. Sé que no me vio.

—Pero usted sí lo vio a él —señaló Kate.

—Pero no como para reconocerlo. No le vi la cara; cuando salió del coche, llevaba puesta una máscara.

—¿Qué clase de máscara? —quiso saber Dalgliesh.

—No una de esas que se ven en los programas de crímenes de la tele, como medias o pasamontañas. Ésta sólo le cubría los ojos y el pelo, como las que se pone la gente en los carnavales.

—¿De modo que regresó a casa en su bicicleta y se olvidó de la idea de robar el cuadro? —resumió Dalgliesh.

—No creo que llegase a planteármelo seriamente. Lo que quiero decir es que creí que era serio en ese momento, pero sólo en mi imaginación. Si lo hubiese intentado de verdad, me habría tomado más molestias.

—Pero si hubiera conseguido robarlo, no habría podido venderlo —dijo Kate—. Quizá cuando lo compró su abuelo no lo considerasen muy valioso, pero ahora lo es.

—No pretendía venderlo, sino colgarlo en esa pared de ahí. Lo quería en esta habitación, lo quería porque al abuelo le encantaba y porque le recordaba a su padre. Lo quería por el pasado.

De repente, un par de lágrimas rodaron por las mejillas del chico. Éste levantó un puño y se las enjugó, igual que un niño. En un intento de consolarlo, su esposa le pasó a Rebecca, y David la acunó mientras hundía los labios en su pelo.

—No hizo usted nada malo y le agradecemos que nos haya ayudado —dijo Dalgliesh—. Tal vez volvamos a encontrarnos cuando vaya a ver el cuadro de nuevo. Mucha gente disfruta viéndolo; sé que yo disfruté. De no haber sido por su abuelo, ahora no estaría en el Museo Dupayne y puede que no tuviéramos oportunidad de verlo.

Como si también ella se hubiese olvidado de que eran policías, Michelle Wilkins les preguntó:

—¿Les apetece un poco de té? Siento no haber caído antes en ofrecérselo. También tenemos Nescafé.

—Es usted muy amable —le agradeció Dalgliesh—, pero creo que es mejor que nos vayamos. Gracias otra vez, señor Wilkins, por colaborar con nosotros, y si se le ocurre algo más, puede encontrarnos en New Scotland Yard. El número está en esta tarjeta.

Fue Michelle Wilkins quien los acompañó hasta la puerta.

—No está metido en ningún lío, ¿verdad que no? —preguntó al despedirse—. No hizo nada malo. Sería incapaz de robar nada, de verdad.

—No —la tranquilizó Dalgliesh—, no está metido en ningún lío. No ha hecho nada malo.

Una vez dentro del coche, Dalgliesh y Kate se abrocharon el cinturón de seguridad. Ninguno de ellos abrió la boca. Kate sentía una mezcla de depresión y furia. «¡Dios, qué horror! —pensó—. Sólo son un par de críos esperando a que los explote cualquiera que crea que valga la pena hacerlo. Aunque la niña tenía buen aspecto... Me pregunto cuánto pagarán por ese cuchitril. Y sin embargo, el que vivan ahí no los va a ayudar a obtener un piso de protección oficial. Se jubilarán antes de poder optar a uno. Más les valdría dormir en la calle, al menos así tendrían prioridad en la lista de espera. Aunque no necesariamente para obtener un sitio decente; lo más probable es que acabaran en una pensión. Dios, éste es un país terrible para ser pobre. Eso, si eres una persona honesta. A los parásitos y a los pillos no les va nada mal, pero intenta ser independiente y ya veremos qué ayuda te ofrecen.»

—No ha sido una entrevista demasiado útil, ¿no le parece, señor? Wilkins vio al hombre enmascarado en febrero. Eso fue ocho meses antes del asesinato de Dupayne, y no me imagino a Wilkins y a su mujer como posibles sospechosos. Quizá sintiera rencor hacia la familia Dupayne, pero ¿por qué ensañarse con Neville? —reflexionó Kate.

—Comprobaremos su coartada, pero me parece que descubriremos que el viernes pasado por la tarde estuvo en la consulta del médico. David Wilkins sólo intenta comunicarse.

—¿Comunicarse, señor?

—Con su padre y su abuelo. Con el pasado, con la vida.

Kate guardó silencio. Al cabo de un par de minutos, Dalgliesh añadió:

—Llama al museo, ¿quieres, Kate? Averigua si hay alguien ahí. Sería interesante ver qué tienen que decir los Dupayne acerca de su visitante enmascarado.

Muriel Godby respondió a la llamada. Le pidió a Kate que esperase pero habló de nuevo al cabo de escasos segundos. Le informó de que tanto Caroline Dupayne como el señor Calder-Hale se encontraban en el museo. La señorita Caroline estaba a punto de marcharse, pero esperaría hasta que llegase el comisario Dalgliesh.

18

Cuando llegaron, encontraron a Caroline Dupayne examinando una carta en la recepción, en compañía de la señorita Godby. De inmediato los condujo al despacho. A Dalgliesh le llamó la atención que estuviese en el museo un lunes y se preguntó por cuánto tiempo podía ausentarse de su trabajo en la escuela. La familia seguramente pensaba que si la policía iba a infestar el lugar, un Dupayne debía estar presente para vigilar un poco. Él estaba de acuerdo. En tiempos de peligro, nada hay menos político que distanciarse uno mismo de la acción.

—Un joven que vino al museo la noche del 14 de febrero —dijo— vio a un hombre llegar en coche. Llevaba puesta una máscara. ¿Tiene alguna idea de quién podía ser?

—Ninguna. —Reaccionó ante la demanda con lo que Dalgliesh percibió como la cuidadosa demostración de un interés más bien tibio. A continuación, añadió—: Qué pregunta tan extraña, comisario... Oh, perdone, se preguntaba si tal vez se trataba de alguien que había venido a verme, teniendo en cuenta que era 14 de febrero, el día de San Valentín... No, estoy ya muy mayor para esa clase de juegos. En realidad, ya era demasiado mayor a los veintiuno. Aunque ese hombre debía de ir a alguna fiesta. De vez en cuando padecemos ese problema; aparcar en Hampstead es prácticamente imposible, y si la gente conoce este lugar, es una tentación entrar y dejar los coches aquí. Por suerte, ahora parece que ya no ocurre tan a menudo, aunque no podemos estar seguros del todo. El sitio no es el más conveniente y el paseo a pie por Spaniards Road es bastante lúgubre por la noche. Tally vive aquí, por supuesto, pero ya le he dicho que si oye ruidos después de que anochezca no salga de la casa, y que si se siente preocupada, me llame. El museo está aislado y vivimos en un mundo peligroso, usted lo sabe mejor que yo.

—¿No se les ha ocurrido instalar una verja de protección? —sugirió Dalgliesh.

—Lo hemos pensado, pero la verdad es que no sería muy práctica. Además, ¿quién iba a ocuparse de abrirla y cerrarla? El acceso al museo debe ser abierto. —Hizo una pausa y agregó—: No veo qué relación guarda esto con el asesinato de mi hermano.

—Nosotros tampoco, por el momento. Demuestra de nuevo lo fácil que resulta a menudo entrar sin ser visto.

—Pero eso ya lo sabíamos. Fue precisamente lo que hizo el asesino de Neville; me interesa más el joven que vio al misterioso visitante enmascarado. ¿Qué estaba haciendo aquí, aparcando sin permiso?

—No, no llevaba coche. Sólo tenía curiosidad. No hizo ningún daño ni intentó entrar.

—¿Y el visitante enmascarado?

—Al parecer, aparcó y también se marchó. El joven se asustó y no esperó a averiguar qué hacía.

—Sí, no me extraña, que se asustara, quiero decir. Este lugar es muy tenebroso por las noches y ya había habido un asesinato aquí antes, ¿lo sabía?

—No, nunca lo había oído. ¿Un crimen reciente?

—Fue en 1897, dos años después de que se construyera la casa. Una sirvienta, Ivy Grimshaw, fue encontrada muerta a puñaladas en la orilla del Heath. Estaba embarazada. Las sospechas recayeron sobre el dueño de la casa y sus dos hijos, pero no había pruebas que relacionasen a ninguno de los tres con el crimen y, evidentemente, se trataba de personalidades locales respetables y prósperas. Tal vez lo más importante fuese que eran los propietarios de una fábrica de botones que daba de comer a la población local. A la policía le pareció más cómodo creer que Ivy había salido a reunirse con su amante y que éste la había matado de un navajazo, librándose de paso de su inoportuno hijo.

—¿Y había pruebas de la existencia de ese supuesto novio o amante?

—Ninguna que saliera a la luz. La cocinera le contó a la policía que Ivy le había confiado que no tenía ninguna intención de dejar que la echaran a la calle y que podía ponerles las cosas difíciles a la familia, pero más adelante, la mujer se retractó. Se fue a trabajar en otro sitio en la costa meridional tras recibir, según tengo entendido, un sustancioso regalo de despedida de parte de su agradecido señor. Al parecer, la historia de un supuesto novio fue aceptada por todos y el caso se dio por cerrado. Es una pena que no sucediera en los años treinta, porque podríamos haberlo incluido en la Sala del Crimen.

«Sólo que ni siquiera en los años treinta —reflexionó Dalgliesh—, habría sucedido exactamente así.» El brutal asesinato de una joven inmoral y sin amigos había quedado impune y la respetable población local había conservado su trabajo. Quizá la tesis de Ackroyd fuese simplista y su elección de ejemplos convenientemente selectiva, pero se fundamentaba en la verdad. Con frecuencia, el asesinato era un paradigma de su época.

Arriba, en su despacho, y abandonando a regañadientes sus labores de escritura, Calder-Hale dijo:

—¿El 14 de febrero? Seguramente un invitado a una fiesta del día de San Valentín, aunque es raro que fuese solo. Por lo general, la gente suele acudir a esa clase de reuniones en pareja.

—Es aún más extraño que se pusiera la máscara aquí —señaló Dalgliesh—. ¿Por qué no esperar hasta que llegase a la fiesta?

—Bueno, pues aquí no tuvo lugar ninguna fiesta. A menos que Caroline estuviese celebrando alguna.

—Ella afirma que no.

—No, no sería propio de ella —apuntó Calder-Hale—. Me imagino que ese hombre estaría utilizando el sitio para aparcar el coche sin permiso. Hace un par de meses eché a un coche lleno de jóvenes que salían de parranda. Traté de asustarlos con la amenaza de que iba a llamar a la policía. El caso es que se marcharon sin hacer ruido y hasta llegaron a disculparse. Lo más probable es que no quisieran dejar su Mercedes a mi disposición. —Hizo una pausa y añadió—: ¿Y el joven? ¿Qué dijo que estaba haciendo aquí?

—Explorando el lugar, sin más. Se fue a toda prisa después de que llegara el hombre enmascarado. Era del todo inofensivo.

—¿Sin coche?

—Sin coche.

—Qué raro... —Calder-Hale volvió a enfrascarse en sus documentos—. Su visitante enmascarado, si es que ha existido de veras, no está relacionado de ningún modo conmigo. Puede que tenga mis asuntillos, pero las máscaras me parecen, en general, demasiado histriónicas.

Era evidente que la entrevista había llegado a su fin. Mientras se volvía para marcharse, Dalgliesh pensó: «Eso es prácticamente admitir sus actividades secretas, pero ¿por qué no? Le han dicho que yo estoy al corriente; ambos jugamos al mismo juego y esperemos que en el mismo bando. Lo que haga, por trivial que sea y aunque parezca de aficionados, forma parte de un plan más ambicioso. Es importante y debe ser protegido..., protegido contra todo salvo contra una acusación de asesinato.»

También hablaría con Marcus Dupayne, pero esperaba que le diese más o menos la misma explicación: alguien que sabía de la existencia del aparcamiento para hacer uso de él de forma gratuita durante unas horas. Era bastante razonable. Sin embargo, había un pequeño detalle que lo intrigaba: ante la perspectiva de dos misteriosos visitantes, tanto Caroline Dupayne como James Calder-Hale se habían mostrado menos preocupados por el conductor enmascarado que por el misterioso joven que lo había visto. Se preguntó por qué.

Calder-Hale seguía entre el grupo de posibles incriminados: esa misma tarde, un poco antes, Benton-Smith había cronometrado el trayecto en motocicleta desde Marylebone hasta el Dupayne. Su segundo viaje había sido cuatro minutos más rápido que el primero.

—Tuve suerte con los semáforos —había dicho—. Si Calder-Hale hubiese igualado mi tiempo, eso le habría dado tres minutos y medio para preparar el asesinato. Podría haberlo hecho, señor, pero sólo con suerte, y no se puede basar un plan de asesinato en la suerte.

—Por otra parte —había replicado Piers—, quizá pensase que con todo valía la pena intentarlo. Esa cita con el dentista le proporcionaba una especie de coartada. No podía esperar de forma indefinida si su móvil era que el museo permaneciese abierto. Lo que me sorprende es por qué tendría que importarle si lo cierran o no. Es cierto que dispone de un despacho muy cómodo y acogedor, pero si quiere trabajar en privado, hay otros despachos en Londres.

«Pero ninguno que ofrezca una ubicación tan oportuna para las actividades de Calder-Hale para el MI5», pensó Dalgliesh.

19

Cuando Kate llamó para concertar una cita, informó de que la señora Strickland había solicitado ver al comisario Dalgliesh por iniciativa propia. Semejante petición era un tanto insólita, pues no podía considerarse que durante el encuentro de ambos en la biblioteca, en el transcurso de la primera visita de Dalgliesh al museo, hubiesen entablado alguna clase de relación personal; sin embargo, el policía se complació en acceder. La señora Strickland no era, por el momento, una posible sospechosa, y hasta que esto ocurriese sería una estupidez renunciar por culpa del protocolo policial a cualquier información útil que estuviese en situación de proporcionarles.

La dirección, que le fue facilitada por Caroline Dupayne, estaba en el Barbican, y resultó ser un piso en la séptima planta. No había esperado que la mujer viviera allí; el imponente edificio de cemento de ventanas y pasillos apretados parecía más adecuado para los jóvenes financieros de la City que para una anciana viuda. Sin embargo, cuando ésta abrió la puerta y lo condujo hasta el salón, Dalgliesh comprendió por qué había escogido ese apartamento: tenía vistas al amplio patio y, más allá del lago, a la iglesia. Debajo, las figuras en escorzo de las parejas y los pequeños grupos que llegaban para asistir a las actuaciones vespertinas se paseaban en lo que parecía un estampado de color deliberadamente cambiante. El ruido de la ciudad, siempre enmudecido al final de la jornada laboral, era un zumbido rítmico más tranquilizador que fastidioso. La señora Strickland vivía en un tranquilo refugio urbano con un panorama de cielos en constante transformación y de actividad humana incesante donde podía sentirse parte de la vida de la ciudad y, al mismo tiempo, permanecer ajena a todo aquel ajetreo frenético y bullicioso. Sin embargo, era una mujer realista: Dalgliesh se había fijado en las dos cerraduras de seguridad de la puerta principal.

El interior del piso era igual de asombroso. Dalgliesh habría esperado que el propietario fuese próspero pero joven, ajeno todavía al peso de los años muertos, a las posesiones familiares, a los recuerdos sentimentales y a los objetos que, mediante largas asociaciones, relacionaban el pasado con el presente y creaban una ilusión de permanencia. Si un casero hubiese amueblado un piso para satisfacer a un inquilino exigente capaz de pagar un alquiler elevado, el apartamento habría tenido más o menos aquel aspecto. La sala estaba amueblada con piezas modernas de madera clara y diseño elegante. A la derecha de la ventana, que ocupaba casi toda la pared, había un escritorio con una luz direccional y una silla giratoria. Saltaba a la vista que la señora Strickland se llevaba el trabajo a casa alguna vez. Dalgliesh vio una mesa redonda frente a la ventana, con dos sillones de cuero gris y, en la pared, un único cuadro, un bajorrelieve abstracto en óleo supuso que de Ben Nicholson. Tal vez lo hubiera elegido para no transmitir nada acerca de ella, aparte del hecho de que podía permitirse comprarlo. Le pareció interesante que una mujer que había eliminado el pasado de forma tan implacable hubiese decidido trabajar en un museo. El único mueble que paliaba el anonimato funcional del piso era la librería hecha a medida que iba del suelo hasta el techo por la pared de la derecha. Estaba repleta de ejemplares encuadernados en piel colocados tan cerca unos de otros que parecían unidos con pegamento. A la mujer le había parecido que merecía la pena conservar aquellos libros; era obvio que se trataba de una biblioteca personal.

Dalgliesh se preguntó de quién.

La señora Strickland le hizo señas de que se sentara en uno de los sillones.

—Normalmente, a esta hora suelo tomarme una copita de vino. A lo mejor le apetece acompañarme. ¿Prefiere tinto o blanco? Tengo clarete o un Riesling.

Dalgliesh aceptó el clarete. La mujer salió de la habitación con paso un tanto rígido y regresó al cabo de unos minutos, empujando la puerta con los hombros para abrirla. Él se levantó de inmediato para ayudarla y cogió la bandeja con la botella, el sacacorchos y dos copas para depositarla encima de la mesa. Se sentaron el uno frente al otro y ella dejó que él se encargara de descorchar la botella y servir el vino, observándolo, o eso le pareció a Dalgliesh, con indulgente satisfacción. Aun considerando el cambio de actitud social sobre el momento en que los últimos años de la mediana edad traspasan el umbral definitivo e inexorable de la vejez, la señora Strickland era vieja. Dalgliesh calculó que debía de tener unos ochenta y cinco años, y si se consideraba su historia personal, no podían ser muchos menos. De joven, se dijo, debía de haber gozado de aquella admirada belleza inglesa de las rubias con ojos azules que tan engañosa resultaba a menudo. Dalgliesh había visto suficientes fotografías y reportajes sobre mujeres durante la guerra, en uniforme o en ropa de civil, para saber que aquella dulzura femenina podía ir ligada a una fuerte determinación, a veces incluso a la crueldad. La de ella había sido una belleza vulnerable, especialmente susceptible a los estragos de los años. La piel, esponjosa, estaba cubierta por un entramado de arrugas finas y los labios casi parecían no tener sangre. Sin embargo, seguía habiendo rastros de color dorado en el cabello, gris, escaso y recogido en una trenza en la nuca. Sus ojos, cuyo iris se había difuminado en un tono azul lechoso pálido, seguían siendo enormes bajo las cejas delicadamente torneadas, y en ese momento miraron a los de Dalgliesh con una expresión entre inquisitoria y alerta. Cuando extendió la mano para alcanzar la copa de vino, Dalgliesh observó que la tenía deforme por la excrecencia de la artritis, y cuando se cerró en torno a la copa de vino, se preguntó cómo conseguía escribir una caligrafía tan hermosa.

Como si le hubiese adivinado el pensamiento, la señora Strickland se miró los dedos y dijo:

—Todavía puedo escribir, pero no estoy segura de por cuánto tiempo seguiré siendo útil. Es extraño, los dedos me tiemblan de vez en cuando, pero nunca cuando estoy haciendo caligrafía. No tengo ningún título ni nada parecido, es sólo algo que me ha gustado siempre.

El vino era excelente y la temperatura, la adecuada.

—¿Cómo empezó a colaborar con el Museo Dupayne? —preguntó Dalgliesh.

—A través de mi marido. Era profesor de Historia en la Universidad de Londres y conocía a Max Dupayne. Cuando murió Christopher, Max me preguntó si les podía ayudar con los carteles y las etiquetas. Luego, cuando Caroline Dupayne lo sucedió, yo continué. James Calder-Hale se encargó de los voluntarios y redujo considerablemente el número de éstos, para algunos de forma más bien tajante. Dijo que había demasiada gente trotando por el museo, la mayoría personas solitarias. Todos teníamos que tener una tarea útil para quedarnos. La verdad es que ahora no nos vendría nada mal un poco más de ayuda, pero el señor Calder-Hale parece reacio a reclutar nuevos voluntarios. Muriel Godby necesita que alguien le eche una mano en la recepción, siempre y cuando encontremos a la persona adecuada. Por el momento la relevo yo, pero sólo algunas veces, cuando estoy en el museo.

—Parece muy eficiente —comentó Dalgliesh.

—Lo es. Las cosas han cambiado mucho desde que llegó hace dos años. Caroline Dupayne nunca ha tomado parte activa en la gestión cotidiana. No puede, claro, debido a sus obligaciones en la escuela. La señorita Godby se encarga de la contabilidad para satisfacción del gestor, y ahora lo lleva todo con mucha más soltura. Pero no ha venido aquí para que le aburra con los detalles de la oficina, ¿no es así? Quiere hablar de la muerte de Neville.

—¿Lo conocía usted bien?

La señora Strickland hizo una pausa, tomó un sorbo de vino y dejó la copa en la mesa.

—Creo que en el museo yo era quien mejor lo conocía, y no resultaba nada fácil conocerlo, se lo puedo asegurar. Venía muy raramente, pero el año pasado en ocasiones llegaba pronto los viernes y subía a la biblioteca. No ocurría a menudo, una vez cada tres semanas o así. No daba ninguna explicación; a veces se paseaba un rato y luego se sentaba con un viejo ejemplar de *Blackwood's Magazine*. Otras veces me pedía que le abriese un armario y escogía un libro. La mayor parte de las veces se sentaba en silencio. Otras, hablaba.

—¿Lo describiría como un hombre feliz?

—No, no diría que fuese un hombre feliz. No es fácil calibrar la felicidad de otra persona, ¿verdad? Pero tenía un exceso de trabajo, le preocupaba estar defraudando a sus pacientes, no tener tiempo suficiente para ellos, y le enfurecía el estado de los servicios psiquiátricos. Pensaba que ni el gobierno ni la sociedad en general se preocupaban lo bastante por los enfermos mentales.

Dalgliesh se preguntó si Dupayne le habría confiado adónde iba los fines de semana o si sólo se lo había dicho a Angela Faraday. La interrogó al respecto.

—No —contestó ella—. Era muy reacio a hablar de su vida íntima. Sólo lo hicimos en una ocasión. Creo que venía porque le relajaba verme trabajar; he estado pensando al respecto y ésa me parece la explicación más plausible. Yo siempre seguía con lo que estaba haciendo y a él le gustaba ver cómo se formaban las letras. Tal vez lo encontraba tranquilizador.

—Estamos tratando esta muerte como un asesinato —le explicó Dalgliesh—. Parece muy poco probable que se tratase de un suicidio, pero ¿le sorprendería esa posibilidad, me refiero a la idea de que quisiese acabar con su vida?

En ese momento, la anciana voz, que había sido cansina, recuperó su fuerza.

—Me habría dejado perpleja —repuso ella con firmeza—. Jamás se habría suicidado. Olvídelo. Tal vez a algunos miembros de la familia la idea les resulte muy cómoda, pero ya puede quitársela de la cabeza. Neville no se mató.

—¿De veras está tan segura?

—Absolutamente segura. Parte de la razón es una conversación que mantuvimos dos semanas antes de su muerte, debió de ser el viernes anterior a que usted viniera al museo por primera vez. Dijo que su coche todavía no estaba listo. Un hombre del taller, creo que se llamaba Stanley Carter, le había prometido que se lo entregaría hacia las seis y cuarto. Me quedé después de que cerrara el museo y pasamos toda una hora juntos. Estuvimos hablando del futuro de la biblioteca, y dijo que vivíamos demasiado en el pasado. Aludía a nuestros propios pasados además de a nuestra historia. Me sorprendí haciéndole confidencias. Eso es algo que me cuesta mucho, comisario; no suelo hacer confidencias sobre mí a nadie. Me habría parecido impertinente, y en cierto modo degradante, utilizarlo como mi psiquiatra privado gratuito, pero debió de ser algo parecido. Sin embargo, él también me utilizó a mí. De hecho nos utilizamos el uno al otro. Le dije que en la vejez no resulta tan fácil sacudirse el pasado de encima; regresan los viejos pecados, agravados por los años. Y las pesadillas, los rostros de los muertos que no deberían haber muerto vuelven y te miran, no con expresión de amor, sino de reproche. Para algunos de nosotros, esa pequeña muerte diaria puede suponer cada noche un descenso a un infierno muy privado. Hablamos de la expiación y del perdón. Soy la única hija de una madre francesa católica romana muy devota y un padre ateo. Pasé buena parte de mi infancia en Francia. Le dije que los creyentes tienen la oportunidad de enfrentarse a la culpa mediante la confesión, pero ¿cómo hacemos para encontrar la paz quienes no tenemos fe? Recordé las palabras de un filósofo, creo que Roger Scruton: «El consuelo de las cosas imaginarias no es un consuelo imaginario.» Le dije que a veces ansiaba incluso el consuelo imaginario. Neville me contestó que teníamos que aprender a absolvernos a nosotros mismos. El pasado no se puede cambiar y hemos de afrontarlo con honestidad y sin excusas para luego dejarlo de lado; obsesionarse con el sentimiento de culpa es un capricho destructivo. Dijo que ser humano es sentirse culpable: soy culpable, ergo soy.

Hizo una pausa, pero Dalgliesh no habló. Quería saber por qué estaba tan segura de que Dupayne no se había suicidado. Llegaría a ese punto a su debido tiempo. Advirtió con compasión que el relato de aquella conversación resultaba doloroso para ella. La vio alargar la mano para alcanzar la botella; le temblaban los dedos. Dalgliesh cogió la botella en su lugar y llenó ambas copas hasta arriba.

Al cabo de un minuto, la señora Strickland prosiguió:

—A una le gustaría llegar a la vejez y recordar sólo los momentos felices de la vida, pero no funciona así, salvo para los más afortunados. Igual que la polio puede volver en alguna forma y atacar de nuevo, también pueden hacerlo los errores del pasado, los fallos, los pecados. Dijo que lo comprendía, y comentó: «Mi mayor error vuelve a mí en forma de llamaradas de fuego.»

El silencio se prolongó por más tiempo. Esta vez Dalgliesh se vio forzado a preguntar:

—¿Le explicó por qué?

—No, y no le pregunté. Habría sido imposible, pero sí dijo una cosa. Tal vez pensó que yo imaginaba que aquello tenía algo que ver con que no quisiese que el museo permaneciera abierto. Bueno, el caso es que dijo que no tenía nada que ver con nadie del Dupayne.

—¿Está usted segura de eso, señora Strickland? Lo que le estaba diciendo, el error que volvía en forma de llamaradas de fuego, ¿no tenía nada que ver con el museo?

—Completamente segura. Ésas fueron sus palabras.

—¿Y el suicidio? Ha dicho que estaba segura de que no se había suicidado.

—También hablamos de eso. Creo que dije que cuando se es muy viejo, se puede saber con certeza que el alivio llegará pronto. Continué diciendo que me alegraba de esperar ese alivio, pero que ni en los peores momentos de mi vida se me había pasado por la cabeza quitarme yo misma de en medio. Fue entonces cuando dijo que el suicidio le parecía indefendible, salvo para los ancianos o los que sufren dolores constantes sin esperanzas de curación ni de mejoría. El suicidio dejaba una carga demasiado pesada sobre la familia del suicida. Aparte de la pérdida, siempre existía la culpa y el horror latente de que el impulso de autodestrucción pudiera ser hereditario. Le contesté que me parecía que estaba siendo un poco duro con las personas a las que la vida se les hacía insoportable, que su desesperación final no debía suscitar censura sino lástima. A fin de cuentas, él era psiquiatra, un miembro del sacerdocio moderno, ¿no consistía su trabajo en comprender y absolver? No le molestaron mis palabras. Admitió que tal vez había sido demasiado tajante, pero había algo de lo que estaba seguro: una persona en su sano juicio que se suicida, siempre debería dar una explicación. La familia y los amigos que deja atrás tienen derecho a saber por qué sienten ese dolor. Neville Dupayne nunca se habría suicidado, comisario. O quizá sería mejor decir que nunca se habría suicidado sin dejar una carta con una explicación. —Miró a Dalgliesh a los ojos—. Tengo entendido que no dejó ninguna nota, ninguna aclaración.

—No encontramos ninguna.

—Lo cual no es exactamente lo mismo.

Esta vez fue ella quien alcanzó la botella y la sostuvo. Dalgliesh meneó la cabeza, pero ella se rellenó su propia copa. Observándola, Dalgliesh experimentó una revelación tan asombrosa que la expresó con total naturalidad y casi sin pensar.

—¿Era Neville Dupayne adoptado?

Las miradas de ambos se encontraron.

—¿Por qué hace esa pregunta, señor Dalgliesh?

—No estoy seguro, se me acaba de ocurrir. Perdóneme.

Ella sonrió y, por un instante, el detective vislumbró el poderoso encanto que había desconcertado a la mismísima Gestapo.

—¿Perdonarlo? —exclamó—. ¿Por qué? Tiene usted toda la razón, era adoptado. Neville era mi hijo, mío y de Max Dupayne. Me marché de Londres cinco meses antes del parto, él se quedó con Max y Madeleine a los pocos días de nacer y más tarde fue adoptado. Esas cosas se arreglaban mucho más fácilmente en aquellos tiempos.

—¿Y eso... lo sabe mucha gente? —inquirió Dalgliesh—. ¿Saben Caroline y Marcus Dupayne que Neville era su hermanastro?

—Saben que era adoptado. Marcus sólo tenía tres años y Caroline, claro está, aún no había nacido cuando tuvo lugar la adopción. Los tres niños se enteraron cuando eran muy pequeñitos, pero no les dijeron que yo era la madre y Max el padre. Crecieron aceptando la adopción como un aspecto de la vida más o menos normal.

—Pues no me lo mencionaron —señaló Dalgliesh.

—No me sorprende. ¿Por qué iban a hacerlo? Ninguno de los dos tiene tendencia a airear los asuntos familiares privados y el hecho de que fuese adoptado no es relevante para la muerte de Neville.

—¿Y nunca recurrió a la ley existente para descubrir su origen?

—Nunca, que yo sepa. No tenía intención de discutir este asunto con usted. Sé que puedo confiar en su discreción, que no dirá a nadie lo que acabo de contarle, ni siquiera a los miembros de su equipo.

Dalgliesh hizo una pausa.

—No diré nada a menos que la adopción resulte relevante para mi investigación —señaló.

Había llegado la hora de marcharse. La señora Strickland lo acompañó a la puerta y le tendió la mano. Cuando se la estrechó, Dalgliesh sintió que el gesto era algo más que una despedida inesperadamente formal: era una confirmación de su promesa.

—Tiene usted un don para fomentar las confidencias, señor Dalgliesh. Debe de ser muy útil para un detective, la gente le cuenta cosas que después puede utilizar contra ella. Supongo que usted diría que es en favor de la justicia.

—No creo que utilizase una palabra tan magna. Podría decir que es en favor de la verdad.

—¿Tan pequeña es esa palabra? A Poncio Pilato no se lo parecía. Sin embargo, no creo que le haya contado nada de lo que vaya a arrepentirme. Neville era un buen hombre y lo echaré de menos. Sentía un gran afecto por él, pero ningún amor maternal. ¿Cómo iba a haberlo sentido? Y ¿qué derecho tengo yo, que lo entregué tan fácilmente, a reclamarlo ahora como hijo mío? Soy demasiado vieja para llorarlo, pero no lo bastante para no sentirme furiosa. Descubrirá quién lo mató y ese alguien pasará diez años en la cárcel. Me gustaría verlo muerto.

Durante el camino de regreso al coche Dalgliesh no dejó de dar vueltas a cuanto había averiguado. La señora Strickland había solicitado verlo a solas para transmitirle dos cosas: su convicción absoluta de que Neville Dupayne no se había suicidado y el críptico comentario de éste sobre ver su error en forma de llamaradas de fuego. No había tenido la intención de divulgar la verdad acerca de los verdaderos padres de Neville y seguramente era sincera en su creencia de que esa información resultaba irrelevante para la muerte de su hijo. Dalgliesh no estaba tan seguro. Reflexionó sobre el entramado de relaciones personales centrado en el museo: el traidor del Servicio de Operaciones Especiales que había traicionado a sus camaradas y Henry Calder-Hale, cuya ingenuidad había contribuido a dicha traición, el amor secreto y el nacimiento secreto, vidas vividas intensamente bajo la amenaza de la tortura y la muerte. La agonía había terminado, los muertos no volverían más que en sueños. Y era difícil dilucidar si alguna parte de aquella historia podía proporcionar un móvil para la muerte de Neville Dupayne, pero sí se le ocurría una razón por la que a los Dupayne podía haberles parecido prudente no divulgar que Neville había sido adoptado. El hecho de que un hermano de sangre frustrase algo que se deseaba intensamente ya debía de ser lo bastante difícil de soportar: viniendo de un hermano adoptado sería aún más imperdonable y la solución, tal vez, más fácil de contemplar.

LIBRO TERCERO

LA SEGUNDA VÍCTIMA

Miércoles 6 de noviembre – Jueves 7 de noviembre

1

El miércoles 6 de noviembre amaneció de manera imperceptible, cuando la luz del alba empezó a filtrarse a través de un cielo madrugador que se cernía espeso como una manta sobre la ciudad y el río. Kate preparó un té y, como de costumbre, se llevó la taza a la terraza. Sin embargo, aquel día no se respiraba frescor en el ambiente. A sus pies, el Támesis fluía con la lentitud de la melaza, como si en lugar de reflejar las luces que danzaban por el río las absorbiese. Las primeras barcazas del día avanzaban pesadamente, sin dejar ninguna estela. Por lo general, aquel momento era de una profunda satisfacción, y de vez en cuando incluso de felicidad, originada por el bienestar físico y la promesa del nuevo día. La vista de aquel río y el piso de dos habitaciones que tenía a sus espaldas representaba un logro que cada mañana le traía una nueva bocanada de satisfacción y seguridad en sí misma. Había conseguido el trabajo que quería y el piso que deseaba en la parte de Londres que había escogido. Podía esperar un ascenso que, según se rumoreaba, tendría lugar muy pronto. Trabajaba con gente que le gustaba y a la que respetaba. Esa mañana se dijo, como casi todos los días, que ser una mujer soltera con casa propia, un trabajo estable y dinero suficiente para cubrir las necesidades significaba disfrutar de más libertad que cualquier otro ser humano.

Sin embargo, esa mañana no pudo evitar que el pesimismo del día se le contagiase. El caso que tenían entre manos seguía siendo muy reciente pero empezaba a entrar en la fase de decadencia, esa parte deprimentemente familiar de la investigación de un asesinato en que el entusiasmo inicial se convierte en rutina y la perspectiva de una solución rápida va menguando con cada día que pasa. La brigada de investigación especial no estaba acostumbrada al fracaso, y de hecho se la consideraba una garantía contra el mismo. A fin de descartar posibles sospechosos habían tomado las huellas de todo aquel que pudiese haber estado en contacto con el bidón de gasolina o entrado en el garaje de forma lícita, y no habían encontrado ninguna no identificada. Nadie admitió haber quitado la bombilla. Al parecer, Vulcano, ya fuese por inteligencia, por suerte o por una mezcla de ambas, no había dejado ninguna prueba incriminatoria. Era ridículamente prematuro preocuparse por el resultado, ya que el caso todavía estaba en su fase inicial, pero Kate no lograba librarse de un temor seudosupersticioso de que tal vez nunca llegasen a tener pruebas suficientes para justificar una detención. Y no sólo eso, sino que, aun en el caso de tenerlas, ¿permi-tiría la Fiscalía que el caso llegase a juicio cuando el misterioso conductor que había atropellado a Tally Clutton en la casa seguía sin identificar? Además, ¿existía realmente? Cierto era que contaban con las pruebas de la rueda de la bicicleta aplastada y la magulladura en el brazo de Tally, pero ambas podían provocarse fácilmente con una caída adrede o estrellando la bicicleta contra un árbol. La mujer parecía honesta y costaba trabajo imaginarla como una asesina despiadada, sobre todo si se consideraba el método empleado, aunque menos, tal vez, como cómplice. Al fin y al cabo, tenía más de sesenta años y era evidente que valoraba su trabajo y la seguridad que le proporcionaba aquella casa. Para ella sería tan importante que el museo continuase abierto como para los dos Dupayne. La policía no sabía nada acerca de su vida privada, sus temores, sus necesidades psicológicas, los recursos de los que disponía para protegerse del desastre. Sin embargo, si el misterioso conductor existía y se trataba de un visitante inocente, ¿por qué no había aparecido todavía? ¿O acaso estaba siendo ingenua? ¿Por qué iba a hacerlo? ¿Por qué iba a someterse aquél a un interrogatorio policial, a exponer a la luz pública su vida privada, a airear algunos posibles secretos, cuando podía permanecer callado sin que nadie lo encontrase? Aunque fuese inocente, sabía que la policía lo trataría como un sospechoso, probablemente como el principal sospechoso, y si el caso quedaba sin resolver, sería considerado un posible asesino durante toda su vida.

Aquella mañana el museo abría a las diez en punto para que lo visitasen los cuatro invitados canadienses de Conrad Ackroyd. Dalgliesh le había indicado que estuviese allí presente con Benton-Smith. No le había dado ninguna explicación, pero recordaba sus palabras de un caso anterior: «Cuando se trata de un asesinato, procura permanecer lo más cerca posible de los sospechosos y de la escena del crimen.» Aun así, Kate no atinaba a comprender qué esperaba conseguir. Dupayne no había muerto en el museo y Vulcano no habría tenido ninguna razón para entrar en la casa cuando había llegado el viernes anterior. Además, ¿cómo iba a hacerlo sin las llaves? Tanto la señorita Godby como la señora Clutton habían afirmado con rotundidad que al marcharse la puerta del museo había quedado cerrada con llave. Vulcano se habría escondido entre los árboles, en el cobertizo o, lo más probable, en el rincón del garaje a oscuras, esperando, bidón de gasolina en mano, el ruido de la puerta al abrirse y a que la negra figura de su víctima extendiese la mano hacia el interruptor de la luz. La casa en sí no estaba infectada por el horror, pero por primera vez Kate se sintió reacia a volver allí. También estaba contaminándose con el olor agrio del fracaso.

Para cuando estuvo lista para marcharse, el día apenas se había animado, pero no llovía salvo por unos cuantos goterones que salpicaban la acera. Debía de haber llovido a primera hora de la mañana, pues las carreteras estaban grasientas, pero el agua no había refrescado el aire. Ni siquiera cuando llegó al terreno más elevado de Hampstead y bajó las ventanillas del coche se alivió la opresión de la polución atmosférica y la nube sofocante. Las farolas seguían encendidas en el camino de entrada al museo, y cuando dobló la última esquina vio que había luz en todas las ventanas, como si el lugar se preparase para una celebración. Consultó el reloj: eran las diez menos cinco. El grupo visitante ya debía de estar allí.

Aparcó, como de costumbre, detrás de los arbustos de laurel, pensando de nuevo en lo cómodo que resultaba como escondite para cualquiera que quisiera estacionar sin ser visto. Ya se había formado una hilera ordenada de coches; reconoció el Ford Fiesta de Muriel Godby y el Mercedes de Caroline Dupayne. El otro vehículo era un minibús, y pensó que debían de haberlo alquilado para transportar a los canadienses, probablemente durante toda su estancia en Inglaterra. Era evidente que Benton-Smith no había llegado todavía.

Pese al resplandor, la puerta estaba cerrada, y tuvo que llamar al timbre. Le abrió Muriel Godby, quien la saludó con adusta formalidad, lo cual sugería que, pese a que aquella visitante en particular no era distinguida ni bienvenida, convenía, por prudencia, mostrarle el debido respeto.

—El señor Ackroyd y su grupo han llegado y están tomando café en el despacho del señor Calder-Hale. Hay una taza para usted, inspectora, si le apetece.

—De acuerdo. Subiré, entonces. El sargento Benton-Smith debe de estar por llegar. Dígale que se reúna con nosotros, ¿quiere?

La puerta del despacho de Calder-Hale estaba cerrada, pero oyó un murmullo de voces. Después de llamar y entrar, vio a dos parejas y a Ackroyd sentados en diversas sillas, la mayor parte de ellas procedentes, era obvio, de las otras salas. El propio Calder-Hale estaba apoyado contra su mesa y Caroline Dupayne ocupaba la silla giratoria de éste. Todos sostenían tazas de café. Los hombres se pusieron de pie al ver entrar a Kate.

Ackroyd hizo las presentaciones. El profesor Ballantyne

y la señora Ballantyne, el profesor McIntyre y la doctora McIntyre. Los cuatro eran de universidades de Toronto y estaban interesados especialmente en historia social inglesa del periodo de entreguerras.

—Les he explicado la trágica muerte del doctor Dupayne —dijo Ackroyd dirigiéndose a Kate—, y que el museo está cerrado al público mientras la policía lleva a cabo la investigación. Bien, ¿comenzamos? Bueno, a menos que quiera un café, inspectora.

La referencia superficial a la tragedia fue recibida sin comentarios. Kate repuso que no quería café, aunque tampoco había sido exactamente una invitación que esperasen que aceptara. Los cuatro visitantes parecían dar por sentada su presencia. Si se estaban preguntando por qué, como personas ajenas al museo, necesitaban ir acompañados por una oficial de policía de rango superior en lo que, en definitiva, era una visita privada, la educación les impedía hacer ningún comentario. La señora Ballantyne, de rostro agradable y edad avanzada, no pareció darse cuenta de que Kate era una agente de policía, e incluso le preguntó al salir del despacho si visitaba el museo con regularidad.

—Sugiero que comencemos por la planta baja con la sala de historia y sigamos con la Galería de Deportes y Entretenimiento antes de subir a la planta de la galería y a la Sala del Crimen. Dejaremos la biblioteca para el final. Conrad describirá las exposiciones de la Sala del Crimen; está más en su línea que en la mía —anunció Calder-Hale.

En ese punto los interrumpió el ruido de pisadas subiendo la escalera a toda prisa, y al cabo de un instante Benton-Smith apareció en la puerta. Kate lo presentó un tanto mecánicamente y el reducido grupo inició su recorrido. A Kate le irritó que su compañero hubiese llegado tarde, pero al consultar su reloj, se dio cuenta de que no podría recriminárselo luego: en realidad, había llegado a la hora acordada.

Bajaron a la sala de historia, donde una pared con una variedad de vitrinas y estanterías se ocupaba de los principales eventos de la historia británica desde noviembre de

1918 hasta julio de 1939. Enfrente, una composición similar mostraba lo que ocurría en el mundo en general. Las fotografías poseían una calidad extraordinaria, y algunas, supuso Kate, eran valiosas e insólitas. El grupo, que avanzaba muy despacio, contempló la llegada de los jefes de Estado a la Conferencia de Paz, la firma del Tratado de Versalles y el hambre y la miseria de Alemania en comparación con las celebraciones de los victoriosos aliados. Una procesión de reyes destronados desfiló ante ellos, con sus ordinarios rostros dignificados —y a veces ridiculizados— por uniformes ostentosos y gorros ridículos. Los nuevos poderosos preferían un uniforme más práctico y proletario, y sus botas altas estaban hechas para avanzar por ríos de sangre. Muchas de las fotografías de carácter político no tenían demasiado significado para Kate, pero vio que Benton-Smith conversaba apasionadamente con uno de los profesores canadienses acerca de la importancia para la mano de obra organizada de la huelga general de mayo de 1926. Entonces recordó que Piers le había dicho que Benton tenía una licenciatura en Historia. Claro, cómo no... A veces Kate reflexionaba, con ironía, que pronto sería la única persona menor de treinta y cinco años sin un título universitario. Tal vez, con el tiempo, acabara por conferirle prestigio. Los visitantes parecían dar por sentado que tanto ella como Benton estaban tan interesados en las exposiciones como ellos y que tenían el mismo derecho a expresar sus opiniones. Siguiéndolos, Kate se dijo con humor que una investigación de asesinato estaba convirtiéndose en una especie de evento social.

Siguió al grupo hasta la galería que se ocupaba de los deportes y el entretenimiento; allí estaban las tenistas con sus diademas y sus molestas faldas largas, y los hombres con sus pantalones de franela blancos, perfectamente planchados; vio pósteres de excursionistas con sus mochilas y sus *shorts*, adentrándose en una campiña inglesa idealizada; miembros de la Liga Femenina de Salud y Belleza con pantalones bombachos de raso negro y blusas blancas, ejecutando sus ejercicios rítmicos en masa... Había carteles de ferrocarril originales en los que aparecían montañas azules y arenas amarillas, niños con el pelo cortado a lo paje blandiendo cubos y palas, padres en sus discretos trajes de baño aparentemente ajenos al clamor distante de una Alemania armándose para la guerra. Y también allí estaba el abismo omnipresente e insalvable entre ricos y pobres, entre privilegiados y marginados, subrayado por la inteligente disposición de las fotografías, en las que padres y amigos en el torneo de críquet de Eton-Harrow de 1928 podían compararse con los rostros sombríos e inexpresivos de los niños desnutridos fotografiados en su excursión anual de la escuela dominical.

A continuación subieron por la escalera en dirección a la Sala del Crimen. A pesar de que las luces ya estaban encendidas, la oscuridad del día se había intensificado y se percibía un desagradable olor a humedad en el ambiente. Caroline Dupayne, que hasta entonces había permanecido casi todo el tiempo en silencio, dijo:

—Aquí huele a cerrado. ¿No podemos abrir una ventana, James? Que entre un poco de aire fresco.

Calder-Hale se acercó a una ventana y, tras un ligero forcejeo, la abrió unos quince centímetros por la parte superior.

Ackroyd tomó el relevo. «¡Qué hombrecillo tan extraordinario!», pensó Kate, con aquel cuerpo regordete y cuidadosamente entallado, lleno de energía, y aquel rostro tan inocentemente entusiasmado como el de un niño encima de aquella ridícula pajarita de lunares. Dalgliesh había referido a los miembros del equipo su primera visita al Dupayne; siempre agobiado de trabajo, había dedicado un tiempo precioso a llevar a Ackroyd en coche al museo. Kate se preguntó, y no por primera vez, por la singularidad de la amistad masculina, esa camaradería que, aparentemente, no se cimentaba sobre ninguna base de la personalidad, sobre ninguna opinión compartida del mundo, sino, al menos gran número de veces, en un interés común o una experiencia mutua, poco exigente, poco expresiva y que no cuestionaba nada. ¿Qué diablos tenían Dalgliesh y Conrad Ackroyd en común? Sin embargo, saltaba a la vista que el segundo estaba disfrutando de lo lindo. Sin duda, sus conocimientos acerca de los casos de asesinato exhibidos era excepcional, pues hablaba sin consultar nota alguna. Trató durante largo rato el caso Wallace, y los visitantes examinaron con actitud diligente el cartel del Club Central de Ajedrez donde se aseguraba que aquél debía jugar la tarde anterior al asesinato, y contemplaron en respetuoso silencio el juego de ajedrez de Wallace, expuesto en la vitrina.

—La barra de hierro de la vitrina no es el arma del crimen —explicó Ackroyd—; de hecho, nunca la encontraron. Sin embargo, se descubrió que en la casa faltaba una barra similar empleada para rascar las cenizas de la parte inferior de la chimenea. Estas dos fotografías que la policía tomó del cuerpo de la víctima con escasos minutos de diferencia también son interesantes: en la primera se ve el chubasquero arrugado de Wallace, cubierto de manchas de sangre, tapando el hombro derecho de la víctima, mientras que en la segunda ha sido retirado.

La señora Ballantyne observó las fotografías con una mezcla de repugnancia y lástima. Su marido y el profesor McIntyre estaban hablando sobre los muebles y los cuadros de la abarrotada sala de estar, ese santuario, casi nunca utilizado, de respetabilidad de clase media-alta que a ellos, como historiadores sociales, les parecía obviamente más fascinante que la sangre y la masa encefálica destrozada.

—Fue un caso único en tres aspectos —concluyó Ackroyd—: el Tribunal de Apelación anuló el veredicto basándose en que era «incierto teniendo en cuenta las pruebas», con lo que venía a decir que el jurado se había equivocado. Aquello debió de ser mortificante para el presidente del tribunal, lord Hewart, quien vio la apelación y según cuya filosofía el sistema judicial británico era prácticamente infalible. En segundo lugar, el sindicato de Wallace financió la apelación, pero no hasta después de haber convocado a las personas relacionadas en la oficina de Londres y haber celebrado una especie de juicio en miniatura. En tercer lugar, fue el único caso para el que la Iglesia anglicana autorizó una plegaria especial para guiar al Tribunal de Apelación a la decisión correcta. Se trata de una oración magnífica (la Iglesia sabía cómo redactar la liturgia en aquellos tiempos) y pueden verla impresa en el programa del oficio religioso expuesto en la vitrina. A mí me gusta sobre todo la última frase: «Y oremos por los sabios consejos de nuestro soberano el Rey, que sean fieles a las órdenes cristianas del apóstol Pablo. Que nada se juzgue hasta que Nuestro Señor ilumine los secretos ocultos de la oscuridad y haga manifiestos los consejos del corazón.» Al fiscal, Edward Hemmerde, le enfureció la oración y probablemente aún más cuando ésta surtió efecto.

El profesor Ballantyne, el mayor de los dos visitantes masculinos, comentó:

—Los consejos del corazón... —Extrajo una libreta y el grupo esperó pacientemente mientras él, leyendo el oficio religioso, anotaba la última frase de la oración.

Ackroyd no tenía tantas cosas que decir acerca del caso Rouse y se concentró en las pruebas técnicas de la posible causa del incendio, sin mencionar la alusión de Rouse a una hoguera. Kate se preguntó si lo habría hecho por prudencia o por sensibilidad; no esperaba que Ackroyd mencionase la similitud con el asesinato de Dupayne, y el experto consiguió eludir el tema con una cierta habilidad.

Kate sabía que sólo las personas directamente relacionadas con el caso habían sido informadas acerca del misterioso conductor y de que las palabras que éste le había dirigido a Tally Clutton habían sido exactas a las de Rouse. Miró a Caroline Dupayne y a James Calder-Hale durante el cuidadoso relato de Ackroyd, pero ninguno de los dos reveló siquiera un atisbo de interés especial.

Pasaron al asesinato del baúl de Brighton. Para Ackroyd se trataba de un caso menos interesante y resultaba más difícil justificarlo como típico de su época. Se concentró en el baúl.

—Éste era precisamente el baúl de hojalata que usaban los pobres cuando viajaban —explicó—. Podía dar cabida a casi todas las pertenencias de Violette Kaye, y al final fue su ataúd. Su amante, Tony Mancini, fue juzgado en el tribunal de Lewis Assize en diciembre de 1934 y absuelto tras una brillante defensa del señor Norman Birkett. Fue uno de los pocos casos en que las pruebas del patólogo forense, sir Bernard Spilsbury, fueron cuestionadas con éxito. El caso es un ejemplo de lo que de verdad importa en un juicio por asesinato: la calidad y la reputación del abogado defensor. Norman Birkett, que más tarde se convertiría en lord Birkett de Ulverston, tenía una voz extremadamente melódica y persuasiva, que constituía un arma de lo más poderosa. Mancini le debía la vida a Norman Birkett y confiamos en que le mostró su debido agradecimiento. Antes de morir, Mancini confesó que había matado a Violette Kaye. Si quería matarla en realidad o no, es otra cuestión.

A juicio de Kate, el pequeño grupo examinó el baúl más por educación que por auténtico interés. La atmósfera parecía cada vez más cargada. En ese momento deseó que el grupo siguiese avanzando. La Sala del Crimen, y en realidad el museo entero, le habían producido una sensación opresiva desde el instante en que había entrado por primera vez. Había algo ajeno a su espíritu en aquella cuidadosa reconstrucción del pasado. Durante años había intentado olvidar su propia historia y le molestaba y sentía cierto temor ante la claridad y la terrible inevitabilidad con que regresaba, mes a mes. El pasado estaba muerto, acabado, era inalterable. No había nada de él que pudiese compensarse y sin duda nada que pudiese comprenderse del todo. Las fotografías en sepia que la rodeaban no tenían más vida que el papel sobre el que estaban impresas. Los hombres y mujeres muertos hacía tanto tiempo ya habían sufrido y causado sufrimiento y se habían ido. ¿Qué impulso extraordinario había empujado al fundador del Dupayne a exhibirlos con tanto esmero? Lo más probable era que no tuviese más relevancia para su época de la que tenían aquellas fotografías de coches antiguos, la ropa, las cocinas, los artefactos del pasado. Algunas de aquellas personas estaban enterradas en cal viva y otras en cementerios, pero si las hubiesen arrojado a una fosa común habría dado exactamente lo mismo. «¿Cómo vivir con seguridad sino en el momento presente —se preguntó—, el momento que, incluso mientras lo mido, se convierte en pasado?» La incómoda convicción que había experimentado al salir de la casa de la señora Faraday se apoderó de ella de nuevo. No podía enfrentarse con tranquilidad a aquellos años anteriores ni anular su poder siendo una traidora para su pasado.

Estaban a punto de seguir adelante cuando se abrió la puerta y apareció Muriel Godby. Caroline Dupayne estaba junto al baúl y Muriel, un poco acalorada, se acercó a ella. Ackroyd, a punto de presentar el siguiente caso, hizo una pausa, y todos esperaron.

El silencio apabullante y el corro de rostros que se volvieron hacia Muriel desconcertaron a ésta. Estaba claro que pretendía comunicar su mensaje de forma discreta.

—Lady Swathling está al teléfono y pregunta por usted, señorita Dupayne. Le he dicho que está ocupada —le informó.

—Entonces dile que sigo ocupada. La llamaré dentro de media hora.

—Dice que es urgente, señorita Dupayne.

—Vaya, bueno, está bien, iré.

Caroline Dupayne se volvió para marcharse. Muriel Godby aún seguía a su lado y el grupo centró de nuevo su atención en Conrad Ackroyd. Y en ese momento, sucedió. Un teléfono móvil comenzó a sonar rompiendo el silencio, tan inquietante e infausto como una alarma de incendios. No había duda acerca de su procedencia. Todas las miradas se volvieron hacia el baúl. Para Kate, los escasos segundos antes de que se moviera o hablara alguien se hicieron interminables, una suspensión del tiempo en la que vio al grupo paralizado en un retablo, inmóviles como si fueran maniquíes. El sonido metálico continuó.

—Parece que alguien tiene ganas de gastar una broma —dijo Calder-Hale en tono deliberadamente desenfadado—. Un tanto infantil, pero eficaz, desde luego.

Fue Muriel Godby quien actuó. Con el rostro colorado, exclamó: «¡Qué estupidez!», se abalanzó sobre el baúl, se arrodilló y retiró la tapa.

El hedor, asfixiante como un gas, inundó la habitación. Kate, al fondo de todo, sólo acertó a ver un torso encorvado y una mata de pelo amarillo antes de que Muriel apartara las manos de la tapa y ésta cayera de nuevo con un estrépito. A la mujer le temblaban las piernas y sus pies arañaban el suelo como si quisiera levantarse, pero le habían abandonado las fuerzas. Permaneció echada sobre el baúl emitiendo ruidos ahogados, gemidos estremecedores y chillidos lastimeros como un cachorro desconsolado. El teléfono había dejado de sonar. Kate la oyó murmurar: «¡Oh, no! ¡Oh, no!» y por unos segundos también ella quedó paralizada. A continuación, muy despacio, avanzó para hacerse cargo de la situación y realizar su trabajo.

Se volvió hacia el grupo y ordenó con voz estudiadamente serena:

—Retrocedan, por favor.

Se acercó al baúl, rodeó la cintura de Muriel con los brazos y trató de levantarla, pero era un peso muerto. Benton-Smith acudió en su ayuda y juntos incorporaron a Muriel y la llevaron a rastras hasta uno de los sillones.

Kate miró a Caroline Dupayne y preguntó:

—¿Está la señora Clutton en su casa?

—Supongo…, creo que sí. La verdad es que no lo sé.

—Entonces, lleve a la señorita Godby al despacho de la planta baja y quédese con ella, ¿de acuerdo? Alguien irá con usted en cuanto sea posible. —Acto seguido, se dirigió a Benton-Smith—: Tome la llave de la señorita Dupayne y asegúrese de que la puerta principal está cerrada. Ocúpese de que siga así. Nadie puede marcharse de aquí por el momento. Después llame al comisario Dalgliesh y regrese aquí.

Calder-Hale había permanecido en silencio. Estaba de pie, un poco retirado, con expresión vigilante en los ojos. Volviéndose hacia él, Kate dijo:

—¿Quieren usted y el señor Ackroyd llevar al grupo a

su despacho, por favor? Vamos a necesitar sus nombres y direcciones en este país. Luego podrán marcharse.

Los perplejos visitantes permanecieron inmóviles. Kate estudió sus rostros y le pareció que sólo el anciano profesor Ballantyne, que había estado de pie con su mujer junto al baúl, había llegado a ver el cadáver. Estaba pálido y, tendiendo el brazo, atrajo a su esposa hacia sí.

—¿Qué es? ¿Hay un animal atrapado ahí dentro? ¿Es un gato muerto? —preguntó la señora Ballantyne, nerviosa.

—Ven aquí, cariño —murmuró su marido, y se unieron al pequeño grupo que desfilaba hacia la puerta.

Muriel Godby se había tranquilizado. Se levantó y dijo con cierta dignidad:

—Lo lamento. Me he llevado tal impresión... Y ha sido tan horrible... Sé que es absurdo, pero por un instante creí que se trataba de Violette Kaye. —Miró con aire lastimoso a Caroline Dupayne—. Perdóneme, perdóneme. Ha sido la impresión.

Haciendo caso omiso de ella, Caroline Dupayne vaciló y luego se dirigió hacia el baúl, pero Kate le impidió el paso.

—Por favor, llévese a la señorita Godby al despacho —le repitió, con mayor firmeza—. Le sugiero que le prepare algo caliente, té o café. Vamos a llamar al comisario Dalgliesh y éste se reunirá con ustedes en cuanto le sea posible. Quizá tarde un poco.

Se produjo un silencio durante el cual Kate esperó a que Caroline protestara. Sin embargo, ésta se limitó a asentir con la cabeza y se volvió hacia Benton-Smith.

—En el armario de las llaves están las de la puerta principal. Se las daré si baja con nosotras.

Kate se quedó a solas. El silencio era absoluto. No se había quitado la chaqueta y en ese momento se palpó los bolsillos para buscar sus guantes, pero entonces recordó que se los había dejado en el coche. Sin embargo, sí llevaba encima un pañuelo grande y limpio. No había prisa, Dalgliesh llegaría pronto con el equipo de homicidios, pero necesitaba al menos abrir el baúl. Aunque no en ese momento. Sería importante disponer de un testigo, de modo que no haría nada hasta que Benton-Smith regresase. Permaneció inmóvil observando el baúl. Benton-Smith llevaba ausente un par de minutos, pero se le estaban haciendo eternos; nada en la habitación parecía real salvo aquel maltrecho receptáculo de horror.

Y en ese momento, por fin, llegó a su lado.

—A la señorita Dupayne no le ha hecho mucha gracia que le digan dónde tiene que esperar —dijo—. La puerta principal ya estaba cerrada y tengo las llaves. ¿Y los visitantes, señorita Miskin? ¿Tiene sentido retenerlos?

—No, cuanto antes salgan de las instalaciones, mejor. Vaya al despacho de Calder-Hale, anote sus nombres y sus señas y dígales unas palabras tranquilizadoras, si es que se le ocurre algo. No admita que hemos encontrado un cadáver, aunque no creo que lo duden.

—¿Me aseguro de que no hay nada útil que puedan decirnos, algo que les haya llamado la atención?

—No es muy probable. La mujer ya lleva muerta un tiempo y ellos han llegado al museo hace una hora. Deshágase de ellos con la máxima delicadeza y el menor escándalo posible. Interrogaremos al señor Calder-Hale más tarde. El señor Ackroyd debería irse con ellos, pero dudo que logre echar a Calder-Hale. Vuelva en cuanto los haya acompañado a la puerta.

Esta vez, la espera fue más larga. Aunque el baúl estaba cerrado, a Kate le parecía que el olor se intensificaba por momentos. Traía consigo los otros casos, otros cadáveres, y pese a ello era sutilmente distinto, como si el cadáver estuviese proclamando su singularidad aun en la muerte. Kate oyó un murmullo de voces. Benton había cerrado la puerta de la Sala del Crimen al salir, sofocando así cualquier ruido excepto una voz aguda y explicativa que podía haber sido la de Ackroyd y, por espacio de breves minutos, el sonido de las pisadas en las escaleras. Siguió esperando, con la mirada fija en el baúl. Se preguntó si en realidad sería el mismo que había contenido el cuerpo de Violette Kaye. Hasta ese momento, se tratara o no del auténtico, no había encerrado ningún interés especial para ella, pero ahora, allí estaba, negro y un poco abollado, como si quisiera retarla con sus funestos secretos. Encima de él, Tony Mancini la miraba, desafiante, a los ojos. El suyo era un rostro brutal, de ojos oscuros y feroces, boca grande y barba de tres días; estaba claro que el fotógrafo no se había propuesto que pareciese atractivo. Tony Mancini había muerto en su cama porque Norman Birkett lo había defendido, igual que Alfred Arthur Rouse había acabado en la horca porque Norman Birkett había actuado en nombre de la Corona.

Benton-Smith había regresado.

—Una gente muy agradable —comentó—. No han puesto ninguna objeción y no tenían nada que decir salvo que se habían percatado del olor raro en la habitación. Sabe Dios qué historias se llevarán consigo a Toronto... El señor Ackroyd ha protestado un poco. Está muerto de curiosidad. No creo que haya muchas esperanzas de que mantenga la boca cerrada. No he conseguido echar al señor Calder-Hale, quien insiste en que hay cosas que han de acabar en su despacho. El señor Dalgliesh estaba en una reunión, pero ahora sale para aquí. Llegará en unos veinte minutos, más o menos. ¿Quiere esperar, señorita Miskin?

—No —contestó Kate—, no quiero esperar.

Se preguntó por qué era tan importante que fuese ella quien abriese el baúl. Se puso de cuclillas y, con la mano derecha envuelta en el pañuelo, levantó despacio la tapa y la retiró. El brazo parecía pesarle mucho de repente, pero el movimiento ascendente fue tan elegante y normal como si aquella acción formase parte de una ceremonia de inauguración. El hedor era tan insoportable que tuvo que contener la respiración. Como siempre, despertó en ella emociones confusas de las que sólo el estupor, la ira y una triste comprensión de la noción de mortalidad eran reconocibles. Dichas emociones dieron paso a la determinación: aquél era su trabajo, para eso era para lo que la habían entrenado.

La chica estaba agazapada en el baúl como un feto demasiado grande, con las rodillas unidas a la altura del pecho y la cabeza inclinada, casi tocándolas, encima de los brazos cruzados. La impresión era de que la habían empaquetado con delicadeza, como a un objeto, en aquel espacio reducido. El rostro permanecía fuera de la vista, pero unos mechones de pelo amarillo caían con la suavidad de la seda sobre sus piernas y hombros. Llevaba un traje chaqueta de color crema y unos botines caros de piel de color negro. Tenía la mano derecha curvada sobre el brazo izquierdo. Pese a las largas uñas pintadas de un rojo intenso y el grueso anillo de oro en el dedo medio, aquella mano parecía tan pequeña y vulnerable como la de un niño.

—No lleva bolso y no veo el teléfono móvil —señaló Benton-Smith—. Lo más probable es que lo lleve en uno de los bolsillos de la chaqueta. Al menos nos servirá para averiguar quién es.

—No tocaremos nada más —anunció Kate—. Esperaremos al señor Dalgliesh.

—¿Qué son esas flores muertas desparramadas por el pelo, señorita Miskin? —preguntó Benton-Smith, inclinándose hacia delante.

Las florecillas aún conservaban restos de color morado y Kate reconoció la forma de las dos hojas.

—Son o, mejor dicho, eran violetas africanas —contestó.

2

Dalgliesh sintió un gran alivio cuando llamó al hospital donde Miles Kynaston daba clases y supo que podía estar disponible de inmediato, ya que acababa de empezar una sesión que era posible posponer. Teniendo en cuenta que se trataba de uno de los mejores patólogos del mundo, cabía esperar que se hubiese abalanzado ya sobre algún cadáver hediondo en un campo lejano o que lo hubiesen reclamado para algún caso en el extranjero. Podría haber llamado a otros patólogos del Ministerio del Interior, pues todos eran más que competentes, pero Miles Kynaston siempre había sido el favorito de Dalgliesh. Era interesante, pensó, que dos hombres que tan poco sabían de sus respectivas vidas privadas, que no tenían nada en común salvo el interés por su trabajo y que rara vez se veían salvo en el lugar donde había un cadáver, a menudo en estado de putrefacción, siempre se encontraran con la reconfortante seguridad de la comprensión y el respeto instintivos. La celebridad y la repercusión de algunos casos muy sonados no habían convertido a Kynaston en una *prima donna*. Acudía con prontitud cada vez que lo convocaban, se abstenía de hacer los chistes macabros que algunos patólogos y detectives empleaban como antídoto contra el horror o el asco, elaboraba informes de autopsia que eran auténticos modelos de claridad y buena prosa y, cuando subía al estrado, todo el mundo lo escuchaba con respeto y atención. De hecho, corría el peligro de que lo considerasen infalible. El recuerdo del gran Bernard Spilsbury seguía fresco en la mente de todos; para el sistema de justicia criminal resultaba contraproducente que un perito no tuviese más que subir al estrado para que todo el mundo lo creyese a pies juntillas.

Corría el rumor de que la verdadera vocación de Kynaston había sido estudiar Medicina, pero que había tenido que cambiar de orientación por su renuencia a enfrentarse al sufrimiento humano. Era obvio que, como patólogo forense, se evitaba esa parte: no sería él quien habría de llamar a puertas desconocidas, armándose de valor para comunicar las terribles noticias a algún padre o marido preocupado. Sin embargo, a Dalgliesh aquel rumor le parecía infundado, pues sin duda el patólogo debía de haber descubierto su aversión a enfrentarse al dolor antes de decidir la carrera. Tal vez lo que había impulsado a Kynaston era una obsesión por la muerte, sus causas, sus múltiples manifestaciones, su universalidad e inevitabilidad, su misterio intrínseco. Sin profesar ninguna creencia religiosa —que Dalgliesh supiese—, trataba los cadáveres como si el sistema nervioso todavía sintiese y los ojos vidriosos aún le suplicaran un veredicto de esperanza. Cuando Dalgliesh observaba las manos pequeñas y regordetas del patólogo, enfundadas en guantes de látex y desplazándose por un cuerpo, a veces tenía la irracional sensación de que Kynaston estaba administrando su propia y laica extremaunción.

Aunque durante años había conservado el mismo aspecto, desde el último encuentro de ambos el patólogo había envejecido perceptiblemente, como si de repente hubiese pasado a la siguiente fase en el continuo deterioro físico. Su cuerpo parecía más pesado y torpe, y las entradas que coronaban su frente moteada se habían acentuado ostensiblemente, pero tenía la vista tan aguda como siempre y el pulso igual de firme.

Pasaban tres minutos de mediodía. Ya había bajado las persianas, como si pretendiera desconectar el tiempo además de evitar la hostilidad de la media luz de última hora de la mañana. A Dalgliesh, la Sala del Crimen se le antojó abarrotada, aunque sólo había seis personas presentes, aparte de Kynaston, él mismo, Kate y Piers. Los dos fotógrafos habían terminado su trabajo y empezaban a recoger sus equipos en silencio, pero un foco seguía iluminando el cuerpo desde arriba. Dos expertos en huellas estaban examinando el baúl mientras Nobby Clark y un segundo oficial especialista en la escena del crimen inspeccionaban minuciosamente el suelo que, a primera vista, ofrecía pocas esperanzas de arrojar pistas físicas. Ataviados con la ropa propia de su oficio, todos se movían con seguridad silenciosa, hablando en voz baja pero con naturalidad, sin susurrar de manera forzada. A Dalgliesh se le ocurrió pensar que parecían absortos en algún rito esotérico secreto. Las fotografías de las paredes estaban alineadas como una hilera de testigos silenciosos, contaminando la habitación con las tragedias y las miserias del pasado: Rouse, con el pelo brillante y bien peinado y su sonrisa displicente de seductor; Wallace, con su jersey de cuello alto y sus ojos afables tras las gafas de montura metálica; Edith Thompson, con un sombrero de ala ancha, riendo junto a su joven amante bajo un cielo de verano.

Habían sacado el cadáver y ahora el cuerpo yacía junto al baúl sobre una sábana de plástico. El brillo despiadado de la luz que la iluminaba directamente eliminaba los últimos vestigios de humanidad, de manera que la mujer resultaba tan artificial como una muñeca a punto de ser embalada. El pelo amarillo brillante mostraba una línea de color castaño en las raíces. Debió de ser guapa en vida, con una sensualidad felina, pero ya no había belleza ni paz en ese rostro inerte. Sus ojos de un azul claro estaban abiertos y eran ligeramente exoftálmicos; se diría que con una ligera presión en la frente, los dos globos se desencajarían y saldrían rodando como canicas por las pálidas mejillas. Tenía la boca entreabierta, y los dientes pequeños y perfectos descansaban en el labio inferior en un remedo de mohín. Un hililillo de mucosidad se había secado en el labio superior. Se apreciaba un moratón a cada lado del delicado cuello, donde la presión asesina de unas manos poderosas le había arrebatado la vida.

Dalgliesh permaneció de pie en silencio mientras Kynaston, encorvado, se desplazaba despacio alrededor del cuerpo, extendía con suavidad los pálidos dedos y movía la cabeza de izquierda a derecha para inspeccionar mejor los hematomas. A continuación buscó el termómetro rectal en el viejo maletín que siempre llevaba consigo. Al cabo de unos minutos, una vez finalizado el examen preliminar, se incorporó.

—La causa de la muerte es evidente: fue estrangulada. El asesino llevaba guantes y era diestro. No hay otras marcas ni arañazos, ni indicios de que la víctima intentase zafarse de la mano que la agarraba. Debió de perder el conocimiento enseguida. La mayor presión la ejerció la mano derecha desde delante. Se aprecia la marca de un dedo pulgar justo por debajo de la mandíbula inferior, sobre el *cornu* del tiroides. Hay marcas en el lado izquierdo del cuello por la presión de los dedos opuestos. Como pueden observar, éstas se hallan un poco por debajo, siguiendo el lado del cartílago del tiroides.

—¿Pudo hacerlo una mujer? —preguntó Dalgliesh.

—Habría necesitado ejercer mucha fuerza, pero no una fuerza descomunal. La víctima es delgada y el cuello bastante estrecho. Una mujer podría haberlo hecho, pero no, por ejemplo, una mujer frágil o una persona con artritis en las manos. ¿La hora de la muerte? Eso resulta difícil de determinar, ya que el baúl es prácticamente hermético. Tal vez pueda ser más preciso después de la autopsia. Por el momento, calculo que debe de llevar muerta al menos cuatro días, casi cinco.

—Dupayne murió hace unas ciento ochenta horas, el pasado viernes —señaló Dalgliesh—. ¿Es posible que esta muerte ocurriera a la misma hora aproximadamente?

—Sí es posible, pero ni siquiera la autopsia me permitirá precisarlo con tanta exactitud. Mañana por la mañana tengo un hueco libre a las ocho y media. Intentaré tener un informe listo para primera hora de la tarde.

Habían encontrado el móvil, uno de los modelos más recientes, en el bolsillo de la chaqueta. Dirigiéndose al otro extremo de la habitación con las manos enguantadas, Piers pulsó los botones para descubrir el origen de la llamada y a continuación marcó el número.

Respondió una voz masculina.

—Taller de Mercer.

—Me parece que acaba de telefonear a este número y no hemos contestado a su llamada.

—Sí, señor. Era para decir que el coche de Celia Mellock ya está listo. ¿Lo recogerá ella o prefiere que se lo llevemos?

—Será mejor que se lo lleven. Tiene la dirección, ¿verdad?

—Sí, la tenemos. Es el 47 de Manningtree Gardens, Earls Court Road.

—Ahora que lo pienso, será mejor que no lo lleve. Acaba de marcharse y tal vez prefiera recogerlo ella misma. Bueno, ya le diré que está listo. Gracias.

»Tenemos el nombre y la dirección, señor —anunció Piers—. Y ya sabemos por qué no vino en coche al museo. Lo tenía en el taller. Se llamaba Celia Mellock, y la dirección es el 47 de Manningtree Gardens, Earls Court Road.

Habían puesto unos guantes de plástico a la chica muerta y las uñas, muy rojas, brillaban como si las hubiesen sumergido en sangre. El doctor Kynaston le levantó las manos con cuidado y se las cruzó sobre el pecho. Cubrieron el cuerpo con la sábana de plástico y subieron la cremallera de la bolsa. El fotógrafo empezó a desmontar su lámpara y el doctor Kynaston, ahora ya sin guantes, se quitó la bata y la guardó de nuevo en el maletín. Habían llamado al coche del depósito de cadáveres y Piers había bajado a esperarlo. En ese momento se abrió la puerta y entró una mujer con aire decidido.

Kate se dirigió a ella con voz brusca.

—Señora Strickland, ¿qué está haciendo aquí?

—Es miércoles por la mañana —respondió la señora Strickland con toda naturalidad—. Vengo todos los miércoles de nueve y media a una, y los viernes de dos a cinco.

Éste es el horario que establecimos. Creía que ya lo sabían.

—¿Quién la ha dejado entrar?

—La señorita Godby, por supuesto. Entiende perfectamente que los voluntarios debemos ser rigurosos con nuestras obligaciones; ha dicho que el museo estaba cerrado al público, pero yo no soy el público.

Se acercó sin vacilar a la bolsa que contenía el cuerpo de la joven muerta.

—Veo que tienen un cadáver aquí dentro. Detecté el olor inconfundible en cuanto abrí la puerta de la biblioteca. Tengo un olfato envidiable. Me preguntaba qué le habría pasado al grupo de visitantes del señor Ackroyd; me dijeron que visitarían la biblioteca y saqué algunas de las publicaciones más interesantes para que las vieran. Es de suponer, teniendo en cuenta las circunstancias, que no van a venir.

—Ya se han marchado, señora Strickland —le explicó Dalgliesh—, y me temo que también a usted habré de pedirle que se marche.

—Lo haré dentro de diez minutos, cuando termine mi jornada, pero antes guardaré las publicaciones que había preparado. Me parece que ha sido una pérdida de tiempo. Ojalá me hubiese informado alguien de lo que estaba sucediendo. A propósito, ¿qué está pasando? Me imagino que se trata de una segunda muerte sospechosa, ya que está usted aquí, comisario. Nadie del museo, espero.

—Nadie del museo, señora Strickland. —Dalgliesh, ansioso por librarse de ella pero sin querer contrariarla, contuvo su impaciencia.

—Un hombre, supongo —dijo—. Veo que no hay ningún bolso. Ninguna mujer iría sin bolso. ¿Y flores marchitas? Parecen violetas africanas. Son violetas, ¿no? ¿Es una mujer?

—Es una mujer, pero debo pedirle que se muestre discreta, hemos de informar a la familia. Alguien debe de estar echándola en falta, preocupándose por saber su paradero. Hasta que se informe a los familiares, cualquier filtración podría dar al traste con la investigación y causar un dolor innecesario. Estoy seguro de que lo entiende. Lamento que no supiéramos que estaba usted en el museo, es una suerte que no haya venido antes...

—Los cuerpos de los muertos no me trastornan —explicó la señora Strickland—. Los de los vivos sí, a veces. No diré nada. Supongo que la familia estará al corriente, me refiero a los Dupayne, claro está.

—La señorita Dupayne estaba aquí cuando encontramos el cuerpo, al igual que el señor Calder-Hale. No me cabe duda de que uno de ellos, o tal vez los dos, habrán llamado a Marcus Dupayne.

La señora Strickland por fin se disponía a dar media vuelta para marcharse.

—Estaba en el baúl, supongo.

—Sí —contestó Dalgliesh—, estaba en el baúl.

—¿Con las violetas? ¿Trata alguien de relacionarla con Violette Kaye?

Las miradas se encontraron, pero no hubo muestra alguna de reconocimiento. Era como si el momento de intimidad en el piso del Barbican, el vino que compartieron, las confidencias no hubiesen existido en absoluto. Podría haber estado hablando con una desconocida. ¿Era ése el modo que tenía la anciana de distanciarse de alguien en quien había confiado peligrosamente?

—Señora Strickland —siguió Dalgliesh—, debo insistir en que se marche ahora para que podamos continuar con nuestra labor.

—Por supuesto; no quisiera obstruir el cumplimiento de la ley —replicó con un deje irónico. Cuando ya se dirigía a la puerta, se volvió de repente y anunció—: No estaba en el baúl a las cuatro del pasado viernes, por si les sirve de ayuda.

Se produjo un silencio. Si la señora Strickland pretendía marcharse poniendo una dramática nota final, lo había conseguido.

Dalgliesh habló en tono tranquilo.

—¿Cómo puede estar segura de eso, señora Strickland?

—Porque estaba aquí cuando Ryan Archer abrió el baúl. Y supongo que querrá saber por qué.

Dalgliesh tuvo que vencer el ridículo impulso de contestarle que ni en sueños se le ocurriría preguntárselo. La señora Strickland siguió hablando:

—Fue por pura curiosidad... aunque tal vez sería más apropiado decir «impura» curiosidad. Creo que el chico siempre había querido ver el interior del baúl. Acababa de pasar la aspiradora por el pasillo de la biblioteca. No era un momento adecuado, por supuesto, nunca lo es. Me resulta difícil concentrarme con ese desagradable ruido de fondo y si hay visitantes, tiene que apagarla. Bueno, el caso es que estaba allí. Cuando apagó la aspiradora, entró en la biblioteca; no sé por qué, a lo mejor buscaba un poco de compañía. Yo había terminado unas etiquetas nuevas para la exposición de Wallace y él se acercó a echarles un vistazo. Mencioné que iba a llevarlas a la Sala del Crimen y me preguntó si podía acompañarme. No vi ninguna razón que lo impidiera.

—¿Y está segura de la hora?

—Completamente. Entramos en la sala justo antes de las cuatro. Nos quedamos unos cinco minutos y luego Ryan se fue a cobrar su paga semanal. Yo me fui poco después de las cinco. Muriel Godby estaba en la recepción y, como ya saben, se ofreció a llevarme en coche a la estación de metro de Hampstead. Esperé mientras ella y Tally Clutton hacían la inspección final del museo. Calculo que serían las cinco y veinte cuando al fin nos fuimos.

—¿Y el baúl estaba vacío? —preguntó Kate.

La señora Strickland la miró.

—Puede que Ryan no sea el chico más inteligente del mundo ni el más digno de confianza, pero si hubiese encontrado un cuerpo en el baúl, supongo que lo habría mencionado. Aparte de eso, habría habido otros indicios..., es decir, si la mujer hubiese llevado allí un tiempo considerable.

—¿Recuerda la conversación? ¿Se dijeron algo significativo?

—Según creo recordar, advertí a Ryan que no tocara las

piezas de la exposición. No le regañé: su acción me pareció del todo natural. Me parece que mencionó que el baúl estaba vacío y que no había manchas de sangre. Por su voz, parecía decepcionado.

Dalgliesh se volvió hacia Kate.

—A ver si puedes localizar a Ryan Archer. Es miércoles, tendría que estar aquí. ¿Lo viste al llegar?

—No, señor. Seguramente estará en alguna parte del jardín.

—Intenta encontrarlo y que te lo confirme todo. No le digas por qué se lo preguntas; cuanto más tarde en enterarse, mejor. Dudo que resista la tentación de divulgar la historia. Ahora lo primero es comunicar la muerte a los familiares.

La señora Strickland se dio media vuelta para irse.

—Sobre todo, que se lo confirme el muchacho, aunque yo trataría de no alarmarlo: si lo asustan, sólo conseguirán que lo niegue —dijo.

A continuación se marchó. Bajó por la escalera y Kate la vio regresar a la biblioteca.

Benton-Smith montaba guardia junto a la puerta principal.

—Se están impacientando —dijo, señalando el despacho con la cabeza—. La señorita Dupayne ha salido dos veces para preguntar cuándo vendrá a verlos el comisario. Al parecer, la necesitan en la escuela: una posible alumna va a visitar el lugar con sus padres, por eso lady Swathling la había llamado antes.

—Dígale a la señorita Dupayne que el comisario no tardará mucho —le ordenó Kate—. ¿Ha visto a Ryan Archer?

—No, señorita. ¿Qué ocurre?

—La señora Strickland dice que el pasado viernes a las cuatro estuvo en la Sala del Crimen con Ryan y que él abrió el baúl.

Benton ya estaba abriéndole la puerta.

—Eso es útil. ¿Y está segura de la hora?

—Eso dice. Ahora me voy a hablar con Ryan para comprobarlo. Es miércoles, el chico debería andar por algún sitio.

Pese a la escasa luz del día, le sentó bien salir al aire fresco, dejar el museo. Corrió a echarle un vistazo al camino de entrada, pero no halló ni rastro de Ryan. Estaba llegando la furgoneta del depósito de cadáveres y, mientras Kate observaba la escena, Benton-Smith salió del museo y echó a andar a buen paso para abrir la barrera. Kate no se detuvo a esperar, ya trasladarían el cuerpo sin su ayuda; su misión consistía en encontrar a Ryan. Pasó por el garaje quemado en dirección a la parte posterior del museo y encontró al chico trabajando en el jardín de la señora Clutton. Llevaba un abrigo grueso, unos mugrientos vaqueros y un gorro de lana con una borla, y estaba arrodillado junto al parterre frente a la ventana, horadando la tierra con su plantador y sembrando bulbos. Levantó la vista al oírla acercarse y Kate advirtió en su semblante una mezcla de cautela y miedo.

—Tienes que ponerlos más hondo, Ryan —le dijo—. ¿Es que no te lo ha dicho la señora Faraday?

—No sabe que estoy trabajando aquí, aunque le daría lo mismo. Puedo echar una mano con el jardín de la señora Tally cuando tengo tiempo. Esto es para darle una sorpresa la próxima primavera.

—Tú también te llevarás una sorpresa, Ryan, porque no creo que florezcan. Los estás plantando del revés.

—¿Y eso importa? —Miró consternado el último agujero que había hecho en la tierra.

—Supongo que al final se enderezarán y acabarán saliendo —lo tranquilizó Kate—. No soy ninguna experta. Ryan, ¿miraste en el interior del baúl de la Sala del Crimen? Estoy hablando del viernes pasado. ¿Abriste la tapa?

Él hincó el plantador más hondo y con mucha fuerza en la tierra.

—No, nunca. ¿Por qué iba a hacerlo? Tengo prohibida la entrada en la Sala del Crimen.

—En cambio la señora Strickland asegura que estuviste allí con ella. ¿Estás diciendo que miente?

Ryan tardó un rato en responder:

—Bueno, ahora que lo dice, a lo mejor tiene razón. Ya no me acordaba. Bueno, no es nada malo. Sólo es un baúl vacío.

—Entonces, ¿eso es todo? ¿Estaba vacío?

—Bueno, no había ninguna fulana muerta cuando yo miré. Y tampoco había rastro de sangre. La señora Strickland estaba conmigo, ella se lo dirá. Pero ¿quién se ha quejado?

—No se ha quejado nadie, Ryan. Sólo queríamos estar seguros de los hechos. Entonces, ¿ahora nos estás diciendo la verdad? ¿Estuviste con la señora Strickland justo antes de irte del museo y miraste en el interior del baúl?

—Eso he dicho, ¿no? —A continuación levantó la vista y Kate advirtió que el miedo iba asomando a sus ojos—. ¿Por qué lo pregunta? ¿Qué tiene que ver con la policía? Han encontrado algo, ¿verdad?

Si el chico pregonaba la noticia antes de que se informase a los familiares, sería una catástrofe. Lo mejor era no contarle nada, aunque eso era casi imposible. Pronto acabaría enterándose de la verdad de todos modos.

—Hemos encontrado un cadáver en el baúl —le explicó—, pero no sabemos cómo ha llegado hasta allí. Hasta que lo averigüemos, es muy importante que seas discreto y te advierto que si hablas nos enteraremos, porque nadie más lo hará. ¿Entiendes lo que te digo, Ryan?

—¿Y qué pasa con la señora Tally? —preguntó con un gruñido—. ¿Tampoco puedo decírselo a la señora Tally? Volverá pronto. Le han arreglado la bicicleta y se ha ido a comprar a Hampstead.

—Ya hablaremos nosotros con la señora Tally. Y ahora, ¿por qué no te vas a casa?

—Ésta es mi casa —respondió—. Voy a quedarme aquí con la señora Tally un tiempo. Me iré cuando esté listo.

—Cuando regrese la señora Tally, ¿le dirás que está aquí la policía y que quiere que vaya al museo?

—De acuerdo, se lo diré. Puedo explicarle por qué, ¿no?

Levantó la vista para mirarla con un gesto inocentemente inexpresivo, pero no la engañó.

—No le digas nada, Ryan. Limítate a hacer lo que te pido. Hablaremos contigo más tarde.

Sin añadir una sola palabra más, Kate se marchó. La furgoneta del depósito de cadáveres, siniestra en aquel negro anonimato, seguía aparcada en la entrada. Kate había llegado a la parte delantera del museo cuando oyó el sonido de unas ruedas sobre la gravilla y, al volverse, vio a la señora Clutton pedaleando por el camino. Llevaba el cesto de la bicicleta lleno de bolsas. Se bajó de la bicicleta y la empujó con cuidado hacia el límite del césped para sortear la barrera. Kate se acercó a ella.

—Acabo de hablar con Ryan —le explicó—. Me temo que debo darle malas noticias: hemos encontrado otro cadáver, el de una joven, en la Sala del Crimen.

La señora Clutton aferró el manillar de su bicicleta con más fuerza.

—¡Pero si esta misma mañana a las nueve he estado en la Sala del Crimen quitando el polvo! No estaba allí entonces.

No había ninguna forma de suavizar la brutal realidad.

—Estaba en el baúl, señora Clutton.

—¡Qué horror! Siempre me ha dado miedo que algún crío se metiese dentro y se quedase encerrado, aunque era un miedo irracional. A los niños no se les permite entrar en la Sala del Crimen y un adulto no se quedaría atrapado. La tapa no tiene ningún cierre automático y tampoco pesa tanto. ¿Cómo ha sido?

Habían empezado a andar juntas hacia la casa.

—Siento decirle que no se trata de un accidente —le expuso Kate—. La chica ha sido estrangulada.

En ese momento, a la señora Clutton le fallaron las piernas y, por un momento, Kate temió que cayera al suelo. Le ofreció la mano para sostenerla. La señora Clutton se apoyó en la bicicleta, con los ojos fijos en la lejana furgoneta del depósito de cadáveres. Ya la había visto antes. Sabía lo que era, pero mantuvo el control.

—Otra muerte, otro asesinato —dijo—. ¿Se sabe quién es?

—Creemos que se llama Celia Mellock. ¿Le dice algo ese nombre?

—No, no me suena de nada. ¿Y cómo pudo entrar? No había nadie en el museo cuando Muriel y yo cerramos anoche.

—El comisario Dalgliesh está aquí, además del señor y la señorita Dupayne y el señor Calder-Hale —le explicó Kate—. Le agradeceríamos que se reuniese con ellos.

—¿Y Ryan?

—No creo que lo necesitemos de momento. Ya lo llamaremos si hemos de hablar con él.

Habían llegado al museo.

—Guardaré la bicicleta en el cobertizo y luego iré a reunirme con ustedes —comentó la señora Clutton.

Sin embargo, Kate no la dejó sola. Anduvieron juntas hasta el cobertizo y esperó mientras la señora Clutton metía las bolsas de la compra en la casa pequeña. No había ni rastro de Ryan, a pesar de que su plantador y su cesto seguían en el parterre. Volvieron las dos juntas al museo, en silencio.

3

Kate regresó a la Sala del Crimen. El doctor Kynaston se había marchado.

—¿Dónde están? —le preguntó Dalgliesh a Kate.

—Se han trasladado a la galería de arte, señor, incluido Calder-Hale. Tally Clutton ha regresado y está con ellos. ¿Quiere verlos a todos juntos?

—Sería una forma muy útil de cotejar las distintas historias. Conocemos la hora de la muerte con bastante precisión: si tenemos en cuenta el testimonio de la señora Strickland y el examen preliminar del doctor Kynaston, debió de ser el viernes por la tarde-noche, más bien temprano que tarde. El sentido común sugiere que murió poco antes o poco después del asesinato de Dupayne. Un asesinato doble; me niego a creer que tengamos dos asesinos independientes actuando en el mismo sitio y la misma tarde casi a la misma hora.

Tras dejar a Benton-Smith en la Sala del Crimen, Dalgliesh, Kate y Piers recorrieron juntos el pasillo vacío y entraron en la galería de arte. Seis pares de ojos se volvieron hacia ellos, aparentemente al mismo tiempo. La señora Strickland y Caroline Dupayne habían colocado los sillones frente a la chimenea. Muriel Godby y Tally Clutton estaban sentadas en el banco de cuero del centro de la habitación. Marcus Dupayne y James Calder-Hale permanecían de pie junto a una de las ventanas. Al mirar a Muriel Godby y Tally

Clutton, Kate recordó a unas pacientes que había visto en una sala de espera de oncología, plenamente conscientes de la presencia de la otra pero sin hablarse ni mirarse a los ojos, pues cada una de ellas sabía que sólo podía soportar con serenidad su propia ansiedad, nada más. Sin embargo, también percibió un ambiente de entusiasmo y aprensión a partes iguales al que sólo la señora Strickland parecía inmune.

—Puesto que están todos aquí —empezó a decir Dalgliesh—, parece un momento oportuno para confirmar la información que ya poseemos y averiguar qué es lo que saben, si es que saben algo en concreto, acerca de esta última muerte. El museo deberá permanecer cerrado para que los especialistas en la escena del crimen puedan inspeccionar todas las dependencias. Necesitaré todas las llaves. ¿Cuántos juegos hay y quién los tiene?

Fue Caroline Dupayne quien contestó.

—Mi hermano y yo tenemos un juego cada uno, y también el señor Calder-Hale, la señorita Godby, la señora Clutton y las dos voluntarias. Aparte, hay una copia de llaves que se guarda en el despacho.

—Estos días he tenido que abrirle la puerta a la señora Strickland. Hace diez días me comentó que había perdido sus llaves y le recomendé que esperáramos una semana o así antes de hacer un duplicado —explicó Muriel Godby.

La señora Strickland no hizo ningún comentario.

Dalgliesh se dirigió a Caroline.

—Esta tarde tendré que acompañarla para ver las habitaciones de su apartamento.

Caroline intentó controlarse con cierta dificultad.

—¿De veras es eso necesario, comisario? El único acceso a las galerías desde mi apartamento está permanentemente cerrado y sólo la señorita Godby y yo misma tenemos acceso a la entrada de la planta baja.

—Si no fuera necesario, no se lo pediría.

—No podemos irnos del museo así, sin más —terció Calder-Hale—. Tengo asuntos pendientes y papeles que debo llevarme para trabajar mañana.

—No le pedimos que se marche inmediatamente —repuso Dalgliesh—, pero me gustaría que nos entregaran las llaves a media tarde. Mientras, los agentes especialistas en la escena del crimen y el sargento Benton-Smith permanecerán aquí, y la Sala del Crimen, como es lógico, quedará cerrada para ustedes.

La consecuencia de aquello les resultó tan clara como poco grata: mientras permaneciesen en el interior del museo, estarían sometidos a una discreta pero eficaz vigilancia.

—De modo que no ha sido un accidente —inquirió Marcus Dupayne—. Pensaba que tal vez la chica se había metido en el interior del baúl, por curiosidad o por algún tipo de apuesta, que la tapa le cayó encima y se quedó atrapada. ¿No es ésa una posibilidad? ¿Muerte por asfixia?

—No en este caso —respondió Dalgliesh—, pero antes de que sigamos hablando, sería conveniente que dejáramos el museo a los especialistas en la escena del crimen. Señora Clutton, ¿le importaría que utilizásemos su sala de estar?

Tally Clutton y la señora Strickland se habían puesto de pie. En ese momento, desconcertada, Tally miró a Caroline Dupayne, quien se encogió de hombros y dijo:

—Es su casa mientras viva usted allí. Si cabemos todos, ¿por qué no?

—Creo que habrá sitio suficiente —respondió Tally—. Podría traer más sillas del comedor.

—Entonces, vamos y acabemos ya con esto —sentenció Caroline Dupayne.

El pequeño grupo abandonó la galería y esperó un momento en el pasillo mientras Dalgliesh volvía a cerrar la puerta con llave. Rodearon la casa en silencio como un alicaído cortejo fúnebre que abandonara el crematorio. Mientras seguía a Dalgliesh por el porche de la casa pequeña, Kate casi esperaba encontrar unos sándwiches y un refresco en la mesa de la sala de estar.

Una vez dentro, se produjo un pequeño revuelo cuando Marcus Dupayne, con la ayuda de Kate, llevó unas cuantas sillas más y los presentes se acomodaron alrededor de la mesa del centro. Sólo Caroline Dupayne y la señora Strickland parecían sentirse cómodas; ambas escogieron la silla que quisieron, se sentaron rápidamente y esperaron, Caroline Dupayne con adusta conformidad y la señora Strickland con gesto de expectación controlada, como si estuviese lista para quedarse mientras lo que sucediese le resultara interesante.

El alegre ambiente hogareño de la habitación resultaba extraño para esa clase de reunión, sobre todo teniendo en cuenta el asunto que debían tratar. La estufa de gas estaba encendida al mínimo, seguramente, pensó Kate, para contentar al enorme gato anaranjado que estaba hecho un ovillo en uno de los dos sillones junto a la fuente de calor. Piers, que pretendía limitarse a contemplar la escena apartado del grupo, lo echó de allí sin miramientos. El animal, ofendido, se dirigió a la puerta sacudiendo la cola y luego salió disparado hacia las escaleras.

—¡Vaya por Dios! —exclamó Tally—. ¡Ahora se meterá en el parterre! *Vagabundo* sabe que tiene prohibido hacer eso. Perdónenme.

Salió corriendo tras él mientras los demás esperaban con la incómoda sensación de los invitados que llegan en un momento inoportuno. Tally apareció en la puerta con un dócil *Vagabundo* en brazos.

—Lo dejaré fuera. Normalmente sale hasta última hora de la tarde, pero esta mañana ha tomado posesión del sillón y se ha quedado dormido. Me ha dado pena molestarlo.

La oyeron reñir al gato y luego cerrar la puerta principal. Caroline Dupayne miró a su hermano, arqueando las cejas y torciendo la boca con una breve sonrisa burlona. Por fin estaban listos.

Dalgliesh se quedó de pie junto a la ventana del lado sur.

—La chica muerta se llama Celia Mellock. ¿Alguno de ustedes la conocía?

No le pasó desapercibida la mirada fugaz que Muriel Godby dirigió a Caroline Dupayne, pero la primera no dijo nada y fue Caroline quien contestó.

—Tanto la señorita Godby como yo la conocemos o, mejor dicho, la conocíamos. Fue alumna de Swathling's el año pasado, pero se marchó al final del segundo trimestre, es decir, la primavera de 2001. La señorita Godby trabajó como recepcionista en la escuela el trimestre anterior. No he visto a Celia desde que se fue. Yo no le di clases, pero sí la entrevisté a ella y a su madre antes de admitirla. Sólo se quedó dos trimestres y no era muy buena estudiante.

—¿Están sus padres en Inglaterra? Sabemos que la dirección de la señorita Mellock es el 47 de Manningtree Gardens, Earls Court Road. Hemos llamado por teléfono, pero no contesta nadie.

—Imagino que ésa será su dirección, no la de sus padres —repuso Caroline Dupayne—. La verdad es que no tengo muchos datos sobre la familia. Su madre se casó por tercera vez aproximadamente un mes antes de que Celia ingresara en la escuela. No recuerdo el nombre del nuevo marido, creo que es un industrial o algo así. Rico, por supuesto. La propia Celia no era pobre: su padre dejó un fondo fiduciario y ella tuvo acceso al capital a los dieciocho. Demasiado joven, pero así son las cosas. Creo recordar que su madre solía pasar la mayor parte del invierno fuera. Si no se encuentra en Londres, seguramente estará en las Bermudas.

—Tiene usted una memoria prodigiosa, muchas gracias —dijo Dalgliesh.

Caroline Dupayne se encogió de hombros.

—No suelo fallar al elegir a las alumnas, pero esta vez me equivoqué. Tenemos pocos fracasos en Swathling's, de modo que suelo recordarlos.

En ese momento, Kate tomó el relevo.

—¿Conoció usted bien a Celia Mellock mientras estuvo en la escuela? —le preguntó a Muriel Godby.

—No, en absoluto. Tenía muy poco contacto con las alumnas, y el poco contacto que tenía no era agradable. Algunas de ellas me detestaban, todavía no entiendo por qué. Una o dos se mostraban verdaderamente hostiles y las recuerdo muy bien, pero no era el caso de esa chica. No creo que viniese a menudo a la escuela y dudo que llegásemos a hablar alguna vez.

—¿Alguien más conocía a la chica? —Nadie contestó, pero negaron con la cabeza—. ¿Tiene alguien alguna idea de por qué pudo haber venido al museo?

Una vez más, negaron con la cabeza.

—Es de suponer que viniese como visitante —se aventuró a decir Marcus Dupayne—, ya fuese sola o con su asesino. Es poco probable que viniese por casualidad. Tal vez la señorita Godby la recuerde.

Todas las miradas se volvieron hacia Muriel.

—Dudo que la hubiese reconocido si la hubiese visto entrar en el museo —contestó—. Puede que ella me hubiese reconocido a mí y me hubiese dicho algo, pero es poco probable. Si yo no me acuerdo de ella, ¿por qué iba ella a acordarse de mí? No entró en el museo mientras yo estaba en recepción.

—Es de suponer que en Swathling's tendrán el nombre y la dirección de la madre de la señorita Mellock. ¿Quiere llamar a la escuela y preguntarlo, por favor? —pidió Dalgliesh.

Era obvio que la petición no fue recibida con agrado.

—¿Y no parecerá un poco raro? La chica se marchó el año pasado y después de sólo dos trimestres —objetó Caroline.

—¿Y los expedientes se destruyen tan rápido? Seguro que no. No es preciso que hable con lady Swathling, pídale a una de las secretarias que busque el archivo. ¿No es usted la codirectora del centro? ¿Por qué no puede pedir cualquier información que necesite?

La mujer siguió vacilando.

—¿Y no puede averiguarlo por otros medios? La muerte de la chica no guarda ninguna relación con Swathling's.

—Todavía no sabemos con qué guarda relación. Celia Mellock había sido alumna de Swathling's, usted es la codirectora, y han encontrado muerta a la chica en el museo.

—Hombre, dicho así...

—Sí, dicho así. Debemos informar a la familia. Seguramente habrá otras formas de averiguar la dirección, pero ésta es la más rápida.

Caroline acabó cediendo y levantó el auricular del teléfono.

—¿Señorita Cosgrove? Necesito la dirección y el número de teléfono de la madre de Celia Mellock. El expediente está en el armario de la izquierda, la sección de ex alumnas.

La espera se prolongó durante un minuto y luego Caroline anotó la información y se la pasó a Dalgliesh.

—Gracias —le contestó él y le entregó la nota a Kate—. Intenta concertar una entrevista lo antes posible.

Kate salió de la casa para llamar desde su teléfono móvil. La puerta se cerró tras ella.

La opacidad de primera hora de la mañana se había desvanecido, pero no hacía sol y el viento era frío. Kate decidió hacer la llamada desde su coche. La dirección era de la calle Brook y respondió al teléfono una voz empalagosa de alguien que a todas luces formaba parte del servicio. Lady Holstead y su marido se encontraban en su casa de las Bermudas; no estaba autorizado para dar el número.

—Soy la detective inspectora Miskin, de New Scotland Yard —se presentó Kate—. Si quiere comprobar mi identidad, le daré un número para que llame. Preferiría no perder tiempo, necesito hablar urgentemente con sir Daniel.

Hubo una pausa.

—¿Tiene la bondad de esperar un momento, inspectora? —dijo la voz.

Kate oyó el ruido de unos pasos. Al cabo de treinta segundos, la voz volvió a hablar y le dio el número de las Bermudas, repitiéndolo con cuidado.

Kate colgó y se lo pensó dos veces antes de realizar la segunda llamada. Sin embargo, no había otra opción: tendría que comunicar la noticia por teléfono. En las Bermudas debía de ser cuatro horas más temprano. Era posible que para ellos fuese muy pronto, pero no una hora intempestiva o irrazonable. Marcó el número y obtuvo una respuesta casi inmediata.

Le contestó una voz masculina, brusca y cargada de indignación.

—¿Sí? ¿Quién es?

—Soy la detective inspectora Miskin, de New Scotland Yard. Necesito hablar con sir Daniel Holstead.

—Holstead al habla. Y sepa que es una hora especialmente desconsiderada para llamar. ¿De qué se trata? No será otro intento de robo en el piso de Londres, espero.

—¿Está usted solo, sir Daniel?

—Estoy solo. Quiero saber de qué diablos va todo esto.

—Se trata de su hijastra, sir Daniel.

Antes de que Kate tuviese tiempo de continuar, el hombre la interrumpió.

—¿Y en qué puñetas se ha metido ahora? Oiga, mi esposa ya no es responsable de ella, y por mi parte yo nunca lo he sido. La chica tiene diecinueve años, lleva su propia vida y tiene su propio piso. Que aprenda a resolver sus asuntos ella sola. Desde el día en que empezó a hablar no ha hecho más que traer problemas a su madre. ¿Qué ha sido ahora?

Saltaba a la vista que sir Daniel no estaba de muy buen humor a primera hora de la mañana, circunstancia que podía llegar a resultar una ventaja.

—Me temo que he de darle malas noticias, sir Daniel —dijo Kate—. Celia Mellock ha sido asesinada. Hemos encontrado su cuerpo esta mañana temprano en el Museo Dupayne, Hampstead Heath.

El silencio era tan absoluto que Kate se preguntó si la habría oído. Estaba a punto de hablar cuando Holstead dijo:

—¿Asesinada? Asesinada, ¿cómo?

—Fue estrangulada, sir Daniel.

—¿Me está diciendo que han encontrado a Celia estrangulada en un museo? ¿Esto no será alguna broma macabra?

—Lo siento, pero no. Puede comprobar la información telefoneando al Yard. Pensamos que sería mejor hablar primero con usted para que pudiera comunicar la noticia a su esposa. Lo siento, comprendo que esto debe de ser un golpe terrible.

—¡Dios! ¡Vaya si lo es! Volveremos hoy mismo con el jet de la empresa. De todas formas, no creo que podamos darles ninguna información. No hemos visto a Celia en los últimos seis meses, y ella nunca llama. No tiene ninguna razón para llamar, supongo. Ya le he dicho que lleva su propia vida. Siempre ha dejado muy claro lo que pensaba de cualquier interferencia por parte de su madre o de mí. Iré ahora mismo a comunicar la noticia a lady Holstead. Ya me pondré en contacto con ustedes cuando lleguemos. No tendrán ninguna idea de quién lo ha hecho, supongo.

—Por el momento no, sir Daniel.

—¿Ningún sospechoso? ¿Ningún novio conocido? ¿No tenéis nada?

—De momento, no.

—¿Quién está a cargo de la investigación? ¿Lo conozco?

—El comisario Adam Dalgliesh. Irá a verlo a usted y a su esposa cuando regresen. Es posible que contemos con más información para entonces.

—¿Dalgliesh? El nombre me suena. Llamaré al comisario cuando haya hablado con mi esposa. Podría haberme comunicado la noticia con un poco más de delicadeza. Adiós, inspectora.

Antes de que Kate tuviera tiempo para replicar, ya le había colgado el teléfono. Llevaba parte de razón, pensó. Si le hubiese comunicado la noticia del asesinato inmediatamente, no habría escuchado aquel pequeño arrebato de rencor. Sabía más cosas sobre sir Daniel Holstead de lo que él habría deseado. Aunque la idea le dio cierta sensación de satisfacción, se preguntó por qué también le hacía sentirse un poco avergonzada.

4

Kate regresó a la casa y ocupó de nuevo su asiento, no sin antes confirmar a Dalgliesh con un asentimiento que el mensaje había sido transmitido. Vio que Marcus Dupayne seguía sentado a la cabecera de la mesa, con las manos entrelazadas ante sí y el rostro impenetrable. En ese momento se dirigió a Dalgliesh:

—Supongo que estamos en libertad para marcharnos si eso es lo que cualquiera de nosotros quiere o necesita hacer.

—Son completamente libres. Les he pedido que se reunieran aquí para interrogarlos porque éste es el modo más rápido de obtener la información que necesito. Si a cualquiera de ustedes le resulta inconveniente, puedo fijar la entrevista para cualquier otro momento, más adelante.

—Gracias. Me ha parecido oportuno establecer cuál es la situación legal —dijo Marcus—. Como es lógico, mi hermana y yo deseamos colaborar en cuanto nos sea posible. Esta muerte nos ha causado un impacto terrible. Es una tragedia, para la chica, para su familia y para el museo.

Dalgliesh no respondió. A decir verdad, dudaba de que el museo fuese a resentirse por aquello. Una vez reabierta, la Sala del Crimen resultaría doblemente atractiva; ya se imaginaba a la señora Strickland sentada en la biblioteca, escribiendo con sus manos artríticas un nuevo cartel explicativo y flanqueada por los dos hermanos Dupayne: «El baúl original en el que permanecieron escondidos los cuerpos sin vida de Violette Kaye y Celia Mellock se halla actualmente en posesión de la policía. El baúl que tienen ante ustedes es una réplica.» La imagen le resultó harto desagradable.

—¿Podrían, entre todos, volver a relatar lo que hicieron el viernes pasado? —les pidió—. Por supuesto, ya sabemos qué es lo que hicieron cuando cerró el museo; ahora necesitamos una explicación detallada de lo acontecido durante el día.

Caroline Dupayne miró a Muriel Godby. Fue ella quien empezó, pero poco a poco, todos los presentes, con la excepción de Calder-Hale, fueron aportando pormenores o confirmando sus palabras. Surgió un detallado relato del día, hora a hora, desde el momento en que Tally Clutton llegó a las ocho en punto para sus tareas habituales de limpieza hasta que Muriel Godby cerró con llave la puerta principal del museo y llevó en coche a la señora Strickland a la estación de metro de Hampstead.

Y al final Piers intervino:

—De modo que hay dos ocasiones en las que Celia Mellock y su asesino pudieron entrar sin ser vistos: a las diez de la mañana y a la una y media, cuando la señorita Godby abandonó la recepción y fue a la casa pequeña a buscar a la señora Clutton.

—Pero la recepción no pudo estar desatendida más de cinco minutos —adujo Muriel Godby—. Si tuviésemos un sistema telefónico como es debido, o si la señora Clutton se aviniera a llevar móvil, yo no tendría que ir a la casa. Es ridículo tratar de organizarse con un sistema anticuado que ni siquiera tiene contestador.

—Suponiendo que la señorita Mellock y su asesino hubiesen entrado sin ser vistos —prosiguió Piers—, ¿hay alguna habitación en la que pudiesen haberse escondido por la noche? ¿Cómo funciona el sistema de cierre interno de las puertas?

Muriel Godby respondió.

—Cuando cerramos la puerta principal a las cinco para que no entren más visitantes, recorro todas las salas con Tally para comprobar que no queda nadie en el museo. A continuación cierro las dos únicas puertas para las que hay llave, la galería de arte y la biblioteca. Esas dos salas contienen las exposiciones más valiosas. Ninguna otra sala se cierra con llave, salvo el despacho del señor Calder-Hale, y eso no es responsabilidad mía. Normalmente lo mantiene cerrado cuando no está. No intenté abrir esa puerta.

Calder-Hale habló por primera vez.

—Y si lo hubiese hecho, la habría encontrado cerrada.

—¿Y el sótano? —preguntó Piers.

—Abrí la puerta y vi que la luz seguía encendida. Desde la plataforma de hierro miré hacia el sótano. Allí no había nadie, así que apagué la luz. Esa puerta no tiene cerradura. Con la señora Clutton también comprobé que todas las ventanas estuviesen cerradas. Me fui a las cinco y cuarto con la señora Strickland y la dejé en la estación de metro de Hampstead. Luego regresé a casa, pero todo eso ya lo saben, inspector. Ya nos interrogaron al respecto el viernes pasado.

Piers hizo caso omiso de la protesta.

—¿De modo que cabe en lo posible que alguien se escondiese aquí abajo, en los archivos, entre las estanterías correderas de acero? ¿No bajó para comprobarlo?

En ese momento intervino Caroline Dupayne.

—Inspector, dirigimos un museo, no una comisaría de policía. No hemos sufrido ningún allanamiento ni intento de robo en los últimos veinte años. ¿Por qué demonios iba la señorita Godby a registrar la sala de los archivos? Aunque alguien se hubiese escondido cuando se cerró el museo, ¿cómo iba a salir? Las ventanas de la planta baja permanecen cerradas por la noche. La señorita Godby, con la señora Clutton, llevó a cabo su cometido habitual.

Su hermano había permanecido en silencio, pero en ese momento decidió hablar.

—Todos nos sentimos desconcertados. Huelga decir que estamos tan ansiosos como ustedes por conseguir que este misterio se resuelva. Nuestra intención es colaborar al máximo en la investigación, pero no existe ninguna razón para suponer que cualquiera de las personas que trabajan en el museo tiene algo que ver con la muerte de la chica. Es posible que la señorita Mellock y su asesino viniesen al museo como simples visitantes o con algún propósito que sólo ellos conocían. Sabemos cómo pudieron entrar y cómo pudieron esconderse. Cualquier intruso podía marcharse sin ser visto. Después de la muerte de mi hermano, mi hermana y yo les esperamos a ustedes aquí en la biblioteca. Dejamos la puerta entornada, sabiendo que iban a venir. Los estuvimos esperando más de una hora, tiempo más que suficiente para que el asesino huyese sin ser visto.

—Habría corrido un gran riesgo, por supuesto —señaló la señora Strickland—. Cabía la posibilidad de que usted o Caroline salieran de la biblioteca, o de que el comisario Dalgliesh se presentara en cualquier momento.

Marcus Dupayne acogió el comentario con la impaciencia contenida con que habría recibido la intervención de un subordinado en una reunión del departamento.

—Corrió un riesgo, claro que sí. No le quedaba otro remedio si no quería quedarse atrapado en el museo toda la noche. Sólo tenía que echar un breve vistazo por la puerta del sótano para comprobar que el vestíbulo se encontraba desierto y que la puerta principal estaba entreabierta. No pretendo sugerir que el asesinato se produjese en el sótano: la Sala del Crimen parece el lugar más probable. Sin embargo, la sala de archivos ofrecía el mejor, e incluso el único, escondite seguro hasta que pudiese escapar. No afirmo que sucediera de este modo, sólo planteo la remota posibilidad de que ocurriera así.

—Pero la puerta de la biblioteca también estaba entreabierta —objetó Dalgliesh—. Usted o su hermana habrían oído a cualquiera que pasarse por el vestíbulo, ¿no es así?

—Puesto que es evidente que alguien cruzó el vestíbulo y que nosotros no oímos nada, la respuesta no admite duda alguna —repuso—. Si mal no recuerdo, nos habíamos sentado con nuestras copas frente a la chimenea. No estábamos cerca de la puerta, y desde allí no veíamos el vestíbulo.

Su hermana miró directamente a Dalgliesh.

—No quisiera entrometerme en su trabajo, comisario —dijo—, pero ¿no existe una razón probable para que Celia acudiera al museo? Tal vez viniese con un amante. A lo mejor era de la clase de personas que necesitan un elemento de riesgo para dar al sexo un punto de morbo adicional. Celia tal vez sugirió el Dupayne como un posible lugar de encuentro, y el hecho de saber que yo era una de las fideicomisarias del museo quizás añadía una pizca de peligro al encuentro. Luego las cosas se descontrolaron y acabó muerta.

Kate llevaba un rato sin hablar.

—Por lo que sabía de la señorita Mellock —le preguntó a Caroline—, ¿esperaría este tipo de comportamiento de ella?

Hubo una pausa. Caroline recibió la pregunta con incomodidad.

—Como ya he dicho, yo nunca le di clases y no sé nada acerca de su vida privada, pero era una alumna infeliz, confusa y difícil. También se dejaba influenciar con facilidad. No me sorprendería nada de lo que hubiese podido hacer.

«Tendríamos que contratar a este personal para la brigada —pensó Piers—. Media hora más y tendrán los dos asesinatos resueltos.» Sin embargo, lo cierto era que aquel pedante de Marcus Dupayne tenía parte de razón: el escenario tal vez fuese improbable, pero era posible. Sería un regalo para cualquier abogado defensor. Sin embargo, si de verdad había sucedido así, con un poco de suerte Nobby Clark y sus chicos encontrarían alguna prueba, tal vez en la sala de archivos del sótano. Pero no había sucedido así. Superaba los límites de la credibilidad que dos asesinos no relacionados estuviesen en el museo la misma noche casi a la misma hora para matar a dos víctimas tan diferentes. Celia Mellock había muerto en la Sala del Crimen, no en el sótano, y empezaba a pensar que sabía por qué. Miró al otro lado de la habitación, a su jefe. La expresión de Dalgliesh era grave y un poco distante, casi contemplativa. Piers conocía esa mirada y se preguntó si los pensamientos de ambos no estarían recorriendo caminos paralelos.

—Ya tenemos las huellas de todos ustedes, tomadas tras el asesinato del doctor Dupayne —explicó Dalgliesh—. Lamento los inconvenientes que puedan ocasionarles el cierre de la Sala del Crimen y la clausura temporal del museo, pero esperamos acabar el lunes. Mientras tanto, creo que hemos terminado con todos excepto con la señora Clutton y la señora Strickland. Por supuesto, tenemos todas sus direcciones.

—¿No estamos autorizados a saber cómo murió la chica? —indagó Marcus Dupayne—. Supongo que la noticia se filtrará a la prensa en breve. ¿No tenemos un derecho razonable a ser los primeros en saberlo?

—La noticia no se filtrará ni se hará pública hasta que la familia haya sido informada —contestó Dalgliesh—. Les agradecería que todos ustedes guardasen silencio para evitar una angustia innecesaria a los parientes y amigos de la víctima. Una vez que el asesinato se haga público, evidentemente la prensa estará interesada, pero de eso se encarga el Departamento de Relaciones Públicas del Cuerpo de Policía de Londres. Es posible que quieran tomar sus propias medidas para no sufrir el acoso de los periodistas.

—¿Y la autopsia? —inquirió Caroline Dupayne—. ¿Y el sumario? ¿Cuándo será eso?

—La autopsia se llevará a cabo mañana por la mañana y el sumario en cuanto lo decida la oficina del juez de instrucción —explicó Dalgliesh—. Como en el caso de la muerte de su hermano, se abrirá el sumario y luego serán llamados a declarar.

Los dos Dupayne y Calder-Hale se pusieron en pie para marcharse. A Piers le pareció que a los hermanos les molestaba que los hubiesen excluido del resto de la reunión y, por lo visto, la señorita Godby sentía lo mismo. Ésta se levantó de mala gana y miró a Tally Clutton con una mezcla de curiosidad y resentimiento.

Una vez cerrada la puerta, Dalgliesh tomó asiento frente a la mesa.

—Le agradezco que no haya mencionado las violetas —le dijo a la señora Strickland.

—Usted me pidió que fuese discreta, y yo no he dicho nada —repuso ella con naturalidad.

Tally Clutton se levantó a medias del asiento. Había palidecido.

—¿Qué violetas? —preguntó.

—Había cuatro violetas africanas marchitas en el cadáver, señora Clutton —le explicó Kate con delicadeza.

Con los ojos desencajados por el horror, Tally miró a todos los presentes y soltó en un susurro:

—¡Violette Kaye! Así que son asesinatos que imitan asesinatos anteriores...

Kate se desplazó hasta el asiento que había a su lado.

—Es una posibilidad que debemos tener en cuenta. Lo que necesitamos saber es cómo el asesino obtuvo acceso a las violetas.

Dalgliesh se dirigió a ella con tacto y hablándole despacio.

—Hemos visto pequeñas macetas con esas violetas en dos habitaciones, la del señor Calder-Hale y la suya. Vi las plantas del señor Calder-Hale el domingo por la mañana hacia las diez, cuando fui a entrevistarme con él. Entonces estaban intactas, aunque pensé que iba a aplastarlas por el modo en que cerró la persiana de la ventana. La inspectora Miskin cree que no había ninguna flor tronchada cuando estuvo en el despacho del señor Calder-Hale con los visitantes de éste poco antes de las diez de esta mañana, y el sargento Benton-Smith se fijó en ellas cuando entró en la habitación poco después del hallazgo del cadáver de Celia Mellock. No faltaba ninguna de la maceta hacia las diez y media de esta mañana. Lo hemos comprobado y en estos momentos sigue sin faltar ninguna. En una de las plantas que tiene usted en el alféizar de la ventana he observado cuatro tallos rotos, de modo que por lo visto las violetas encontradas proceden de esta maceta en concreto. Eso significa que la persona que las puso en el cuerpo de Celia Mellock tenía acceso a su casa.

Tally se limitó a contestar lacónicamente, como si no albergase la menor duda de que iban a creerla:

—¡Pero las que hay aquí son las del despacho del señor Calder-Hale! Cambié su maceta por una de las mías el domingo por la mañana.

Kate era una experta en ocultar su entusiasmo.

—¿Cómo sucedió eso? —preguntó con calma.

Sin embargo, Tally se volvió hacia Dalgliesh para contestar.

—Le regalé una maceta de violetas africanas al señor Calder-Hale para su cumpleaños. Eso fue el 3 de octubre. Supongo que fue una tontería; este tipo de regalos habría que consultarlos antes con las personas en cuestión. Nunca tiene plantas en su despacho; tal vez está demasiado ocupado para tomarse la molestia de cuidarlas. Sabía que estaría en su despacho trabajando el domingo, porque casi siempre viene los domingos, así que se me ocurrió entrar a regar las violetas y quitar las flores o las hojas secas antes de que él llegase. Fue entonces cuando vi que faltaban cuatro flores. Pensé, como ustedes, que debían de haberse roto cuando él bajó la persiana. Tampoco había regado la maceta lo suficiente y las hojas no tenían muy buen aspecto, así que me traje aquí la planta para cuidarla un poco y la cambié por una de las mías. No creo que llegase a fijarse en el cambio.

—¿Cuándo vio por última vez íntegra la maceta de violetas africanas en el despacho del señor Calder-Hale? —le preguntó Dalgliesh.

Tally Clutton reflexionó unos instantes.

—Creo que fue el jueves, el día antes del asesinato del doctor Dupayne, cuando limpié su despacho. Siempre está cerrado, pero hay una llave en el armario. Recuerdo que ya en ese momento pensé que la maceta no tenía muy buen aspecto, pero las flores estaban intactas.

—¿A qué hora del domingo sustituyó las macetas?

—No lo recuerdo con exactitud, pero era temprano, poco después de llegar. Puede que entre las ocho y media y las nueve.

—Tengo que preguntárselo, señora Clutton —dijo Dalgliesh—. ¿No rompió esas flores usted misma?

Sosteniéndole la mirada, respondió con la docilidad de un chiquillo obediente.

—No, yo no arranqué ninguna de esas flores.

—¿Y está segura de todo lo que nos ha contado? ¿Las violetas africanas del despacho del señor Calder-Hale estaban intactas el jueves 31 de octubre y las encontró rotas y las sustituyó el domingo 3 de noviembre? ¿No tiene la menor duda al respecto?

—No, señor Dalgliesh. No tengo ninguna duda, en absoluto.

Le dieron las gracias por haberles permitido utilizar la casa pequeña y se dispusieron a marcharse. Había sido útil tener allí a la señora Strickland como testigo de su interrogatorio a Tally y en ese momento la mujer dejó muy claro que no tenía la menor intención de marcharse enseguida de allí. Tally parecía agradecer su compañía y se ofreció con cierta vacilación a preparar un poco de sopa y una tortilla antes de que Ryan regresase. El chico no había dado señales de vida desde que Kate habló con él e iba a ser necesario verlo e interrogarlo de nuevo, sobre todo acerca de lo que había hecho el viernes anterior.

El lunes, después de que Tally lo hubiese llevado de vuelta, había proporcionado un testimonio útil: la evidencia del resentimiento que existía entre Neville Dupayne y sus hermanos acerca del futuro del museo. Había dicho que después de cobrar su paga semanal, había vuelto a una casa ocupada en la que había vivido anteriormente con el propósito de invitar a sus amigos a una copa, pero había encontrado que los dueños de la casa habían vuelto a vivir en su propiedad. Entonces había empezado a deambular por la zona de Leicester Square durante un rato antes de decidir volver andando a Maida Vale. Le parecía que había llegado a casa hacia las siete, pero no estaba seguro. La policía no había podido corroborar su versión. Su relato de la agresión coincidía con la declaración del Comandante, aunque no había querido dar ninguna razón de por qué las palabras del anciano le habían parecido tan ofensivas. Era difícil considerar a Ryan Archer como un sospechoso principal, pero el simple hecho de que pudiese ser un sospechoso ya constituía un problema. Donde quiera que estuviese en ese momento, Dalgliesh esperaba de todo corazón que mantuviese la boca cerrada.

Calder-Hale seguía en su despacho, y Kate y Dalgliesh fueron a verlo juntos. No podían afirmar que se mostrara poco dispuesto a colaborar, aunque parecía sumido en la apatía. Estaba recogiendo papeles y documentos con aire parsimonioso y metiéndolos en un maletín ancho y deteriorado. Cuando le dijeron que habían encontrado cuatro violetas africanas en el cadáver, mostró tan poco interés como si hubieran mencionado un detalle insulso que nada tenía que ver con él. Echando un vistazo a las violetas de su ventana con aire distraído, comentó que no se había fijado en que alguien hubiese cambiado las macetas. Tally era muy amable por haber recordado su cumpleaños, pero él prefería no celebrar tales eventos. No le gustaban las violetas africanas, aunque no tenía ninguna razón en concreto para esa aversión; sencillamente, le parecían unas plantas sin ningún atractivo especial. Habría sido una falta de delicadeza decirle esto a Tally, así que no lo había hecho. Solía cerrar la puerta de su despacho con llave al marcharse, pero no lo hacía de forma sistemática. Después de que Dalgliesh y Piers lo hubiesen interrogado el domingo, había seguido trabajando hasta las doce y media y luego había regresado a casa; no recordaba si ese día había cerrado la puerta con llave al marcharse. Dado que el museo estaba cerrado al público y seguiría cerrado hasta después del funeral de Dupayne, cabía la posibilidad de que no se hubiese molestado en echar la llave.

Durante el interrogatorio había continuado recogiendo sus papeles, ordenando su escritorio, y había llevado una taza al cuarto de baño para lavarla. A continuación se dispuso a marcharse sin la menor intención de seguir respondiendo a más preguntas. Tras entregarle su juego de llaves del museo a Dalgliesh, le dijo que le agradecería vivamente que se las devolviesen lo antes posible. Para él resultaba una enorme molestia el hecho de no poder utilizar su despacho.

Por último, Dalgliesh y Kate llamaron a Caroline Dupayne y a Muriel Godby desde el despacho de la planta baja. Al parecer, la señorita Dupayne ya había aceptado la idea de que hubiesen decidido inspeccionar su apartamento. La puerta estaba en la parte de atrás del edificio, en el ala oeste, y era una puerta discreta. La señorita Dupayne la abrió con la llave y entraron en un pequeño vestíbulo con un moderno ascensor controlado por botones. Tras marcar la secuencia de dígitos, Caroline Dupayne dijo:

—Este ascensor lo instaló mi padre. Vivió aquí durante su vejez y estaba obsesionado con la seguridad. A mí también me ocurre cuando me quedo aquí a solas. Y valoro mi intimidad tanto como sin duda usted valora la suya, comisario. Considero esta inspección una intrusión.

Dalgliesh no contestó. Si encontraban algún indicio de que Celia Mellock hubiera estado allí o de que hubiera entrado en el museo por el apartamento, entonces la señorita Dupayne tendría que tolerar un registro profesional que sí iba a ser una intrusión. El recorrido por el apartamento, por llamarlo de algún modo, fue superficial, pero a él no le preocupó que así fuese. Caroline les mostró sucintamente las dos habitaciones de invitados, ambas con sus respectivos cuartos de baño con ducha, que no mostraban indicios de haber sido utilizadas recientemente; la cocina, con un frigorífico enorme; un cuarto de plancha con una inmensa lavadora secadora, y la sala de estar. No podría haber sido más distinta de la de Neville Dupayne: allí había unas cómodas sillas y un sofá con una tapicería verde pálido, la librería baja recorría la longitud de tres paredes, y unas alfombras cubrían casi la totalidad del suelo. Por encima de las librerías, en las paredes colgaban pequeños cuadros, acuarelas, litografías y óleos. Aun en aquel día tristón, la luz se derramaba por las dos ventanas con sus vistas del cielo. Era una sala acogedora que, con su silencio etéreo, debía de procurarle cierto alivio de la frialdad y la falta de intimidad de su ruidoso apartamento en Swathling's, de manera que Dalgliesh comprendió la importancia que tenía para ella.

Por último, Caroline Dupayne les acompañó a su dormitorio. La estancia sorprendió a Kate; no era lo que había esperado. Era sencilla pero cómoda, incluso lujosa, y pese al ligero toque de austeridad, muy femenina. Allí, como en todas las demás habitaciones, las ventanas estaban provistas de persianas además de cortinas. No entraron; se limitaron a permanecer de pie un momento en la puerta, que Caroline había abierto de par en par. Dupayne se apoyó en el marco y miró fijamente a Dalgliesh. Kate atrapó una mirada que era desafiante y lasciva a la vez. La mirada la intrigó. Hasta cierto punto, explicaba en parte la actitud de Caroline hacia la investigación. A continuación, aún en silencio, Caroline cerró la puerta.

Sin embargo, lo que le interesaba a Dalgliesh era el posible acceso al museo. Una puerta pintada de blanco conducía a un tramo corto de escalones enmoquetados y a un pasillo estrecho. A continuación había una puerta de caoba con dos pestillos. Una llave colgaba en un gancho de la pared, a la derecha. Caroline Dupayne permaneció inmóvil y en silencio. Después de extraer sus guantes de látex del bolsillo, Dalgliesh se los puso, descorrió los pestillos y abrió la puerta. La llave giró con facilidad, pero la puerta pesaba mucho y, una vez abierta, el policía tuvo que apoyar todo su peso en ella para que no se cerrara.

Tenían ante sí la Sala del Crimen. Nobby Clark y uno de los agentes de huellas digitales les dirigieron una mirada de sorpresa.

—Examinen las huellas de la parte de esta puerta que da al museo —anunció Dalgliesh. A continuación, cerró la puerta y corrió los pestillos de nuevo.

Caroline Dupayne no había hablado durante los minutos anteriores, y la señorita Godby no había dicho una sola palabra desde la llegada de ambos. Al regresar al apartamento, Dalgliesh les preguntó:

—¿Confirman que sólo ustedes dos tienen llaves de la puerta de la planta baja?

—Ya se lo he dicho —insistió Caroline Dupayne—. No

existen más llaves. Nadie puede entrar en el apartamento desde la Sala del Crimen, no hay ningún pomo en la puerta. Eso, por supuesto, está hecho así de forma intencionada, según las instrucciones de mi padre.

—¿Cuándo fueron, cualquiera de las dos, por primera vez al piso tras el asesinato del doctor Dupayne?

Muriel Godby tomó la palabra:

—Entré el sábado temprano porque sabía que la señorita Dupayne tenía planeado quedarse el fin de semana en el piso. Limpié un poco el polvo y comprobé que todo estaba en orden. En ese momento la puerta que da al museo estaba cerrada.

—¿Y es normal que comprobase usted esa puerta? ¿Por qué debía hacerlo?

—Porque forma parte de mi rutina. Cuando vengo al apartamento, compruebo que todo esté correcto.

—Yo llegué hacia las tres de la tarde y pasé aquí el sábado por la noche sola. Me marché hacia las diez y media del domingo. Que yo sepa, nadie ha estado aquí desde entonces.

«Y si hubieran estado —pensó Dalgliesh—, la concienzuda Muriel Godby habría eliminado cualquier rastro.» Los cuatro se dirigieron a la planta baja en silencio, y también en silencio la señorita Dupayne y la señorita Godby les entregaron sus copias de las llaves del museo.

5

Era poco después de medianoche cuando Dalgliesh regresó al fin a su piso a orillas del río encima de un almacén reformado del siglo XIX, en Queenhithe. Disponía de su propia entrada y de un ascensor de seguridad. Allí, salvo en horario laboral, vivía sobre las oficinas silenciosas y vacías, en la soledad que necesitaba. Hacia las ocho de la tarde, incluso las encargadas de la limpieza se habían marchado ya. Al regresar a casa se imaginaba bajo sus pies las salas desiertas con los ordenadores apagados, las papeleras vacías, las llamadas telefónicas sin respuesta y el pitido ocasional del fax, el único ruido capaz de quebrar el inquietante silencio. El edificio había sido un almacén de especias, y un aroma penetrante y evocador había impregnado los paneles de madera y todavía se detectaba débilmente a pesar del intenso olor del Támesis. Como siempre, se situó junto a la ventana. El viento había dejado de soplar, y unos frágiles jirones de nubes manchados de carmesí por el fulgor de la ciudad colgaban inmóviles en un cielo violáceo plagado de estrellas. Quince metros por debajo de su ventana, la corriente arrastraba y lamía las paredes de ladrillo; el dios pardo de T. S. Eliot había asumido su oscuro misterio nocturno.

Había recibido una carta de Emma en respuesta a la suya. Acercándose a su escritorio, la releyó. Era breve pero explícita: podía estar en Londres el viernes por la tarde. Pensaba tomar el tren de las seis y cuarto, con el que llegaría a

King's Cross a las siete y tres minutos. Le pedía que fuera a recogerla en el acceso a los andenes. Saldría de casa a eso de las cinco y media, de modo que si a él no le iba bien la hora, ¿podía llamarla entonces? Firmaba con un simple «Emma». Repasó las escasas líneas con los elegantes trazos verticales de su letra tratando de descifrar qué se escondía tras aquellas palabras. ¿Acaso la brevedad expresaba la insinuación de un ultimátum? Eso no sería propio de Emma, aunque tenía su orgullo, y después de la última cancelación de la cita por parte de él, cabía la posibilidad de que le estuviese diciendo que aquélla era su última oportunidad, la última oportunidad para ambos.

No se atrevía a albergar la esperanza de que ella lo amase, y aunque ella estuviese en la frontera del amor, todavía era posible que se echase atrás. La vida de Emma discurría en Cambridge, y la suya en Londres. Por supuesto, podía renunciar a su trabajo en la policía; había heredado de su tía una suma suficiente como para considerarse relativamente rico. Era un poeta respetado. Desde la adolescencia había sabido que la poesía iba a ser el motor principal de su vida, aunque nunca había querido dedicarse profesionalmente a ella. Para él, había sido importante desempeñar un trabajo útil para la sociedad —pues no dejaba de ser digno hijo de su padre—, un trabajo en el que pudiera mantenerse activo en el plano físico y, a ser posible, correr algún que otro peligro de vez en cuando. Establecería su propio escalafón, si no en la nauseabunda trapería del corazón de W. B. Yeats, al menos en un mundo muy alejado de la tentadora paz de aquella rectoría de Norfolk, de los privilegiados años posteriores de colegios privados y de Oxford. La policía le había dado todo lo que había estado buscando y más. Su trabajo le había garantizado su intimidad, lo había protegido de las obligaciones del éxito, de las entrevistas, de las conferencias, de los viajes al extranjero, de la publicidad implacable y, lo más importante, de formar parte del mundillo literario de Londres. Además, había nutrido lo mejor de su poesía. No podía abandonarlo, y sabía que Emma no se lo pediría, como tampoco él le pediría a ella que sacrificase su carrera. Si por algún milagro ella lo amaba, ya encontrarían algún modo de llevar una vida juntos.

Estaría en la estación de King's Cross el viernes para recibir ese tren. Aunque se produjesen acontecimientos importantes el viernes por la tarde, Kate y Piers eran más que capaces de solucionar cualquier incidencia que se presentara durante el fin de semana. Sólo una detención podía retenerlo en Londres, y no había ninguna inminente. Ya había organizado el plan para el viernes por la tarde: iría pronto a King's Cross y pasaría media hora en la British Library para luego recorrer a pie la escasa distancia que separaba la biblioteca de la estación. Aunque se abriesen los cielos, ella lo encontraría esperándola en el acceso a los andenes cuando llegase.

Su última obligación consistía en escribirle una carta a Emma. No sabía muy bien por qué, en ese momento de sosiego, necesitaba hallar las palabras que la convencieran del amor que sentía por ella. Tal vez llegase el momento en que ya no quisiese oír su voz o, al escucharla, tal vez necesitase tiempo para pensar antes de responder. Si ese momento llegaba alguna vez, tendría la carta lista.

6

El jueves 7 de noviembre, la señora Pickering llegó para abrir la tienda de beneficencia a las nueve y media en punto, según su costumbre. Le molestó comprobar que había una bolsa negra de plástico fuera, en la puerta. La parte superior estaba abierta, y dejaba al descubierto el revoltijo habitual de lana y algodón. Tras abrir la puerta, entró arrastrando la bolsa y chasqueando la lengua con irritación. Desde luego, era el colmo. En el cartel que había pegado en el cristal del escaparate se decía bien clarito que los donantes no debían dejar las bolsas en la puerta por el riesgo de robo, pero era inútil. Se dirigió a la trastienda para colgar su abrigo y el sombrero, tirando de la bolsa. Tendría que esperar a que llegase la señora Fraser, poco antes de las diez. Era la señora Fraser, nominalmente al frente de la tienda de beneficencia y toda una experta en poner los precios a los artículos, quien registraría el contenido de la bolsa y decidiría qué había que poner en el escaparate y cuánto había que cobrar por ello.

La señora Pickering no albergaba grandes expectativas acerca de su hallazgo, pues todos los voluntarios sabían que a las personas cuya ropa merecía la pena les gustaba entregarla en mano, y no dejarla fuera para que alguien se la quedase. Sin embargo, no pudo resistirse a hacer una inspección previa. Desde luego, no parecía haber nada interesante en aquel fardo de vaqueros descoloridos, suéteres de lana apelmazada después de tantos lavados, una chaqueta larga de punto tejida a mano —que parecía muy prometedora hasta que vio los agujeros de las polillas en las mangas— y media docena de pares de zapatos agrietados y deformados. Después de coger las prendas una por una y de examinarlas, decidió que seguramente la señora Fraser las desecharía todas. Y justo en ese instante, su mano palpó un trozo de cuero y una fina cadena de metal. La cadena se había enredado con los cordones de unos zapatos masculinos, pero cuando tiró de ella, se sorprendió al descubrir un bolso de mano que a todas luces debía de ser carísimo.

La posición de la señora Pickering en la jerarquía de la tienda era más bien baja, un hecho que aceptaba sin resentimiento. Daba el cambio con lentitud, se equivocaba con los billetes o las monedas en euros y tendía a perder el tiempo cuando el establecimiento estaba abarrotado, charlando con los clientes y ayudándolos a decidir qué prenda se ajustaba mejor a su talla y a su estilo. Ella misma reconocía estos defectos, pero no le preocupaban en lo más mínimo. La señora Fraser le había comentado en una ocasión a una compañera de trabajo:

—Es un desastre en la caja registradora, por supuesto, y habla por los codos, pero es completamente de fiar y sabe tratar a los clientes, de modo que tenemos mucha suerte de contar con ella.

La señora Pickering sólo había captado la última parte de esta frase, pero lo más probable es que no se hubiese ofendido aunque la hubiese oído entera. Sin embargo, aunque la valoración de la calidad y los precios eran privilegios reservados a la señora Fraser, ella también sabía reconocer una piel de calidad cuando la veía. Aquél era sin duda un bolso caro y fuera de lo corriente. Lo alisó acariciándolo levemente, percibiendo la suavidad de la piel, y luego lo devolvió a su sitio en lo alto del fardo.

Dedicó la siguiente media hora a quitar el polvo a los estantes, como de costumbre, reordenando los artículos según las indicaciones de la señora Fraser, volviendo a colocar la ropa que unas manos descuidadas habían descolgado de sus perchas y disponiendo las tazas para el Nescafé que prepararía en cuanto llegase la señora Fraser quien, como de costumbre, llegó puntualmente. Después de cerrar la puerta tras ella y de lanzar una mirada preliminar de aprobación al interior de la tienda, entró en la trastienda con la señora Pickering.

—He encontrado este fardo de ropa —le explicó la señora Pickering—. Estaba en la puerta, como siempre. Parece increíble cómo es la gente, en el cartel lo pone bien clarito. No parece muy interesante, salvo por un bolso.

La señora Fraser, tal como bien sabía su compañera, no podía resistirse a una nueva bolsa de ropa donada. Mientras la señora Pickering encendía el aparato eléctrico para calentar el agua y vertía las cucharadas de Nescafé, la señora Fraser se acercó al bolso. Se produjo un silencio. La señora Pickering la observó mientras abría el bolso, examinaba el cierre con cuidado y le daba la vuelta en sus manos. A continuación, se dispuso a inspeccionar el interior.

—Es un Gucci, y parece casi nuevo. ¿Quién nos habrá dado esto? ¿Vio usted quién dejó el saco de ropa?

—No, ya estaba aquí cuando llegué, aunque el bolso no estaba encima de todo. Estaba casi en el fondo. Me puse a rebuscar por curiosidad y lo encontré.

—Qué raro; es el bolso de una mujer rica. Los ricos no nos suelen dar lo que ya no usan, lo que hacen es enviar a sus criadas para que lo vendan en esas tiendas de segunda mano de categoría, así es como siguen siendo ricos. Conocen el valor de lo que tienen. Nunca habíamos tenido un bolso tan caro.

La mujer deslizó los dedos en un bolsillo lateral y extrajo una tarjeta de visita. Olvidándose del café, la señora Pickering se acercó y ambas la examinaron juntas. Era pequeña y las letras eran elegantes y sencillas. Leyeron: «Celia Mellock», y en la esquina inferior izquierda: «Pollyanne Promotions, agentes teatrales, Covent Garden, WC2.»

—¿No tendríamos que ponernos en contacto con la agencia para tratar de localizar a la dueña? —sugirió la señora Pickering—. Podríamos devolver el bolso. Tal vez lo haya puesto en la bolsa por error.

La señora Fraser no quería saber nada de semejantes miramientos tan poco oportunos.

—Si la gente nos trae cosas por error, es responsabilidad suya venir a reclamárnoslas. No podemos llegar a esa clase de conclusiones. A fin de cuentas, no debemos olvidar nuestra causa, el asilo para animales viejos y abandonados. Si nos dejan la mercancía fuera, estamos en nuestro derecho a venderla.

—Podríamos pedirle a la señora Roberts que le echara un vistazo —dijo la señora Pickering—. Creo que nos daría un buen precio. ¿No tiene que venir esta tarde?

A la señora Roberts, una voluntaria ocasional y no especialmente formal, se le daba bien el regateo, pero como siempre daba como mínimo un diez por ciento más de lo que la señora Fraser se atrevía a pedir a los clientes normales, ninguna de las dos mujeres veía ningún inconveniente moral en complacer a su colega.

Sin embargo, la señora Fraser no respondió. Se había quedado muy callada, tanto que, por un momento, pareció incapaz de realizar ningún movimiento.

—Ya me acuerdo —dijo al fin—. Conozco ese nombre. Celia Mellock. Lo he oído esta mañana en las noticias de la radio local. Es la chica a la que han encontrado muerta en ese museo... ¿cómo se llama? El Dupayne, ¿verdad?

La señora Pickering permaneció en silencio. Le sorprendía el evidente aunque reprimido entusiasmo de su compañera, pero no alcanzaba a comprender la importancia de aquel descubrimiento. Sintiendo al fin que se hacía necesario algún comentario, señaló:

—Vaya, por lo visto decidió donar el bolso a la beneficencia antes de que la matasen.

—Desde luego, ¡no pudo haberlo decidido después de que la mataran, Grace! Y mire el resto de cosas, no creo que sean de Celia Mellock. Es evidente que alguien metió su bolso entre todo lo demás para deshacerse de él.

La señora Pickering siempre había sentido gran admiración por la inteligencia de la señora Fraser y, ante aquella asombrosa capacidad de deducción, se esforzó por encontrar un comentario que estuviera a la altura de las circunstancias.

—¿Y qué cree usted que deberíamos hacer? —preguntó al fin.

—La respuesta es muy sencilla: dejamos el cartel de «cerrado» en la puerta y no la abrimos a las diez. Y ahora, llamamos a la policía.

—¿A Scotland Yard? —exclamó la señora Pickering.

—Exacto. Son quienes se encargan del asesinato de Mellock, y siempre hay que intentar hablar con los de arriba.

La siguiente hora y tres cuartos resultaron sumamente gratificantes para ambas mujeres. La señora Fraser realizó la llamada mientras su amiga permanecía a su lado, admirando la claridad con que daba la noticia del hallazgo. Al final oyó a la señora Fraser decir:

—Sí, ya lo hemos hecho, y nos quedaremos en la trastienda para que la gente no nos vea y empiece a llamar a la puerta. Hay una entrada por la puerta de atrás, si quieren llegar con discreción.

Acto seguido colgó.

—Van a enviarnos a alguien. Nos han dicho que no abramos y que los esperemos en la trastienda.

La espera no se prolongó por mucho tiempo. Dos agentes masculinos llegaron en coche por la calle de atrás, uno de ellos bajo y fornido por lo que, evidentemente, era el veterano, y otro alto y moreno tan guapo que la señora Pickering apenas podía quitarle los ojos de encima. El veterano se presentó como el inspector Tarrant y a su colega como el sargento Benton-Smith. Al estrecharle la mano, la señora Fraser le lanzó una mirada como queriendo decir que no estaba segura de que los agentes de policía debieran ser tan apuestos como aquél. La señora Pickering relató lo sucedido una vez más mientras la señora Fraser, haciendo gala de un considerable autodominio, permanecía a un lado, preparada para corregir cualquier inexactitud por pequeña que fuese y para proteger a su compañera del acoso policial.

El inspector Tarrant se puso unos guantes antes de manipular el bolso y deslizarlo en el interior de una bolsa de plástico de gran tamaño que a continuación selló y en cuya solapa escribió algo.

—Señoras, les agradecemos mucho que nos hayan comunicado este hallazgo. El bolso puede resultarnos muy útil. Es posible que necesitemos saber quién lo ha tocado. ¿Creen que podrían acompañarnos ahora mismo para que les tomemos las huellas? Así podremos descartarlas de las que encontremos en el bolso. Cuando ya no sean necesarias, las destruiremos, por supuesto.

La señora Pickering se había imaginado a sí misma siendo conducida a New Scotland Yard en Victoria Street, en todo su esplendor, cuyo rótulo giratorio había visto tantas veces por televisión. En vez de eso, para su decepción, las acompañaron a la comisaría local de policía, donde les tomaron las huellas sin mayor ceremonia. Mientras tomaban con delicadeza cada uno de los dedos de la señora Pickering y los presionaban sobre la almohadilla de tinta, la mujer sintió toda la excitación de una experiencia completamente nueva y se puso a charlar con alegría sobre el proceso. La señora Fraser, conservando su dignidad, se limitó a preguntar qué procedimiento seguían para garantizar que las huellas se destruirían cuando fuese pertinente. Al cabo de media hora habían regresado a la tienda y estaban delante de una taza de café recién hecho. Tras el nerviosismo de la mañana, ambas sintieron que lo necesitaban.

—Se lo han tomado con mucha calma, ¿no? —comentó la señora Pickering—. No nos han dicho nada, la verdad. ¿Cree que el bolso es una pista importante?

—Pues claro que lo es, Grace. De lo contrario no se habrían tomado tantas molestias ni nos hubiesen pedido las huellas. —Estuvo a punto de añadir: «Toda esa aparente indiferencia forma parte de su estrategia policial», pero en su lugar, dijo—: Me ha parecido un tanto innecesario que el inspector Tarrant insinuara que si algo de esto salía a la luz, sabrían que una de nosotras dos se había ido de la lengua. A fin de cuentas, le aseguramos que no se lo contaríamos a nadie y es evidente que ambas somos mujeres responsables. Eso debería haberle bastado.

—Pero Elinor, no creo que estuviese insinuando eso... Aunque es una lástima, ¿no? Siempre me gusta contarle algo a John al final de la jornada, cuando salgo de aquí. Creo que le gusta oírme hablar de la gente que he conocido, sobre todo los clientes. Algunos tienen unas historias tan interesantes cuando hablas con ellos, ¿no cree? Es una lástima no poder compartir con él lo más emocionante que ha pasado jamás.

En su fuero interno, la señora Fraser estaba de acuerdo con ella. En el camino de vuelta en el coche patrulla había imprimido en la señora Pickering la necesidad de que guardara silencio, pero ya estaba considerando la perfidia. Por supuesto que se lo contaría a su marido; al fin y al cabo, Cyril era magistrado y conocía la importancia de guardar un secreto.

—Me temo que su John tendrá que esperar, Grace. Sería un desastre si esto se divulgase en el campo de golf. Y no debe olvidar, Grace, que de hecho fue usted quien encontró el bolso. Es posible que la llamen a declarar como testigo.

—¡Cielo santo! —La señora Pickering hizo una pausa justo cuando estaba a punto de llevarse la taza de café a los labios y luego la dejó de nuevo en el platillo—. ¿Quiere decir que tendría que subir al estrado? ¿Que tendría que declarar ante un tribunal?

—Bueno, no creo que celebren el juicio en un urinario público, ¿no le parece?

«Desde luego —pensó la señora Pickering—, para ser la nuera de un antiguo alcalde, a veces Elinor puede ser sumamente ordinaria.»

7

Sir Daniel Holstead llamó a Dalgliesh y concertaron una reunión para una hora más tarde, a las nueve y media. Eso apenas les daría a él y a su esposa ocasión de recuperarse del vuelo, pero su ansiedad por escuchar lo que tuviese que decirles la policía había sido decisiva. Dalgliesh dudaba de que ninguno de los dos hubiese podido conciliar el sueño desde que se habían enterado de la noticia. Juzgó prudente y considerado ir a ver a la pareja en persona, acompañado por Kate. En el edificio donde vivían, un moderno bloque de la calle Brook, había un conserje que inspeccionó sus placas de identificación y los anunció por teléfono antes de conducirlos a un ascensor controlado por un dispositivo de seguridad. Marcó los números del código, los invitó a pasar y luego explicó:

—Sólo tiene que pulsar este botón, señor. Es un ascensor privado que lleva directamente al piso de sir Daniel.

En un lado del ascensor había un asiento bajo y acolchado; mientras que los tres lados restantes estaban forrados de espejos. Dalgliesh se vio a sí mismo y a Kate reflejados en una sucesión aparentemente interminable. Ambos permanecieron en silencio. El trayecto de subida fue rápido y el ascensor se detuvo con suavidad. Casi al instante, las puertas se abrieron sin hacer ruido.

Se encontraron en un pasillo amplio con una serie de puertas a cada lado. En la pared del fondo colgaban dos hileras de láminas de aves exóticas. Al salir del ascensor, vieron a dos mujeres que avanzaban en dirección a ellos con paso silencioso por la mullida moqueta. Una de las mujeres, con un traje pantalón negro y un aire de seguridad ligeramente intimidatorio, poseía la briosa eficiencia de una secretaria personal. La otra, con el pelo más claro y más joven, llevaba una bata blanca y una camilla de masaje plegable, colgada del hombro.

—Hasta mañana entonces, señorita Murchison —se despidió la mujer de mayor edad—. Si puede acabar en una hora, podré colarla entre la cita con el peluquero y la manicura. Tendrá que llegar un cuarto de hora antes. Me consta que a lady Holstead no le gusta tomarse los masajes con prisas.

La masajista entró en el ascensor y la puerta se cerró. A continuación, la mujer se dirigió a Dalgliesh:

—¿El comisario Dalgliesh? Sir Daniel y lady Holstead lo están esperando. Por aquí, por favor.

No había reparado en la presencia de Kate ni se había presentado a sí misma. La siguieron por el pasillo hasta una puerta que abrió con aplomo y anunció:

—El comisario Dalgliesh y su colega, lady Holstead. —A continuación, cerró la puerta tras de sí.

La habitación tenía el techo bajo pero era muy amplia, con cuatro ventanales que daban a Mayfair. Los muebles eran magníficos, incluso lujosos, y del estilo de una suite de hotel de las más caras. Pese a la disposición de varias fotografías en sus marcos de plata en una mesita auxiliar junto a la chimenea, apenas se observaban muestras de posibles gustos personales. La chimenea de mármol era ornamentada y resultaba evidente que no había formado parte de la habitación original. El suelo estaba cubierto por una moqueta de color gris plata y sobre ésta aparecía un surtido de alfombras de gran tamaño, cuyos colores ofrecían una tonalidad más brillante de los cojines de raso, los sofás y los sillones. Encima de la chimenea había un retrato de una mujer de pelo claro con un vestido de color escarlata.

La misma mujer del retrato estaba sentada junto al fuego, pero en cuanto Dalgliesh y Kate entraron, se levantó con ademán elegante y se acercó a ellos, tendiéndoles una mano temblorosa. Su marido, que hasta entonces había estado de pie detrás del sillón, la acompañó pasándole la mano bajo el brazo. La impresión era de delicada angustia femenina sostenida por una impresionante fuerza masculina. Su marido la condujo de vuelta al sillón con ternura.

Sir Daniel era un hombre corpulento, ancho de espaldas, con facciones marcadas y un pelo gris oscuro y fuerte peinado hacia atrás para apartarlo de una frente ancha. Tenía los ojos más bien pequeños, subrayados por unas bolsas dobles, y la mirada que fijaron en Dalgliesh era totalmente impasible. Al observar aquel rostro inexpresivo, Dalgliesh recuperó un recuerdo de su infancia: un terrateniente local, coadjutor de su padre, había invitado a cenar a la rectoría a un multimillonario, en una época en que un millón aún significaba algo. También él era un hombre corpulento, afable, un invitado agradable. Adam, que por entonces tenía sólo catorce años, quedó sumamente desconcertado al descubrir en el transcurso de la cena que el millonario en cuestión era un hombre estúpido. Ese día aprendió que la capacidad para amasar grandes sumas de dinero de un modo concreto es un talento muy beneficioso para su poseedor y acaso también para otros, pero que no implica ninguna virtud, sabiduría o inteligencia más allá de una experiencia en el terreno lucrativo. Dalgliesh llegó a la conclusión de que era tan fácil como peligroso catalogar a los muy ricos, aunque sin duda poseían ciertas cualidades en común, entre ellas el ejercicio del poder con plena seguridad en sí mismos. Es posible que a sir Daniel lo impresionase un juez del Tribunal Supremo pero desde luego, sabía cómo no dejarse amilanar ante un comisario y una inspectora de la policía londinense.

—Gracias por venir tan rápido —dijo su esposa—. ¿Quieren tomar asiento? —Acto seguido, miró a Kate—. Lo siento, no se me ocurrió que vendría acompañado.

Dalgliesh presentó a Kate y los cuatro ocuparon los dos inmensos sofás situados en ángulo recto con respecto al fuego. Dalgliesh habría preferido casi cualquier otro asiento de la habitación en lugar de aquella opulencia asfixiante. Se sentó en el borde, inclinando el cuerpo hacia delante, y miró a los Holstead.

—Lamento haberme visto en la obligación de comunicarles una noticia tan terrible, y por teléfono —se disculpó—. Es demasiado pronto para darles los detalles sobre cómo murió la señorita Mellock, pero haré todo lo posible.

Lady Holstead se inclinó hacia delante.

—Oh, sí, por favor, se lo ruego. El sentimiento de impotencia es tremendo... Me parece que todavía no lo he asimilado. Casi esperaba que me dijera que se trata de un terrible error. Por favor, perdóneme si no consigo ser más coherente. El vuelo... —Se desmoronó.

—Habría sido de agradecer que nos comunicaran la noticia con un poco más de tacto, comisario —intervino el marido—. La agente que llamó, supongo que fue usted, inspectora, no se mostró demasiado considerada. No me dio ninguna indicación de que se tratase de una llamada especialmente importante.

—No lo habríamos telefoneado y despertado a esas horas de no haberse tratado de un asunto importante. Lamento haberle dado la impresión de que se le comunicaba la noticia de forma un tanto brusca. Por supuesto, la inspectora Miskin prefirió hablar con usted en lugar de hacerlo con lady Holstead para que usted decidiese cuál era la mejor forma de transmitirle la noticia.

Lady Holstead se volvió hacia él.

—Y fuiste muy delicado, cariño. Hiciste cuanto estaba en tu mano, pero la verdad es que no se pueden dar noticias como ésa de una forma suave, ¿no es cierto? La verdad es que no. Decirle a una madre que han asesinado a su hija... Es imposible suavizar esa noticia. Imposible.

La consternación, pensó Dalgliesh, era bastante genuina. ¿Cómo no iba a serlo? Era desafortunado que todo en lady Holstead sugiriese cierta teatralidad rayana en el fingimiento, pues iba vestida con un traje negro que recordaba un uniforme militar, con una falda corta y una hilera de botoncillos de bronce en los puños. Parecía recién salida de la peluquería y el maquillaje, el cuidadoso toque de colorete en las mejillas y el meticuloso perfil de los labios, no habría sido posible de no haber mantenido el pulso firme. El dobladillo de la falda le llegaba justo por encima de las rodillas y estaba sentada con las piernas delgadas y esbeltas muy juntas, cuyos huesos destacaban bajo el brillo del nailon de calidad. Cabía considerar que tanta perfección se debía al coraje de una mujer que prefería enfrentarse a las grandes tragedias de la vida así como a sus pequeñas contrariedades con el mejor aspecto posible. Dalgliesh no advirtió ningún parecido con su hija, pero tampoco le sorprendió: la muerte violenta borraba algo más que la apariencia de vida.

Su marido, al igual que Dalgliesh, estaba sentado en el borde del sofá, con los brazos colgando entre las rodillas. Tenía el rostro impasible y sus ojos, fijos casi constantemente en el rostro de su esposa, eran vigilantes. Dalgliesh pensó que no podía esperarse de él que sintiera una pérdida personal por una chica a la que apenas había conocido y que probablemente había sido una molestia en su ajetreada vida. Y ahora no le quedaba más remedio que afrontar aquella tragedia pública por la que tendría que expresar un sentimiento adecuado. Seguramente no era distinto de los demás hombres: anhelaba disfrutar de una tranquilidad hogareña con una esposa feliz o, al menos, satisfecha, no una madre perpetuamente doliente. Pero todo aquello pasaría. Ella se perdonaría a sí misma por su falta de afecto, tal vez incluso llegara a convencerse de que sí había amado a su hija, aunque fuese de una forma poco gratificante, y acaso acabara aceptando que no es posible amar por obligación, ni siquiera a un hijo. En ese momento, la mujer parecía más desorientada que conmocionada por el dolor, mientras tendía los brazos hacia Dalgliesh en un ademán más histriónico que patético. Tenía las uñas muy cuidadas y pintadas de un rojo brillante.

—Todavía no puedo creerlo —dijo—. A pesar de su presencia aquí, no tiene sentido. Cuando veníamos en el avión imaginaba que aterrizaríamos y que ella estaría aquí esperándonos, explicando que todo había sido un error. Si la viese, lo creería, pero no quiero verla. No creo que lo soportara. No es necesario que la vea, ¿verdad que no? No pueden obligarme a hacerlo.

Dirigió una mirada implorante a su marido. A sir Daniel le costó disimular la impaciencia de su voz.

—Por supuesto que no pueden. Si es necesario, yo la identificaré.

La mujer se dirigió a Dalgliesh de nuevo.

—Que tu hija muera antes que tú... No es natural, no es así como tiene que ser.

—No —contestó él—, no es así como debe suceder.

Su propio hijo, un varón, había muerto con su madre poco después de nacer. Últimamente pensaba en ellos mucho más a menudo que en los años anteriores, despertando recuerdos que habían permanecido dormidos en su memoria: la joven esposa muerta; aquel matrimonio impulsivo y juvenil, cuando darle a ella lo que tan desesperadamente deseaba, él mismo, le había parecido un regalo tan simple; la cara de su hijo nacido muerto, con su expresión de satisfacción casi petulante, como si él, que nunca había conocido nada, que nunca conocería nada, lo supiese todo ya. El dolor por la pérdida de su hijo se había diluido en la agonía aún mayor de la muerte de su esposa y en una sensación abrumadora de participar de un dolor universal, de formar parte de algo que no había entendido con anterioridad. Sin embargo, los largos años habían ido tejiendo poco a poco su misericordiosa cicatriz. Todavía encendía una vela en el aniversario de la muerte de ella porque eso era lo que habría querido, pero ya podía recordarla con tristeza nostálgica y sin dolor. Y ahora, si todo iba bien, todavía podía nacer un hijo, de él y de Emma. El hecho de que semejante pensamiento, compuesto por el miedo y por un anhelo infundado, le acudiese a la mente en ese preciso instante lo turbó.

Era consciente de la intensidad de la mirada de lady

Holstead. En ese momento se produjo entre ellos algo que ella podía interpretar como comprensión compartida.

—Lo entiende, ¿verdad? —le dijo ella—. Veo que lo entiende. ¿Y descubrirán quién la ha matado? Prométamelo.

—Haremos cuanto esté en nuestra mano —aseguró—, pero necesitamos su ayuda. Sabemos muy poco de la vida de su hija, sus amigos, sus intereses... ¿Sabe si se veía a menudo con alguien, alguien con quien se hubiera citado en el Museo Dupayne?

Ella miró a su marido con gesto impotente.

—Me parece que no se hace cargo de la situación, comisario —contestó sir Daniel—. Creí que ya había dejado claro que mi hijastra vivía como una mujer independiente. Tuvo acceso a su dinero al cumplir dieciocho años, se compró el piso de Londres y prácticamente desapareció de nuestras vidas.

Su esposa se volvió hacia él.

—Es lo que hacen todos los jóvenes, cariño. Quieren ser independientes. Lo entendí, los dos lo entendimos.

—Antes de trasladarse —prosiguió Dalgliesh—, ¿vivía aquí con ustedes?

Una vez más fue sir Daniel quien contestó.

—Normalmente sí, pero pasaba algún tiempo en nuestra casa de Berkshire, donde solemos dejar el mínimo de personal, y de vez en cuando ella se dejaba caer por allí, a veces con amigos. Utilizaban la casa para hacer fiestas, normalmente para molestia del personal.

—¿Y usted o lady Holstead llegaron a conocer a algunos de esos amigos? —quiso saber Dalgliesh.

—No. Imagino que eran más bien parásitos temporales, y no auténticos amigos. Nunca hablaba de ellos. Aun cuando estábamos en Inglaterra, rara vez la veíamos.

—Creo que se tomó muy mal mi divorcio de su padre —intervino lady Holstead—, y luego, cuando él murió en aquel accidente aéreo, me echó a mí las culpas. Si hubiésemos seguido juntos, él no habría estado en ese avión. Ella adoraba a Rupert.

—Así que me temo que no le podemos decir gran cosa —añadió sir Daniel—. Sé que intentó iniciar una carrera en el mundo de la canción pop en algún momento y que se gastó grandes cantidades de dinero en clases de canto. Incluso llegó a tener un agente, pero al final no salió nada. Antes de cumplir la mayoría de edad, conseguimos convencerla de que fuese a una escuela de señoritas, a Swathling's, durante un año. Había tenido una educación muy descuidada. Swathling's cuenta con una buena reputación pero, como cabía esperar, no se quedó el curso entero.

—No sé si saben que la señorita Caroline Dupayne —intervino Kate—, una de las fideicomisarias del museo, es la codirectora de Swathling's.

—¿Quiere decir que Celia fue al museo para verse con ella?

—La señorita Dupayne asegura que no, y no parece muy probable, pero debía de conocer el museo a través de ese contacto.

—Pero alguien debió de verla llegar, ¿no? Alguien debió de ver con quién estaba.

—El museo anda escaso de personal —explicó Dalgliesh— y es posible que tanto ella como su asesino entrasen en el museo sin ser vistos. También es posible que su asesino se marchara ese viernes por la noche sin ser visto, de momento aún no hemos comprobado esta cuestión. El hecho de que el doctor Neville Dupayne también fuese asesinado ese viernes sugiere que puede haber alguna relación, pero este extremo también está pendiente de confirmación. La investigación se halla en su fase preliminar. Por supuesto, ya les iremos informando de los avances. La autopsia se está realizando esta mañana y la causa de la muerte, estrangulamiento, era evidente.

—Por favor, dígame que fue una muerte rápida —le pidió lady Holstead—. Por favor, dígame que no sufrió.

—Creo que fue rápido, lady Holstead. —¿Qué otra cosa podía decirle? ¿Por qué agobiarla con el peso del último momento de terror absoluto de su hija?

—¿Cuándo nos entregarán el cuerpo? —quiso saber sir Daniel.

—El sumario se abrirá mañana; no sé cuándo decidirá entregar el cuerpo el juez de instrucción.

—Organizaremos un funeral íntimo, una incineración —explicó sir Daniel—. Les agradeceremos que nos ayuden a mantener alejados a los curiosos.

—Haremos todo lo posible. La mejor manera de garantizar la intimidad es mantener en secreto el lugar y la hora.

Lady Holstead se volvió hacia su marido.

—Pero cariño... ¡no podemos enterrarla como si fuera una desconocida! Sus amigos querrán despedirse de ella. Tendría que haber al menos una misa fúnebre, una iglesia bonita en alguna parte. Londres sería lo más conveniente. Salmos, flores... algo hermoso para celebrar su vida... una misa que la gente recuerde.

Miró a Dalgliesh como si pudiese esperar de éste que convocase el escenario adecuado, el párroco, el organista, la congregación y las flores.

Fue su marido quien habló.

—Celia no pisó una iglesia en su vida. Si un asesinato es lo bastante notorio o trágico, se puede llenar una catedral entera. Dudo que éste sea el caso. No tengo ningún deseo de dar pie a la prensa sensacionalista a que publique una foto en portada.

No podría haber demostrado su autoridad con mayor claridad. Su esposa lo miró, luego bajó los ojos y dijo dócilmente:

—Como tú digas, cariño.

Se marcharon poco después. Sir Daniel había pedido, o más bien exigido, que lo mantuvieran informado de los avances en la investigación y los policías le habían asegurado con cautela que así lo harían. No iban a descubrir nada más y la pareja no tenía nada más que decir. Sir Daniel los acompañó a la puerta del ascensor y luego hasta la planta baja. Dalgliesh se preguntó si su cortesía se debía a que quería decirles algo en privado, pero no añadió nada.

En el coche, Kate permaneció en silencio unos minutos y luego dijo:

—Me pregunto cuánto habrá tardado esta mañana en ponerse todo ese maquillaje y pintarse las uñas. No parecía la madre más afligida del mundo, ¿no cree?

Dalgliesh mantuvo la mirada fija en la carretera que se desplegaba ante sí.

—Si es importante para su amor propio afrontar el día bien arreglada y maquillada, si es una rutina tan normal para ella como una ducha matinal, ¿esperas que la relegue sólo para parecer apropiadamente afligida? —observó—. Los ricos y famosos son tan capaces de cometer un asesinato como el resto de nosotros; sus privilegios no les otorgan inmunidad a los siete pecados capitales. Deberíamos recordar que también son capaces de experimentar otras emociones humanas, incluyendo la confusa devastación del dolor.

Había hablado en tono reposado y como para sí mismo, pero Kate lo interpretó de un modo muy distinto. Dalgliesh rara vez expresaba una crítica pero cuando lo hacía, la detective se guardaba muy bien de tratar de excusarse o explicarse. Permaneció en silencio, intensamente ruborizada y sintiéndose muy desdichada.

El comisario prosiguió, con voz más suave, como si nunca hubiese pronunciado las palabras anteriores.

—Quiero que Piers y tú entrevistéis a lady Swathling. Averiguad si está dispuesta a darnos más información sobre Celia Mellock que Caroline Dupayne. Habrán hablado entre ellas, por supuesto. Sobre eso no podemos hacer nada.

Fue entonces cuando sonó el móvil de Kate.

—Es Benton-Smith —explicó tras responder—. Acaban de recibir una llamada de una tienda benéfica en Highgate, señor. Parece que han encontrado el bolso. Piers y Benton van de camino.

8

Lady Swathling recibió a Kate y Piers en lo que evidentemente era su despacho. Al tiempo que les indicaba que se acercasen a un sofá con un ademán tan artificioso como un saludo real, les dijo:

—Por favor, siéntense. ¿Les apetece tomar algo? ¿Café? ¿Té? Sé que no pueden tomar alcohol estando de servicio.

A oídos de Kate, su tono consiguió transmitir con sutileza que cuando no estaban de servicio se hallaban, por lo general, sumidos en un constante sopor etílico. Antes de que Piers pudiera responder, ella se adelantó:

—No, gracias. No quisiéramos entretenerla.

El despacho tenía el aspecto discordante de las salas con una doble función, cuya función principal no queda clara. El escritorio doble adosado a la ventana sur, el ordenador, el fax y la hilera de archivadores metálicos que cubrían la pared a la izquierda de la puerta constituían el despacho. La parte de la derecha de la habitación tenía el aspecto hogareño y confortable de una sala de estar. En la elegante chimenea de época, las llamas azules simuladas por una estufa de gas despedían un calor suave que complementaba el de los radiadores. Sobre la repisa de la chimenea, con su serie de figurillas de porcelana, había un retrato al óleo. Una mujer del siglo XVIII, con los labios fruncidos y los ojos más bien protuberantes, ataviada con un vestido azul de cuello bajo confeccionado con raso azul brillante, sostenía una naranja en sus dedos afilados tan delicadamente como si esperase que explotara de un momento a otro. En la pared del fondo destacaba un armario que contenía diversas tazas y platos de porcelana de color rosa y verde. A la derecha del fuego había un sofá y a la izquierda un sillón, cuya tapicería y cojines inmaculados entonaban con los rosas y verdes del armario. El lado derecho de la sala había sido cuidadosamente arreglado para producir un efecto determinado, del cual lady Swathling formaba parte.

Fue ella quien tomó la iniciativa. Antes de que Kate y Piers pudiesen hablar, les dijo:

—Seguramente han venido a verme por la tragedia del Museo Dupayne, la muerte de Celia Mellock. Naturalmente, deseo ayudarles con sus pesquisas si está en mi mano, pero no acierto a imaginar cómo creen que podría hacerlo. La señorita Dupayne sin duda les habrá dicho que Celia abandonó esta escuela la primavera del pasado año después de sólo dos trimestres. No tengo información de ninguna clase acerca de su vida o actividades después de esa fecha.

—En un caso de homicidio —le explicó Kate—, necesitamos obtener el máximo de información posible sobre la víctima. Esperamos que nos proporcione algún dato sobre la señorita Mellock: sus amigos, tal vez, qué tal era como estudiante, si le interesaban las visitas a los museos...

—Me temo que no sé nada de eso. Sin duda esa clase de preguntas deberían hacérselas a su familia o a las personas que la conocían. Estas dos trágicas muertes no tienen nada que ver con Swathling's.

Piers miró fijamente a lady Swathling con una expresión a medio camino entre la admiración y el desprecio. Kate reconoció aquella mirada: se había predispuesto en contra de lady Swathling. En ese momento, se dirigió a ella con suavidad:

—Pero hay una relación, ¿no le parece? Celia Mellock fue alumna aquí, la señorita Dupayne es la codirectora, Muriel Godby trabajaba aquí y Celia murió en el museo. Me temo que en un caso de homicidio, lady Swathling, es necesario hacer preguntas tan molestas para los inocentes como inoportunas para los culpables.

«Ya traía esta respuesta preparada —se dijo Kate—. Es un comentario brillante y volverá a utilizarlo.»

Surtió efecto sobre lady Swathling.

—Celia no era una alumna satisfactoria —respondió—, en gran medida porque era una joven desdichada y no mostraba el menor interés en nada de cuanto ofrecemos aquí. La señorita Dupayne tenía sus dudas respecto a su aceptación en el centro, pero lady Holstead, a quien conozco personalmente, se mostró muy persuasiva. Anteriormente la chica había sido expulsada de otros dos colegios, y su madre y su padrastro estaban ansiosos porque obtuviese algo de formación. Por desgracia, Celia vino aquí de mala gana, lo cual nunca permite un buen comienzo. Como ya les he dicho, no sé nada acerca de su vida más reciente. Apenas la traté mientras estuvo en Swathling's y nunca volví a verla cuando se fue.

—¿Conocía usted al doctor Dupayne, lady Swathling? —preguntó Kate de improviso.

La mujer acogió la pregunta con una mezcla de repulsión e incredulidad.

—No lo conocía en absoluto. No me consta que hubiese visitado la escuela nunca. El señor Marcus Dupayne vino al concierto de una de nuestras alumnas hace unos dos años, pero no su hermano. Ni siquiera habíamos hablado nunca por teléfono y desde luego, nunca nos habíamos conocido en persona.

—¿No lo llamaron para que visitase o tratase a alguna de sus alumnas? —insistió Kate—. ¿A Celia Mellock, por ejemplo?

—Desde luego que no. ¿Es que alguien ha insinuado tal cosa?

—Nadie, lady Swathling. Sólo me lo preguntaba.

—¿Qué relación existía entre Celia y Muriel Godby? —intervino Piers.

—Absolutamente ninguna. ¿Por qué iba a haberla? La

señorita Godby era, simplemente, la recepcionista. No caía muy bien a algunas de las chicas pero, que yo recuerde, Celia Mellock nunca se quejó de ella. —Hizo una pausa y añadió—: Y por si estaban pensando en preguntarlo, cosa que habría lamentado enormemente, estuve en la escuela todo el viernes pasado desde las tres de la tarde, hora en que regresé de un almuerzo, en adelante, durante el resto del día y la noche. Mis citas de la tarde están anotadas en la agenda que hay en mi mesa y mis visitas, incluyendo la de mi abogado, quien vino a las cuatro y media, podrán confirmar mi versión. Lamento no serles de mayor utilidad. Si recuerdo algún detalle relevante, me pondré en contacto con ustedes, por supuesto.

—¿Y está segura de que no volvió a ver a Celia después de que se marchara de Swathling's? —insistió nuevamente Kate.

—Ya se lo he dicho, inspectora. Y ahora, si no hay más preguntas, mis obligaciones me esperan. Claro está, remitiré una carta con mis condolencias a lady Holstead.

Se levantó de la silla con cierta brusquedad y se dirigió hacia la puerta. Fuera, el portero uniformado que los había recibido ya estaba esperándolos. Kate dedujo que había permanecido allí fuera durante toda la entrevista.

Cuando llegaron al coche, Piers dijo:

—Un poco artificial, ¿no te parece? No es difícil adivinar cuáles son sus prioridades: primero ella y luego la escuela. ¿Te has fijado en lo diferentes que eran esos dos escritorios? Uno prácticamente vacío, y las bandejas de entrada y salida del otro llenas de papeles. Tampoco es muy difícil adivinar quién se sienta en cada cual. Lady Swathling impresiona a los padres con su elegancia aristocrática y Caroline Dupayne hace todo el trabajo.

—¿Por qué lo hace? ¿Qué saca ella de todo eso?

—Tal vez espera tomar el relevo. Aunque no logrará hacerse con el edificio, a menos que se lo deje en herencia. A lo mejor es eso precisamente lo que espera. No creo que pueda permitirse el lujo de comprarlo.

—Imagino que su trabajo está bien remunerado —comentó Kate—. Lo que me resulta más curioso no es el motivo que tiene Dupayne para trabajar aquí, sino por qué le interesa tanto que el museo continúe abierto.

—Orgullo familiar —sugirió Piers—. El piso es su casa. Debe de querer escapar de la escuela de vez en cuando. No te ha hecho mucha gracia lady Swathling, ¿verdad?

—Ni la escuela. Y a ti creo que tampoco. Es una especie de recinto de lujo al que los malditos ricos envían a sus hijas con la esperanza de quitárselas de encima. Ambas partes saben de antemano cuál es el trato y qué esperan obtener a cambio de pagar un riñón: asegurarse de que la niña no se queda embarazada, de que se mantiene bien lejos de las drogas y el alcohol, y de que conoce al tipo adecuado de hombres.

—Eso es un poco exagerado. Una vez salí con una chica que había estudiado en ese centro. No parecía haberle hecho ningún daño: no era una lumbrera de Oxbridge exactamente, pero sabía cocinar. Y ése no era su único talento.

—Y tú, por supuesto, eras el tipo adecuado de hombre.

—Desde luego a su mamá no se lo pareció. ¿Te apetece conducir?

—No, será mejor que lo hagas tú, hasta que me calme. Bueno, ¿le decimos a AD que es probable que lady Swathling sepa algo pero que no ha querido hablar?

—¿Estás sugiriendo que es una sospechosa?

—No, no nos habría dado esa coartada si no estuviera segura de que se sostiene. La comprobaremos si es necesario, pero en este momento me parece una pérdida de tiempo. Está limpia en lo que respecta a los dos asesinatos, pero podría ser cómplice.

Piers se mostró desdeñoso.

—Eso es ir un poco lejos. Considera los hechos: por el momento, estamos dando por supuesto que ambos asesinatos están relacionados, y eso significa que si lady Swathling está implicada en el asesinato de Celia, también lo está en el de Neville Dupayne. Y si en todo lo que ha dicho hay algo que me ha parecido cierto, es cuando ha asegurado que ni siquiera lo conocía. ¿Y por qué iba a importarle que el museo cierre? Puede incluso que le interese mantener a Caroline Dupayne más atada a la escuela. No, no creo que esté involucrada. De acuerdo, hay algo sobre lo que ha mentido o que no nos ha querido contar, pero ¿qué tiene eso de nuevo?

9

Eran las tres y cuarto del jueves 7 de noviembre y en el centro de investigaciones el equipo hablaba sobre los avances en la investigación. Benton-Smith había traído bocadillos un poco antes y la secretaria de Dalgliesh había preparado una enorme cafetera de café bien cargado. En ese momento, ya habían retirado cualquier resto de comida y se habían concentrado en sus papeles y cuadernos de notas.

El hallazgo del bolso había sido interesante, pero no los había conducido a nada nuevo. Cualquiera de los sospechosos podía haberlo metido en la bolsa negra tanto si lo había planeado de antemano como si había obedecido a un impulso. Resultaba más probable que la idea se le hubiese ocurrido a una mujer en lugar de a un hombre, pero eso no constituía una prueba consistente. Seguían a la espera de obtener información del servicio de telecomunicaciones sobre la ubicación del móvil de Muriel Godby cuando ésta había respondido a la llamada de Tally Clutton; las solicitudes de información interpuestas al servicio eran muy numerosas y había otras demandas prioritarias. Todas las pesquisas realizadas sobre la vida profesional de Neville Dupayne antes de que se trasladara a Londres desde la zona central de Inglaterra en 1987 sólo habían dado como resultado un mutismo absoluto por parte del cuerpo de policía local. Nada de todo ello resultaba especialmente decepcionante, pues apenas había transcurrido una semana desde que se iniciara el caso.

En ese momento, Piers y Kate debían informar al resto del equipo sobre su visita al piso de Celia. Para sorpresa de Dalgliesh, Kate permaneció en silencio y fue Piers quien habló. Al cabo de unos segundos se hizo evidente que se estaba divirtiendo. En frases breves y entrecortadas, la imagen cobró vida.

—Es un piso situado en una planta baja con vistas a un jardín central. Árboles, parterres, un césped bien cuidado, en el lado caro del edificio. Rejas en las ventanas y dos cerraduras de seguridad en la puerta. Una amplia sala de estar en la parte delantera y tres dormitorios dobles con cuarto de baño completos *en suite*. Lo más probable es que lo comprase como inversión siguiendo los consejos del abogado de papá y en la actualidad diría que debe de valer más de un millón. Una cocina agresivamente moderna, pero ningún indicio de que nadie se moleste en cocinar. El frigorífico apesta a leche agria y comida de supermercado caducada. Cuando se fue, dejó la casa hecha un desastre: ropa tirada encima de todas las camas, cómodas atestadas y armarios roperos repletos hasta los topes. Unos cincuenta pares de zapatos, veinte bolsos, unos cuantos vestidos provocativos diseñados para mostrarlo todo sin arriesgarse a ser detenida por la policía. En general el resto son cacharros caros de diseño. No ha habido mucha suerte con el examen de su escritorio: no se esforzaba por pagar las facturas a tiempo ni por contestar cartas oficiales, ni siquiera las de sus abogados. Una compañía de la City se encarga de su cartera de valores, la mezcla habitual de valores de renta variable y títulos del Estado. Es evidente que el dinero no le duraba en las manos.

—¿Algún indicio de la existencia de un posible novio? —preguntó Dalgliesh.

En ese momento fue Kate quien tomó el relevo.

—En el cesto de la ropa sucia había una sábana bajera con manchas. Parecen restos de semen, pero no son recientes. Nada más. Tomaba la píldora, encontramos la caja en el armario del baño. Nada de drogas, pero mucho alcohol. Parece ser que probó suerte como modelo, hay un *book* de fotografías. También había querido dedicarse al mundo de la canción pop: sabemos que estaba inscrita en esa agencia y que pagaba un ojo de la cara por las clases de canto. Creo que se estaban aprovechando de ella. Lo más extraño, señor, es que no encontramos invitaciones ni ninguna evidencia de que tuviera amistades. Sería lógico pensar que con un apartamento de tres habitaciones, quisiera compartirlo, aunque sólo fuera por tener un poco de compañía y por repartir los gastos. No encontramos pruebas de que hubiese recibido ninguna visita, aparte de esa sábana manchada. Llevamos el maletín con los instrumentos, de modo que la metimos en una bolsa para pruebas y nos la llevamos. La he enviado al laboratorio.

—¿Libros? ¿Fotos? —preguntó Dalgliesh.

—Todas las revistas femeninas del mercado, incluyendo las de moda —respondió Kate—. Libros de bolsillo, la mayoría ficción popular. Fotografías de estrellas del pop. Nada más. —A continuación, añadió—: No encontramos ninguna agenda ni libreta de direcciones. Tal vez los llevase en su bolso, en cuyo caso los tiene su asesino, si es que no los ha destruido. Había un mensaje en su contestador, los del taller llamaban para decir que su coche estaba listo y que ya podía recogerlo. Si no acudió al museo con su asesino, entonces lo más seguro es que fuera en taxi; no me imagino a una chica así tomando el autobús. Hemos estado en la oficina del transporte público con la esperanza de que puedan localizar al conductor. No había ningún otro mensaje ni ninguna carta privada. Era extraño: todo ese desorden y ninguna prueba de vida social o personal. Sentí lástima por ella. Creo que estaba muy sola.

Piers mostró cierto desdén.

—No veo por qué narices iba a estarlo. Sabemos que la Santísima Trinidad moderna es el dinero, el sexo y la fama. Ella tenía los dos primeros y bastantes esperanzas de obtener la tercera.

—Ninguna esperanza realista —objetó Kate.

—Pero tenía dinero. Vimos los extractos del banco y la

cartera de valores. Su padre le dejó dos millones y medio, no es una inmensa fortuna según los baremos modernos, pero con esta suma se puede vivir bien. Una chica con esa cantidad de dinero y su propio piso en Londres no tiene por qué permanecer sola mucho tiempo.

—A menos que sea una chica dependiente —replicó Kate—, de la clase de chica que se enamora, se aferra a alguien y no suelta a ese alguien. Con dinero o sin dinero, los hombres podían considerarla problemática.

—Es evidente que uno de ellos la consideró problemática y pasó a la acción de forma muy expeditiva —dijo Piers. Hubo un silencio y luego prosiguió—: Un hombre tendría que ser muy poco exigente para aguantar todo eso. La asistenta le había pasado una nota por debajo de la puerta diciendo que no iba a poder ir a limpiar el jueves porque tenía que llevar a su hijo al hospital. Espero que al menos le pagara bien.

Dalgliesh intervino con voz tranquila.

—Si por casualidad te asesinan un día de éstos, Piers, lo cual no queda del todo fuera de los límites de lo posible, esperemos que el agente de la investigación que hurgue entre tus pertenencias íntimas no sea demasiado proclive a emitir juicios de valor.

—Es una posibilidad que tengo presente, señor —respondió Piers en tono grave—. Al menos lo encontrará todo en orden.

«Eso me lo he merecido», pensó Dalgliesh. Siempre había sido una parte de su trabajo que le había resultado difícil, la falta total de intimidad para la víctima. El asesinato era capaz de despojar a las personas de algo más que de la propia vida: el cuerpo era empaquetado, etiquetado, analizado; agendas, diarios, cartas confidenciales... todos los aspectos de la vida de la víctima eran investigadas y diseccionados. Unas manos extrañas se desplazaban entre la ropa, recogían y examinaban las pequeñas posesiones, registraban y etiquetaban para la opinión pública los tristes desechos de una existencia a veces patética. También aquella vida, en apariencia privilegiada, había sido patética. La imagen que tenían en ese momento era la de una chica rica pero vulnerable y solitaria, que intentaba abrirse paso en un mundo que ni siquiera su dinero podía comprar.

—¿Han precintado el piso? —quiso saber Dalgliesh.

—Sí, señor. Y hemos entrevistado al conserje. Vive en un piso en el lado norte; sólo lleva seis meses en el puesto y no sabe nada acerca de ella.

—Esa nota que echaron por debajo de la puerta... —siguió Dalgliesh— parece que la asistenta no tenía la llave, a menos, que alguien entregase la nota en su lugar. Es posible que tengamos que localizarla. ¿Y Brian Clark y su equipo?

—Llegarán allí a primera hora de la mañana, señor. La sábana es importante, obviamente. Eso lo tenemos. Dudo que encuentren algo más. No la mataron allí, no es la escena del crimen.

—Pero es mejor que los especialistas le echen un vistazo —repuso Dalgliesh—. Benton-Smith y tú reuníos con ellos allí. Algún vecino podría tener información sobre posibles visitantes.

Pasaron al informe de la autopsia del doctor Kynaston, que habían recibido una hora antes. Piers examinó su copia con detenimiento.

—Puede que asistir a una de las autopsias del doctor Kynaston sea instructivo —señaló—, pero no es muy terapéutico. No tanto por la increíble minuciosidad y precisión de su trabajo como por la música que pone. No esperaría un coro de *The Yeoman of the Guard*, pero dadas las circunstancias es duro escuchar el *Agnus Dei* del *Requiem* de Fauré. Por un momento temí que se desmayara usted, sargento.

Al mirar a Benton-Smith, Kate vio que su rostro se ensombrecía y sus ojos negros emitían un brillo indignado. Sin embargo, encajó la pulla sin pestañear y repuso con calma:

—Es que me desmayé un momento. —Hizo una pausa y luego se dirigió a Dalgliesh—. Era mi primera autopsia en la que la víctima es una mujer joven, señor.

Dalgliesh tenía la mirada concentrada en el informe de la autopsia.

—Sí, siempre son las peores, las chicas jóvenes y los niños —dijo—. Si alguien es capaz de asistir a una autopsia de cualquiera de estos dos grupos sin inmutarse, tal vez debería preguntarse si ha elegido el trabajo adecuado. Veamos qué nos dice el doctor Kynaston.

El informe del patólogo confirmaba lo que había descubierto durante su primer examen. La máxima presión se había ejercido con la mano derecha oprimiendo la laringe y fracturando el *cornu* superior del tiroides en su base. Había un pequeño moratón en la nuca que sugería que habían empujado a la chica contra la pared durante el estrangulamiento, pero ninguna prueba de contacto físico entre el agresor y la víctima, ni tampoco ninguna prueba bajo las uñas que sugiriese que la chica hubiese ofrecido resistencia con las manos. Un hallazgo interesante era que Celia Mellock estaba embarazada de dos meses.

—De modo que tenemos un posible móvil adicional —señaló Piers—. Pudo haberse citado con su novio o amante para hablar de lo que debían hacer, o tal vez intentó presionarlo para que se casara con ella. Pero ¿por qué escoger el Dupayne? Tenía piso propio.

—Y en el caso de esta chica, rica y sexualmente activa —intervino Kate—, el embarazo no es un móvil probable para un asesinato, no sería más que un pequeño inconveniente del que podría deshacerse pasando una noche en una clínica cara. ¿Y cómo es posible que estuviera embarazada cuando, por lo visto, tomaba la píldora? O fue de forma deliberada o había dejado de preocuparse por los anticonceptivos. La caja que encontramos estaba por estrenar.

—No creo que la matasen porque estuviera embarazada —comentó Dalgliesh—. La asesinaron por estar en el lugar donde estaba. Tenemos a un único asesino, y la víctima original y objetivo inicial exclusivo era Neville Dupayne.

La imagen, aunque todavía no era más que una suposición, había adquirido una asombrosa nitidez en su mente:

aquella figura andrógina, pues su género era desconocido todavía, abriendo el grifo de la parte posterior del cobertizo; un fuerte chorro de agua que eliminaba todos los restos de gasolina de las manos enfundadas en guantes de goma; el rugido abrasador del fuego y entonces, amortiguado, el ruido del cristal al romperse y el primer crujido de la madera cuando las llamas atraparon en sus brazos el árbol más cercano. ¿Y qué era lo que había hecho a Vulcano levantar la vista hacia la casa, una premonición o el miedo de que el incendio pudiese estar descontrolándose? Habría sido en esa mirada hacia lo alto cuando vio, mirándolo desde la ventana de la Sala del Crimen, a una chica con los ojos muy abiertos y el pelo amarillo enmarcado en un halo de fuego. ¿Fue acaso en aquel momento único y con aquella simple mirada cuando Celia Mellock quedó sentenciada a muerte?

Oyó hablar a Kate.

—Pero seguimos teniendo el problema de cómo accedió Celia a la Sala del Crimen. Una forma sería a través de la puerta del piso de Caroline Dupayne, pero en ese caso, ¿cómo entró en el piso y por qué fue allí? ¿Y cómo podríamos demostrarlo cuando es del todo posible que ella y su asesino entrasen en el museo cuando no había nadie en el mostrador de recepción?

Fue entonces cuando sonó el teléfono. Kate descolgó el auricular, escuchó a su interlocutor al otro lado del hilo y dijo:

—De acuerdo, bajaré inmediatamente. —Acto seguido, se dirigió a Dalgliesh—: Tally Clutton está aquí, señor. Quiere verlo. Dice que es importante.

—Debe de serlo para que haya venido personalmente —intervino Piers—. Supongo que sería demasiado esperar que hubiese reconocido al fin al conductor.

Kate ya estaba en la puerta.

—Que pase a la sala pequeña, ¿de acuerdo, Kate? Iré a verla contigo ahora mismo.

LIBRO CUARTO

LA TERCERA VÍCTIMA

Jueves 7 de noviembre – Viernes 8 de noviembre

1

La policía había dicho que los especialistas iban a necesitar el resto del miércoles y la mitad del jueves para completar el registro del museo. Esperaban devolver las llaves a última hora de la tarde del jueves. Ya se habían llevado el baúl y, después de la inspección del apartamento de Caroline Dupayne llevada a cabo por Dalgliesh y la inspectora Miskin, parecían haber aceptado que no había justificación para coger las llaves de aquélla y retenerla fuera de lo que, en definitiva, era su casa.

Tras levantarse el jueves tan temprano como de costumbre, Tally se sintió inquieta, pues echaba de menos ir a quitar el polvo y limpiar como cada día. Ahora la jornada carecía de forma para ella, quien experimentaba la confusa sensación de que ya nada era real o reconocible y de que se movía como una autómata en un mundo de fantasía aterradora. Ni siquiera la casa le ofrecía ya refugio para el sentimiento de disolución y continuo desastre que la embargaba. Todavía la consideraba el sosegado centro de su vida, pero la presencia de Ryan había destruido su paz y su orden. No era que el chico se mostrase difícil de forma deliberada, sino que el lugar resultaba, sencillamente, demasiado pequeño para dos personalidades tan distintas entre sí. Un inodoro, y por ende en el cuarto de baño, constituía algo más que un inconveniente. Tally no podía utilizarlo sin pensar, incómoda, que Ryan estaba fuera esperando con impaciencia a que saliese, mientras que él, por su parte, permanecía en su interior una cantidad de tiempo desmesurada y lo dejaba todo perdido. Era muy limpio en su aseo personal, pues se bañaba dos veces al día, lo que hacía que a Tally le preocupasen las facturas del agua y el gas, pero dejaba la ropa sucia de trabajo tirada por el suelo para que ella la recogiese y la metiese en la lavadora. Darle de comer también representaba un problema; ya había supuesto que no tendría los mismos gustos en materia de comida, pero no que ingiriese semejantes cantidades. Además, el chico no se había ofrecido a pagarle nada, y a ella le daba apuro sugerírselo. Se había ido temprano a la cama todas las noches, pero sólo para encender su equipo estéreo. La música pop a todo volumen había convertido las noches de Tally en un infierno. La noche anterior, todavía conmocionada por el descubrimiento del cadáver de Celia Mellock, le había pedido que la bajase un poco y él había accedido sin protestar. No obstante, el ruido, aunque amortiguado, había bastado para destrozarle los nervios, y ni siquiera tapándose los oídos con la almohada había conseguido silenciarlo.

El jueves, inmediatamente después del desayuno, cuando Ryan seguía aún en la cama, decidió ir al West End. Sin saber muy bien cuánto tiempo estaría fuera, no preparó su mochila sino que sólo se llevó un bolso grande y una naranja y un plátano para almorzar. Tomó un autobús a la estación de Hampstead, fue en metro hasta el Embankment y a continuación enfiló la avenida Northumberland, atravesó el bullicio de Trafalgar Square y se dirigió al Mall y a Saint James's Park. Aquél era uno de sus paseos favoritos por Londres, y poco a poco, mientras bordeaba el lago, fue apoderándose de ella una sensación de paz. El calor, insólito para aquella época del año, había regresado, y se sentó en un banco a comerse la fruta bajo la suave luz del sol, contemplando cómo los padres con sus hijos arrojaban migas de pan a los patos, los turistas se fotografiaban unos a otros con el trasfondo del brillo del agua, las parejas de novios se paseaban cogidas de la mano y los misteriosos hombres vestidos con abrigos oscuros, que le recordaban a espías de alto nivel intercambiándose peligrosos secretos, paseaban de dos en dos.

Hacia las dos y media, más despejada ya, estaba lista para regresar a casa, y tras dar una última vuelta al lago cambió de idea y decidió caminar hasta el río. Llegó a la plaza del Parlamento y a las puertas del palacio de Westminster, donde decidió, siguiendo un impulso, sumarse a la breve cola de gente que se disponía a entrar en la Cámara de los Lores. Había visitado la Cámara de los Comunes con anterioridad, pero no la de los Lores; constituiría una experiencia nueva y le vendría bien sentarse tranquilamente durante media hora. La espera no fue larga. Pasó por los rigurosos controles de seguridad, donde le registraron el bolso y obtuvo su pase. A continuación, siguiendo las indicaciones, subió por la escalera alfombrada hacia la tribuna del público.

Al abrir la puerta de madera, se encontró en lo alto de la cámara y miró hacia abajo con gran asombro. La había visto muchas veces por televisión, pero en ese momento su sombría magnificencia cobró vida con todo su esplendor. En aquella época era imposible que alguien fuese capaz de crear semejante cámara legislativa; la maravilla consistía en que a alguien se le hubiese ocurrido alguna vez. Era como si no hubiese adorno, concepto arquitectónico o trabajo en oro, madera o vidrieras de colores que pudiera considerarse demasiado grandilocuente para aquellos duques, condes, marqueses y barones victorianos. Desde luego, la razón de su éxito, pensó Tally, quizá fuese que había sido construida con seguridad y confianza. El arquitecto y los artesanos sabían perfectamente qué estaban construyendo y creían en lo que sabían. «Al fin y al cabo —se dijo—, nosotros también tenemos nuestras pretensiones, pues hemos construido la Cúpula del Milenio.» La cámara le recordaba un poco a una catedral, salvo en que se trataba de un edificio laico por entero. El trono de oro con su baldaquino y su candelabro celebraba la realeza terrenal, las estatuas instaladas entre las ventanas, dentro de hornacinas, no eran de santos, sino de barones, y en las altas vidrieras no aparecían escenas de la Biblia sino escudos de armas.

El enorme trono de oro estaba justo enfrente de ella y dominaba su mente igual que la cámara toda. Si algún día Gran Bretaña se convertía en una república, ¿qué sería de él? Sin duda ni siquiera el gobierno más antimonárquico se animaría a destruirlo. Y sin embargo, ¿qué sala de museo era lo bastante grande para albergarlo? ¿Para qué podía utilizarse? Tal vez, pensó, un futuro presidente se sentaría con mucha ceremonia, vestido con traje de calle, bajo aquel baldaquino. Tally poseía una limitada experiencia del mundo, pero aun así había observado que quienes alcanzaban el poder y cierta posición social eran tan amigos de los beneficios que éstos comportaban como aquellos que los habían adquirido por derecho de nacimiento. Se alegró de que hubiese tantas cosas que se ofrecían a su vista y ocupaban sus pensamientos. Algunas de las inquietudes del día se esfumaron por completo.

Abstraída como estaba al principio apenas se fijó en las figuras que ocupaban los bancos de debajo. Y entonces oyó su voz, clara e inconfundible. El corazón le dio un vuelco. Bajó la mirada y vio que estaba de pie frente a uno de los bancos que había entre los del Gobierno y la oposición, de espaldas a ella. El hombre estaba diciendo:

—Milores, solicito formular la pregunta que aparece con mi nombre en el orden del día.

Tally estuvo a punto de agarrarse al brazo de un joven que se había sentado a su lado.

—¿Quién es ése, por favor? —Le susurró en tono apremiante—. ¿Quién está hablando ahora?

El chico arrugó la frente y le tendió un papel. Sin mirarla, contestó:

—Es lord Martlesham, un diputado independiente.

Tally enderezó la espalda y se inclinó hacia delante, con la mirada fija en la nuca del parlamentario. Rogó que se volviera. ¿Cómo iba a estar segura a menos que le viese la cara? Era imposible que aquel hombre no percibiese la intensidad